Over the edge

HELEN VREESWIJK
&
DIRK BRACKE

Over the edge

Manteau

© 2010 Uitgeverij Manteau / Standaard Uitgeverij en Helen Vreeswijk

en Dirk Bracke

Standaard Uitgeverij nv, Mechelsesteenweg 203, B-2018 Antwerpen

www.manteau.be

info@manteau.be

Omslagontwerp: Wil Immink

Vormgeving binnenwerk: Annemie Van den Eede

Foto achterplat: Koen Broos

ISBN 978 90 223 2479 0

D/2010/0034/067

NUR 285

1

Een dreigend wolkendek had zich boven het park samengepakt. Driftig trapte Brenda Kloosterhof de pedalen rond.
De regen sloeg in haar gezicht en met gebogen hoofd
probeerde ze de wind te trotseren. Opdringerig rukte de
wind aan haar jas alsof hij wilde voorkomen dat ze het park
in reed. Het Valkenbergpark in Breda lag in het centrum
van de stad en dwars door het park lag de kortste route naar
het treinstation.

Het begon te schemeren en Brenda wilde voor het donker
thuis zijn. Ze stuurde foeterend haar fiets het park in terwijl
ze op haar horloge keek. De trein van 20.17 uur ging ze
niet meer halen. Met een snel gebaar veegde ze de regen
uit haar gezicht en vervloekte haar werkgever, die haar
had opgezadeld met een enorme stapel werk. Werk dat ze
maandagmiddag klaar moest hebben. Ze werkte sinds juni
2009 als secretaresse voor een notariskantoor, en na een
maand wist ze al dat ze het daar niet lang zou uithouden.
Er was nooit gesproken over extra uren. Zelfs het weekend
was niet heilig. Drie dagen achtereen had ze voor haar baas
overgewerkt en er was nog geen bedankje over zijn lippen
gekomen. Drie dagen lang at ze magnetronmaaltijden en
was ze niet voor negen uur thuis. Ze was niet getrouwd
en had geen kinderen. Er was niemand die thuis op haar
wachtte, maar toch wilde ze voor zevenen thuis zijn. Drie
dagen...

Mopperend ploegde ze door de wind. Als ze thuiskwam,
zou ze eerst een warme douche nemen en...

Haar hoofd schoot omhoog en geschrokken staarde ze naar het meisje dat plotseling uit de struiken omhoogkwam. Haar lichtbruine haar hing in slierten rond haar bleke gezicht en haar ogen stonden groot en angstig. Ze was hooguit zestien of zeventien jaar, schatte Brenda in. Het meisje stak haar hand uit en begon paniekerig te huilen. Ze kwam naar voren, verstapte zich en gleed onderuit. Brenda kneep in haar remmen en bleef als bevroren op haar fietszadel zitten. 'Wat doe je?' Haar stem sloeg over.

Snikkend krabbelde het kind omhoog en begon met haar arm in de richting van het station te zwaaien. Ze riep onsamenhangende woorden. 'Hij... is weg en hij... mes... en toen... fiets.' Met een hand hield ze haar broekriem vast terwijl ze struikelend op de vrouw afliep.

Toen pas zag Brenda dat de broek van het meisje half op haar heupen hing en dat de rits en knoop openstonden. De spijkerstof was bedekt met donkere vlekken en vegen. Brenda sprong van haar fiets en liet het in het gras vallen. 'Kind, wat hebben ze met je gedaan. Kom vlug hier...' Ze sloeg haar arm rond de schokkende schouders en trok het meisje beschermend tegen zich aan. Haar ogen zochten oplettend de omgeving af. Ze had niemand voorbij zien komen. Welke schoft...

'Tot honderd en toen... en een mes... Engels, en het was zo eng.' Het meisje huilde met lange uithalen.

'Ben je... heeft iemand je...'

Ze maakte haar zin niet af. Het meisje knikte terwijl ze haar hoofd in Brenda's jas drukte. Het antwoord werd gesmoord in de jas en was onverstaanbaar.

'We bellen de politie', reageerde Brenda resoluut en ze

graaide naar haar schoudertas, die aan haar arm bungelde. Haar hand kwam zonder gsm uit de tas en zwaaide door de lucht.

'Meneer... meneer.' In de verte zag ze een man met een labrador het voetpad oversteken. 'Help, meneer. Help!' De man keek in haar richting en zij wenkte. Met grote stappen stak hij het grasveld over.

'Bel de politie', schreeuwde ze de man toe. 'Bel een ambulance. Ze is gewond.'

De man had zijn gsm al in de aanslag en nam het kind van top tot teen op. 'Ben je gevallen met de fiets?'

'Nee, maar belt u snel. Een ambulance en de politie...' Brenda wapperde ongeduldig met haar hand. 'De dader loopt misschien nog rond.'

De man keek de vrouw een paar seconden weifelend aan en je zag hem denken.

'Verkracht', spelden haar lippen geluidloos terwijl ze het meisje tegen zich aan drukte en met haar hand over haar rug wreef.

2

In de verte lijkt het asfalt te zinderen onder de hitte en ergens verbaast het me dat het rubber van de autobanden niet aan het wegdek blijft kleven. Met een grijns zie ik in mijn verbeelding alle auto's in Antwerpen blokkeren. In de hele stad zouden chauffeurs uitstappen en bewegingloos in het asfalt blijven staan. En met hun armen vruchteloos in het ijle zwaaien.

'Hei! Chris! Wakker worden, jongen.' Een por in mijn rug doet me opschrikken. Ik voel me een beetje nijdig omdat hij me uit mijn dagdromen haalt, en die por is ook nergens voor nodig. Ik wil wel eens vaker in mijn fantasie leven, dat weet hij toch.

'Heb ik iets gemist?'

'Straks gaan we op het pleintje een balletje trappen. Je komt ook, toch?'

'Met deze hitte? Ben je gek?'

Ruud toont zijn typische minachtende lachje dat hij bewaart voor iemand die niet meteen voor een partijtje voetbal gewonnen is.

'Wat ga je dan wel doen?' vraagt Laurens.

'Op mijn kamer. Filmpjes op mijn laptop bekijken. Het is veel te warm om iets uit te richten. Ik zweet nu al als een hond die vijf marathons heeft gelopen.'

'Och', zegt Ruud schouderophalend alsof hij niets anders van mij verwacht, en hij rolt gelaten met zijn ogen.

Zijn voet maakt een slepende beweging om een denkbeeldig iemand met een bal te dribbelen. Dan lijkt ook de hitte op hem te vallen, en met zijn handen in de zakken van zijn wijde kuitbroek sloft hij tussen mij en Laurens verder. Het aanhoudend gerinkel van een fietsbel doet ons alle drie omkijken.

'Fien en Carola', constateert Laurens.

Hoewel Fien ook al zestien is, zit ze met Carola een klas lager dan wij.

'Daar gaat je partijtje voetbal, Ruud', zeg ik met een vrolijke grijns.

Fien stuurt haar fiets op het voetpad en haar voorwiel jaagt me een meter van Ruud weg. Alsof ze steun zoekt om niet te vallen zoekt ze een schouder om vast te grijpen. Uitgerekend de schouder van Ruud natuurlijk.

Fien is een moordgriet. Als jaren ben ik gek op haar, spijtig genoeg komt de interesse maar van één kant. Maar in mijn bed masturbeer ik dikwijls terwijl ik fantaseer dat ik met haar vrij. En niet alleen 's nachts.

Ze draagt een rokje dat tot halverwege haar dijen is opgeschoven, een topje dat haar navel bloot laat en een deel van haar borsten laat zien. Als toevallig glijden mijn ogen naar haar kruis en als ze vooroverbuigt om met een hand haar mobieltje uit haar heuptas te nemen, zie ik een zwarte beha die net haar tepels verstopt. Ze werpt een blik op het mobieltje en stopt het terug weg. Ondanks de hitte leunt ze heel dicht tegen Ruud aan. Iedereen weet dat Fien gek is op hem.

Ze is niet de enige. Er zijn nog meisjes die hem zien zitten. Ik begrijp het wel. Ruud heeft een goddelijk lijf. Hij heeft een fijngesneden gezicht dat altijd gebruind lijkt en dat omkranst wordt door nonchalante bruine krullen. Zijn levendige donkere ogen lijken iedereen te betoveren en zijn lach maakt iedereen vrolijk.

Met zo'n kop heeft hij geen moeite om meisjes in zijn richting te laten kijken. Hoewel Ruud al jarenlang mijn vriend is, voel ik me altijd jaloers als er weer een meisje zomaar, of meestal niet zomaar, een praatje met hem wil maken.

In de spiegel zie ik altijd een rond gezicht met een te grote neus en oren waarmee ik vroeger gepest werd. Ruud is lang en slank, ik ben een stuk kleiner en het had tien kilogram minder mogen zijn. Pa heeft ook een pompoen in zijn gezicht en oren als schotelantennes. Soms haat ik hem omdat ik ook die genen van hem heb geërfd. Misschien overdrijf ik. Met mijn neus op de spiegel lijkt elk minpuntje gigantisch groot. Akkoord, er zijn jongens die er lelijker uitzien dan ik, maar ik behoor toch liever tot Ruuds categorie.

Meestal spreken meisjes me aan omdat ze weten dat Ruud mijn vriend is en ze het niet kunnen maken om me te negeren.

Terwijl ik naast Laurens en Carola verder loop, zie ik steeds weer hoe Fien zich bukte en hoe haar borsten bijna uit haar beha stulpten.

'Warm', zegt Carola om iets te zeggen.

Net zoals ik voelt ze zich vast wat overbodig, want we lopen naast elkaar omdat Fien bij Ruud wil zijn. Fien heeft grotere borsten en Carola is niet half zo knap, maar zelfs Carola vindt me maar niks.

'Ik heb zin om deze middag te zwemmen!' Fien roept het luid genoeg opdat we het ook horen.

'Zwemmen?' vraag ik alsof ik het een heel vreemd voorstel vind.

'Ga je mee?'

Onhoudbaar schuiven mijn ogen weer als toevallig over haar borsten en ik probeer me in te beelden hoe Fien er in bikini uitziet. En ik vind mezelf zo'n nul in een zwembroek.

'Nee', zeg ik. 'Ik heb wat anders te doen.'

'Nou, ik wil best', zegt Ruud.

'Mooi', zegt Fien vrolijk.

'Ik ga ook mee', zegt Laurens.

'O ja? Leuk.' De stem van Fien klinkt een tikkeltje teleurgesteld.

Natuurlijk gaat ze liever alleen met Ruud. En weer voel ik me jaloers op mijn vriend, want wellicht blijft het niet alleen bij baantjes zwemmen. Zouden ze ook al zoenen? Elkaar strelen? Meer?

FIEN

'Ruud is daar!' zeg ik als ik hem tussen Chris en Laurens zie.

'En dan?' reageert Carola lauw.

Ze zegt het om me te plagen, ze weet ook dat ik al een jaar stiekem op hem verliefd ben. Op school kijk ik hem na als hij op het schoolplein loopt, en als het lukt probeer ik hem even aan te raken als we naar het klaslokaal lopen. Hij denkt vast dat ik toevallig tegen hem aanleun of zijn arm even vastpak. Spijtig dat ik niet bij hem in de klas zit, dan kon ik hem altijd zien. Dan konden we zelfs samen op mijn kamer ons huiswerk maken.

Telkens als ik hem zie, probeer ik zijn ogen te vangen en automatisch komt er een glimlach op mijn gezicht als hij naar me kijkt. Soms denk ik dat hij nu toch eindelijk moet weten dat ik gek ben op hem, hoewel, het lijkt alsof er in zijn hoofd alleen maar een voetbal zit. Toch weet ik zeker dat hij een boontje voor me heeft, dat voel ik gewoon. Hij heeft alleen een duwtje nodig.

Ik bel, en de jongens kijken om. Verbeeld ik me wat of zie ik echt dat Ruud me anders bekijkt? Misschien... het is zo warm, echt een lekker weertje om te zwemmen. Zou Ruud... 'Ik moet naar Ruud toe.'

Zonder op Carola te wachten fiets ik naar hem toe. Ik weet dat ze achter me aan fietst. Ze volgt me altijd, net zoals Chris en Laurens de schaduwen van Ruud zijn. Ik heb het gevoel dat ik eerst hun toestemming moet vragen om bij Ruud te zijn.

Ik grijp Ruuds schouder vast en doe alsof ik steun zoek om niet te vallen, maar ik wil hem gewoon voelen. Mijn hele lichaam tintelt als ik zijn huid voel.

De ogen van Chris glijden haastig over me en ik merk dat ze snel onder mijn rokje zoeken. Gelukkig heb ik een zwart broekje aan.

Ik dacht even dat ik een sms'je hoorde, maar ik heb het mis. Ik stop mijn mobieltje terug in mijn tas en als ik me opricht zie ik nog net hoe de ogen van Chris van mijn borsten wegvluchten. Viespeuk, denk ik.

Chris brengt me altijd in de war. Als hij Ruuds vriend niet was, zou ik uit zijn buurt blijven. Ik weet dat hij het moeilijk heeft sinds zijn vader wegging, maar toch... Natuurlijk zijn er nog jongens die naar me gluren, maar Chris beloert me als een roofdier.

Yes! Ruud gaat mee zwemmen. Chris niet, gelukkig. Ik mag

er niet aan denken, hij doet niets anders dan gluren. Ik zou
het gevoel hebben dat ik niet eens een bikini draag.
Hij loert ook naar andere meisjes, maar vooral naar mij.
Carola en Laurens gaan ook mee. Nou, daar kan ik mee
leven, Ruud en ik vinden wel een plekje waar we een tijdje
alleen kunnen zijn.

Het is stil in huis. Ma zit aan een kassa in de supermarkt en
pa is al twee jaar niet meer thuis geweest.
'Het is nog niet hopeloos voor me', grinnik ik omdat ik aan
pa denk. Ondanks zijn grote neus en oren woont hij al twee
jaar samen met Pascale. Zij is vijftien jaar jonger en ze ziet
er niet eens beroerd uit, voor een vrouw van dertig dan.
Nu kan ik daarover grapjes maken. Tot vorig jaar zou ik pa
en Pascale gewurgd hebben. Maar sinds hij een laptop voor
mij heeft gekocht, zijn de plooien gladgestreken.
Met een soort bowlingworp laat ik mijn rugzak over de
vloer tot in de hoek van de kamer schuiven en loop naar
de koelkast in de open keuken. Mijn wijsvinger loopt
door de inhoud en zoals verwacht blijkt enkel een
blikje Fanta de moeite. Ik druk het koele blikje tegen mijn
voorhoofd en neem een pakje chips uit de keukenkast. Met
het zakje onder mijn arm trek ik het blikje open en klok
het bijna half leeg terwijl ik de trap op loop. Mijn schouder
duwt de deur van mijn kamer open.
Zoals altijd voel ik me ongeduldig als ik de laptop opstart
omdat ik benieuwd ben welke nieuwe filmpjes ik zal
ontdekken. Door het raam zie ik de huizen aan de overkant
van de straat en ik trek het gordijn dicht.
Al sinds ik de sleutel in het slot van de voordeur stak,

vrijde ik in mijn hoofd met Fien en mijn erectie drukt in mijn broek. Door het trappenlopen begon ik pas echt te zweten. Mijn T-shirt kleeft aan mijn lijf en als ik mijn arm optil zie ik een grote zweetvlek. Zelfs zonder mijn hoofd te buigen ruik ik de okselgeur. Het verbaast me niet dat Carola daarnet een metertje afstand hield.

Ik trek mijn kleren uit en poedelnaakt ga ik op mijn bureaustoel zitten. Intussen weet ik al heel goed de sites te vinden waar ik gratis pornofilmpjes kan zien. Ook filmpjes waarin meisjes worden bedreigd en dan hun belager moeten pijpen of worden verkracht. Ik zie dan de angstige en opgewonden gezichten, zie hun borsten trillen terwijl ze geneukt worden. Ik probeer me altijd met tussenpozen af te rukken om het opgewonden gevoel te rekken, maar ik kom bijna altijd meteen klaar. Al sinds een paar maanden fantaseer ik dan dat ik op die manier Fien kan pakken. Ik sluit mijn ogen en zie haar gebogen voor me zitten. Haar gezicht dat weerloos en bang naar me opkijkt en zich afvraagt wat ik met haar zal doen. Ik zie haar borsten zo dicht voor me dat het lijkt alsof ik ze echt kan aanraken.

Een beetje moedeloos zit ik voor het scherm, waar een porno verder loopt. De spanning is voorbij. Met een handdoek heb ik het sperma van mijn dij geveegd. Fien komt weer in mijn verbeelding.

'Ik zou je best in het echt willen neuken, niet alleen in mijn hoofd', denk ik hardop. 'Maar het kan niet, je kent me veel te goed.'

Zelfs met een masker zou me herkennen. Aan mijn figuur, aan mijn stem, aan mijn houding.

'Iemand anders', mompel ik. 'Ze moet wel een beetje op Fien lijken. Als ik maar kan denken dat het Fien is. Heb ik niet zo veel recht als Ruud om haar te hebben? Als ze me eenmaal voelt, zal ze het leuk vinden. Dan wil ze vast nog meer.'

Het verlangen om iemand te neuken zit al lang in mijn hoofd en wordt steeds sterker. Het liefst Fien, maar voorlopig is iemand anders ook goed. Op een keer...

Het gordijn is al een hele tijd opengeschoven als ik me weer afvraag waar ma blijft. Die had al een hele tijd thuis moeten zijn. Dan zie ik de blauwe Polo, die langzaam langs de geparkeerde auto's rijdt, wanhopig op zoek naar een plekje. Ik klik de pornosite weg en buig me voorover om te zien waar ma haar auto kwijtraakt. Ik ben nijdig omdat ze hopeloos laat is en ik honger heb.

Honderd meter verder, aan de overkant, is een gaatje tussen twee auto's. Aan het snelle, heftige heen en weer manoeuvreren zie ik dat ma nerveus is.

De auto is slordig geparkeerd, maar ma vindt het welletjes. Ze stapt uit, gooit haar tas over haar schouder en neemt een pakje dat in wit papier gewikkeld is.

'Frieten', mompel ik. Het water komt in mijn mond bij de onverwachte verrassing.

Ma blikt naar links, naar rechts en ze rept zich met korte, snelle stappen naar de voordeur. Zelfs door het raam klinkt het haastige getik van haar hoge hakken.

Mijn laptop gaat op stand-by en ik loop de trap af. Ik ben net in de trappenhal als ik hoor dat ze haar sleutel in het slot omdraait.

'Je had op zijn minst de deur open kunnen doen', zegt ze terwijl ze met haar schouder tegen de deur drukt.

Ik kaats het verwijt terug. 'Weet ik veel wanneer je thuis-komt! Je had best een sms'je kunnen sturen.'

Ze duwt het pakje in mijn handen. Door een kier in het inpakpapier krinkelt de frietgeur naar mijn neus. Ma laat haar tas langs haar arm op de vloer schuiven, hangt haar jasje aan de hanger en volgt me naar de keuken.

'Ik heb honger', zeg ik een tikkeltje verwijtend. Ik leg het pakje op de tafel, scheur het papier open en neem met mijn vingers een frietje.

'Er was iemand ziek en ik moest langer werken. Je had intussen uit de koelkast al een plakje kaas of ham kunnen nemen.'

'Kaas? Ham?' Ik snuif verachtelijk door mijn neus.

'Je had ten minste de tafel al kunnen dekken', zegt ze verwijtend en ze neemt twee borden uit de kast.

'Alsof ik daarvoor tijd heb. Trouwens, jij dekt de tafel toch altijd?'

Haar ogen rollen alsof ze zich afvraagt waaraan ze zo'n zoon verdiend heeft. 'Je bent al net als je vader. Die kon ook altijd zeuren over futiliteiten.'

Het verwijt is al zo gewoon, maar toch kwetst het me nog altijd. Alsof het mijn fout is dat hij wegging. Ik neem nog een frietje.

'Wacht nou even, Chris.'

Ik stop het frietje in mijn mond. 'Ze zijn niet meer warm.'

'Ja, zeg, ik kan het ook niet helpen dat er veel verkeer was en dat ik niet meteen een parkeerplaats vond. Ik doe ook maar mijn best, weet je.' Als een wervelwind draait ze zich

om haar as, neemt vorken en messen uit de lade en legt ze
naast de borden. 'Als jij nu de pot met mayonaise uit de
koelkast pakt, dan zijn we zo aan het eten.' Haar stem is
wat vriendelijker omdat ze de geladen sfeer wil dimmen.
Ze neemt het bakje en schudt de meeste frieten in mijn bord.
Ik trek de koelkast open en neem de pot bij het deksel vast.
'Fuck!' In een reflex spring ik achteruit omdat de pot uit
het deksel valt. Met een knal ploft de pot op de vloer en de
mayonaise spat alle kanten op.
'Chris! Wat richt je nu weer uit!' Haar stem is een menge-
ling van woede en ongeloof.
Het lijkt alsof een mayonaisebom is ontploft. De gelige
smurrie kleeft tegen de koelkast, tegen de benen van ma, en
ligt vettig glanzend op de vloertegels.
'Gatver, mijn broek.' Ik merk het nu pas. Met mijn wijsvin-
ger lepel ik de mayonaise van mijn broekspijpen op en lik
mijn vinger af.
'Chris! Verdomme! Kun je dan nooit iets goed doen!'
'Je hebt het deksel niet behoorlijk op de pot geschroefd.
Daarom ligt hij op de grond. Nu doe je alsof het mijn
fout is.'
Haar ogen gaan over de vloer, de besmeurde keukenkasten
en ze zucht moedeloos. 'Jouw vader was ook zo'n kluns.
Die deed ook alles verkeerd.'
De haat raast door mijn hoofd. Ik wil niet met mijn vader
vergeleken worden. Ik ben Chris.
Ik richt mijn wijsvinger op haar borst en instinctief deinst
ze wat achteruit. 'Waarom ben je dan met hem getrouwd?'
snauw ik.
'Omdat ik zo idioot was om zijn praatjes te geloven.

Daarom!' Haar hoofd is rood en ik voel de woede die ze uitstraalt.

Ach mens, val dood, wil ik zeggen, maar ik kan de woorden nog net inslikken. 'Ik ga een andere broek aantrekken.' Er komen tranen in haar ogen en ik hoor een ingehouden snik. Ergens heb ik medelijden met haar, maar waarom doet ze ook altijd alsof het mijn schuld is dat pa wegging.

Google Earth is een fantastische uitvinding, denk ik als ik uit het station van Breda loop. Zo heb ik een park gevonden dat niet te ver van het station ligt. Veel groen, veel bomen. Ideaal.

'Rustig', mompel ik hoewel mijn adem anders is dan gewoonlijk. Hoewel de mensen me gewoon voorbijlopen of hoogstens vluchtig aankijken, heb ik het nare gevoel dat ze weten wat ik van plan ben.

Mijn plan is geniaal, al zeg ik het zelf. In Nederland zal men waarschijnlijk niet meteen naar een Belg op zoek gaan. Ik zal zo weinig mogelijk spreken en als het moet dan alleen in het Engels. Niet dat ik denk dat ze naar iemand uit Engeland op zoek zullen gaan, maar dan kan mijn Belgische accent me niet verraden. En dan nog, in Nederland zullen toch ook wel jongens van Belgische afkomst wonen, net zoals er Nederlanders in België verblijven. Op onze school zit trouwens een Nederlandse jongen, en dat hoor je meteen.

Het regent een beetje. Daarnet scheen de zon, maar nu hebben zwarte wolken zich samengepakt en de gure wind is ook niet om vrolijk te worden. Je hoeft geen weerman te zijn om te voorspellen dat het straks rotweer wordt. Op dit weer heb ik gewacht. Als het te zonnig was, zou dat veel mensen naar het park lokken. Nu het af en toe regent, haalt niemand het in zijn hoofd om een plaid op het grasveld open te spreiden.

Ik steek de straat over en neem in gedachten nog eens door wat me te doen staat. In mijn rugzakje zit een vleesmes dat ik uit de keuken heb meegenomen. Een vlindermes is beter, maar ik weet niet waar ik dat kan kopen zonder dat de verkoper me argwanend aankijkt. Maar een gekarteld vleesmes met een punt ziet er ook dreigend uit. Ma gebruikt het zelden. Ze zal het niet eens missen. En dan nog zal ze denken dat ze het op een verkeerde plek heeft gelegd.

Bij het mes zit een zwarte wintermuts. In de winter zijn de randen omgeslagen, maar als ik ze naar beneden trek, komt de muts tot onder mijn kin. Ik heb twee kijkgaten in de wol geknipt. Gelukkig staat er geen merkembleem op de muts. In de spiegel heb ik gezien dat alleen twee blauwe ogen en een paar donkere wenkbrauwen zichtbaar zijn. Maar hoeveel mensen hebben er geen blauwe ogen en donkere wenkbrauwen? Trouwens, zou een meisje op de kleur van ogen en wenkbrauwen letten als ze verkracht wordt? Ik denk het niet. Even steekt het in mijn borst als ik aan een mislukking denk. Dat ze te veel tegenstribbelt, dat ze roept.

'Geen medelijden', mompel ik binnensmonds. 'Niet praten, geen discussie.'

Ik wandel al een uurtje door het Valkenbergpark. Soms zie ik wandelaars, fietsers, en ik probeer me heel gewoon te gedragen. Ze kennen me niet, ze weten niet wat ik van plan ben, houd ik steeds in gedachten. Het lukt me zelfs om af en toe naar een voorbijganger te glimlachen of te knikken. Maar de meeste mensen rijden me gewoon voorbij. Voor hen ben ik gewoon maar iemand die toevallig door het park loopt, besef ik, en ik voel me al veel rustiger.

Er is een pad dat zich tussen de bomen slingert. Het lijkt me een ideale plek, want er fietst maar af en toe iemand voorbij. Een eindje uit de buurt van het pad heb ik een schuilplaats gevonden waar ik onopvallend kan wachten en toch een goed overzicht op de omgeving heb.

Ik wandel het park uit. Straks zal het beter zijn, als het avond wordt. Ik schat dat ik dan een uurtje de tijd heb, want als het donker wordt, fietsen er vast geen meisjes in hun eentje door het park. En het is ook beter om niet steeds in het park rond te hangen. Er is dan wel niemand die op me let, maar je weet maar nooit.

Mijn hart gaat als een razende tekeer en mijn tong lijkt schuurpapier. Voor de zoveelste keer voel ik aan het vlees-mes, dat nu in mijn jaszak zit. Het handvat steekt er een beetje uit, maar niet opvallend. In mijn andere zak zit mijn muts. Ik leun met mijn rug tegen een brede boom en heb een voetzool tegen de stam geplaatst. Mijn rugzak ligt op de grond, die zou me toch maar hinderen. Zelfs als iemand me ziet, zal die denken dat ik zomaar wat in mijn eentje aan het rondkijken ben.

Soms krijg ik een erectie als ik me voorstel hoe een meisje roerloos onder me ligt, dat ik met haar kan doen wat ik wil. Dat ik macht over haar heb. Maar die erectie verschrompelt telkens als ik aan het risico denk. En toch... ik weet dat ik zal

kicken zoals ik nog nooit in mijn leven heb meegemaakt.
Een keer was ik bijna naar het fietspad gelopen. Er kwam
een jonge vrouw aangefietst, maar gelukkig was ik zo voorzichtig om nog aan beide kanten het pad af te speuren en in
de verte kwam een oudere man aan. Ik draaide me meteen
weer om naar mijn boom. Ik was wel tevreden, omdat even
later zowel de vrouw als de man me niet zagen. Het betekent dat mijn schuilplaats ideaal is.
Het regent weer zachtjes. Het is helemaal niet druk in het
park en dat vind ik prima.

Ik kijk op mijn horloge. Bijna zes uur. Gewoonlijk kijk
ik op mijn mobieltje om de tijd te weten, maar ik heb het
thuisgelaten. Ik heb op tv vaak genoeg gezien hoe iemand
getraceerd werd door zijn mobieltje. Het mijne ligt veilig
in Antwerpen.
Aan ma heb ik verteld dat ik een dag naar Ruud ging. Dat
gebeurt soms nog. En als ze me een sms'je zou sturen om
weet-ik-veel-wat, dan zal ik zeggen dat ik mijn mobieltje
vergat mee te nemen. Ze zal het vreemd vinden, want ik
lijk vergroeid met mijn Nokia, maar onmogelijk is het niet.
Ik voel me ongeduldig. Straks moet ik de trein van
20.17 uur halen.
Heb ik al die moeite gedaan voor niks? Nog een halfuur,
neem ik me voor.

Het meisje zit voorovergebogen op haar fiets. Omdat de
regen in haar gezicht waait, houdt ze haar ogen op de grond
gericht. Ik maak me van de boom los en mijn ogen lopen
het fietspad af. Er is niemand. Ik voel de adrenaline door

mijn lijf bruisen. Wat ik nu ga doen, heb ik al tientallen
keren in mijn hoofd gedaan. Ik voel me onrustig, maar
tegelijkertijd ook op een vreemde manier heel opgewonden. Tussen de bomen loop ik langzaam naar het fietspad.
Ik neem de muts uit mijn rugzak en trek die over mijn
hoofd. Ik verschuil me achter een brede stam die vlak bij
het fietspad groeit. Het mes zit binnen handbereik in mijn
zak.
Nog twintig meter. Ze is klein en heeft halflang donker haar
dat nat tegen haar rug kleeft.
Een jaar of vijftien, schat ik zonder nadenken.
Drie meter.
'Nu!' mompel ik. Ik sprint naar het meisje en duw haar
met beide handen opzij. Ze gilt. De fiets rolt in het gras en
haar voorwiel maakt een kwartslag. In een reflex steekt ze
haar handen uit om de val te breken. Het meisje ligt op de
grond en eerst lijkt ze niet te begrijpen wat er gebeurd is.
Dan kijkt ze op. Ze ziet mijn masker, het mes in mijn hand.
Haar ogen gaan wijd open van angst.
'Get up!' snauw ik.
Ze lijkt me niet te begrijpen. Ik word nerveus. Het moet
sneller gaan. Ik kijk links en rechts. Gelukkig is er niemand
te zien. Ik grijp haar arm en druk de punt van het mes tegen
haar hals.
'Take your bike!'
De prik van het mes maakt haar opeens actief. Ze durft
me nog amper aan te kijken en ze trekt de fiets bij het
stuur overeind. Snel kijk ik langs het fietspad. Nog steeds
niemand.
Terwijl ze met beide handen de fiets bij het stuur mee-

sleept, trek ik haar mee naar mijn schuilplaats tussen de bomen. Mijn sportschoen trapt de fiets uit haar handen. Haar gezicht staat strak van schrik. Mijn hand klemt als schroef om haar rechterpols.

'Ik heb een beetje geld', zegt ze en ze grijpt naar een tasje dat in haar regenjas zit. 'I have money', zegt ze omdat ik niet reageer.

'On the ground!'

'Nee!' Ze schudt haar hoofd alsof ze nu pas beseft wat ik wil.

Ik druk het mes weer tegen haar keel en ze jammert zachtjes als ze het tasje weer in haar zak stopt en zich op haar knieën laat zakken.

'On your back!'

Ze gaat op haar rug liggen en sluit haar ogen.

Ik voel de erectie tegen mijn broek drukken. Eindelijk, denk ik. Ze lijkt wel niet op Fien, maar ik vind het geweldig dat ik met haar kan doen wat ik wil. Mijn handen beven van opwinding en ongeduld als ik de knoop van haar broek losmaak. Als de rits open is, ruk ik aan haar broek, maar het lukt me niet om die naar beneden te krijgen.

'You do it!'

Ze schudt het hoofd, maar als ik met mijn mes een prikje onder haar oor geef, gaan haar handen naar de broeksband. Ze drukt haar bekken wat omhoog en duwt haar broek naar beneden.

Ik haak mijn vingers achter het elastiek en sleur haar broekje naar haar enkels.

'Hands under your back!'

Ze is vast murw, want ze schuift meteen haar handen onder

haar billen. Ik maak mijn broek los en ga op haar liggen.
Mijn knie drukt haar benen uit elkaar en ze is zo bang dat
ze roerloos blijft liggen. Met een hand houd ik het mes
vast, mijn andere hand schuift onder haar kleren, duwt haar
beha omhoog en grijpt een borst vast. Ik moet me haasten,
want ik kan het niet lang meer uithouden. Haastig druk ik
met mijn knieën haar benen open. Haar ogen zijn gesloten.
Ik schuif zoekend over haar heen, maar dan ontplof ik.
Nee! Niet nu, denk ik in paniek.
Ik probeer nog in haar te komen, maar het lukt niet meer.
Opeens voel ik me futloos.

Mijn sperma glimt op haar dijen en haar buik.
'Shit!' mompel ik nog eens, maar dan besef ik dat ik niet
mag blijven treuzelen.
Haar ogen blijven dicht als ik opsta, en ik kijk om me heen
terwijl ik mijn broek dichtknoop. Het is een veilige plek,
besef ik nog eens, vanaf het fietspad kun je niets zien.
'Turn around!' Mijn voet drukt tegen haar zij en gewilliger
dan ik verwacht gaat ze op haar buik liggen.
Misschien weet ze dat het voorbij is en wil ze geen risico's
meer nemen, veronderstel ik, maar het maakt me niets uit.
Als ze maar mijn bevelen opvolgt.
Haar naakte billen hitsen me weer op, maar ik heb geen tijd
meer. Het zou stom zijn. Ik mag mijn geluk niet uitdagen.
'Lay down and count till one hundred.'
Ik stop het mes in mijn rugzak en schrik als ik tussen de
bomen een fietser zie passeren, maar hij kijkt niet eens opzij.
De fiets, besef ik opeens. Ik draai de ventielen van de ban-
den los en laat de lucht ontsnappen. Zo zal het even duren

voordat ze me kan volgen of de politie kan waarschuwen.
Shit! Haar mobieltje! Wat stom ben ik toch!
Ik blaas tussen mijn lippen van opluchting omdat ik net
op tijd aan haar mobieltje denk. Natuurlijk zou ze meteen
naar de politie bellen en die konden me zomaar tussen de
treinreizigers wegplukken. Hoewel, denk ik, zou ze me
kunnen herkennen of weten dat ik met de trein ga? Maar ik
wil geen risico's nemen.
Ik buig me over haar heen. Ze krimpt in elkaar omdat ze
denkt dat ik haar nog een keer wil nemen.
'Your mobile', zeg ik. Ze begrijpt me niet of wil me niet
begrijpen. Ik tast met beide handen in haar zakken en
voel het tasje in haar regenjas. Ik trek de rits open en het
mobieltje ligt boven op een zakdoek. Dan zie ik haar
bibliotheekpasje.
'I know your name and address. If you tell someone...' Ik
maak mijn zin niet af omdat ik niet meteen kan bedenken
wat ik zou doen. Maar het klinkt beangstigend, want ik zie
dat ze schrikt.
Ik ga in de richting van het fietspad en als ik over mijn
schouder kijk, zie ik dat het meisje nog met haar gezicht
in het gras lig.
Niet rennen, herhaal ik telkens terwijl ik mijn muts in de
rugzak stop. Als ik op het fietspad ben, kijk ik nog eens
tussen de bomen. Ik zie een stukje van haar fietsstuur dat
naar boven wijst.
Ze telt echt tot honderd, besef ik, en de kick zindert nog na
in mijn lijf.
Ik schakel haar mobieltje uit, kijk snel rond en loop naar
een bosje struiken. Met de hak van mijn schoen kap ik

een kuiltje tussen de struiken, laat mobieltje erin vallen en schop er zand over.

Gelukkig is er een plaats bij het raam vrij. Hoewel ik me nu vrij rustig voel, ben ik toch opgelucht dat ik door het raam kan kijken en niemand in de ogen hoef te zien. Rechtover me zit een man die me amper aankeek toen ik me met een hoofdknik op de bank liet vallen.
Mijn handen rusten op mijn rugzak, die op mijn schoot ligt. Het vleesmes en de muts heb ik onderweg in mijn sweater gewonden.
De huizen, de straten, de weiden schieten voorbij, maar ik zie het amper.
Schoensporen, denk ik opeens. Mijn ogen gaan naar mijn zwarte Adidassen. Maat 44. Zo zijn er vast tienduizenden. En het regent. Na deze nacht zijn de sporen vast verdwenen.

Misschien gaat het meisje niet eens naar de politie. Heb ik niet ooit gelezen dat de meeste verkrachtingen niet worden aangegeven? Ik probeer nog te bedenken wat er nog verkeerd kan lopen, maar ik vind niets meer.
Mijn sperma misschien? Vingerafdrukken op haar tasje? Maar wie kent er mijn DNA? Wie kent er mijn vingerafdrukken?
Voor mijn ogen zie ik het meisje liggen en ik krijg een erectie. Jammer dat het allemaal zo vlug moest gaan. Een volgende keer moet ik toch wat met haar kunnen spelen. Volgende keer? Ik schrik omdat ik al aan een volgende keer denk. Maar het gaf zo'n machtig gevoel toen ze weerloos en bang onder me lag. Heel wat anders dan me afruk-

ken tijdens een pornofilm. Deze kick is onbetaalbaar.

Een volgende keer neem ik plastic boeien mee, denk ik opeens. Dan hoef ik mijn mes niet meer vast te houden en kan ik haar met beide handen voelen.

De trein vertraagt en ik zie het station van Roosendaal door het raam.

En het meisje leek helemaal niet op Fien. Misschien moet ik een volgende keer kieskeuriger zijn.

Onrustig woel ik onder mijn donsdeken en voor de zoveelste keer neem ik mijn mobieltje.

7.08 uur. Ik ben gefocust op de geluiden die door de vloer in mijn kamer dringen. Zelfs het pruttelen van het Senseo-apparaat lijk ik te horen.

'Schiet nou een beetje op', mompel ik. Zonder dat ik het merk klauw ik nerveus met mijn vingers in de deken.

Toch dwaalt mijn hoofd naar het Valkenbergpark. Ik krijg weer een erectie als ik aan het meisje denk.

'Verdomme, waarom moest ik zo vroeg klaarkomen?' vloek ik hardop.

Jaren droom ik al hoe het is om in een kut te schuiven en nu heb ik het zelf verknald. Een volgende keer masturbeer ik 's morgens, neem ik me voor, dan ontplof ik niet zo vlug.

Voetstappen naderen snel op de trap en seconden later wordt de deur opengeduwd.

'Chris! Het is tijd om op te staan!'

'Ja', zeg ik gemaakt loom. Hoewel ik 's avonds altijd het alarm van mijn mobieltje activeer, wil ma zien dat ik echt uit bed kom. Omdat ik me enkele maanden geleden een paar keer verslapen heb.

Ze doet het licht aan en ik knipper met mijn ogen tegen de felle lamp.

'Het is tijd, Chris', zegt ze nog eens. Ik weet dat ze niet weggaat voordat ik op mijn benen sta. 'Tot vanavond.'

'Tot vanavond, ma.'

Ze laat de deur open en haastig loopt ze de trap af. Op de een of andere manier moet ma zich altijd haasten, alsof ze altijd en overal te laat zal komen. Sinds pa weg is, heb ik haar nog nooit rustig gezien.

Zonder zelfs naar de badkamer te gaan klap ik de laptop open. 'Vooruit, jongen', grom ik omdat net nu het opstarten heel lang lijkt te duren.

Ik hoor dat ma de voordeur dichtslaat. Nu hoef ik tenminste niet bang te zijn dat ze onverwacht in mijn kamer komt. Ze zou het wel heel vreemd vinden.

Mijn adem versnelt een beetje als ik Google aanklik en 'Kranten Nederland' intik.

Is dat kreng naar de politie geweest? Met die woorden schrok ik vanochtend wakker en ze beletten me om nog een oog dicht te doen. En net toen ik hoorde dat ma opstond, kwam ik op het idee om op het internet Nederlandse kranten te bekijken.

Ik weet niet meteen waar ik moet zoeken en ik surf rond tussen allerlei berichten. Opeens zie ik een kop in vette letters.

Breda. Meisje aangerand in Valkenbergpark

Gisteravond werd rond zeven uur in het Valkenbergpark een 15-jarig meisje het slachtoffer van een verkrachtingspoging. Het meisje werd door een gemaskerde man van haar fiets gesleurd en onder bedreiging van een mes naar een bosje struiken gedwongen. Daar probeerde hij haar te verkrachten. Opmerkelijk is dat de dader Engelstalig is. Het slachtoffer werd in shock naar het ziekenhuis gebracht. De politie start een onderzoek.

Even lijkt er een schroef rond mijn hals te klemmen. Ik herlees en herlees het artikel, totdat ik besef dat er niets in mijn richting wijst. Er wordt zelfs over een man gesproken, geen jongen. Voor één keer ben ik blij dat ik niet mager ben, dat ik eerder het postuur van een man heb.

Ik zoek nog verder op het internet, maar alle artikelen over de verkrachting lijken op elkaar.

Ik leun achterover in mijn bureaustoel en ik adem opgelucht tussen mijn getuite lippen uit. Het is duidelijk dat ze niet weten wie de dader is. Een man. Engelstalig. Gemaskerd. Nee, zelfs mijn moeder zou me niet herkennen. Het was beter geweest als er niets was gebeurd, maar ergens voel ik me ook trots omdat ik de kranten in Nederland gehaald heb. Opeens ga ik rechtop zitten. 'Hoe weten die kranten wat er gebeurd is?' vraag ik me hardop af. 'Zou dat meisje naar de pers gaan om te vertellen... Nee, toch? En het zou

me verbazen dat de politie of een arts een krant opbelt.'
Ergens vind ik het jammer dat het niet in de Belgische
kranten verschijnt. Dan had ik langs mijn neus aan Ruud of
Laurens kunnen vertellen wat ik gedaan had. En alleen ik
zou weten wie de dader is. Maar wie leest in Antwerpen
De Telegraaf of het *Algemeen Dagblad*? Alleen een Nederlander die in Antwerpen aangespoeld is. Jammer, zo ben ik
de enige die weet hoe geweldig ik ben.
'Het journaal! Verdomme, waarom heb ik daar niet eerder
aan gedacht?' Weer kijk ik op het internet wanneer ik het
Nederlands journaal op tv kan bekijken. 8.00 uur. Dan moet
ik naar school vertrekken, maar Ruud en Laurens moeten
dit keer maar wachten.

Er waait een harde wind. 'Ook dat nog', vloek ik binnensmonds omdat ik amper vooruitkom. 'Ik ben al zo laat.'
In gedachten heb ik al honderd keer het krantenartikel
gelezen en op tv vond men het niet de moeite om er iets
over te zeggen.
Niemand kent me, denk ik. En de politie zoekt vast in
Nederland. Ik lach geluidloos als ik me inbeeld dat politiemensen in Engeland op zoek zijn.
Trouwens, er gebeurt elke dag zo veel. Morgen haalt die trut
uit Breda niet eens een regel in de krant en volgende week
is men het al vergeten. Zoekt de politie niet eens meer.
Ruud heeft zijn fiets tegen de gevel van een huis geplaatst
en de kraag van zijn jas rechtop gezet. Met zijn handen in
zijn zakken loopt hij op de straathoek te ijsberen.
Sneeuw, regen, orkanen, hittegolf... Laurens zit altijd
op de bagagedrager van zijn fiets als hij ons opwacht.

Zodra Ruud me ziet, grijpt hij zijn fiets.

'Waar bleef je nou?' vraagt hij nijdig als ik mijn voet op de grond zet. 'Straks krijgen we problemen op school omdat jij te laat bent.'

'Sorry. Ik heb me verslapen.'

Ik moet echt op mijn tanden bijten om niet te vertellen wat ik gedaan heb. We hebben al geheimen gedeeld, maar dit... Nee, het zijn mijn beste vrienden, maar ik ben niet zeker dat ze hun mond kunnen houden. Met zijn drieën rijden we verder.

'Ruud heeft twee doelpunten gescoord. En met het hoofd', zegt Laurens.

'Ja, goed van hem', zeg ik en mijn gebrek aan enthousiasme verbaast hen.

'Waar was je trouwens zaterdag?' vraagt Ruud.

Ik ben met mijn gedachten terug bij het krantenartikel. Hun gezichten kijken me verwonderd aan omdat ik niet reageer.

'Anders mis je nooit een wedstrijd op zaterdag', vult Laurens aan.

'Zaterdag?' Het dringt net op tijd tot me door. 'Zaterdag kon ik niet. Zaterdag was ik in Breda.'

3

De deur van de behandelkamer was gesloten en er klonken stemmen op de gang. Agnes trok de deken vaster rond haar schouders en staarde verdoofd naar de deur. Ze hadden haar voor onderzoek naar het ziekenhuis gebracht en allerlei lastige vragen gesteld. Het was moeilijk om haar verhaal te doen. Telkens kwamen de tranen en bleven haar woorden in haar keel steken.

Ze kon het zelf moeilijk bevatten. Ze had bij Marjolein haar huiswerk gemaakt en was de tijd vergeten. Om zes uur moest ze thuis zijn. Ze had haar moeder gebeld en haar laten weten dat ze iets later kwam. Het was geen probleem, maar ze moest wel haast maken. Haar vader had die avond een voetbaltraining en hij wilde snel eten. Daarom nam ze de korte route. Het scheelde een paar minuten als ze door het park fietste in plaats van eromheen. Ze was halverwege het park, toen ze plotseling van achter een boom iets op haar af zag komen. Het ging snel en ze kreeg niet de kans om het te ontwijken. Ze voelde een klap van opzij en met fiets en al smakte ze tegen de grond. Het was even zwart voor haar ogen en toen het weer helder werd, stond hij daar. Een man met een mes en een bivakmuts op. Hij greep haar vast en drukte het mes tegen haar keel.

Agnes knipperde haar tranen weg en liet haar vingers langs de wond in haar hals glijden. De paniek sloeg weer toe.

Haar hart roffelde in haar borst en ze kreeg het benauwd. Misschien was het beter als ze aan andere dingen dacht. De verpleegster had beloofd dat ze haar ouders zouden bellen. Dat was tien minuten geleden. Waar bleven ze nou? De arts wilde haar onderzoeken en ze had liever dat haar moeder daar bij was. Er zouden spermasporen worden veiliggesteld. Met staafjes en buisjes werd het van en uit haar lichaam gehaald. Ze had maar half geluisterd. Ze wilde niet luisteren, ze wilde naar huis. De arts had haar een verhaal verteld over DNA en dat de politie hiermee misschien de dader kon achterhalen. De politie? Ook dat nog. Dan moest ze alles opnieuw vertellen, alles weer opnieuw beleven.

Maar wat kón ze vertellen? Het tolde door haar hoofd. Ze had weinig ervaring met seks en deze man had haar willen... Een onbekende man... Hij had blauwe ogen, meer wist ze niet. Ze had niet het lef gehad om hem goed in zich op te nemen. Zijn handen hadden ongeduldig aan haar broek getrokken en ze durfde zich niet te verzetten. Zijn stem gonsde door haar hoofd en leek zich daar genesteld te hebben. Het kwam telkens weer tot leven. Later drong het tot haar door dat hij Engels sprak. De angst... de angst was verschrikkelijk. Het mes dat in haar nek prikte, en zijn warme adem langs haar gezicht. Hij kreunde en...

Zijn vingers klauwden in haar borsten, maar ze had geen kik gegeven. Hij sjorde onhandig aan haar kleding en stroopte ruw haar onderbroek naar beneden. Ze had haar tanden op elkaar gebeten, haar ogen stijf dichtgeknepen en gehoopt dat het snel voorbij zou gaan. Het leek een eeuwigheid te duren en plotseling was hij met een vloek van haar af gekropen. Het waren flarden die ze zich nog kon herinneren. Telkens iets meer.

'Agnes?'

De deur vloog open en haar moeder stoof de kamer binnen. Agnes sprong van de behandeltafel en zocht troost in de uitgestoken armen. Al haar verdriet kwam naar buiten. De twee vrouwen klampten zich aan elkaar vast. De moeder mijmerde troostende woorden terwijl ze huilend over de haren van haar dochter streek.

Een vrouw in de deuropening slikte haar emoties weg en observeerde het tweetal. Sera Kuguksloe had die dag dienst. Ze werkte als zedenspecialist bij de recherche en had rond negen uur de melding binnengekregen. Ze had zich naar het ziekenhuis gehaast en trof daar moeder en dochter snikkend aan. Dit waren momenten die haar telkens weer diep raakten.

Een hand raakte haar schouder aan. 'Ik moet haar klaar-maken voor het onderzoek.' Sera stapte opzij en liet de verpleegster passeren.

'Agnes, mevrouw Van Eck, de dokter wacht.' Mevrouw Van Eck knikte. 'Kan ik erbij blijven?'

'Natuurlijk.' De verpleegster keek de rechercheur vragend aan.

'Ik wacht op de gang', liet Sera haar weten. Ze wendde zich tot mevrouw van Eck. 'Ik ben Sera Kuguksloe. Ik werk voor de politie. Ik wil na afloop van dit onderzoek een ver-klaring van uw dochter opnemen.'

Mevrouw Van Eck liet met tegenzin haar dochter los en schudde de uitgestoken hand. 'Ik hoop dat u die zieke klootzak snel te pakken krijgt.'

'Daar gaan we ons best voor doen', beloofde de recher-cheur. Ze overhandigde de verpleegster een papieren zak.

'Wilt u hier haar kleding in stoppen?'

'Waarom is dat?' wilde mevrouw Van Eck weten.

'De kleding sturen we samen met de sporen die de arts heeft veiliggesteld naar het Nederlands Forensisch Instituut voor een onderzoek', legde Sera uit. 'Misschien dat ze in de kleding haren, bloed of huidschilfers van de dader vinden. Ik wil ook foto's van de verwondingen.' Ze keek de verpleegster aan en deze knikte. De rechercheur legde haar hand op die van Agnes. 'Het moet even. Sterkte.'

De recherchechef Adri Koekkoek verzamelde zijn medewerkers in de vergaderkamer op het politiebureau. De
mannen waren in de meerderheid. De rechercheafdeling
bestond uit negentien mannen en acht vrouwen.
Geduldig wachtte Koekkoek totdat iedereen had plaatsgenomen, en tikte toen met de achterkant van zijn pen op
het tafelblad. 'Dames, heren... even centraal. Dank u. Ik
wil graag beginnen. Zaterdagavond is er een meisje in het
Valkenbergpark op grove wijze aangerand. Sera had dienst
en kan ons verder informeren...' Zijn ogen zochten naar de
Turkse vrouw achter in de zaal.

Sera stak haar hand op. 'Het slachtoffer is een vijftienjarig
meisje: Agnes van Eck. Het verhoor ging wat moeizaam.
Ze is erg van streek en ze probeert het hele gebeuren te
blokkeren. Wat ze weet vertelt ze in delen en daarom zal
ze meerdere keren gehoord moeten worden. De dader is
een Engelssprekende man. Tenger, een donkere jas tot op
de heup en een zwarte broek. Hij droeg een wollen muts
waarin op ooghoogte gaten waren geknipt. De man heeft
het slachtoffer van haar fiets geduwd en haar de struiken
in getrokken. Onder bedreiging van een mes heeft hij geprobeerd haar te verkrachten. Daarna heeft hij haar mobiel
uit haar tas gepakt en meegenomen. De technische rechercheurs hebben gisteravond de locatie afgezet en zijn
vanmorgen begonnen met het zoeken naar sporen. Tot nu
toe hebben we sperma, vingerafdrukken op een bibliotheekpas en een vage schoenafdruk. De man heeft met zijn

voet het meisje omgerold en heeft een modderspoor op haar zij achtergelaten. Het is nog onduidelijk of dit spoor bruikbaar is. Er zijn foto's genomen van de afdruk en de verwondingen in haar nek. Het materiaal is gisteravond verstuurd naar het NFI. Zoals we allemaal weten, lopen ze daar over van het werk. De uitslag kan een paar weken op zich laten wachten.'

Adri Koekkoek knikte en vouwde zijn handen onder zijn kin. 'Ik heb overleg gepleegd met de officier van justitie en gezien de leeftijd van het slachtoffer en bedreigingen die er zijn geuit, gaan we er een team op zetten. Sera, Nancy Peeters, Cees Afman en Jeroen Sondag gaan dit team vormen. Koen Ravensburg heeft de leiding en coördineert het onderzoek.'

Ravensburg schoot rechtop in zijn stoel en trok een donker gezicht.

'Vragen of opmerkingen?' Koekkoek negeerde het norse gezicht van de rechercheur en keek rond. Er kwam geen reactie uit de zaal. 'Dan gaan we boeven vangen.'

Hij schoof zijn stoel naar achteren en gebaarde naar Ravensburg dat hij hem moest volgen. De recherchechef beende de gang door, zijn kamer binnen. Hij nam achter zijn bureau plaats en knikte naar de lege stoel tegenover hem. Ravensburg liet zich langzaam in de stoel zakken en keek zijn chef afwachtend aan.

'Ik zag aan je gezicht dat je het niet eens bent met mijn beslissing?' Koekkoek veerde achterover in zijn stoel. 'Heb ik het mis?'

'Je weet dat ik met vier mensen geen diepgaand onderzoek kan starten. Aan het verhoor van het slachtoffer ben ik al twee mensen kwijt. De plaats delict is een groot gebied met mogelijk veel getuigen. Er moet een passantenonderzoek komen en...'

Koekkoek onderbrak de rechercheur. 'Ik weet hoe het werkt. Maar we moeten roeien met de riemen die we hebben. Er draaien op dit moment vijf teams en ik heb verder geen mensen die ik in jouw team kan plaatsen. Ik heb Nancy en Jeroen uit het inbrakenteam gehaald. Daar moeten ze het nu doen met drie rechercheurs. Zodra er teams worden afgebouwd, krijg je meer mensen toegewezen. Heb je verder nog vragen?'

Ravensburg wreef met zijn handen door zijn gezicht. Hij werkte 26 jaar voor de politie en in die 26 jaar leek er weinig veranderd te zijn. Telkens voerde hij dezelfde discussie met zijn leidinggevende, en de recessie had het er niet beter op gemaakt. Er werd bezuinigd op personeel en de criminaliteit steeg drastisch. Met een zucht stond de rechercheur op. 'Laten we dan maar geen kostbare minuten verspillen aan een zinloos gesprek.'

Het team-Valkenbergpark had aan het eind van de gang twee kamers toegewezen gekregen. Voordat het daar zijn intrek kon nemen, werden de nodige apparaten versleept en verrijdbare ladeblokken verplaatst. Ravensburg had zich de kleinste kamer toegeëigend en was druk bezig met het maken van een stappenplan. Voor de tweede keer las hij de verklaring van Agnes door en onderstreepte met een markeerstift de belangrijkste details.
Peinzend staarde hij naar zijn aantekeningen en vroeg zich af waar hij met zijn onderzoek moest beginnen. Veel moge-

lijkheden waren er nog niet. Een man met donkere kleding en een bivakmuts. Dat kon iedereen zijn.

Hij keek op toen Nancy Peeters de kamer binnenkwam.

Met een voldaan gezicht schoof ze een lijst onder zijn neus.

'Ik ben zo vrij geweest...'

De rechercheur boog zich met een frons over de lijst met straatnamen en keek haar vervolgens vragend aan. 'Kunnen we dit ergens voor gebruiken?'

Nancy knikte. 'In veel steden heb je tegenwoordig stadstoezicht met camera's, en in Breda is het niet anders. Het Valkenbergpark ligt tussen het treinstation en het centrum en daar hangen 22 camera's. Dit is een overzicht van de locaties waar de camera's hangen.'

'Geweldig.' De ogen van Ravensburg begonnen te glanzen. Enthousiast wreef hij in zijn handen. 'Een mooi begin. Vraag de beelden van alle 22 camera's van gisteren op. Een vent met een bivakmuts moet toch opvallen? Het meisje is rond zes uur aangerand.' Hij dacht even na. 'Benader alle providers. Ik wil een overzicht van het telefoonverkeer dat tussen vijf en negen uur 's avonds in het park heeft plaatsgevonden. Misschien dat de dader voor of na de daad met iemand heeft gebeld: een taxi, een vriend of met wat geluk het weerbericht. Hij heeft haar mobiel meegenomen...

Plaats een tap op het telefoonnummer. Zodra het wordt gebruikt, kunnen we aan de hand van de paalgegevens de locatie van de beller achterhalen.'

'Ik neem aan dat je een plattegrond van het park en de omgeving wil?' Nancy had zich in de deuropening omgedraaid.

'Moet je dat nog vragen?' reageerde Ravensburg sarcastisch. 'En vergeet mijn koffie niet.'

'Grappenmaker', riep ze vanuit de gang. 'Als je toch gaat halen, neem voor mij een kop thee mee. Met twee zoetjes...'
Lachend pakte de rechercheur de markeerstift weer op en boog zich over het proces-verbaal.
Tien minuten later verscheen Cees met zijn jas aan in de deuropening. 'Jeroen en ik gaan naar het park. Onze technische man is bezig met een sporenonderzoek. Misschien dat hij al iets heeft gevonden. Jeroen en ik doen meteen een rondje park en we kijken of we getuigen kunnen vinden. Heb jij nog iets?'
'Nee, nog even niet. Bel als je iets bruikbaars hebt gevonden.'

Een perceel van vijftig bij vijftig meter was met rood-wit gestreept lint afgezet.
Voorbijgangers hadden zich voor het afzetlint verzameld en keken nieuwsgierig naar de mannen in hun witte overalls, mondkappen en latex handschoenen. Er werden foto's door de omstanders gemaakt en er werd druk gespeculeerd naar het doel van het onderzoek. De politie voor het afzetlint werd bestookt met vragen, maar liet de omstanders nog even in onwetendheid. Ad Versluijs, de technische rechercheur, kwam uit de struiken omhoog en duwde zijn bril op zijn neus naar achteren. Door de regen was een groot deel van de sporen weggespoeld. Ze hadden nog wel een vage indruk van een schoenprofiel onder een struik in de aarde aangetroffen. In de nabije omgeving hadden de techneuten een limonadeblikje, toiletpapier en twee sigarettenpeuken verzameld. De vraag was of het materiaal iets met de zaak te maken had. De exacte plek waar Agnes had gelegen,

was met een ultravioletlamp getraceerd. Er werden sperma en sleepsporen op de plek aangetroffen. De grond werd in vakken verdeeld en minutieus afgezocht. Er kwamen geen nieuwe sporen aan het licht.

Er werd gezwaaid en Ad herkende de collega's achter het afzetlint. Met grote stappen liep hij op het tweetal af.

'Hebben jullie iets kunnen vinden?' informeerde Cees. Hij stak een sigaret op en keek de technische man hoopvol aan.

Ad trok een zuinig mondje en schudde zijn hoofd. 'Niet veel. Zijn jullie hier voor een passantenonderzoek?'

De beide mannen knikten.

'Dan is het wellicht verstandig om bij die man met dat blauwe jasje te beginnen. Hij is overdreven nieuwsgierig en heeft blijkbaar weinig omhanden, want hij hangt hier al vanaf negen uur rond.'

Jeroen ontdekte de man op een bankje tegenover de politiebus die op het gras geparkeerd stond.

'Controleer ook de vuilnisbakken bij de uitgang', adviseerde Versluijs. 'Misschien dat de dader zijn bivakmuts of mes heeft weggegooid.'

Cees stootte zijn collega aan. 'Begin jij met die man, dan loop ik de vuilnisbakken langs.'

Jeroen stak het grasveld over en nam naast de man op het bankje plaats.

De man rook naar zweet, had een baardgroei van een paar dagen en zijn kleding zag er wat smoezelig uit.

'Dag meneer. Mijn naam is Jeroen Sondag en ik werk voor de recherche. Wij zijn bezig met een onderzoek en misschien kunt u ons helpen. Mag ik u wat vragen stellen?'

Hij stak zijn politiebadge naar voren. De man knikte zonder een blik op het plastic te werpen.

'Komt u vaker in dit park?'

'Elke dag. Ik woon hier.' Hij grijnsde zijn bruine tanden bloot. 'Dat had ik misschien beter niet kunnen zeggen. Is dat strafbaar?'

Jeroen lachte. 'Maakt u zich geen zorgen. Ik ben met een heel ander onderzoek bezig. Zaterdag tussen vijf en zeven uur is er in de struiken een jong meisje aangerand.' Hij wees naar de mannen in de witte overalls. 'Hebt u iets verdachts gezien? Iemand die zich vreemd gedroeg? Iemand die hard is weggerend of gefietst?'

'Zaterdag?' De man schrok zichtbaar. 'Het regende toen en dan zijn er weinig mensen in het park. Ik ben ongeveer om halfzeven naar het station gelopen en ik ben in de centrale hal op een bank in slaap gevallen.'

'En toen u naar het station liep? Hebt u niets opvallends gezien of gehoord?'

De man zocht zijn geheugen af. 'Nee. Ik heb een dame met een zwarte hond gezien en een man op de fiets. Maar daar is niets verdachts aan. Die mensen komen hier regelmatig, net zoals de schoolgaande jeugd. Ik heb een knul met een rugtas zien lopen, een groep meiden en twee jongens met een vuilniszak. Iedereen heeft haast, dat is gewoon. Ze lopen hier voorbij en willen zo snel mogelijk naar huis. Zeker als het regent. Wat misschien wel opvallend was... een oudere man met een regenjas en een hoed. Ik heb hem twee keer voorbij zien komen. Ik lag onder de grote boom.' Hij wees naar een groep bomen die op tientallen meters van de plaats delict stond.

Jeroen maakte aantekeningen.

'Dat is alles wat ik weet.'

'Mocht u toch iets te binnen schieten...' Jeroen overhandigde de man zijn visitekaartje. 'U kunt mij bereiken op dit nummer.'

'Ik heb geen telefoon en ook geen geld om te bellen. Als u een eurootje kunt missen?' Hij hield bedelend zijn hand op.

'Twee euro is nog beter. Ik lust wel een kop koffie. Ik heb u toch ook geholpen?'

Jeroen haalde zijn portemonnee tevoorschijn en duwde de man een biljet van vijf euro in zijn handen. 'Als u er maar geen alcohol van koopt.'

De waterige ogen keken de jonge rechercheur verwijtend aan. 'Nee, natuurlijk niet.'

Jeroen stond op en liep naar de omstanders voor het lint. 'Jeroen Sondag, recherche. Mag ik u iets vragen?' Hij liet zijn badge aan de vrouw zien. Haar ogen glommen en nieuwsgierig keek ze de rechercheur vragend aan.

'Wij zoeken getuigen van een aanranding. Zaterdagmiddag is een jong meisje van haar fiets getrokken en in de struiken misbruikt. Was u zaterdag tussen vijf en zeven in het park of weet u iemand die hier geregeld komt? De dader is een Engelssprekende man...'

De vrouw schudde meewarig haar hoofd. 'Waar gaat het toch heen in deze wereld. Ik loop elke dag door het park. Ik werk parttime achter de kassa bij de Hema en ik woon in de wijk hierachter.' Ze wees met haar duim over haar schouders naar een flatgebouw dat gedeeltelijk zichtbaar was boven een aantal boomtoppen. 'Ik was zaterdag rond vier uur al thuis, maar misschien dat mijn buurvrouw iets heeft gezien. In de late namiddag laat ze altijd haar hond in het park uit. Sonja Breedhoven, Parkdreef nummer 14.'

De pen kraste over het papier. 'Het komt door de buiten-landers', liet de vrouw er toen ongevraagd op volgen. 'Die verzieken de hele boel hier.'

'Het is wel erg gemakkelijk om hun de schuld te geven van alles. Maar in ieder geval bedankt voor uw hulp.'

Met een stug knikje verplaatste Sondag zijn aandacht naar de man aan zijn rechterkant.

'Meneer, mag ik u iets vragen?'

Cees Afman toetste het nummer in en hield de telefoon tegen zijn oor. Zijn ogen dwaalden over het voetpad dat zich vanaf de ingang van het park over het grasveld slingerde. Hij had de vuilnisbakken aan de kant van het station en het centrum leeggehaald. Bezoekers hadden hem vreemd aangekeken en een oudere man was zelfs gestopt en had hem verontwaardigd aangesproken. Of hij dit thuis ook deed? Cees zag daar de grap wel van in en liet hem ongestoord zijn preek houden.

Toen de man was uitgeraasd, toonde Cees uiteindelijk zijn politiebadge en legde uit dat hij met een onderzoek bezig was. De man had een vies gezicht getrokken en wist hem daarna te vertellen dat de vuilnis elke ochtend met uitzon-dering van de zondag door de gemeentereiniging werd opgehaald. Op een ijzeren plaatje dat boven de vuilnisbak was gemonteerd, stond het servicenummer.

Toen de man was doorgelopen, belde Afman het nummer. Een monotone stem dirigeerde de rechercheur door het menu en zeven minuten en zes keuzetoetsen verder kreeg hij een dame aan de lijn. Hij vertelde de vrouw van het rechercheonderzoek in het park en dat hij geïnteresseerd was in de afval uit de vuilnisbakken. Hij had geluk. De vuilnis werd opgehaald door een elektrisch karretje met daarop een plastic container. De container van zaterdag was nog niet geleegd en als hij snel was kon hij de inhoud komen bekijken.

De rechercheur bedankte de vrouw en beende met grote stappen terug naar zijn collega, die nog druk bezig was met het passantenonderzoek.

Sondag staakte zijn verhoor toen hij Cees over het grasveld op hem af zag komen. 'Heb je iets gevonden?'

Cees schudde zijn hoofd. 'De gemeente heeft de rotzooi opgehaald. Dat geluk heb ik weer. Ik ga daar even langs voordat het afval op de grote hoop verdwijnt. Ga je mee?'

Jeroen bedankte met een grijns. 'Aan jou de eer.'

4

Het achterwiel van mijn fiets slipt als ik de remmen snel dichtknijp. Soms heb ik gewoon zin om even waanzinnig hard te fietsen, alles vast te gooien en te kijken of mijn band een remspoor op de stenen heeft achtergelaten. Het gloednieuwe appartementengebouw waar pa en Pascale wonen, kijkt uit op een park. Ik kan het weer niet laten om aan vorige week zaterdag te denken. Telkens als ik in mijn hoofd dat meisje machteloos op de grond zie liggen, voel ik weer de spanning door mijn lijf schieten. Een fantastisch gevoel. Het smaakt echt naar meer.

Ik zet mijn fiets tegen de gevel en leg hem met een ketting-slot vast. Als ik voor de deur sta, gaat mijn hand verveeld enkele keren door mijn haar. Ik heb helemaal geen zin om hen te bezoeken.

'Je hoeft niet lang te blijven', probeer ik mezelf te overtui-gen. 'Na een halfuurtje ben je weg.'

Mijn vinger gaat op de bel en het duurt even voordat er gereageerd wordt. Het is toch zondag, bijna drie uur in de middag.

Zouden ze aan het neuken zijn, denk ik, en even heb ik een fantasie die ik zo vlug mogelijk kwijt wil. Niet vanwege Pascale, maar mijn pa wil ik niet zien.

'Hallo', klinkt het metalig door de deurtelefoon.

'Met Chris.' Ik vind het nog altijd vervelend dat ik geen huissleutel heb, dat ik als een Jehova's getuige voor de deur moet staan.

Het slot maakt een zoemend geluid en ik druk de deur

open. Het licht in de trappenhal weerspiegelt in het kunst-marmer waarmee de muren bezet zijn. Het gebeurt minder en minder dat ik mijn vader bezoek, maar hij heeft me gebeld dat hij de laatste versie van *Grand Theft Auto* voor me heeft. En dat maakt mijn rit naar zijn liefdesnest een stuk verleidelijker. Niet dat hij iets van games af weet, maar hij vraagt in de winkel gewoon naar het nieuwste populaire spel.

Ik druk op de knop voor de zevende verdieping.

'Dag Chris', zegt Pascale als ze de deur opent.

Haar bloes staat ver open en ik kan het niet laten om snel naar de rondingen van haar borsten te kijken. Ze merkt het en ze legt haar hand op de inkijk. Ik neem me voor om alert te zijn als ze zich straks moet bukken.

Haar zwarte haar is in een paardenstaart gebonden en ze draagt een strakke jeans. Pascale is een beetje kleiner dan ik en ze heeft een goed figuur. Telkens als ik op bezoek kom, vraag ik me af wat ze in pa ziet. Zijn geld wellicht.

De zon straalt in de kamer en door het grote raam zie ik de bomen, de struiken, de wandelaars in het park. Ma moet gewoon op rijtjeshuizen kijken. Vroeger woonden we in een bungalow in het groen. Vroeger werkte ma parttime in het warenhuis.

Zoals altijd geeft Pascale me een kus op mijn wang, maar als altijd merk ik dat het niet gemeend is. Ik voel dat ze me niet mag. Ik ben vast iets wat ze voor pa erbij moest nemen, een packagedeal.

Pa zit op de bank, zijn benen gekruist. Zelfs ik merk dat hij zich anders kleedt dan vroeger. Jonger, duurder, sportiever, terwijl hij vroeger amper besefte wat hij aan zijn lijf had.

De *Grand Theft Auto* ligt klaar op het tafeltje. Hij komt overeind, grijpt het spelletje en geeft me een hand. Ik vind het nog altijd vreemd. Vroeger gaf hij me nooit een hand, nu lijkt het alsof hij een oude bekende terugziet.

'Hoe gaat het op school? Met ma?'

'Goed.'

Steeds dezelfde vragen, steeds hetzelfde antwoord.

Ik lees de tekst op de hoes en ik zou het spel al meteen willen uittesten.

Pascale komt naast hem staan, en alsof ze me wil uitdagen, legt ze haar hand op zijn arm. 'We drinken zo meteen koffie.'

'Doe mij maar cola', zeg ik.

Haar wenkbrauw gaat heel even geringschattend omhoog. Ik ben niet de ideale stiefzoon die ze voor ogen had toen ze met pa begon. Ze had vast liever iemand die koffie drinkt, die gezellig op de bank zit en honderduit over school vertelt. Die haar met een rode kop verklapt dat hij verliefd is op een meisje, maar dat ze het aan niemand mag vertellen.

'Voetbal je nog steeds met Ruud en Laurens?' vraagt pa.

'Ik voetbal al een jaar niet meer, pa. Laurens ook niet. Maar we moedigen Ruud aan als hij een wedstrijd speelt.'

Hij schuift voorzichtig weer op de bank. Vroeger liet hij zich neerploffen, denk ik. Dat heeft ze hem vast afgeleerd. Het gerinkel van tere kopjes en schoteltjes klinkt in de kamer als Pascale ze op tafel zet. Ze buigt zich voorover om een melkkannetje in het midden van de tafel te plaatsen en ze vergeet dit keer om haar hand op haar bloes te leggen.

'Kijk eens!' Ze klapt het deksel van een doos open en toont drie gebakjes alsof ze van goud zijn. 'Je pa heeft ze vanochtend bij de banketbakker gehaald.'

'Ik lust geen gebakjes', zeg ik. 'Dat weet je toch.'

Ze kijkt weer alsof ik een straf van God ben. Toch trekt ze de deur van de koelkast open en neemt een blikje cola. Ze heeft ooit gezegd dat ze cola alleen voor mij koopt.

Door de open deur zie ik de laptop op pa's bureau staan. Met een sissend geluid trek ik het blikje open en neem een slok.

'We gaan aan tafel, Chris.' Het klinkt als een mededeling, maar ik weet dat het een dwingende vraag is.

'Ik zou liever *Grand Theft Auto* eens willen proberen.'

'Chris. Jongen, ga nou even gezellig met ons aan tafel zitten.' Hij smeekt het bijna.

Wat noem je gezellig, denk ik, maar ik knik als een lafaard. Tenslotte heb ik *Grand Theft Auto* van hem gekregen. Maar zodra ik kan, ga ik naar zijn bureau.

5

Nancy Peeters hing haar jas over de rugleuning van haar stoel en liep naar het koffieapparaat. Ze wachtte totdat het hete water in de plastic beker was gesijpeld, en koos een theezakje uit de voorraaddoos. Haar bezoek aan de collega's in Breda was succesvol geweest. De camera's rond en in het park hadden mooie beelden opgeleverd. Nancy had de beelden gekopieerd en voor onderzoek mee naar het bureau genomen.

Met de stapel cd's in haar ene hand en een kop thee in de andere liep ze de tapkamer binnen. Ze trof haar Turkse collega achter de computer aan.

'Sera, heb je tijd om met mij de banden door te nemen?' Nancy stak met een voldaan gezicht de zeven hoezen in de lucht. 'We kunnen aan de slag.'

Sera keek op haar horloge. 'Is goed. Vanmorgen zijn de lijsten met de telefoonnummers van de bellers in het park binnengekomen. Het gaat beslist een latertje worden. Ik laat manlief even weten dat hij de kinderen moet opvangen.'

Nancy knikte jaloers. Ze had graag naar huis willen bellen om haar man en kinderen te vertellen dat ze moest over- werken. Maar ze had geen man en geen kinderen. Twee parkieten in een kooi, dat was haar enige gezelschap als ze thuiskwam. Ze was negenentwintig en had een langdurige relatie achter de rug. Zeven jaar had ze met Anton lief en leed gedeeld. Op een dag kwam ze thuis en stonden zijn koffers klaar in de gang. 'Het vuur was uit hun relatie', beweerde hij. Hij was toe aan een nieuwe uitdaging en had die gevonden in Silvana, de vriendin van zijn neef. Alsof de zeven jaar die ze samen waren niets voorstelde, pakte hij zijn koffers en verdween. Er was geen nieuwe man in haar leven gekomen. Niemand kon aan Anton tippen. Hij was haar grote en zoals het er nu naar uitzag enige liefde geweest.

'Eten we vanavond hier?'

Nancy schrok op uit haar gepeins. 'Dat lijkt mij wel. We hebben ruim tien uur aan beeldmateriaal door te nemen. Zal ik alvast eten bestellen? Waar heb je trek in? Pizza, Chinees, Turks of friet met iets erbij?'

Sera trok een bedenkelijk gezicht. 'Dit soort acties zijn slecht voor de lijn. Ik groei dicht.' De Turkse zuchtte. 'Doe mij maar een vegetarische pizza. Ik denk niet dat hun vlees halal is.'

'Halal? Jij hebt ook altijd wat.'

'Wat nou? Ik eet alleen vlees dat op rituele wijze is geslacht. En jij dan? Jij eet geen soep die rood van kleur is. Dat is pas raar!'

Geamuseerd rolde Nancy met haar ogen. 'Dat lijkt op bloed. Dus je wilt pizza? Eén of twee stuks? De baas betaalt.'

'Eén pizza natuurlijk. Je luister niet.' Om haar woorden kracht bij te zetten klopte ze op haar buik. 'Ik vraag me af of ik er goed aan doe om met jou de avond door te brengen?'

'Biertje erbij?'

Met een diepe zucht activeerde Sera het nummer van haar man.

De beelden schoten in snel tempo over het scherm. Zodra er een manspersoon voor de lens verscheen, werd het beeld bevroren. Kritisch werden de voorbijgangers bekeken. Vrouwen, kinderen, met of zonder hond. Op de fiets, met een kinderwagen of gewoon te voet. Tweeënnegentig mannen hadden tussen 17.00 en 20.00 uur het park bezocht. Van hen werden alle mannen met een normaal postuur, een jas tot op de heup en een donkerkleurige broek in een apart bestand opgeslagen en uitgeprint. De twee vrouwelijke rechercheurs hadden vijf uur aan beeldmateriaal doorgeworsteld toen Jeroen de tapkamer binnenstapte.

'Pauze.' Hij schoof zijn collega's een blikje limonade toe en liet zich met een zucht in een stoel vallen.

'Zijn dat de camerabeelden van het park?' Nieuwsgierig keek hij naar het bevroren beeld op de monitor. 'Ik ben op zoek naar een oudere man in lange regenjas en met een hoed. Volgens een getuige heeft de man meerdere malen de plaats delict gepasseerd. Mogelijk heeft hij iets gezien of gehoord. Als hij in beeld verschijnt, wil ik graag een printje hebben.'

Mopperend noteerde Nancy zijn verzoek. 'Had je niet een paar uur geleden kunnen bellen? We zijn al op de helft.'

'Ik ga jullie helpen', beloofde Jeroen. 'Straks... Eerst even relaxed wat drinken.' Hij zakte onderuit en legde zijn voeten op het bureau. 'Hebben jullie nog iets van Cees gehoord?'

'Nog niet. Hoezo?' wilde Sera weten terwijl ze met een afkeurende blik de voeten van het bureau veegde.

'Hij zit tussen het vuil.' Er verscheen een twinkeling in zijn ogen toen hij zijn nieuws bracht. 'Ik bel hem even.' Hij had zijn gsm uit zijn broekzak gevist en het nummer ingetoetst.

'Ceesje, jochie... Hoe is het daar?' vroeg hij met een ironisch toontje. 'Nog iets eetbaars gevonden? Ja, het leven is shit.' Vol leedvermaak wapperde Jeroen met zijn hand om aan te geven dat Cees in een niet al te beste stemming was. 'We hebben hier pizza.' Hij knipoogde naar Sera, die met een brede glimlach de limonade in een plastic bekertje schonk. 'Moeten we een hapje voor je bewaren?' riep ze luid. Ze schoten in de lach toen het getier van Cees via de speakers de kamer vulde. 'Ik ben over een uurtje op het bureau', dreigde hij het drietal. 'Eens kijken of jullie dan nog zo'n lol hebben.'

Joelend werd er afscheid genomen en schoven de stoelen weer achter de monitors. Drieënveertig foto's van onbekende mannen werden afgedrukt. Het was kwart over tien toen de computers werden afgesloten en de rechercheurs naar huis gingen.

Ravensburg leunde achterover in zijn stoel en bekeek de foto's die verspreid lagen op zijn bureau. Bedachtzaam roerde hij in zijn koffie. De opnames waren voorzien van een tijdsaanduiding en dat zorgde voor een tweede schifting. Het moment van binnenkomen in het park en er weer uit gaan was zorgvuldig in kaart gebracht. In minder dan een halfuur was een aanranding niet mogelijk.

Van de drieënveertig verdachten hadden er zeventien mannen langer dan een halfuur in het park rondgelopen. Zeventien mannen, weggedoken in de kraag van hun jas en gefilmd op een afstand van ruim veertig meter. En natuurlijk niet één met een bivakmuts. De belangrijke getuige – de oudere man met regenjas en hoed – was meerdere malen door de camera's vastgelegd. Jeroen en Cees hadden tijdens het buurtonderzoek zijn foto getoond, maar niemand leek de man te kennen.

Ravensburg had een oproep in de plaatselijke krant laten zetten, zonder succes. Misschien had de man geheimen die hij liever niet met anderen deelde. Zelfs niet met de politie, of liever niet met de politie. De foto van de man werd samen met de zeventien foto's van de verdachten in het landelijk politieblad geplaatst in de hoop dat een geüniformeerde collega een van de mannen zou herkennen.

De tap op de gsm van het slachtoffer had tot nu toe nog niets opgeleverd. Nancy en Sera waren begonnen met het telefoonverkeer in het park op lijsten te verwerken. De namen en adressen die aan de telefoonnummers waren gekoppeld, werden door het systeem gehaald. Er werd gekeken of de beller een strafblad had en eventueel een zedendelict op zijn naam had staan. Een behoorlijke klus, waarmee twee medewerkers voor zeker drie dagen zoet waren geweest. Cees en Jeroen hadden hun handen vol aan het passantenonderzoek, en meer medewerkers had het team niet. Bij dit tempo zou het onderzoek traag vorderen, waardoor veel sporen en informatie verloren gingen. Er zat voor Ravensburg niets anders op dan zelf op onderzoek uit te gaan. Hij kwam uit zijn stoel omhoog, stak zijn notitieblok in zijn zak en trok de deur achter zich in het slot.

Ravensburg had zijn dienstauto voor het Valkenbergpark geparkeerd en wandelde met zijn handen in zijn jaszakken door het park. Hij genoot van de frisse wind en het zonnetje dat voorzichtig van achter de wolken tevoorschijn kwam. Acht jaar geleden was hij aangesteld als coördinator en kwam hij nauwelijks nog buiten voor onderzoeken. Het team verzamelde op zijn aanwijzingen de nodige informatie en die belandde 'panklaar' op zijn bureau. Een paar wijze mannen van het korps hadden bedacht dat deze constructie efficiënter werkte dan de ervaren rechercheurs de straat op te sturen. En misschien hadden ze gelijk, maar Ravensburg miste het echte speurwerk. Hij was er nooit een voorstander van geweest om onderzoeken van achter het bureau op te lossen. Je kon de situatie beter analyseren als je zelf op de plaats delict was geweest en de sfeer had geproefd.
Hij bleef enkele minuten bij de ingang staan en observeerde de omgeving. De vraag was met welk vervoermiddel de

dader was gekomen. Op de fiets, met de auto, de bus, de trein, of woonde hij op loopafstand van het park? De camera's hadden geen verdachten met een fiets vastgelegd. Om het centrum te bezoeken moest men het park via de noordelijke ingang verlaten. Via de zuidelijke ingang kwam men bij het station uit. Hij draaide zich om en keek het uitgestrekte grasveld over. Hij viste zijn notitieblok uit zijn jaszak en maakte aantekeningen. Welke ingang zou de dader hebben genomen? Zuid of noord? De kans was groot dat de dader via dezelfde route weer was vertrokken. Misschien wel verstandig om de beelden op dit gegeven te controleren. Hij zou Nancy vanmiddag de opdracht geven om dit uit te zoeken.

Ravensburg borg zijn notitieboek op en liep het park uit, langs de auto's die in een lange sliert langs de weg stonden geparkeerd. Hij stak de straat over en verdween de woonwijk in.

6

De zon maakt de straat licht en vrolijk als ik 's morgens losjes naar de straathoek fiets. Hoewel het begin oktober is, heb ik in mijn hemd met korte mouwen nog te warm. Ik ben een deeltje van de fietsenstroom die op dit uur naar school rijdt. Soms haal ik groepjes jongeren in die nog langzamer rijden, en stiekem kijk ik dan naar de meisjes. Om de rit naar school wat op te leuken geef ik hun punten. De meisjes die het meest laten zien, krijgen ook de meeste punten. Ze hoeven daarom niet de knapste te zijn. Trouwens, niemand haalt het bij Fien. Maar die heeft het dan ook allemaal.

Ruud is er nog niet, denk ik als ik in de verte het silhouet van Laurens herken. Het lijkt alsof we al honderd jaar op de straathoek op elkaar wachten en dan samen verder rijden. Even verder is een kleuterschool en dan moet ik opletten. Alsof hun kinderen beentjes hebben die snel afslijten willen zo veel ouders hen net voor de schoolpoort kwijt. Als het kon zouden sommigen met hun auto tot in het lokaal rijden om hun peuter te droppen.
Een kleintje krijst als het aan de hand meeloopt. Zelfs na enkele weken school lijkt het kind het nog niet gewend. Rood gehuilde ogen en wangen nat van tranen. Mama probeert het kind op te monteren. Alsof je kunt verkopen dat de school gezellig is, denk ik.
Tien meter voor me uit stopt een Peugeot en blijft met draaiende motor staan.

Uitkijken, denk ik en mijn vingers gaan naar de remmen, klaar om te knijpen.

Zie je wel, gaat het door mijn hoofd als het autoportier opengaat en het fietspad opeens afsluit.

Ik rem overdreven en zet snel een voet op de grond, mijn fiets schuin tussen mijn benen alsof ik net een valpartij kon vermijden. De vrouw die is uitgestapt, draait meteen haar hoofd om en ze kijkt me verschrikt aan. Dan klapt ze haastig het portier dicht, alsof dat nog nut heeft.

'Gekkin! Ik botste bijna tegen het portier aan!' snauw ik. Natuurlijk is er niets met me, maar ik wil eerst nog wat van het schuldgevoel op haar gezicht genieten. 'Ik had dood kunnen zijn', overdrijf ik.

'Het spijt me', zegt ze en haar gezicht loopt rood aan. Haar hand blijft tegen het autoraampje aangedrukt alsof ze wil beletten dat het portier weer zou opengaan. Met haar brilletje, haar muizengezicht en een boezem die er geen is, hoeft ze in een park echt niet bang voor me te zijn. Toch kan ik het niet laten om haar nog wat te jennen. Ik wijs naar de achteruitkijkspiegel op de flank van de auto.

'Die is vast als decoratie bedoeld', zeg ik.

Ze schudt het hoofd omdat ze het grapje niet snapt.

'Nee, ik ben gewoon gehaast.'

'Ik ook. Maar dat betekent niet dat ik stomme dingen doe.'

Op de achterbank drukt een meisje haar neus tegen het venster. Het kind moet vast in de kleuterschool zijn.

De chauffeur duwt zijn portier open en komt uit de auto.

'Gaan we wortel schieten?' Hij legt zijn armen op het autodak en zijn ogen pinnen me vast. Een beer van een vent. Naast hem zou zelfs mijn pa een kabouter lijken. Het is meer vet dan spieren, maar ik heb geen zin om van hem een klap te krijgen.

'Mijn vrouw had beter kunnen wachten met uitstappen, maar moet je daarom eeuwig blijven kankeren?'

Zijn stem wordt onvriendelijk. Het lijkt me veiliger om verder te rijden.

'Waar heb je die vent gevonden? In de dierentuin?' zeg ik tegen de vrouw.

Haar mond valt een beetje open. Ik stap op en begin te fietsen. 'Dikke buiken, kleine piemeltjes, maar dat weet je intussen vast ook al', zeg ik nog terwijl ik in een boogje om haar heen rijd.

Ik wil niet zien of die vent me achternakomt en race als een gek naar de straathoek.

'Ruud is er nog niet', zeg ik overbodig omdat alleen Laurens op me wacht.

'Hij is al weggereden. Met Fien.' Lusteloos zit hij op zijn bagagehouder, met beide voeten op de grond om de fiets in evenwicht te houden.

'Meen je dat?' Het lijkt me een ongelooflijk verraad. Sinds we met de fiets naar school mochten, hebben we op de straathoek elke dag op elkaar gewacht. En nu... met Fien...

Hoewel, als ik eerlijk ben zou ik ook met Fien vooruit rijden. Maar mij zal ze het niet vragen, zelfs Carola zal het niet vragen.

'Dat wijf pikt hem gewoon van ons af.'

'Tja', zegt Laurens berustend en hij lijkt niet te begrijpen waarom ik me zo druk maak.

'Volgende week is Ruud er wel terug. Uiteindelijk komt hij

altijd naar ons. Je weet hoe hij is met meisjes.' Hij knikt in
de richting van de kleuterschool. 'Had je een probleem?'
Ik kijk snel over mijn schouder. De vrouw komt net uit de
schoolpoort en haast zich naar de auto. Nu kijkt ze wel
eerst of er fietsers op komst zijn. Het portier is nog niet
gesloten als de auto vertrekt.
Ik duw mijn fiets om de straathoek, zodat ik uit het zicht
ben. Wie weet kan die aangeklede aap niet lachen om zijn
kleine piemel. Gelukkig is het verkeerslicht groen en hoeft
de auto niet te stoppen op de hoek.
'Zullen we maar...' stel ik voor. Toch wacht ik tot de Peugeot
uit het zicht is verdwenen alvorens te vertrekken.

De brede schoolpoort lijkt een open muil die leerlingen uit
alle hoeken van de stad aanzuigt. Met de fiets, met de tram,
met de auto... Nu alleen nog met de helikopter, denk ik.
'Daar is Ruud', zegt Laurens en hij wijst met zijn hoofd.
Ruud leunt tegen de gevel van een huis en voortdurend
zoent hij Fien, die zich tegen hem aan drukt. Zijn mond
lijkt aan haar lippen te kleven. Haar jack is opengeritst en
zijn handen kruipen onder haar topje. Een hand op haar
rug en de andere ligt op een borst. Ik barst zowat van jaloezie, maar ik moet nu eenmaal aanvaarden dat Ruud altijd
meisjes zal hebben over wie ik alleen maar kan fantaseren.
Aanvaarden wel, maar gelukkig voel ik me er niet om.
Mijn handen jeuken om ook eens onder het topje van Fien
rond te zwerven.
'Hei! Ruud!' roept Laurens. De sufferd merkt niet eens dat
Ruud nijdig opkijkt omdat hij Fiens lippen moet loslaten.
Ook Fien vindt het duidelijk niet leuk.

'De les begint zo!'

'Ik kom straks', zegt Ruud en meteen maakt Fien hem met haar lippen monddood.

Rimpelingen onder haar truitje tonen dat hij haar borst betast, en ik wens dat Fien zijn hand wegduwt. Maar nee, de feeks lijkt het niet erg te vinden dat half Antwerpen toekijkt.

En weer voel ik me zo ongelukkig omdat ik met Ruud van plaats wil ruilen.

Meneer Groenleven vertelt over het Europese Parlement, maar ik hoor het amper. Ik vind zelf dat ik heel goed kan acteren dat ik luister terwijl mijn gedachten mijlenver weg zijn. Jarenlange ervaring, om het zo maar te zeggen.

Dat meisje in het park duikt dikwijls in mijn hoofd op en tijdens het Europees Verdrag krijg ik een erectie. Ik draai me wat comfortabeler op de stoel. Het beeld van het half ontklede meisje met het angstige gezicht windt me nog steeds op. Alles in me schreeuwt om die sensatie over te doen. Om nog eens borsten te voelen en in een meisje te zitten. En dit keer met een meisje dat er beter uitziet, met grote borsten. Niet zomaar het eerste het beste meisje dat voorbijfietst.

En terug naar Nederland. Het was een prima ingeving om over de grens te gaan. Het is nu bijna vier weken geleden en ik heb niets gezien, niets gehoord. Maar ik had dan ook alles opperbest voorbereid. Zelfs nu zitten het mes en mijn muts in een plastic zak die ik in de tuin achter een sierspar in de grond heb gestopt. Mocht er een huiszoeking komen... Of nog erger, als mijn moeder mijn muts met de uitgeknipte gaten vindt.

Maar zelfs net over de grens lijkt Nederland echt het buitenland, lijkt het alsof ik in een andere wereld terechtkom. Als het meisje gepraat heeft, zoekt de politie wellicht in Nederland of in Engeland. Het was een fantastisch idee om Engels te spreken, zodat mijn Antwerpse accent niet opvalt. Meneer Groenleven kijkt me vreemd aan als ik grinnik tijdens zijn uitleg over de EVP. De volgende keer neem ik plastic bandjes mee, bandjes die je onmogelijk loskrijgt als je ermee vastgebonden bent. Die bandjes kan ik zonder probleem in een doe-het-zelfzaak kopen. Dan kan ik haar handen op haar rug binden en is ze helemaal machteloos. Ik zie het al helemaal voor me. Dan hoef ik het vleesmes niet meer vast te houden en kan ik haar met twee handen betasten. Zelfs in mijn fantasie lijkt het spannender dan een pornofilm.

'Chris, wie is er momenteel voorzitter van de EVP?'

Shit! Het geil staat vast in mijn ogen te lezen, want iedereen kijkt me op een lacherige manier aan. De voorzitter van de EVP? Wanhopig probeer ik me een naam te herinneren.

'Ben ik even kwijt, meneer.' Mijn hoofd heeft vast alle kleuren.

Doe normaal, verman ik me. Er is toch niemand die in mijn fantasie kan kijken.

'Je zou beter kunnen luisteren. Nu, weet jij het, Laurens?'

Oef, probleem afgewenteld. Maar voorlopig is het beter om mijn trip naar Nederland te verdringen tot na school. Als het me lukt.

Natuurlijk wilde ik niet terug naar Breda. Zo stom ben ik niet. Ik heb aan Tilburg gedacht, maar dat is dan weer een stad in de buurt van de grens en wie weet denkt de politie uiteindelijk toch aan een Belg.

Rotterdam! Gigantisch groot en gemakkelijk vanuit Antwerpen te bereiken. Ik heb zelfs de tram genomen om een eind uit de buurt van het station te komen. Anders legt men misschien de link met een treinreiziger.

Ik heb al een wandeling door het park gemaakt. Niet te langzaam, niet te snel. De handen losjes in de zakken van mijn jack zoals iemand van zestien in een park wandelt. En ik heb een bosje struiken gevonden. Ideaal gewoon. Eergisteren heb ik de weersvoorspelling op het internet bekeken en het klopt. Het regent zachtjes. Niet te hard zodat geen mens buiten komt, maar niemand zal voor de gezelligheid in het park rondhangen. Omdat er een frisse wind staat, heb ik de kraag van mijn jack overeind gezet. Zo is mijn gezicht gedeeltelijk bedekt en het valt niet eens op. Dit keer wil ik niet zomaar iemand nemen. Ze moet echt de moeite zijn. Ik weet ook dat ik Fien nooit zal hebben, maar haar vervangster moet met haar kunnen wedijveren.

Ik zit achter het raam van een café en drink langzaam van mijn glas. Op het nippertje dacht ik eraan dat ik 'cola' moest zeggen toen de bestelling werd opgenomen, zodat niet de link naar de Engelse verkrachter wordt gelegd. Alleen 'cola', meer heb ik niet gezegd. En het zonder accent uitgesproken, echt zoals een Nederlander. Ik heb trouwens ook meteen betaald. Het café is een risico, maar uren in het park rondhangen nog meer. Ik blijf trouwens niet lang, ik mag niet opvallen. Er zijn veel mensen in de kroeg. Ik val vast niet op.

Om tijdens de lange treinreis wat te kunnen lezen had ik een tijdschrift in mijn rugzak gestopt. Nu doe ik alsof ik in het blad blader om de tijd te verdrijven. Af en toe kijk ik naar de ingang van het park. Onopvallend, zoals iemand die toevallig eens door het raam kijkt. Als er twee meisjes het park in lopen, aarzel ik. Dat blonde ding met haar strakke broek zie ik wel zitten. Ze kletsen lacherig met elkaar en ze lijken helemaal niet te beseffen wat er in een park kan gebeuren.

Ik klap mijn tijdschrift dicht, maar ik besef meteen dat twee meisjes niet kan. Hoewel, als ik mijn mes tegen de keel van het blonde meisje zet, durft het andere misschien niet te vluchten omdat ze haar vriendin niet in de steek wil laten. Met twee meisjes zou wel iets heel bijzonders zijn, en ik zie het al helemaal voor me. Maar als ze het wel op een lopen zet... Ongemerkt schud ik het hoofd. Te moeilijk, te gevaarlijk. Teleurgesteld doe ik het tijdschrift weer open.

Ik wil een bladzijde omslaan als ik een jonge vrouw in de richting van het park zie lopen. Ze heeft de leeftijd van Pascale, pa's vriendin. Ze lijkt er zelfs vaag op. Ook halflang donker haar, hetzelfde figuur. Mijn adem stokt als ik eraan denk haar te neuken. Geen meisje. Een vrouw!
Haar gezicht heeft een dromerige uitdrukking als ze het park in loopt en ze kijkt geen enkele maal om zich heen, alsof ze met haar gedachten heel ver weg is.
Ik stop het tijdschrift in mijn rugzak en sta op.
Rustig, denk ik. Toch bonkt mijn hart als een drilboor. Ik draai aan mijn ring. Dat doe ik nog als ik ongeduldig of nerveus ben. Het is een bijzondere ring. Twee jaar geleden

heeft kanker mijn opa maandenlang gemarteld en toen pas laten uitdoven. Op het laatst woog hij nog amper veertig kilogram. Voordat hij stierf liet hij me de ring van zijn vinger halen en hij gebaarde dat ik hem voortaan moest dragen. Met mijn opa had ik een bijzondere band. Hij had drie honden, die als weeskinderen naar hem opkeken. Mijn opa heeft me geleerd om van honden te houden.

Ik hoef me niet te haasten, want ze slentert over het pad. De meisjes die ik daarnet zag, zijn al uit het oog verdwenen. In de verte zie ik een man met een hond naderen. De hond trekt aan de leiband, snuffelt op de onmogelijkste plaatsen en loopt dan weer een eindje verder tot de riem hem stopt.

Shit, denk ik. Moet ik me omdraaien en terugkeren? Ik zucht van opluchting als de man de hond in een andere richting trekt. Met dit weer lijkt iedereen gehaast, behalve de vrouw die voor me loopt. Het regent nu behoorlijk en met mijn mouw veeg ik het nat uit mijn gezicht. Ik open mijn rugzak en loer over mijn schouder. Niemand. Dan neem ik het mes en stop het in de zak van mijn jack. De muts verdwijnt in de andere zak. De rugzak hang ik weer op mijn rug, zodat hij me niet kan hinderen.

Als de vrouw achter zich kijkt loop ik haar gewoon voorbij, neem ik me voor terwijl ik hoogstens op tien passen achter haar loop. Ik speur de omgeving af. We zijn nog steeds alleen. Ik versnel mijn pas, maar toch zorg ik dat mijn stappen me niet kunnen verraden. Hoewel, zou ze het horen? Haar hoofd is nog steeds wat gebogen, alsof ze zorgen heeft. Ik ruk mijn muts uit mijn zak en trek die over mijn hoofd. Omdat ik dat al zo dikwijls voor de spiegel heb geoefend,

lijkt het al een gewoontegebaar. Mijn vuist klemt het vleesmes vast. Ze loopt een metertje voor me uit en nog kijkt ze
niet om.

Mijn adem schuurt en mijn hart bonkt waanzinnig. Toch
voel ik een vreemde opwinding zoals ik die nog nooit
gekend heb.

Nu! Mijn arm zwiept om haar hals en ik houd het mes voor
haar ogen, zodat ze het kan zien. Een gesmoorde kreet,
maar ik klem haar keel verder dicht, zodat ze amper kan
ademen. Haar hand knijpt in mijn arm om lucht te krijgen,
maar ik blijf haar stevig vasthouden.

'I'll cut your throat if you scream', fluister ik dreigend in
haar oor.

Ze knikt moeilijk. Haar ogen puilen uit van angst. Ik maak
mijn greep een beetje losser, niet veel, en druk de mespunt
in haar rug.

Ik loer om me heen, we zijn nog steeds alleen, maar ik
moet snel zijn. Ik mag mijn geluk niet uitdagen. Ik vind
het geweldig als ik zie hoe haar gezicht angst uitstraalt.

Ze wordt vast een gewillig slachtoffer en ik zou nu al haar
kleren willen openscheuren.

Opeens probeert ze mijn arm los te rukken, maar ik ben op
mijn hoede, klem haar weer vast en prik in haar hals.

'Next time, I'll kill you', bijt ik haar toe.

Ze knikt ongemakkelijk en kijkt van me weg.

Ik denk dat ze nu wel begrijpt dat ik geen grapjes maak.

Ik laat haar keel los, grijp haar pols en trek haar arm naar
haar schouder totdat ze kreunt. Met de arm op haar rug
gewrongen stuur ik haar in de richting van de struiken.
Gehoorzaam loopt ze voor me uit. Haar ogen zoeken om

hulp. Ik duw haar door de takken en de natte bladeren naar het midden van het bosje. Als een piraat steek ik het mes tussen mijn tanden en neem het plastic bandje dat al sinds vanochtend in mijn broekzak zit. 'Niet doen', smeekt ze zacht als ze voelt dat ik haar beide armen op haar rug trek. Alsof ik daarmee rekening zal houden. Het windt me zelfs op als ik haar hoor smeken. Ik draai het bandje rond haar polsen en klem het vast. Er zijn tranen in haar gezicht en dat vind ik pas lekker. Met haar handen op haar rug gebonden lijkt ze pas echt weerloos. Ik rits haar jack open en laat mijn handen onder haar trui verdwijnen. Het lukt me om de sluiting van haar beha los te maken en ik voel haar grote, stevige borsten. Ik kreun. Dit is nog beter dan Fien, schiet het door mijn hoofd. Mijn handen trillen ongeduldig als ze over haar buik naar beneden glijden en haar broek naar haar enkels trekken, en ik huiver als ik haar schaamhaar zie.

'On your back', zeg ik als ze onbeweeglijk blijft staan, haar hoofd naar de grond gericht.

Opeens buk ik, grijp een enkel en trek die omhoog. Even hinkelt ze op een been, maar als ik de enkel hoger trek verliest ze haar evenwicht en ze ploft neer. Ik maak mijn broek los. Mijn erectie wijst naar haar buik en ik kruip op haar. Mijn hand grijpt een borst en ik knijp, zodat ze kreunt.

'Aids', fluistert ze alsof ze beschaamd is om het woord uit te spreken.

Ik denk dat ik het niet goed heb begrepen, maar toch blijf ik in mijn beweging steken. Dan neem ik mijn penis en wil hem tussen haar benen duwen.

'Ik heb aids!' Het klinkt gesmoord, maar dit keer heb ik het wel begrepen. 'I have aids.'

Het is alsof een emmer ijswater over mijn hoofd wordt gekieperd.

Je liegt, kutwijf, denk ik, maar ik twijfel. Het akelige vier-letterwoord haakt zich als een bloedzuiger in mijn hoofd. Stel je voor dat ze echt... Nee, het is vast een slimmigheidje van haar. Toch, ik ben er niet zeker van. Ze leek zo bedrukt toen ze in het park liep. Wie weet zadelt ze me met die ziekte op. Zou ik het risico nemen? Net nu ik zo'n lekker wijf onder me heb...

Ik wil haar neuken, maar mijn erectie is weg. Nee, denk ik wanhopig.

Ik kom overeind en ga op haar dijen zitten. Mijn ogen onderzoeken haar alsof ik de waarheid in haar gezicht kan zien.

Ze liegt, denk ik. Maar er sluipt twijfel in mijn hoofd. Ik durf het niet. Ik grijp naar haar borsten om weer een erectie te krijgen, maar de onrust blijft in mijn hoofd razen. Zo'n wijf en nu... ik zou kunnen janken van teleurstelling.

Ik haat haar! Ze kan er toch niet zomaar mee wegkomen, gaat het door mijn hoofd. Naast mijn voet ligt het vleesmes en ik kijk naar haar kut, die zomaar te nemen is. Ik durf het niet.

Ik voel me zo opgenaaid dat ik iets met haar moet doen. Ik wil haar pijn doen als straf, als compensatie omdat ik haar niet kan hebben.

'Bitch!' Met de mespunt kras ik een streep boven haar schaamhaar. Ze schokt, meer van het onverwachte dan van de pijn, want het is amper een kras. Het lijntje op haar huid wordt langzaam een bloedstreepje en in een opwelling maak ik een tweede kras, zodat het een kruis vormt.

Bloed, denk ik opeens. Als ze echt aids heeft, is de aanraking met haar bloed gevaarlijk. Ik kom overeind en doe mijn broek dicht. Haar lijf ligt nog uitnodigend op het gras. Verdomme! Het had zo lekker kunnen zijn. Ik voel het zweet onder mijn muts.

Ik probeer rustig na te denken. Haar mobieltje! Ik maak haar schoudertas open, die in het gras ligt, en ik stop haar Samsung in mijn zak. Die zal ik straks ergens begraven. Dan zie ik haar portemonnee en doe hem open. Een briefje van twintig euro, twee van tien. Dat is dan toch nog iets, is tenminste mijn treinreis betaald. Ik klop het vuil van mijn broek, maar de natte plekken op mijn knieën blijven. Nou ja, met dit weer zal niemand opkijken van een doorweekte broek.

Met heel veel spijt gaan mijn ogen nog over haar naakte onderbuik. Zo dichtbij, zo veraf.

'Count till one hundred', zeg ik.

Ze knikt.

Dan grijp ik haar vast. Ze slaakt een gil en in een reflex sla ik in haar gezicht.

'Don't scream!' Een volgende keer neem ik tape om op hun mond te plakken, neem ik me voor, en ik vloek zacht omdat ik daar niet eerder aan gedacht had.

Ik draai haar op haar buik. Zelfs als ze niet tot honderd telt, zal ze niet zo vlug wegkomen, besef ik. De handen op haar rug gebonden, de broek op haar enkels.

De struiken ritselen als ik me uit het bosje werk.

Voorzichtig blijven, neem ik me voor, en voordat ik het bosje verlaat kijk ik nog snel rond. Het giet nu. Ik had het niet eens gemerkt.

7

Met een somber gezicht stond rechercheur Ravensburg
voor het raam van zijn kantoor op de tweede etage en keek
naar het verkeer dat voorbijreed. Het onderzoek was in
rustig vaarwater gekomen. De eerste weken bestonden uit
lange en hectische dagen omdat het verzamelen van sporen
en informatie zo snel mogelijk moest gebeuren. Dat was
een zware belasting voor een team dat uit slechts vijf personen bestond.

De meeste onderzoeksresultaten waren binnen en het zag
er hopeloos uit. Het passantenonderzoek in de omgeving
van het park had niets bruikbaars opgeleverd. Op de foto's
die in het politieblad waren geplaatst, had nog niemand
gereageerd. De gestolen gsm van het slachtoffer was niet
in gebruik genomen en het opgevraagde telefoonverkeer in
het park bleek geen succes te hebben opgeleverd.

Alle hoop was op het Nederlands Forensisch Instituut
gevestigd. De specialisten hadden met het spermaspoor
een DNA-profiel gemaakt en vergeleken met de aanwezige
profielen in de databank. Het was een goed en zuiver spoor,
omdat het niet gemengd was met het vrouwelijke DNA van
het slachtoffer. Daar lag het niet aan. Maar helaas was er
geen match. De dader was geen bekende van de politie.
Nancy had geconstateerd dat van de zeventien verdachte
mannen in het park er vijf dezelfde in- als uitgang hadden

genomen. Maar de beelden waren te wazig om een goed signalement te krijgen. Ook de gevonden vingerafdruk op de bibliotheekpas gaf geen extra informatie. Ravensburg zuchtte. Hij had zich suf gepiekerd, had alle mogelijkheden afgewogen en toegepast, maar het leek erop dat het onderzoek vastzat. Muurvast. Misschien dat er tijdens de briefing nog wat ideeën kwamen bovendrijven, en zo niet, dan zat er niets anders op dan de zaak te sluiten. Hij gaf niet graag op. Vooral niet als een kind het slachtoffer was.

'Sta jij je zonden te overdenken?' Nancy kwam met een beker thee de kamer binnen en zette haar tas in de hoek. 'Dan ben je wel een weekje bezig', liet ze er breed grijnzend op volgen.

Ravensburg draaide zich om, blij dat zijn gepeins werd doorbroken. Hij graaide een doosje met paperclips van zijn bureau en mikte. Het miste op een haar na zijn doel en het doosje raakte met een klap de muur. Het scheurde open en de inhoud vloog in het rond.

'Cees, zag je dat?' Lachend wendde Nancy zich tot haar collega die in de deuropening het gebeuren gadesloeg. 'Die man is één bonk agressie.'

'Levensgevaarlijk', beaamde Cees. Hij nam de rommelige kamer in zich op: de dossiers die op de grond stonden uitgestald, de papieren en naslagwerken op het bureau, de vuile soepkommen en plastic bekers met restjes koude koffie. Hij schudde mistroostend zijn hoofd en schoof de radio in de vensterbank opzij. Voorzichtig liet hij zich tussen de vuile vaat zakken en Jeroen volgde zijn voorbeeld.

Vijf minuten later kwam Sera binnen. Het team was compleet en de ochtendbriefing kon beginnen.

'Het ziet er niet goed uit', merkte Ravensburg op. 'We lopen vast. We hebben alle aanknopingspunten bekeken. Alles op papier gezet, maar er komt niets bruikbaars meer uit. Als we niet met nieuwe aanwijzingen komen, trekt men van hogerhand de stekker uit het onderzoek.' Hij trok een spijtig gezicht. 'Zo simpel is het. Roep iets... Wie heeft er ideeën?'

Het was even stil.

'Als we de camerabeelden van de ingang, aan de kant van de woonwijk, nogmaals bekijken en ons dan concentreren op het verkeer?' bracht Nancy in.

'Wat levert dat op behalve dat het ons veel werk kost?'

Afkeurend schudde Jeroen zijn hoofd, maar Ravensburg leek geïnteresseerd. Hij werkte al tien jaar samen met Nancy en hij wist uit ervaring dat ze onverwacht scherpzinnig kon zijn.

'Vertel...' spoorde Ravensburg haar aan.

'Misschien dat we een auto met een Engelse kentekenplaat voorbij zien rijden, of dat we er een op de parkeerplaats ontdekken. De dader spreekt Engels en misschien was hij met de auto. Hij moet toch op een of andere manier bij het park zijn gekomen.'

'Prima idee', vond Ravensburg. 'Het is beter dan niets.'

Er werd instemmend geknikt.

'Misschien heeft hij geen rijbewijs. Dan is de trein een logische optie. Kunnen we op het station geen flyers uitdelen met daarin een korte uitleg en met de foto's van de vijf overgebleven mannen? We vermelden dan niet dat ze verdacht zijn, maar dat we ze willen spreken als getuigen. Wie weet melden ze zich. We kunnen ook een aantal posters in de wachtruimtes en bij de kaartverkoop ophangen', stelde Cees voor. 'En als we de tekst in het Turks, Marokkaans en eventueel Engels vertalen, dan bereik je een grotere groep mensen.'

Sera zag dat Jeroen het nodige commentaar wilde spuien en maaide het gras voor zijn voeten weg door haar opmerking toe te lichten. 'Niet iedereen leest de krant en er zijn ook mensen die de Nederlandse taal niet goed beheersen.'

Ravensburg knikte traag. 'Dan kunnen we de flyers ook in de woonwijk laten verspreiden. Ik heb daar een moskee gezien.'

Het was een paar minuten stil. Nancy roerde peinzend in haar thee. 'Het is niet gebruikelijk, maar we kunnen ook een *stealth* sms'je naar de gestolen gsm van het slachtoffer sturen', dacht ze hardop. Ze stopte met roeren en keek haar collega's aan. 'Het toestel wordt niet gebruikt. Maar als wij een sms sturen, dan wordt het apparaat geactiveerd en zendt het een signaal uit naar een zendmast in de buurt. Dat signaal komt bij ons op de tap binnen, zodat wij automatisch de locatie doorkrijgen. Misschien kunnen we zo achterhalen waar de dader zich bevindt.'

'Maar dat merkt hij dan toch?' Cees twijfelde. 'Hij krijgt het signaal binnen.'

'Nee! Het toestel geeft een stealth sms niet door. Het is geen gewone sms, het gebeurt onder water', legde Sera uit. 'Het signaal is onzichtbaar voor de ontvanger.'

'Ik weet niet of het legaal is, maar ik ben voor.' Koen Ravensburg noteerde de actie. 'Nancy gaat met de beelden en het stealth sms'je aan de slag. Sera overlegt met de afdeling voorlichting wat de mogelijkheden voor de flyers zijn, en zoekt een tolk die onze tekst kan vertalen. Jeroen, vraag de bewakingsbeelden van de tankstations in de buurt van het park op en kijk of er een auto met een buitenlands kenteken heeft getankt. Neem een marge van twee dagen voor het incident en twee dagen erna. Cees zoekt contact met het distributiekantoor van de krant en informeert wat de kosten zijn als de krantenbezorgers de flyers verspreiden.' Ravensburg sloeg zijn handen ineen. 'Aan de slag mensen. Er is weer hoop.'

Ravensburg nam een hap uit zijn saucijzenbroodje en las geconcentreerd zijn dossier door. Geërgerd keek hij op toen de telefoon op het bureau tot leven kwam. Hij negeerde het signaal en werkte zijn verlate ontbijt naar binnen. Het kon alleen een onbekende van buiten het korps zijn, anders hadden ze zijn dienstnummer wel gebeld. Waarschijnlijk was het telefoontje bedoeld voor zijn voorganger die op deze kamer had gewerkt.

Hij spoelde de smaak in zijn mond weg met een flinke slok koffie en begon opnieuw met het lezen van de bladzijde. De telefoon viel stil, maar begon na vijf minuten weer te rinkelen. Vier, vijf, tot zes keer toe. Met een wild gebaar trok de rechercheur zijn bril van zijn neus. Kon hij dan nooit eens ongestoord zijn werk doen? Hij graaide de hoorn van het toestel en blafte geïrriteerd zijn naam tegen de onbekende beller aan de andere kant van de lijn.

Het was een paar seconden stil voordat de man zich voorstelde als Nico Schipper, een collega uit Rotterdam. Enkele weken terug had hij in het politieblad een stukje gelezen over een aanranding van een vijftienjarig meisje en een soortgelijk vooral had zich nu in het Zuiderpark van Rotterdam voorgedaan. Ravensburg veerde naar voren en was een en al oor. De handelwijze van de dader vertoonde gelijkenissen met de zaak in Breda. Of het team-Valkenbergpark interesse had in de informatie die men in Rotterdam had verzameld. 'Ik kom eraan', antwoordde Ravensburg. Hij drukte het gesprek weg, graaide zijn jas van zijn stoel en beende de kamer uit. Binnen een halfuur zat hij samen met Cees Afman in een dienstauto op weg naar het bureau in Rotterdam-Zuid.

Met duim en wijsvinger pakte Nico Schipper de plastic bekers van het dienblad en zette het op het bureau voor zijn gasten neer. 'Gistermiddag heb ik het slachtoffer gehoord en ik moest direct aan uw zaak denken. De modus operandi wijkt iets af, maar toch...' Hij nam achter zijn bureau plaats en sloeg het dossier open. 'Het slachtoffer is een jonge vrouw. Vijfentwintig jaar. Halflang donker haar. De dader grijpt haar van achter bij de keel en dreigt haar met een mes. Ze wordt de struiken in gesleurd en met een *tyrip* gekneveld. Als het hem niet lukt om de vrouw te verkrachten, wordt hij agressief. Hij slaat het slachtoffer in het gezicht, kerft met het mes een kruis in haar buik en steelt vervolgens haar geld.' Ravensburg fronste zijn wenkbrauwen, noteerde de informatie en keek toen op van het papier. 'En wat zijn dan volgens u de overeenkomsten? Tot nu toe zijn er niet veel. Ons slachtoffer was veel jonger en...'

Schippers leunde met een mysterieuze grijns achterover in zijn stoel. Hij had de belangrijkste feiten voor het laatst bewaard. 'De plaats delict was ook hier in een park en het regende die dag. Het was een Engelssprekende man met blauwkleurige ogen. Zijn gezicht was afgedekt met een bivakmuts. Hij droeg een zwarte heupjas en zijn commando's waren in exact dezelfde woorden: "On your back", "Count till one hundred." Hij nam vervolgens haar gsm en wat geld mee en verdween te voet het park uit.'

Ravensburg knikte. 'Dat komt meer in de richting. De man heeft waarschijnlijk zijn handelwijze iets aangepast na zijn laatste ervaring. Dat zie je vaker. Wat mij het meest zorgen baart, is dat hij zijn grenzen verlegt. Hij begint zelfs sadistische trekjes te krijgen. Nu is het een snee in de buik. Wie weet waar hij het volgende slachtoffer verwondt. Als die kerel niet snel gestopt wordt, kan het wel eens flink uit de klauwen gaan lopen. Dit is er één met een erg kort lontje.'

Nico was het daarmee eens. 'Ik hoop dat jullie hem snel te pakken krijgen.'

'Wij?' Afman zocht oogcontact met Ravensburg. Dit klonk niet goed.

'Ja, jullie team. Een halfuur geleden heeft jouw leidinggevende Adri Koekkoek gebeld.'

De verbazing gleed over de gezichten van beide rechercheurs.

'Het leek hem beter dat u onze zaak opneemt in uw onderzoek. Het is natuurlijk onzinnig als er twee verschillende teams op een en dezelfde man jagen.'

'Vond hij dat?' Ravensburg trok met zijn mond. 'En gaat Rotterdam ook rechercheurs aan ons onderzoek leveren?

Wij kunnen wel wat hulp gebruiken en het is tenslotte ook een zaak van Rotterdam.'

'Nee, helaas.' Schippers vouwde zijn handen ineen en schudde zijn hoofd om zijn antwoord kracht bij te zetten. 'Op dit moment zijn al onze rechercheurs uitgezet in teams. Wij hebben beslist geen ruimte om mensen te leveren.' Hij pakte een doos van de grond en kwam uit zijn stoel omhoog. 'Wij zijn blij dat uw recherchechef met het voorstel kwam, want bij ons zou de zaak op de plank belanden.' De dossiers werden in de doos gestopt en over het bureau naar de twee rechercheurs geschoven. 'Succes en als jullie vragen hebben...'

Ravensburg stond op en maakte de zin van zijn Rotterdamse collega af. 'Dan weet ik jullie te vinden.' Ze schudden elkaar de hand. 'Houd ons op de hoogte van jullie vorderingen.' 'Dat doen we.' Ravensburg bedankte de man en liep met de doos onder zijn arm het politiebureau uit.

De rechercheur drukte de kofferbak open en duwde met een nors gezicht de doos met ordners naar binnen. De achterklep viel met een dreun terug in het slot. 'Jij rijdt', bromde hij naar Afman en duwde de sleutels bij zijn collega in handen. Foeterend liet de rechercheur zich op de bijrijdersstoel zakken en trok zijn gsm uit zijn jaszak tevoorschijn. 'We nemen even een kijkje op de plaats delict', liet hij Afman weten terwijl hij het nummer van zijn recherchechef intoetste. 'Zuiderpark ligt aan de westkant van het centrum.' Hij wreef met zijn hand over zijn kale hoofd en wachtte ongeduldig op de stem van Adri Koekkoek. Er werd niet opgenomen en na vier pogingen stopte hij met een vloek de gsm terug in zijn zak. 'Is het een eikel of niet?' sneerde Ravensburg, doelend op zijn recherchechef.

Cees trachtte te boel te sussen. 'Het is natuurlijk wel onhandig als twee teams...'

Ravensburg onderbrak zijn collega. 'Ja, dat begrijp ik.
Maar hij had twee rechercheurs moeten eisen. De hufter!
Nu mogen wij het met ons vijven weer oplossen en
Rotterdam ligt niet naast de deur. Het slachtoffer, getuigen-
verhoor, passantenonderzoek, plaats delict... Wat denk je
dat we straks kwijt zijn aan reistijd?'

Afman gaf geen antwoord en draaide de Volkswagen een
parkeerplaats op. Hij trok de contactsleutel uit het slot en
duwde zijn portier open. 'Maken we een rondje?'

Het stadspark lag in het midden van Rotterdam-Zuid en
was 225 hectare groot. Een flinke oppervlakte met lig-
en speelweiden, wandel- en fietspaden, barbecueveldjes
en een dichtbegroeid natuurgebied. Ravensburg keek op
zijn aantekeningen terwijl ze het pad langs de rand van de
bosschages waren ingeslagen. 'Er zijn geen sporen op de
plaats delict aangetroffen', mompelde Ravensburg. 'Geen
sperma, geen schoenafdruk, alleen wat gebroken takken en
omgewoelde aarde. Geen camera's in het park... het zit ons
niet mee.'

'Waarschijnlijk alleen wat vingerafdrukken op de portemonnee van het slachtoffer', zei Cees. Met zijn gsm maakte hij
foto's van de omgeving.

'En DNA.' Cees keek de rechercheur verbaasd aan.

'DNA?'

'Contactsporen.' Ravensburg klapte zijn boekje met aantekeningen dicht en keek zoekend in het rond. 'Hij heeft
een tyrip gebruikt en door het aantrekken van de band
blijven er huidschilfers op het plastic achter. Daar halen ze
DNA uit.'

'Oké, maar wat hebben we daaraan? We hebben zijn DNA.'
'We kunnen het laten vergelijken. Dan weten we zeker of het hier om dezelfde man gaat.'
'Ik denk dat we morgen met z'n allen naar Rotterdam moeten. Ik wil samen met Sera het slachtoffer nog een keer horen. Er zijn toch nog wat vragen die onbeantwoord zijn gebleven. Jij, Nancy en Jeroen doen het passantenonderzoek in en rond het park.' Hij zuchtte hoorbaar. 'En een gesprek met een gedragskundige of een psycholoog lijkt mij hier ook op zijn plaats. Dat hij zijn slachtoffer bewerkt met een mes bevalt mij niks.'

Op weg naar het bureau had Ravensburg verschillende mislukte pogingen gedaan om zijn recherchechef aan de lijn te krijgen. Zijn ergernis groeide met de minuut en toen de dienstauto achter het politiebureau parkeerde, had hij zijn kookpunt bereikt. Met grote stappen liep Ravensburg het bureau binnen.
Cees maande hem tot kalmte. 'Houd je nou maar rustig. Je bereikt er niets mee en hij blijft je meerdere.'
'Daar heb ik maling aan', bromde de kolossale man. Met twee treden tegelijk schoot hij de trap omhoog. Hij zocht in zijn zakken naar de pas waarmee hij de deur naar de rechercheafdeling kon openen.
Afman was hem voor. Hij hield zijn toegangspas voor het registratieoog en de deur klikte open. 'Koen...'
Maar Koen was hem voorbijgebeend. Hij was de kamer van zijn recherchechef binnengestapt en had de deur achter zich in het slot gesmeten.
Cees Afman trok een spijtig gezicht en liep toen hoofd-

schuddend naar de kamer waar zijn team aan het werk was.
'Oorlog', liet hij zijn collega's weten toen hij binnenkwam.
Hij zette de doos met dossiers op een leeg bureau.
'Wie?' wilde Nancy weten. 'Adri en Koen?'
Een antwoord was niet nodig. Boze stemmen klonken achter
de gesloten deur en vulden de gang.
'Kan dat niet wat rustiger?' Adri keek geïrriteerd op van
zijn werk.
'Wat haal jij nou voor een stunt uit daar in Rotterdam?'
Ravensburg trok nu echt van leer. 'Je had op zijn minst met
mij kunnen overleggen. Ik coördineer het onderzoek en ik
krijg daar te horen dat ik hun zaak moet overnemen. Dan sta
je behoorlijk voor paal.'
'Nou, nou... Reageer je niet wat overtrokken?' Koekkoek
hing achterover in zijn stoel, zijn arm nonchalant over de
rugleuning geslagen. 'Je was al de deur uit en ik vond het
onzin om die zaak in Rotterdam te laten.'
'Ik heb ook een telefoon. Je had mij op zijn minst even
kunnen bellen.'
Koekkoek trok met zijn mond. 'Jij coördineert en ik neem
de besluiten, daarom ben ik ook leidinggevende. De zaak
wordt door jullie opgepakt, einde discussie.'
Ravensburg leek dat laatste niet te horen. 'Dat je een zaak
overneemt tot daaraan toe, maar had op zijn minst om
rechercheurs gevraagd.'
'Ze waren onderbezet.'
'Wij ook', blafte Ravensburg terug. Hij liep naar de deur
en draaide zich om. 'Als je zo graag goede sier wilt maken,
doe dat dan niet over onze rug.'
Het gezicht van Koekkoek liep rood aan. 'Ook jij kunt te
ver gaan, Ravensburg.'

Ravensburg maakte een wegwerpgebaar met zijn hand en mompelde iets onverstaanbaars.

'Ravensburg!' riep de recherchechef verontwaardigd. 'Ik pik dit soort fratsen niet. Ravensburg...'

Maar Ravensburg was al verdwenen.

8

Linda Dijken bewoonde in de binnenstad van Rotterdam
een etage boven een bloemenwinkel. De woonkamer was
trendy en smaakvol ingericht met ingetogen kleuren en
moderne meubels. Op de vloer lag smetteloos wit, hoog-
polig tapijt, waaruit kon worden opgemaakt dat de vrouw
geen kinderen of huisdieren had. Er lag niets scheef en alles
zag er griezelig schoon uit.

In de gang had de vrouw de rechercheurs verzocht om
hun schoenen uit te trekken en ter compensatie had ze het
tweetal een paar sloffen aangeboden. Haar haar zat strak
achterover in een staart gebonden. Het bleke gezicht was
onopgemaakt en werd ontsierd met blauwe plekken op
de kaaklijn en onder haar rechteroog. De dader had haar
behoorlijk te grazen genomen.

Terwijl Linda in de keuken bezig was met de koffie,
bekeek Sera de boekenkast, die een groot deel van de
muur besloeg. De boeken stonden op alfabetische volgorde,
keurig op één lijn. Net als haar gemêleerde verzameling cd's.
Met een dienblad vol kopjes kwam Linda uiteindelijk de
kamer weer binnen. Ze had haar wenkbrauwen opgetrok-
ken toen ze zag dat haar gast de boekenkast inspecteerde.
Ze gaf echter geen commentaar en zette de kopjes op tafel.
Tegenover Ravensburg ging ze in een fauteuil zitten en
wachtte totdat de vrouwelijke rechercheur naast de man op
de bank had plaatsgenomen.

Ravensburg had zijn notitieboekje uit zijn binnenzak gevist en opengeslagen op zijn knie liggen. 'Ons team is sinds gisteren belast met het onderzoek, en na het lezen van uw verklaring zijn er wat vragen komen bovendrijven. Er zijn wat ontbrekende stukjes die we graag met u willen doornemen. Het is natuurlijk vervelend als u telkens uw verhaal moet doen, maar we proberen een beeld te vormen van de hele situatie', legde Ravensburg uit.

Ze antwoordde met een kort knikje. Haar handen lagen in haar schoot gevouwen en geduldig wachtte ze de vragen af. 'Uw belager bedreigt en verwondt u met een mes. Kunt u misschien het mes omschrijven? De lengte, de kleur?'

'Het was een niet al te groot vleesmes. Met een breed lemmet en een donkerbruin handvat.' Ze stak haar twee wijsvingers naar voren om de maat aan te geven. 'Op het lemmet stond met donkere letters een merknaam gedrukt. Om mij te intimideren duwde hij zijn wapen onder mijn neus. Ik heb het dus goed kunnen zien, maar door de angst heb ik het merk niet gelezen.'

'Dat geeft niets. Het is bruikbare informatie', zei de rechercheur om haar aan te moedigen. 'Zijn gezicht was bedekt met een bivakmuts. Van wat voor materiaal was die gemaakt?'

'Een soort van wol. Het was volgens mij niet echt een bivakmuts. Meer een muts die te ver naar beneden was getrokken. De gaten voor de ogen waren erin geknipt. Het linker ooggat zat een paar centimeter hoger dan het rechter.'

De rechercheur knikte tevreden. De vrouw had duidelijk oog voor details, iets wat je niet vaak tegenkomt tijdens een verhoor.

'U bent van achteren aangevallen en hij sprak Engels. Kunt u daar iets meer over vertellen? Had hij een accent, sliste hij, had hij een hoge of juist donkere stem?'

'Zijn uitspraak klonk wat...' Ze dacht even na voordat ze antwoord gaf. 'Stuntelig, gekunsteld. Alsof de woorden van tevoren waren ingestudeerd. Maar misschien hoort dat bij een accent. Ik heb er niet echt verstand van. Ik ben ooit een keer op vakantie in Engeland geweest.'

Ze leunde naar voren en pakte haar kopje van de salontafel. Langzaam roerde ze in het zwarte vocht. Sera volgde haar voorbeeld.

'Prima. Ik heb liever dat u zegt dat u het niet weet, dan dat u gaat gissen. Hij hanteert een mes, trekt uw broek naar beneden, duwt u op de grond, betast uw borsten...' Ravensburg somde alles uit zijn aantekeningen op. 'Was hij links- of rechtshandig?'

'Rechts', antwoordde de vrouw resoluut. Ze nam een slok van haar koffie.

'Er is echter geen zaadlozing geweest. Had hij wel een erectie?'

De vrouw knikte.

'Hoe weet u dat?' wilde Sera weten.

'Ik voelde zijn...' Linda staarde in haar koffie, alsof ze daar naar de juiste woorden zocht, '...zijn penis tegen mijn buik en even later tegen mijn vagina drukken. Hij had wel degelijk een erectie.' Er volgde een wanhopige zucht. 'Ik vond dat ik het hem moest zeggen.'

'Wat moest u hem zeggen?' Sera vroeg naar de bekende weg, want in de verklaring had ze gelezen dat de vrouw seropositief was.

'Dat ik geïnfecteerd ben met het hiv-virus.'

'Maar dat is toch niet het zelfde als aids hebben?' Sera schoof haar lege kopje terug op tafel.

'Dat klopt. Maar er is een kans dat ik aids heb, en een besmetting wil ik niet op mijn geweten hebben.' Ze rechtte haar rug terwijl haar ogen zich met tranen vulden. 'Ik heb mijn ex-partner via het internet leren kennen. We hebben meerdere malen onveilige seks gehad en na twee maanden had hij de moed gevonden om mij in te lichten over zijn ziekte. Maar toen was het te laat.'

De vrouw stond plotseling op en liep naar het raam. Krampachtig probeerde ze haar emoties onder controle te houden. Ze duwde het raam open en ging weer zitten. De lamellen voor het raam ratelden door het briesje dat naar binnen stroomde.

Ravensburg schraapte wat opgelaten zijn keel. 'U had ook niets kunnen zeggen. Hij heeft zich tenslotte aan u opgedrongen. Overmeesterd, bedreigd en pijn gedaan.'

'Een soort van wraak bedoelt u?' Ze schudde haar hoofd. 'Zo zit ik niet in elkaar en daarnaast... hij was nog zo jong. Hij heeft een heel leven voor zich.'

De rechercheurs keken elkaar vluchtig aan. 'Zo jong?' herhaalde Ravensburg haar woorden. 'Hoe jong denkt u dan dat hij is?'

'Onder de twintig. Hooguit achttien.'

'Achttien jaar?'

'Jonger misschien. Ik heb negen jaar voor de klas gestaan. Economie... Dan heb je genoeg ervaring om een puber te onderscheiden van een man. Het is hun manier van lopen, praten en kleden. Hun lichaamstaal is totaal anders. Zoals

de tas op de rug hangt, kleur sokken, de stem die overslaat...'
'U zei: voor de klas gestaan', merkte Sera op. 'U spreekt in
de verleden tijd. Geeft u geen les meer?'
'Ik ben een maand geleden op non-actief gezet.' Haar blik
dwaalde door de kamer, langs de hoge ramen, de boekenkast, en keerde toen weer terug naar de twee rechercheurs
op de bank. 'Ik vond dat ik het schoolbestuur op de hoogte
moest brengen van mijn besmetting en toen was ik niet
langer welkom.'
'Triest', mompelde Ravensburg terwijl hij een aantekening
in zijn notitieboekje kalkte.
'Ja, maar ergens ook begrijpelijk', antwoordde Linda
gelaten.
'De jongeman heeft u geslagen.' Sera wees naar haar
gehavende gezicht. 'Zei hij daar nog iets bij of...'
'Dat ik niet mocht schreeuwen, en toen haalde hij uit. Twee
of drie keer, met zijn vuist vol in mijn gezicht. Het was een
enorme explosie van agressiviteit. Zijn ogen...' Ze staarde
een paar seconden zwijgzaam in het niets. 'Ik kan het niet
uitleggen. Toen hij met zijn mes een kruis in mijn buik
kerfde, leek het of hij ervan genoot. Er lag een bepaalde
glinstering in zijn ogen.'
Ravensburg checkte zijn aantekeningen en vinkte de vragen
af. 'Ik heb voorlopig de antwoorden die ik zocht. Hebt u
nog vragen?'
Ze schudde langzaam haar hoofd.
'Mocht u wat te binnen schieten dat van belang kan zijn
voor het onderzoek...' Hij stond op en overhandigde haar
zijn visitekaartje. 'U kunt mij op dit nummer bereiken.'
Ze kwam ook omhoog en pakte het kaartje aan. 'Dank u.'

Bij de deur schudden ze elkaar de hand. 'Ik wens u sterkte', zei Sera.

Met een zuinig lachje sloot de vrouw de deur. Haar handen trilden en ze drukte haar rug tegen de muur. En toen kwamen uiteindelijk toch de tranen. Met lange uithalen liet ze haar verdriet los.

Terwijl Ravensburg het nummer van Nancy intoetste, worstelde Kuguksloe zich door de avondspits terug naar het bureau.

'Nancy, met mij', zei Ravensburg toen zijn collega met een vermoeide stem zich meldde. 'Zijn jullie al terug? Wij zitten net in de auto. Hoe is het jullie vergaan? Niets? Dat is jammer. Ja, het is inderdaad een groot terrein. Wij hadden meer geluk. Het was een vruchtbaar verhoor. We hebben wat bruikbare informatie binnengehaald. Onze zoektocht naar een auto met Engelse kentekenplaten komt te vervallen. De dader heeft waarschijnlijk geen rijbewijs. Volgens ons slachtoffer is hij jonger dan achttien. Ja, verrassend. We gaan ons dus concentreren op de bushaltes en treinstations. Wij zijn rond halfzeven binnen. Wil jij de foto's van de verdachten uit het Valkenbergpark op mijn bureau klaar leggen? Ik wil ze nog eens goed bekijken. Bestel gelijk wat te eten voor ons. Chinees is goed. We zien jullie straks.' Hij drukte het gesprek weg. Ravensburg tuurde een tijdlang in gedachten door het raam naar buiten.

Plotseling verbrak hij de stilte. 'Zijn jonge leeftijd zou een verklaring kunnen zijn waarom hij het geld meenam. Hij slaat eerst in Breda en daarna in Rotterdam toe. Twee verschillende steden die ruim honderd kilometer uit elkaar liggen. Dit soort afstanden leg je niet met de fiets of brommer af. Dan houden we alleen nog de bus of de trein over. Dat kost geld. En veel geld hebben jongeren niet. Wat is er dan makkelijker dan het geld van je slachtoffer te jatten? Als het NFI kan bevestigen dat het hier om dezelfde dader gaat, zijn we een flinke stap verder gekomen in het onderzoek.' Hij vlocht zijn handen ineen en leunde met een tevreden glimlach achterover in zijn stoel. 'Wij zullen dat kereltje eens knippen en scheren.'

Het team had zich verzameld in de vergaderruimte en deed zich te goed aan een Chinese rijsttafel voor zes personen. Er werd druk gespeculeerd over het onderzoek. Nieuwe feiten gaven altijd weer hoop, en het enthousiasme laaide op. In het midden, naast een opengerukte zak kroepoek, lag een foto. Ze waren begonnen met tweeënnegentig kiekjes en uiteindelijk bleef deze als enige over. Een korrelig gezicht, verstopt achter de kraag van een jas. De blik van de jongen was naar de grond gericht en op zijn rug bungelde een tas. De tas had hem verraden. Volgens de tijdsaanduiding had hij één uur en twintig minuten in het park rondgelopen. Lang genoeg om een meisje van vijftien aan te randen.
'Ik heb de coördinaten van het stealth sms'je binnengekregen', schoot het Nancy plotseling te binnen. 'Is er iets positiefs uitgekomen?'
Haar collega's keken haar hoopvol aan maar Nancy schudde haar hoofd.
'De gsm bevindt zich nog steeds in het Valkenbergpark. Het apparaat zal wel tussen de struiken liggen.' Ze duwde een lok achter haar oor.

'Doe voor de zekerheid ook een stealth sms'je uit naar de Samsung van Linda Dijken', zei Ravensburg. 'Die zal hij ook wel ergens gedumpt hebben, maar toch...'

'Als hij inderdaad nog zo jong is,' vroeg Sera zich hardop af, 'wat kan zijn motief dan zijn? Geen frustraties richting vrouwen. Ik bedoel... wat voor negatieve ervaring kan hij op zijn leeftijd hebben? Zou het bij hem dan alleen om de seks draaien?'

'Het draait nooit alleen om de seks', wist Cees. 'Hij kan een kick krijgen van de macht die hij op dat moment heeft. Wraak of macht is bij verkrachters meestal de drijfveer.'

'Ja, bij mannen. Maar dit is nog een jongen.' Sera pakte de foto van tafel en bestudeerde het prentje. 'Wat gaat er in dat hoofd om? Wat bezielt zo'n knaap?'

'Of hij heeft een sadistische inslag,' mompelde Ravensburg, 'en vallen er straks doden.'

9

De spaghettislierten doen weer niet wat ik van ze verlang. Ik draai mijn vork om en om, en toch blijven die krengen wegglijden. Dus slurp ik de slierten in mijn mond terwijl mijn hoofd boven mijn bord hangt.

'Chris!'

Ik draai mijn ogen schuldbewust naar boven, maar zuig toch nog een laatste lange sliert naar binnen. Ma zit tegenover me aan de keukentafel. We eten 's avonds altijd samen. 's Ochtends heb ik genoeg aan een glas cola, behalve als ma thuis is. Dan neem ik cornflakes om haar gezeur over een evenwichtig ontbijt te ontwijken. En tijdens de schoolpauze ga ik meestal met Ruud of Laurens een pizzapunt of een hamburger kopen.

Zoals bijna altijd is het stil, horen we alleen de radio, die op de vensterbank staat. Ik hoef trouwens niets over ma's collega's of over pa te horen, het is altijd hetzelfde liedje. Ze vraagt me wel wat over school, maar daar heb ik het liever niet over. Zodra ze de tafel opruimt, ga ik telkens naar mijn kamer om nieuwe filmpjes te zoeken. Dan doe ik stiekem de deur op slot, want ik zou niet graag hebben dat ma me betrapt met een pornofilm op mijn laptop of mijn hand om mijn pik.

Natuurlijk heb ik ook na Rotterdam de Nederlandse kranten opgezocht. Ik heb me zowat suf gesurft, maar niets gevonden. Zou het betekenen dat de aidshoer niet naar de politie ging?

Misschien is dat zelfs beter. Toch voel ik me ontevreden. Ik had graag gelezen over mijn merkteken dat ik op haar buik heb achtergelaten. Nu lijkt het alsof er niets gebeurd is, dat ik zomaar naar Rotterdam reed. Dat merkteken is wel een weird idee om mijn persoontje mysterieus te maken, om de politie in de war te brengen. Het geeft me een lekker gevoel dat de politie wanhopig naar mij op zoek is terwijl ik al weet dat ik ergens opnieuw iemand zal uitkiezen. De volgende keer wil ik het in de krant zien, neem ik me voor. Wie weet doe ik het een keertje in België. Dan verschijnt het in de Belgische kranten en kan ik Ruud en Laurens erover vertellen. Ik word gek als ik er met niemand over kan praten.

Als dit wijf tenminste naar de politie gaat. Ik kan tenslotte moeilijk zelf de politie bellen. Hoewel... wie zegt dat ik dat niet kan? Of nee, toch beter in Nederland en geen telefoontjes naar de flikken. Ik moet voorzichtig blijven. Geen idiote risico's nemen.

'Wil je nog bolognesesaus?' vraagt ma met de lepel in de aanslag.

'En mag ik nog wat spaghetti?' Ik begrijp zelf niet waarom ik zo dol ben op spaghetti. Het is toch maar pasta met tomatensaus, maar ja...

Ik houd mijn bord op en ma schept het halfvol. Ik roer de saus tussen de spaghetti en weer kruipt de stilte tussen ons in. Ik houd mijn ogen op de spaghetti gericht, zodat ze weet dat ze van mij geen gesprek hoeft te verwachten, en mijn gedachten dwalen naar het park in Rotterdam, nu al twee weken geleden.

Zelfs nu nog kan ik met mijn hoofd tegen de muur beuken omdat die vrouw me bedonderd heeft met haar aids. Ik had haar gewoon moeten neuken, zo'n lekker wijf.

De volgende keer moet beter, denk ik.

Ik was van plan om nog een hele tijd te wachten omdat me dat veiliger lijkt, maar ik weet dat ik mezelf niet lang meer kan bedwingen. Masturberen met een pornofilm is banaal geworden. Ik mis de opwinding van de jacht, van een warm, bevend lichaam onder me voelen. Een lichaam waarmee ik kan doen wat ik wil. Het gaat ook zo lekker, niemand kent me, niemand weet waar ik een volgende keer zal toeslaan. Ergens loopt een vrouw of een meisje dat niet weet wat haar boven het hoofd hangt. Gewoon het gevoel dat iemand niet weet dat ik haar binnenkort zal neuken, geeft me een geweldige kick. Zelfs als ik in de stad rond-fiets, selecteer ik meisjes die ik wel eens in een park wil ontmoeten. Ze beseffen niet dat ze veilig zijn omdat ze in Antwerpen wonen. Maar de treintickets naar Nederland vreten aan mijn spaarcenten, ook daarom is het beter dat ik een keer in België toesla. Gelukkig had het aidswijf geld bij zich. De volgende keren kieper ik hun portemonnee leeg voordat ik wegga. Ik grinnik omdat het grappig is. Hen laten betalen om verkracht te worden.

'Chris!'

Ma schuift haar hand over het tafelblad en raakt mijn arm aan. Ik schrik op, mijn vork blijft roerloos in het kluwen spaghetti zitten en ik kijk haar vragend aan.

'Ik heb al twee keer je naam genoemd. Waar ben je toch met je gedachten?'

'Och, nergens...' Als je dat zou weten, schiet het door mijn hoofd en ik verbijt een grijns.

Haar ogen boren zich in me vast omdat ze mijn antwoord niet voldoende vindt.

'Bij het feestje van vanavond', bedenk ik snel.

'Het is leuk dat je op een zaterdagavond eens niet op je kamer zit. Je lijkt wel een kluizenaar. Ik vraag me trouwens af wat je steeds op je kamer uitricht.'

'Gewoon mijn huiswerk maken. Op internet surfen. Chatten, gamen, muziek op mijn iPod downloaden... Dingen die elke jongen van mijn leeftijd doet.'

'Ga je vannacht laat thuiskomen?'

'Goh, dat weet ik nog niet. Als het gezellig is wel. Drie uur, vier uur.'

'Misschien ga ik dan ook uit. Iets drinken met een collega.'

'Een man?'

'Ja. Mag dat niet?'

Zou ma verliefd zijn? Ik kan het me niet voorstellen. Eenenveertig jaar en dan nog... En zou ze dan seks hebben met die vent?

Nee, dat kan niet. Ma vrijt niet meer. Op die leeftijd heb je daar geen zin meer in. Die voelt zich prima met haar leventje. Of toch niet?

Nu ik erover nadenk, zo'n geweldig leven heeft ze toch niet echt. In de supermarkt aan de kassa zitten, schoonmaken, naar de winkel, voor eten zorgen, tv-kijken... Misschien dan toch een vriend? Nu ja, zolang hij buiten de deur blijft doet ze maar, want ik wil wel mijn eigen leventje leiden.

'Was er iets?' vraag ik omdat ik me herinner dat ze met haar hand tegen mijn arm duwde.

Er komt een verwonderde rimpel tussen haar ogen. 'O ja', zegt ze. 'Ik vind mijn vleesmes nergens. Heb jij het misschien gebruikt en het daarna ergens anders gelegd?'

Ze had net zo goed een emmer ijswater over me kunnen

uitgieten. Ik krimp wat in elkaar en knijp in mijn vork, maar gelukkig krijg ik mijn gezicht meteen in de plooi.

'Is er iets?'

Haar ogen speuren weer mijn gezicht af. Ze kan het niet weten, maak ik me sterk.

Ze legt mijn reactie verkeerd uit. 'Het is niet erg als je het kwijtgeraakt bent. Maar dan weet ik het tenminste... Ik begrijp gewoon niet waar dat mes gebleven is.'

In mijn binnenste slaak ik een zucht van opluchting. Ik moet me beter wapenen tegen dat soort opmerkingen.

'Waarvoor zou ik dat mes nodig hebben?' zeg ik bijna vijandig, maar mijn gezicht blijft naar de spaghetti gericht.

'Tja, dat weet ik ook niet. Ik heb me al het pleuris gezocht, maar het lijkt alsof het van de aardbol verdwenen is.'

In de aardbol, denk ik. Achter een sierspar.

'Het mes komt wel boven water. Wat zou ik vanavond aantrekken?' vraag ik om het delicate onderwerp achter me te laten.

Ze heft geïnteresseerd haar hoofd op en ze glundert omdat ik haar raad vraag. Voor één keer neem ik me voor om te luisteren.

Het werden rode Puma's, jeans en een groen T-shirt met een grote witte Nike-print. De jeans die ik in Rotterdam droeg, maar na een wasbeurt is er niets meer te bespeuren. Alleen de herinnering.

De straatverlichting heeft het daglicht vervangen, maar toch zie ik al van ver Ruud en Laurens bij de bushalte staan. Koud is het niet voor een oktobermaand. Toch ril ik een beetje. Alleen een T-shirt is misschien niet voldoende, omdat het 's avonds snel afkoelt.

Een zonnige dag maakt overmoedig, denk ik omdat niemand van ons een jasje draagt. Ruud heeft een blauw shirt met lange mouwen en ik zie dat ook hij het frisjes vindt. Met zijn handen in zijn zakken loopt hij minirondjes voor het tramhokje. 'Het wordt vast super', zegt Laurens met een air alsof hij een kenner van feestjes is. Alsof we elke week naar een party gaan.

Vorige week waren Jessica, Caro én Maikel jarig, en die haalden het in hun hoofd om met de hele klas te gaan stappen. En we mochten iemand meebrengen. Ruud gaat natuurlijk met Fien, en door een kortsluiting in zijn hersenen heeft Laurens Carola gevraagd. En ik... nou ja... er is ook nog altijd *mojito* en pils.

'Waar blijft die bus nou?' gromt Laurens. Hij trippelt ongeduldig rond als een kip die haar ei niet kwijt kan. Hij is gekleed als een balletdanser met zijn strakke, zwarte broek en zijn losse witte overhemd. Als bij een latin lover staat zijn hemd een knoopje te ver open. Alsof hij echt een borst heeft om u tegen te zeggen.

Een zwarte labrador loopt snuffelend over de grond naar ons toe. Ik heb me dikwijls afgevraagd wat zo'n hond hoopt te ruiken. Natuurlijk weet ik dat hij geursporen van andere honden zoekt, maar toch... Zelfs op plaatsen waar je het helemaal niet verwacht, blijven ze met hun neus rondhangen. Een mooie vrouw heeft hem aan de lijn. Ik denk dat ze ouder is dan mijn moeder, maar ze oogt jonger. Alsof ze wil laten zien dat de zwarte labrador bij haar hoort, draagt ze een donkere broek en een zwarte bloes.

Misschien heeft er onlangs iemand met een hond de bus

genomen, want met zijn neus tegen de grond komt de labrador onze richting uit.

Ik houd van dieren en met mijn hand probeer ik hem te lokken, maar om de een of andere reden wil hij aan de onderkant van Laurens' broek ruiken.

Laurens heeft het eerst niet gemerkt, maar dan trekt hij verschrikt zijn been weg. 'Weg! Smerig beest!' Met zijn schoen duwt hij het dier weg en schuift een paar meter opzij.

'Laurens! Doe niet zo nichterig!' Ik kan het niet hebben dat iemand brutaal tegen een hond is.

'Dat beest kwijlt mijn broek vol', snauwt hij en hij kijkt de hond aan alsof die een ziekte heeft.

De vrouw wil haar labrador wegtrekken, maar ik ga naar de hond, zak door mijn knieën en laat mijn handen steeds weer over zijn flanken gaan. Het dier staat doodstil en ik merk dat hij geniet van mijn strelingen. Zijn natte neus snuffelt aan mijn gezicht en ik moet lachen.

'Hoe heet hij?' vraag ik terwijl ik me naar de vrouw richt.

'Zarko.' Een paar fijne rimpeltjes omkransen haar bruine ogen, die lijken te lachen.

'Hoi, Zarko', zeg ik. 'Ik ben Chris.' Mijn vingertoppen krauwen achter zijn oren en ik merk dat hij het zalig vindt.

Zarko drukt zich tegen me aan en laat wat kwijl op mijn broek achter.

'Hij mag je', zegt ze met een glimlach die me opwarmt.

'Hij wil vast nog lang bij jou blijven, maar we moeten verder. Er wacht nog een berg strijkwerk op me.'

Met mijn vlakke hand geef ik nog een paar tikjes tegen zijn hals en dan lopen ze verder.

'Zo'n hond zou ik ook willen', mompel ik terwijl ik hen nakijk.

De vrouw draait zich nog eens om en ze wuift. Ik steek mijn hand op en dan verdwijnen ze achter de straathoek. Met mijn zakdoek wrijf ik het kwijl van mijn broek. Laurens ziet me hoofdschuddend bezig. 'Het blijft een vlek.' 'En wat dan nog?'

'De bus. Eindelijk', zegt Ruud opgelucht. Met onze ogen volgen we de bus totdat die voor onze voeten stopt. Achter een venster wuift Fien naar ons, en natuurlijk ziet ze alleen Ruud.

De deur klapt open. Ik steek mijn kaartje in de automaat en loop verder. Carola krijgt een por van Fien en meteen staat ze op. Ik grijp de bankleuning en met een zwaai laat ik me op een lege bank vallen.

Fien trommelt met haar vingers op het kussen naast haar terwijl haar ogen Ruud lokken. Ze krijgt een kus als hij naast haar schuift en meteen legt ze haar hand op zijn dij, niet eens ver van zijn kruis.

'Zullen we daar zitten?' vraagt Carola aan Laurens en ze knikt naar een lege bank achteraan.

Ik leun met mijn schouder tegen het venster en plaats mijn rechtervoet op het kussen naast me.

'Wanneer moet je weer naar huis?' vraagt Ruud.

'Ik zie het wel', zegt Fien alleen. 'Als we op onze manier afscheid genomen hebben.' Haar stem klinkt zwoel, alsof er iets bijzonders met dat afscheid is.

Ik kijk zomaar voor me uit, maar vanuit een ooghoek houd ik Ruud en Fien in de gaten. Hoewel ik dromerig lijk, hoor ik elk woord dat ze zeggen.

Fien ziet er weer uit om een moord te plegen. Een ultrakort rokje, witte laarzen en een topje dat bijna alles laat zien.

Haar haar is in een wrong op haar achterhoofd samengebonden, zodat haar hals bloot is en ze nog naakter lijkt.
Ruuds ogen kijken in haar topje, dat een beetje naar voren
stulpt. Fien merkt het en ze lacht terwijl ze hem plagend in
zijn dij knijpt.
Ik schuif opgewonden over de bank als Ruud met zijn pink
onder haar rokje de binnenkant van haar dij streelt. Fien
kijkt hem aan en haar ogen genieten. Ik klem mijn tanden
op elkaar en richt mijn ogen naar het venster. Ik wil het niet
zien en toch kan ik het niet laten. God, ik wou dat ik eruitzag
als Ruud en dat mijn pink onder haar rokje zat.

Gekleurde spots zwiepen lichtstralen door het danscafé.
Op de dansvloer bewegen jongens en meisjes op de dance-
beats en van een afstand kijk ik toe terwijl mijn voet met
het ritme op en neer gaat. Joyce en Rupert staan al de hele
tijd bij me. Net zoals ik kijken ze alsof het hele gedoe hen
niet interesseert. Ik ben twee pilsjes en drie mojito's verder,
en omdat er niemand het in zijn hoofd haalt om me op de
dansvloer te krijgen begin ik het steeds leuker te vinden.
Er zweeft een lekker, luchtig gevoel in mijn hoofd en ik
lijk alles veel scherper te zien. De kleuren, de gezichten,
de silhouetten van de meisjes. De muziek klinkt steeds
opwindender in mijn oren. Ik ben toch blij dat ik voor een
keertje niet achter mijn laptop zit.
Een tijdlang heb ik meisjes bekeken die ik wel eens in een
park zou willen ontmoeten. In mijn fantasie bind ik hun
handen op hun rug en liggen ze uitgekleed tussen de struiken.
Heupwiegend komt Chantal naar me toe. In haar hand heeft

ze een glas waarin cava heen en weer walst. Chantal is niet meteen de mooiste van de klas. Een beetje zoals ik.

'Dans je niet?' roept ze boven de muziek uit.

'Nee! Kijken is leuker!' Ik ben vast de zevende invaller op haar lijstje, want ik heb al gemerkt dat ze een paar jongens had gevraagd, jongens die zodra ze konden haar alleen lieten dansen.

'Daar zeg je wat!' Ze leunt met haar ellebogen op het hoge tafeltje terwijl ze het glas met beide handen vasthoudt.

Automatisch gaan mijn ogen over haar borsten, die in een zwarte beha zitten. Ze merkt het en gaat meteen rechtop staan.

Mijn blik verplaatst zich naar de dansvloer, waar Laurens en Carola in elkaars buurt rondhangen.

'Het is een leuke boel', zeg ik.

'Ja', zegt ze. Haar stem klinkt geforceerd opgewekt. 'Op de dansvloer is het nog leuker.'

'Goh, dat is niets voor mij. Ik amuseer me prima met kijken.' Als om het te bewijzen blik ik naar de dansers terwijl ik mijn hoofd met knikjes op de muziek laat bewegen.

Opeens neem ik een slok en focus naar het midden van de dansvloer. Tussen de dansers ontdek ik Ruud, die danst met een meisje dat ik helemaal niet ken. Ze heeft lang zwart haar, dat constant op haar bewegingen meegolft. Ze is echt een schoonheid. Amandelogen, hoge jukbeenderen en een adembenemend figuur.

'Waar is Fien?' vraag ik.

'Fien?' vraagt Chantal verbaasd en ze rekt haar hals. 'Ik zie haar niet.'

'Ruud danst niet met haar', zeg ik op een toon alsof ik het nog steeds niet kan geloven.

'Hij mag toch wel eens met iemand anders dansen?'

Ik hoor meteen dat ze ook een kandidaat is om met hem te dansen.

'Natuurlijk.' Maar ik ken de manier waarop Ruud het meisje aankijkt. En net zoals hij daarnet rond Fien danste, draait hij nu met zijn bekken flirterig voor het meisje terwijl zijn ogen haar vastklemmen.

Waar is Fien, vraag ik me af. Als ze dit ziet, dan is het oorlog. Ergens vind ik het prachtig. Niet dat ik verwacht dat Fien nu op mij zal vallen, dat durf ik na twintig mojito's nog steeds niet denken, maar ik heb liever dat niemand met zijn poten aan haar zit. Ik niet, dan niemand.

Chantal tikt ongeduldig met haar schoen tegen de vloer. Nu pas zie ik dat ze hoge hakken draagt.

'Dans je echt niet?' vraagt ze nog eens.

Even aarzel ik omdat ik Ruuds nieuwe verovering wat beter wil bekijken. Ik maak me belachelijk als ik dans, besef ik op tijd. 'Nee, maar als jij...' Mijn hand wuift haar galant naar de dansers.

'Joyce? Rupert?' vraagt ze.

De twee hebben blijkbaar genoeg van mijn zwijgende gezelschap en ze laten me alleen aan het hoge tafeltje.

Ik kijk hen na en zie dat ze na een aarzeling een kringetje dansende meisjes aanvullen. Ik schuif een beetje naar rechts, zodat ik een goed zicht op de dansvloer heb. Mijn ogen boren zich tussen de dansers om Ruud terug te vinden. Zo is het echt wel duidelijk, denk ik als het meisje met de amandelogen met haar rug dansend tegen zijn borst aan leunt en hij zijn arm om haar middel houdt.

Laurens en Carola hebben het ook opgemerkt, want ze staan stil en houden Ruud in de gaten.

Opeens zie ik Fien. Ze komt uit het toilet en ze zoekt meteen Ruud.

'Ze weet het al', mompel ik als ze met haar tanden rusteloos op haar onderlip knabbelt.

Verlaten kijkt ze om zich heen, loopt dan lukraak door het café en als ik mijn arm opsteek, lijkt ze opgelucht dat ze een doel heeft.

'Even chillen?' vraag ik alsof ik niet gezien heb wat er aan de hand is.

'Chillen!' zegt ze nijdig. 'Als je dat zo wilt noemen.'

Ze heeft gehuild, want haar ogen zijn zelfs na haar toiletbezoek nog waterig en rood. Ze kan het niet laten om haar blik steeds weer naar Ruud te laten gaan, alsof ze zich nog meer wil kwetsen.

'Sinds dat kreng in zijn buurt is, heeft hij alleen nog maar oog voor haar.' Fien kijkt me gekwetst aan. 'Jij kent Ruud goed, Chris. Zou hij me al beu zijn? Zou hij nu op haar vallen? Het kan toch niet dat hij me nu al dumpt. Nu we...'

Ze bijt geschrokken haar zin af.

'Seks hadden', vul ik aan.

Ze kijkt me verbluft aan. 'Hoe weet jij dat? Heeft Ruud het je verteld? God, dan moet hij echt wel ziek zijn om dat uit te bazuinen. En ik dacht dat we iets moois hadden.'

'Tja', zeg ik maar. Ruud heeft me niets verteld, maar het is een verantwoorde gok zoals jullie steeds aan elkaar klitten, denk ik. Ik krijg een waanzinnig idee, zelfs mijn adem stokt. Nu Fien zich zo ellendig voelt, zoekt ze misschien troost bij me. Wie weet wil ze Ruud jennen door mij te nemen, al is het maar voor vanavond. Zonder dat ze het merkt gluur ik in haar topje en ik kreun bijna omdat mijn hand schreeuwt om in haar decolleté te geraken.

'Wil je soms iets drinken?' Ik reik haar mijn mojito aan en tot mijn verwondering neemt ze het glas aan.

'Dank je. Je bent echt lief.' Ze zet het glas aan haar lippen en zonder haar blik van de dansvloer los te laten neemt ze een slok, en nog een slok. Dan schuift ze het glas over het tafelblad terug naar me toe.

'Je mag het hebben.' Ik schuif een beetje naar haar toe zodat ik haar lichaam raak, en ik huiver als mijn bovenarm haar blote schouder voelt. Ik ruik haar parfum, haar shampoo, en een siddering loopt over mijn ruggengraat.

'Ruud is best oké, maar met meisjes kan hij een klootzak zijn', zeg ik. Heel langzaam leg ik mijn arm om haar middel, als wil ik haar troosten. Mijn hart klopt als bezeten. Zou het lukken? Ze ziet er zo kwetsbaar en afwezig uit dat ze wellicht niet eens mijn arm voelt. Ik trek haar een beetje tegen me aan, zodat onze dijen elkaar raken.

Ze kan het niet meer aan om Ruud bezig te zien met dat andere meisje, en met twee vingers drukt ze tranen in haar ogen weg.

'Drink nog eens.'

'Ik heb al de helft van je mojito opgedronken', zegt ze ver-ontschuldigend. Ondanks haar tranen perst ze een dankbare glimlach op haar lippen en ze neemt toch het glas. Mijn hand streelt nu haar zij. Ik kan me niet bedwingen en ik laat mijn vinger een beetje klimmen totdat ik de zijkant van haar borst voel. Ik houd mijn adem in. Met de top van mijn middelvinger streel ik haar borst en ik ben ongeloof-lijk gespannen. Ik heb hetzelfde gevoel als toen ik de Rotterdamse in het park volgde. Nog even.

In gedachten zie ik hoe Ruuds pink onder haar rokje schoof

en een rilling golft door mijn lijf. Nog steeds kijkt ze wazig voor zich uit en ze lijkt met haar gedachten ver weg. Zou het dan toch lukken? Mijn hand glijdt nog een beetje verder en ik voel de rand van haar behacup onder het topje. Opeens verstrakt ze en haar ogen kijken me vernietigend aan. Met een beweging van haar schouder schudt ze mijn hand weg en ze doet een stap opzij.

'Was je daarom zo lief? Om me te betasten?'

'Nee', zeg ik haastig. 'Ik wil je gewoon maar troosten, je helpen.'

Ik zie dat ze me niet gelooft.

'Het is niet omdat Ruud met die heks danst dat ik plotseling jou zie zitten.' Er verschijnt een ongelovige grijns op haar gezicht. 'God, je dacht toch echt niet dat jij en ik... Zo wanhopig ben ik nu ook weer niet.' Ze schudt ongelovig het hoofd omdat ze nog steeds niet kan begrijpen dat ik hoopte haar te versieren. 'Bedankt voor de mojito', zegt ze nijdig. 'Jij doet heel hard je best om sympathiek te zijn, maar er hangt een akelig geurtje aan je vriendelijkheid.'

Fien verdwijnt tussen de dansers en even later zie ik haar in het groepje van Chantal overdreven heftig bewegen.

'Shit!' mompel ik. Het is alsof ik de aanraking nog in de top van mijn middelvinger voel. Ik zie weer haar borsten, die op centimeters van mijn ogen waren, zo dichtbij dat ik elke porie kon zien.

Op een dag moet ik haar hebben, neem ik me voor. Hoe weet ik nog niet, maar op een dag ligt ze onder me.

FIEN

Super! Het is echt een waanzinnig feestje. Mijn voeten geselen de dansvloer en mijn hoofd ziet vast zo rood als een tomaat. Mijn haar zwiept om me heen en ik merk dat Ruuds ogen me niet loslaten. Mijn engel danst ongelooflijk. Zijn lichaam lijkt wel rubber. Als dansend buigt hij zich naar me toe en drukt zomaar een kus op mijn wang. Hij is zo'n lieverd. Ruud en ik zijn nu al een maand samen, maar vanavond geeft het echt een ongelooflijk gevoel om bij hem te zijn. Met hem wil ik dansen tot ik erbij neerval. Natuurlijk kijken er nog andere meisjes naar Ruud. Logisch, hij is de knapste jongen in het café. En hij is van mij!

Opeens zie ik hoe Ruud over mijn schouder kijkt. Niet zomaar kijkt, maar op een bijzondere manier kijkt. Dansend draai ik mijn hoofd en zie een heel mooi meisje. Ze is geen Miss World, net niet. Zodra ze mijn gezicht ziet, kijkt ze weg.

In Ruuds ogen zie ik verwarring. De jaloezie kruipt als een bijtend zuur door mijn binnenste.

'Ken je dat meisje?' vraag ik.

'Nee. Waarom zou ik?'

Hij probeert naar mij te kijken, maar ik zie dat zijn ogen stiekem weer wegschieten. Als een magneet lijkt dat meisje zijn aandacht te trekken. Het lijkt alsof hij nog sensueler danst, maar dit keer heb ik gevoel dat hij niet met mij danst, maar met haar.

Hij buigt zich naar me toe. 'Ik zou wel een pilsje lusten.'

'Ik neem er ook een!' Ik ben blij dat ik wat voor hem kan doen, zodat ze duidelijk ziet dat we bij elkaar horen. Ik kan niet snel genoeg bij de bar zijn.

Met een glas pils in elke hand loop ik terug naar de dans-
vloer. Het duurde lang aan de bar, te lang.
Aan de rand van de dansvloer blijf ik staan omdat ik Ruud
niet meteen vind. Ik zoek tussen de dansende lichamen en
de flitsende lichten.
'Godver!' vloek ik binnensmonds als ik hem aan de overkant
zie dansen. Niet zomaar dansen. Dat kreng is hem aan het
opgeilen. Ze draait haar lijf voor hem, alleen voor hem.
Zijn ogen zijn aan haar vastgehaakt en ik zie die glimlach
van hem. Die glimlach die hij voor mij bewaart als hij met
me wil vrijen. Ik zou de twee glazen bier in zijn gezicht
willen gooien, maar ik durf niet.
Ik zet een voet in hun richting, maar dan bedenk ik me. Ik
kan hem dwingen om met mij te dansen, maar stel je voor
dat hij me amper aankijkt. Of zegt: 'Het is uit, Fien, ik heb
nu iemand anders.'
Ik zou onder de grond wegzakken van schaamte en ellende.
De tranen kruipen in mijn ogen en ik schaam me. Gezichten
kijken me zijdelings aan en ik zie verbazing en een enkele
keer medelijden. Ik moet naar het toilet omdat ik de sporen
van mijn verdriet wil wegwissen. Als ik terugkom danst hij
misschien niet meer met haar, denk ik om mezelf op te
peppen, maar ik weet wel beter.

Mijn spiegelbeeld toont een zielige, roodbetraande Fien.
Met water en een tissue probeer ik mijn verdriet weg te
wissen, maar het lukt amper. Door de deur en de muren
beukt de dancemuziek. De beats die me daarnet nog
opzweepten, beuken nu als een drilboor in mijn oren. Het
liefst blijf ik in het toilet, maar dan gaat de deur open en een

paar vrolijk kwetterende meisjes lopen binnen. In de spiegel zien hun verraste gezichten mijn ellende en ze zwijgen. Ik wil hun medelijden niet. Zonder iets te zeggen en met mijn gezicht van hen afgewend loop ik het toilet uit, terug naar het ellendige feest.

God heeft geen rekening met mij gehouden, want Ruud danst nog steeds met die bitch. Dansen? Ze heeft zich met haar kont tegen hem aangedrukt en hij heeft zijn arm om haar heen. Ze dansen niet, ze geilen elkaar op. Zijn ogen gaan zelfs niet meer over de dansvloer om me te vinden. Alsof ik al lang uit zijn geheugen ben gewist. Het liefst zou ik naar huis rennen, ver weg van Ruud en die heks, ver weg van alles en iedereen. Toch doe ik het niet. Misschien wil ik mezelf kwellen, maar vooral omdat ik droom dat Ruud toch terug naar mij zal komen, zijn armen rond mijn middel zal leggen en zal zeggen dat het meisje maar voor even was, een tussendoortje dat niets betekent.
Ik zwerf door het café, zoekend naar ik weet niet wat. En steeds kijk ik of Ruud niet achter me aan komt. Ik zie een arm zwaaien.
'Chris', mompel ik. Het maakt me niets meer uit, maar nu heb ik een doel. Er is iemand die me roept, ook al is het maar Chris.
Misschien kan ik met hem over Ruud praten, hij kent hem als niemand anders.

Chris weet dat Ruud en ik seks hadden. Dat had ik helemaal niet van Ruud verwacht. Hoewel, is het zo erg dat hij dat aan zijn beste vriend vertelt? Misschien niet, maar het snijdt als een mes door me heen. Niet nu...

Chris vraagt of ik een slokje mojito wil. Ik knik, want ik wil iets doen, om het even wat. Ik drink en ik drink nog eens. Eigenlijk zou ik het hele glas willen leegdrinken, maar het is van Chris. Hij legt troostend zijn arm om mijn middel en het voelt goed aan. Hij weet wat ik doormaak. Hij is dan toch niet zo'n engerd, gaat het door mijn hoofd.

Ik wil Ruud en die heks niet zien en toch kan ik mijn ogen niet van hen afhouden. Ik voel weer tranen.

'Drink nog eens', zegt Chris en hij duwt het glas in mijn richting.

Ik drink weer. Het doet deugd dat iemand met me meevoelt. Mijn gedachten zweven weer naar Ruud en in het waas voor mijn ogen zie ik al die mooie momenten die we hadden. Opeens voel ik dat een vinger van Chris over mijn borst glijdt. Ik verstijf. Zijn hand is daar niet toevallig, want hij zoekt in mijn beha.

Jakkes, denk ik. Klootzak. Hij wil me gewoon betasten. Daarom was hij zo lief. En ik haat hem nog meer.

10

Terwijl de doelman als verlamd toekijkt vliegt de bal rakelings over de lat. Uit monden komt gelijktijdig een langgerekte 'ho', die langzaam uitsterft. Ruud krabt met zijn vingers in zijn haar en schudt ongelovig het hoofd. Dan sloft hij terug naar de middencirkel en een speler van de andere ploeg loopt achter het doel om de bal op te halen. Achter het stadion liggen vier voetbalvelden op een rij. Op een zaterdagmiddag zijn de velden telkens bezet door de jeugdploegen. Het gebeurt vaak dat een bal op een ander veld terechtkomt. Soms legt de scheidsrechter dan het spel stil tot de bal gehaald is.

'Een half metertje lager en het was een prachtdoelpunt', zegt Laurens. Zijn stem verraadt de teleurstelling. 'Zo'n goal kan alleen Ruud scoren.'

Ik knabbel op mijn onderlip. Ook op het voetbalveld is Ruud onze god. Hij is met voorsprong de beste van het team, en omdat Laurens en ik zijn vrienden zijn, straalt zijn populariteit ook een beetje op ons af.

Jarenlang speelden Laurens en ik bij Ruud, maar vorig jaar werd pijnlijk duidelijk dat we niet goed genoeg waren. We raakten bijna geen bal, waren invallers die uit medelijden nog de laatste minuten op het veld mochten komen. Toen hield ik het voor bekeken en Laurens dacht er net zo over. Toch draag ik tijdens de wedstrijden steevast mijn zwarte trainingspak dat we vorig jaar van de club kregen. Om te tonen dat ik er nog bij hoor. Maar Ruud is super. Over enkele jaren speelt hij vast in het eerste elftal.

Het is een mooie dag voor eind oktober. Ideaal om naar een wedstrijd te kijken.

Ruud krijgt een bal toegespeeld en opeens lijkt het spel heel vlug te gaan. Met een bruggetje passeert hij een speler, versnelt, rolt de rechterflank op, verschijnt voor doel en schuift koel de bal langs de doelman binnen.

'Yes!' roepen Laurens en ik gelijktijdig.

Er ontploft iets in mijn hoofd. In een ritueel grijpen Laurens en ik elkaar bij de schouders en dansen schreeuwend een rondje om onze as.

'Ruud is fantastisch!' roep ik naar enkele supporters die wat verderop staan.

Een van hen steekt zijn duim naar me op alsof ik zelf gescoord heb.

'Dat is bijna net zo goed als een orgasme!'

'Ja!' zegt Laurens uitbundig.

Toch merk ik aan zijn gezicht dat hij zomaar wat zegt, dat hij op die manier nog niet heeft gescoord.

De bal wordt naar de middencirkel getrapt en onze ploeg neemt weer zijn positie in. Onze handen liggen op de omheining die het speelveld afbakent. Onder ons is een Peugeotreclame op de betonnen plaat geschilderd. Alsof onze plaatsen gereserveerd zijn, staan we altijd op dezelfde plaats. Met de kleedkamers en de kantine in onze rug.

Deze week heb ik lang geaarzeld, maar de weersvoorspellingen hebben me doen wachten. Als het mooi weer is, lopen er veel mensen in een park. Toch wil ik binnenkort nog eens op pad. Er is niets dat zo'n kick geeft. Het hijgen en de verkrampte gezichten in de films als ze klaarkomen in een kut... het moet vast een ongelooflijk gevoel geven.

En te bedenken dat ik er zo dicht bij was. Automatisch
houd ik duim en wijsvinger enkele millimeters uit elkaar.
Maar het hoeft toch niet altijd een park te zijn, denk ik.
Maar wel in Nederland. Daar loopt het lekker. De politie
zoek zich suf naar een Engelsman. Of wie weet zoeken ze
zelfs niet meer. Hebben ze het zaakje opgegeven. Ergens
zou ik het jammer vinden. Het doet goed om te weten dat
ik intelligenter ben dan zij.

Dit is wat anders dan een tv-serie waarbij elke moord in
vijftig minuten wordt opgelost, denk ik, en ik voel dat ik
grijns.

Hulst, denk ik opeens. Toen ik klein was ben ik er regelmatig met pa en ma geweest. Ik herinner me het stadje nog
met flarden. De omwalling die gigantisch leek, het kanon,
het marktplein, de kerk met zijn rare toren... Zelfs nu nog
herinner ik me dat ma aan pa's arm trok toen hij te lang
voor de etalage van een seksshop bleef staan. Dat ze hem
een viespeuk noemde en ik geen flauw idee had wat er
verkeerd was met die winkel.

Als ik me niet vergis, kan ik vrij eenvoudig met de bus in
Hulst komen. Dat moet ik vanavond eens op het internet
opzoeken. Met de bus! Dan breng ik de politie nog meer in
verwarring. Als ze al zouden vermoeden dat ik telkens met
de trein kom, zijn ze nu helemaal de kluts kwijt.

In het station van Rotterdam hing een bewakingscamera. Ik
schrok wel. Daar had ik niet eens aan gedacht. Maar meteen
besefte ik dat er elke dag tienduizenden mensen in het
station zijn om de trein te nemen of iemand op te halen.
Nee, nu loopt in Hulst een meisje rond met een vriend of
een vriendinnetje, maar... ik kan de angstige ogen al zien.

Of zou ik een vrouw nemen? Dat aidswijf in Rotterdam zag er best lekker uit. Shit... hoe kon ik zo stom zijn. Het is leuk fantaseren als ik op mijn fiets door de wijk of naar school rijd. Dan kijk ik naar de vrouwen en de meisjes, en selecteer ik wie ik zou willen. Meestal is het iemand die een beetje op Fien lijkt. Fien is natuurlijk de max, maar een beetje over andere vrouwen fantaseren is ook leuk.

Terwijl mijn fantasie begint te werken, voel ik een erectie komen en ik steek mijn hand in de zak van mijn trainings- broek om mijn piemel opzij te duwen. Het zou een beetje gênant zijn als iemand de bobbel in mijn broek zou zien. Mijn aandacht gaat weer naar het voetbal.

'Kijk daar!' zegt Laurens en hij stoot me aan.

Ik zoek meteen de bal op, merk dat ergens bij de middel- lijn een tegenstander de bal inwerpt, en begrijp eerst niet waarom Laurens zo verrast klinkt. Dan volg ik zijn blik.

Bij de ingang staan twee meisjes die onwennig om zich heen kijken.

Ik houd mijn hand als een zonnescherm boven mijn ogen.

'Fien?'

'En Carola', vult Laurens aan. Ik hoor dat hij niet eens verrast klinkt, en er is zelfs een beetje opwinding in zijn stem. Alsof ik het nog steeds niet kan geloven, blijf ik naar de meisjes kijken. Ik heb hen nog nooit op een voetbalveld gezien.

Onwennig kijken ze om zich heen. Ik steek mijn hand op.

Het doet me denken aan het feestje twee weken geleden. Toen heeft Fien me echt gekwetst. Niet dat ik verwachtte dat ze mijn liefje zou zijn. Helemaal niet, zo realistisch ben ik wel, zij is nu eenmaal een schoonheid, ik niet. Maar ze deed alsof ik een stuk vuil was. Gewoon omdat ik met mijn vinger haar borst aanraakte. Ergens begrijp ik niet waarom ik dat niet mag. Het doet tenslotte geen pijn. Zo erg is dat toch niet, ze gaat er niet dood van.

Toch lijkt Fien niet haatdragend, want ze komt meteen op ons af. Fien draagt een zwarte broek en een trui onder haar rood jasje. Mijn ogen gaan naar haar borsten, die zich in de trui aftekenen.

De zomer is toch leuker, denk ik weemoedig, en ik zie weer hoe ze zich bukt om haar mobieltje te pakken.

Gezichten keren zich om als de meisjes langs de zijlijn lopen en blijven allemaal op Fien gericht. Naast haar is Carola een flauwe afspiegeling van een meisje.

'Naar het voetbal, dames?' vraag ik overbodig om iets te zeggen.

'Het is toch niet verboden voor vrouwen?' vraagt Fien.

'Nee, hoor', doe ik luchtig. 'Er zijn er nog meer.' Met mijn hoofd wijs ik naar een groepje vriendinnen van spelers dat elke wedstrijd volgt. Meestal dezelfde meisjes, soms meer of minder, de liefjes wisselen wel eens.

Fien en Carola komen ook bij de Peugeotreclame staan. Het valt me op dat Fien na een korte aarzeling even verder loopt om niet naast me te staan. Alsof ze bang is dat ik op het voetbalveld haar borsten zal aanraken. Aan haar oorlellen wiebelen spiraalvormige zilveren oorhangers die bijna tot haar schouders reiken. Haar ogen dwalen over het voetbalveld en een glimlach zweeft op haar gezicht als ze Ruud ontdekt.

'Hij heeft net gescoord', zegt Laurens.

'O ja? Geweldig!' Fien lacht, maar ik hoor dat het haar

amper interesseert. Ze zou wellicht op dezelfde manier gereageerd hebben als hij de doelpalen zou verven.

Carola staat dicht bij Laurens. Schijnbaar toevallig raken hun schouders elkaar en een tikkeltje jaloers bedenk ik dat zelfs Carola nauwelijks naar mij kijkt.

Maar mijn pa heeft Pascale, dus moet ik niet wanhopen. Alleen had ik nu wel graag een meisje om seks mee te hebben. En ik heb ook geen geld zoals pa. Als ik tot mijn vierenveertigste moet wachten...

'Zijn jullie weer samen?' vraagt Laurens.

Fien draait een beetje ongemakkelijk met haar schouders, maar toch lijkt ze opgelucht dat ze eindelijk haar verhaal kan doen.

'Ja. Ruud heeft een foutje gemaakt, maar wie doet dat niet? Hij beseft dat hij alleen van mij houdt en dus heeft hij die heks gedumpt.' Een grijns komt triomfantelijk op haar lippen en figuurlijk gooit ze die heks over haar schouder.

'Ruud vroeg me om een tweede kans en nu ja...' Fien zucht even en volgt Ruud weer met haar ogen. 'Als hij nog eens...' Haar ogen staren wazig voor zich uit alsof ze het dan ook niet weet, maar worden dan strijdlustig. '...dan is het ook voor mij uit. Er zijn meer jongens dan Ruud.'

Vast wel, denk ik als ik haar zijdelings aankijk. En ik zou graag boven aan het lijstje staan. Ik zwijg omdat Ruud mijn vriend is. Zo weet ik ook dat Julie hem al de dag na het feestje met een sms'je heeft laten vallen. En toen kwam Fien weer in beeld. Hij mist vast seks met haar, denk ik.

'Misschien is het goed dat die heks er was. Zo beseft Ruud dat we echt bij elkaar horen.'

'Geef die bal aan Ruud, Sammy', schreeuwt Laurens opeens.

'Die bal aan Ruud!' roept ook Carola. Ze blinkt van pret omdat ze samen met Laurens zomaar mag schreeuwen. En weer lijken ze naar elkaar te groeien als bomen die licht zoeken.

Mijn ogen gaan meteen naar het veld. Sammy denkt dat hij Ronaldo is, denkt dat hij net als Ruud een mannetje met een kunstje voorbij kan, maar als hij niet uitkijkt struikelt hij over zijn eigen voeten. Die knoeier verliest natuurlijk de bal.

'Ik begrijp niet waarom de trainer Sammy telkens weer in de ploeg zet', zegt Laurens.

Er zit wrevel in zijn stem. Vast omdat Sammy rechtsachter speelt, de plaats van Laurens toen die nog opgesteld werd. Drie korte fluitsignalen snerpen over het veld.

'Is het gedaan?' vraagt Fien. In haar ogen valt het wellicht op dat opeens niemand nog haast heeft.

'Er is een kwartiertje pauze', legt Laurens bereidwillig uit. 'Om even uit te blazen, wat te drinken, en dan kan de trainer iets zeggen.'

Fien knikt alsof ze dat nou toevallig wel weet. De jongens wandelen in de richting van de kleedkamer. Ruud komt echter op een drafje naar ons toe terwijl zijn ogen op Fien gericht blijven.

'Je bent er ook', zegt hij en zijn glimlach zou zelfs een dode non verleiden. Zijn hoofd glanst van het zweet en de bruine krullen kleven tegen zijn schedel. Als een lekkend kraantje lopen druppels van zijn kin. Op zijn borst en onder zijn oksels kleurt zijn gele shirt bijna oranje.

Ruud trekt de zoom van zijn truitje omhoog om het zweet van zijn voorhoofd te vegen. En natuurlijk gaan Fiens ogen naar zijn strakke buik.

Het is niet eerlijk, denk ik als ik aan mijn buik denk, die slap en vlezig onder mijn trainingsjack verstopt is.

Fien straalt als hij zijn handen om haar hals legt en haar hoofd naar zich toe trekt. Ze zoenen elkaar eindeloos. Gelukkig is er de Peugeotreclame tussen hen, anders had hij zijn piemel tegen haar aan geschurkt. Het maakt haar blijkbaar niets uit dat zijn zweetdruppels op haar blijven kleven.

'Ruud! Naar binnen, jongen!' roept de trainer. 'De liefde moet even wachten.'

Fien grijpt zijn hand, en het kost Ruud blijkbaar moeite om die los te laten. Maar uiteindelijk geeft hij haar nog een snelle kus en haast zich naar de kleedkamer. Fien kijkt hem na alsof het de laatste keer is dat ze hem levend zal zien.

'Zullen we iets drinken?' stel ik voor.

'Ja, waarom niet?' Fien gaat meteen akkoord en ze lacht zelfs naar mij.

Maakt liefde dorstig? Ik weet het niet, maar Fien en Carola hebben tijdens dat kwartiertje twee pilsjes in hun keel gekieperd. Fien betaalde zelfs voor mij een biertje. Ik denk dat ze mijn vinger op haar borst toch niet zo erg vond. Wie weet vond ze het zelfs fijn, maar moest ze in het café acteren dat ze het onbeschoft vond. Misschien was mijn timing gewoon verkeerd. Nu ze weer met Ruud is, moet ik me natuurlijk gedeisd houden. Maar als Ruud haar ooit nog eens dumpt... Er zijn nog meer Julies op de wereldbol en ik ken Ruud een beetje. Als ik zie hoe de meisjes naar hem kijken, hoe hij zelfs geen moeite hoeft te doen om hen te versieren... Als ik zijn looks en zijn charmes had, zou ik ook uittesten wat er allemaal op de markt te krijgen is.

Door het raam zien we dat de spelers in een ongeordend rijtje uit de kleedkamers komen en rustig het gras op lopen. 'Beginnen ze weer?' vraag Fien alsof dat niet duidelijk is. 'Dan moet ik naar buiten.'

'Wacht nog even', zegt Laurens. Er zit nog wat bier in zijn beker.

'Maar ik wil nog een kus van Ruud voordat de wedstrijd begint!'

Haar stem klinkt een beetje vreemd en ik besef dat ze een beetje dronken is. Ze is vast niet gewend om in een kwartier twee pilsjes te drinken. Ik prent het in mijn geheugen.

Haar stoel wankelt als ze ineens opstaat en ze moet zich even aan de tafel vasthouden.

'De trainer zal het niet leuk vinden als je Ruud nu ophoudt', zeg ik terwijl ik haar arm grijp alsof ik haar voor een stommiteit wil behoeden. 'En de jongens van de tegenpartij zullen hem jennen.'

'Denk je dat?' vraagt ze onzeker. Ze slaat mijn hand niet weg. Een goed teken.

Acht handen liggen op de rand van de omheining boven de Peugeotreclame. Ditmaal heeft Fien zich niet achter Carola en Laurens verschanst. Ze staat naast me. Ik ruik haar lichaamsgeur en kriebelingen razen door mijn lijf als ik fantaseer dat ik mijn hand onder haar trui kan schuiven en haar huid kan ontdekken. Maar ik moet geduld hebben.

Knoeier Sammy werpt de bal naar Ruud. Als om te tonen hoe eenvoudig voetbal kan zijn, laat hij de bal twee keer op zijn knie botsen voordat hij hem voor zijn voet laat vallen en met een kapbeweging zijn tegenstander in de wind zet.

De kerel staat voor lul en ik zie dat zijn gezicht betrekt. Er komt nog net geen stoom uit zijn neusgaten. Hij buigt zijn hoofd naar voren en sprint als een dolle hond achter Ruud aan. Ik voel gewoon wat hij van plan is.

'Klootzak!' schreeuw ik al voordat hij afzet voor de tackle. Een been steekt gestrekt vooruit en raakt Ruud op de enkel. Ruud schreeuwt het uit, valt voorover en grijpt met beide handen zijn enkel vast, terwijl zijn gekreun door ons snijdt. Ik barst bijna van woede als die kerel met zijn handen een cirkel tekent alsof hij de bal heeft gespeeld. Ik hijs me op de rand van de omheining, sla mijn benen over de Peugeotreclame en haast me naar de klootzak. Op zijn minst wil ik een vuist in zijn arrogante smoel plaatsen.

'Chris! Niet doen!' hoor ik Laurens gillen. Hij weet natuurlijk wat ik ga doen. Wie aan Laurens of aan Ruud komt, komt aan mij. Zo is het altijd geweest. Ik kan niet op mijn vingers natellen hoeveel keer ik voor hen op het schoolplein of in de wijk gevochten heb toen we nog klein waren.

Een arm grijpt me vast, maar met een ruk maak ik me los. Ik zie hoe die klootzak me overrompeld aankijkt.

'Ik sla je een paar tanden uit, lul!' schreeuw ik hem toe. Zijn ogen zijn groot van angst. Toch lijkt die idioot op me te wachten alsof die suffe kop niet eens beseft dat hij een pak slaag gaat krijgen. Bang voor mij, ook bang om te vluchten.

Mooi, denk ik, dan zal ik je gezicht even vertimmeren. Dan deinst hij toch achteruit en holt een eind weg.

'Kom hier, schijtebroek! Van achteren tackelen durf je wel! Maar durf je te vechten?'

Sammy daagt voor me op en grijpt mijn schouders. 'Chris, haal geen stommiteit uit. Dit is niet goed voor de ploeg.'

Ik aarzel. Jarenlang heb ik met Sammy gevoetbald, hem kan ik niet slaan. Andere handen grijpen me vast en ik kom niet meer vooruit.

'Laat me los!'

'Je brengt ons in de problemen, Chris. Ga nou terug achter de omheining.' De trainer heeft zijn arm om mijn schouder gelegd en praat op me in. 'Het was een smerige tackle, maar hij heeft een rode kaart gekregen. Als je nu het veld verlaat, komen er geen moeilijkheden. Kijk, Ruud staat al weer rechtop.'

Ik kijk naar Ruud. Hij hinkt een beetje als hij naar me toe komt.

'Het is in orde, Chris. Ga nou maar terug. Ik zie je straks.'

Mijn ogen gaan nog naar de klootzak en blijven in zijn ogen boren totdat hij wegkijkt. Het is een kleine overwinning, maar het is er een.

Ik draai me om en de trainer loopt met me mee tot bij de omheining.

'Hij had wel een dreun verdiend', zegt Laurens en hij geeft een klapje op mijn schouder.

Fien en Carola kijken me met een rare blik aan. Ik kan niet raden wat ze denken.

'Wie aan Ruud komt, heeft een probleem met mij', zeg ik om me te verdedigen.

De mondhoeken van Fien gaan omhoog en ik ontspan.

'Jullie zijn echte vrienden. Ik vind het fijn dat Ruud op je kan rekenen.'

In een opwelling pakt ze mijn arm en drukt een zoen op mijn wang.

Beduusd draai ik mijn hoofd naar haar omdat ik niet kan geloven dat ze me zomaar gekust heeft.

Wellicht een pilsje te veel, flitst het door me heen, maar ik geloof het liever niet. De afdrukken van haar lippen blijven op mijn wangen kleven.

FIEN

Het geluid van een sms'je komt net wanneer ik het zadel van mijn fiets vastgrijp. Ik zoek in mijn tas tussen mijn spullen naar mijn mobieltje en neem me weer eens voor om de troep eruit te halen. Maar er zijn zo veel prulletjes waar ik geen afscheid van kan nemen. Een Harry Potter-sleutelhanger van mijn eerste vriendje toen ik negen was, een zakdoek met mijn voornaam die oma borduurde, een leeg flesje Tommy Hilfiger dat ik voor mijn dertiende verjaardag van mijn zus kreeg...
Mijn hart klopt sneller als ik zie dat het sms'je van Ruud komt. Of ik naar de wedstrijd kom kijken. Eigenlijk wilde ik met Carola in de stad rondlopen, naar de winkels kijken, cola drinken en na de wedstrijd Ruud opzoeken. Maar Ruud bedoelt het goed. Het beetje macho in hem wil vast dat ik zie hoe goed hij wel is. Niet dat ik hem ooit zag spelen, ik weet niets van voetbal, maar ik hoor iedereen zeggen dat hij echt top is, dus zal dat zo wel zijn.
Als Ruud roept, ga ik. Ik wil hem niet teleurstellen. Zeker nu niet, nu we het even moeilijk hadden.
Het zal vast niet moeilijk zijn om Carola te overtuigen. Ze ziet het wel zitten met Laurens. Hij ook, denk ik, alleen beseffen ze het allebei nog niet.
Ik duw de fiets uit de garage en ik neurie 'If I can't have you, I don't want nobody, baby'. Gek, dat het liedje opeens

weer in mijn hoofd opduikt. Maar ma heeft het tijdens mijn kinderjaren grijsgedraaid. Nu zet ik mijn iPod op als ze dat schijfje in de cd-speler legt. Ik ken maar dat ene zinnetje en toch herhaal ik het tot ik bij Carola ben.

Ik ben zo blij dat ik Ruud ga zien dat ik het niet eens erg vind dat Chris er ook is. Zijn wenkende hand doet me denken aan het feestje. Over zijn vinger op mijn borst heb ik niets aan Ruud verteld. Hij wordt niet graag aan het feestje herinnerd, en ik ook niet.

Ik heb hem alleen gezegd dat Chris me soms op een rare manier bekijkt, maar hij zegt dat ik me dat verbeeld. Alle jongens kijken naar meisjesborsten, hij ook. Toch heb ik het gevoel dat Chris anders is, maar misschien heb ik het verkeerd, misschien beoordeel ik hem te veel op zijn uiterlijk. Toch ga ik bij Laurens en Carola staan om uit zijn buurt te blijven. Het is duidelijk dat die twee gek zijn op elkaar. Alleen durven ze niet tonen wat iedereen al op kilometers afstand ziet. Ik zal Carola toch wat advies moeten geven. Het is de eerste keer dat ik Ruud op een voetbalveld zie. Natuurlijk is hij met voorsprong de knapste, zelfs met die rare combinatie van gele shirtjes, paarse broekjes en rode kousen. Welke kleurenblinde idioot zou die outfit bedacht hebben? Ze moesten hem aan een boom ophangen.

'Ruud heeft net gescoord', zegt Laurens. Aan de manier waarop hij dat zegt voel ik dat ik best trots op mijn Ruud mag zijn.

'Zijn jullie weer samen?' vraagt Laurens.

Wat een stomme vraag. Denkt hij echt dat ik zomaar naar een voetbalwedstrijd kom kijken?

Ruud... De avond van het feest heb ik niet op Carola
gewacht en ben ik in mijn eentje met de bus teruggereden.
Ik had geen zin om met iemand te praten. Zo gekwetst en
ongelukkig voelde ik me. De hele rit heb ik uit het raampje
gekeken, zodat niemand mijn tranen kon zien. Tot diep in
de nacht heb ik in mijn kussen gehuild en ik heb heel lang
in mijn bed gelegen, omdat ik me te triest voelde om mijn
ouders en mijn zus onder ogen te komen. De zondag heb ik
in mijn eentje in mijn kamer gezeten, niets gedaan... alleen
uit het raam gestaard en honderd keer alle mooie momenten
met Ruud opnieuw beleefd, duizend keer hem met die slet
zien dansen. Tot twintig over acht, toen ik dat sms'je van
hem kreeg.

'Het spijt me, engel. Ik heb een fout gemaakt waarvan ik
nu veel spijt heb. Wil je me nog zien?'

Ik weet niet waarom, maar opeens was ik in de achtste
hemel. Een minuut eerder wenste ik hem dood, en toen was
hij weer de lieve, tedere Ruud. Eigenlijk moest ik meteen
zijn sms'je wissen, hem nooit meer zien, maar ik kon het
niet. Dan zou mijn leven nooit meer zo worden.

En ik dacht aan mama's favoriete liedje. 'If I can't have
you, I don't want nobody, baby.'

Natuurlijk wilde ik hem meteen zien. Ruud moest me in zijn
armen nemen en zeggen dat ik de enige was, dat er nooit
iemand anders zou komen.

'Je gaat toch niet meer weg?' zei pa toen ik mijn jack
aantrok. 'Wat ga je op een zondagavond in het donker nog
uitvoeren?'

Maar zelfs geen tien paarden konden me in huis houden.

Met een glimlach van oor tot oor komt Ruud naar me toe gelopen. Ik voel me stralen. Hij is zelfs knap in dat afgrijselijke voetbalpakje, en ik weet dat hij ongelooflijk lief kan zijn. Hij trekt zijn shirtje omhoog om het zweet van zijn voorhoofd te wissen. Ik denk niet dat hij het doet om me te imponeren, maar toch kijk ik naar zijn gespierde lichaam. Een rilling gaat over mijn ruggengraat als hij zijn kleverige, vuile handen in mijn hals legt en me kust. Een kus die eindeloos zou duren als die trainer hem niet had geroepen. Ik vind het jammer dat hij naar de kleedkamer moet, maar echt erg is het niet. Voor even moet ik hem laten gaan, maar straks is hij terug bij mij, voor altijd bij mij.

Ik laat me meetronen naar de kantine. Nu het weer zalig is met Ruud, leef ik op een wolk en dat mag iedereen weten. Een rij mensen staat bij de bar. Ouders, kinderen die een Fanta of een zakje chips willen, en een paar oudere mensen met zo'n vreselijk gekleurde sjaal rond hun hals.

Ik kan bijna niet geloven dat er op zo'n korte tijd zo veel bier over de bar gaat. Chris wurmt zich door de rij aan de bar en komt vier bekers pils terug. Hij heeft niet eens gevraagd wat ik wil drinken. Meestal drink ik geen alcohol, maar ik wil geen spelbreker zijn. Chris en Laurens vertellen me hoe geweldig Ruud al gespeeld heeft. Ik hoor het graag en het pilsje gaat vlotter binnen dan ik verwachtte. Het geeft me een lekker zweverig gevoel.

'Ik betaal nog een biertje', zeg ik euforisch. Ik voel me zo fantastisch dat ik de hele kantine een rondje zou willen betalen.

'Ik haal het wel', zegt Chris meteen.

Ik zoek mijn portemonnee tussen de rommel in mijn tas en geef hem tien euro.

Het tweede biertje gaat ook vlot naar binnen en ik voel dat ik steeds vrolijker word. Vanuit een ooghoek zie ik spelers uit de kleedkamer komen en ik wil naar buiten om Ruud nog een zoen te geven. Dan speelt hij vast nog beter. Mijn stoel valt bijna om als ik opsta. Het zijn dan ook van die lichte plastic stoelen. Ik moet me even aan de tafel vasthouden, want nu ik rechtop sta, voel ik dat mijn benen niet meteen doen wat ik wil. Zou ik dan toch een ietsje te veel gedronken hebben? Na twee pilsjes?

Chris houdt me tegen. De trainer wil niet dat ik Ruud zie. God ja, ik zie hem wel na de wedstrijd.

De spelers wervelen door elkaar, maar het maakt me niets uit, ik kijk toch enkel naar Ruud. Ik zou alleen willen dat hij niet steeds aan de overkant van het veld loopt. Chris zegt dat hij dat moet van de trainer. We staan nu naast elkaar en hij doet geen enkele poging om me aan te raken. Ik heb hem vast verkeerd beoordeeld op dat feestje. Hij wilde me gewoon troosten en misschien was hij zich niet eens bewust dat zijn vinger mijn borst raakte. Nu voel ik me beschaamd omdat ik zo gemeen tegen hem was. Eigenlijk zou ik me moeten verontschuldigen, maar dat kan ik niet over mijn lippen krijgen. Trouwens, hij zegt ook niets over het feestje, misschien vergeet hij ook die avond liever.

De frisse lucht doet deugd. Ongemerkt snuif ik door mijn neus enkele keren diep in en uit. Na de wedstrijd ga ik toch cola drinken. Hoewel... zo'n biertje geeft me toch een lekker gevoel. Zeker als Ruud zijn hand op mijn dij zal leggen. Misschien nog eentje?

15.31 uur. Nog steeds staan we met een doelpunt verschil
voor. We? Ik speel toch niet mee? Ik lijk Laurens en Chris
wel.

Toevallig staat Ruud nu aan mijn kant. Iemand gooit hem
de bal toe en hij loopt mijn richting uit. Een speler van de
tegenpartij snelt hem achterna. Opeens zie ik hoe hij met
zijn voet naar Ruud glijdt en hem tegen de enkel trapt.

De gil van Ruud snijdt door me heen als een vleesmes. Ik
schreeuw en sla mijn hand voor mijn mond omdat Ruud
over het gras kronkelt. Zijn gezicht is vertrokken van de
pijn en zijn gekreun doet de haartjes op mijn arm rechtop
staan. Ik heb zo'n medelijden met hem.

In een reflex wil ik naar hem toe, maar Carola grijpt me
vast. 'Je mag niet op het veld.'

Mijn handen klemmen zich steviger aan de rand van de
omheining vast.

'De klootzak!' Chris kruipt wel over de omheining en het is
duidelijk dat hij die kerel wil aanpakken. Ruud heeft me
al verteld dat Chris hem vroeger altijd verdedigde als
iemand vervelend was. Nu vind ik Chris zelfs sympathiek.
Ik schaam me zelfs dat ik hem altijd een vieze gluiperd
vond. Er zijn veel jongens die naar me kijken, waarom hij
niet? Hij kan het toch ook niet helpen dat hij niet knap is
en daarom wellicht op een andere manier, meer verlan-
gend, naar meisjes kijkt.

Chris wordt weer naar ons geleid en ik bedank hem met
een glimlach omdat hij Ruud wilde wreken.

Foei, denk ik. Dat kan beter.

Ik grijp zijn arm en druk een zoen op zijn wang.

Het verrast hem, want hij reageert amper. Toch ben ik

blij dat ik getoond heb dat ik hem nu wel mag, dat ik het vroeger verkeerd zag. Ik kan de verontschuldiging niet over mijn lippen krijgen, maar die kus moet de woorden vervangen.

11

Het was een grauwe, regenachtige dag. Ravensburg was in een niet al te best humeur op het politiebureau gearriveerd. Alles leek vandaag tegen te zitten. Vanmorgen wilde zijn auto niet starten, waardoor hij de bus naar zijn werk moest nemen. Dat betekende tien minuten vanaf zijn woning naar de halte lopen, terwijl de regen uit de hemel zeek. Natuurlijk kon hij een paraplu opsteken, maar hij had altijd het geluk dat de wind eronder sloeg en het hele zootje dubbelklapte. Dat gestoei met een paraplu was niks voor hem. Iets over achten kwam hij bij de halte aan. Het bushokje stond vol met reizigers, zodat hij in de regen moest wachten op de bus, die een vertraging had van twaalf minuten. Tegen de tijd dat hij bij het bureau aankwam, sijpelde het water al in zijn schoenen. Nee, het openbaar vervoer was niets voor hem. Maar het leed was nog niet geleden. Bij de briefing liet hij zijn beker met koffie uit zijn hand glippen en het bruine goedje spatte zijn hele broek onder. Zijn computer had opstartproblemen en tot overmaat van ramp had hij zijn mobiel in de wc-pot laten vallen. Het apparaat lag te drogen op de verwarming en als troost werkte Ravensburg een worstenbroodje naar binnen toen Jeroen de kamer binnenkwam.

'Post.' De jonge rechercheur wapperde met een envelop door de lucht. 'Zo te zien een rapport van het Korps Landelijke

Politie Dienst.' Hij legde een dikke envelop bij Ravensburg op het bureau en liet zich op de vensterbank zakken.

'Eindelijk', gromde Ravensburg. 'Daar zit ik al weken op te wachten.' Hij duwde de laatste hap naar binnen en zocht al kauwend onder een berg papier naar zijn bril. Tevergeefs. Vloekend haalde hij zijn bureau leeg en vond zijn zilverkleurige bril uiteindelijk tussen twee dossiers ingeklemd op de grond. Hij wipte de poot van zijn bril onder de plakstrip en scheurde met een wild gebaar de envelop open. Met een theatraal gebaar zette hij zijn bril op en schraapte zijn keel. Het rapport bestond uit een begeleidende brief en wat A4'tjes met tekst en kleurrijke schema's. 'Mevrouw Bond, gedragskundige en psycholoog', las Ravensburg op het schutblad.

Nieuwsgierig knikte Jeroen.

'Beknopte samenvatting: dossier Valkenbergpark/Zuiderpark. Het profiel van de dader is tot stand gekomen op basis van vergelijking met eerdere soortgelijke misdrijven als mede door de aangetroffen sporen en informatie tijdens het onderzoek. Bij een serieverkrachting en/of serieaanranding zijn twee dadertypologieën te onderscheiden. Type één heeft een hoge mate van seksualisatie.'

Ravensburg keek over de rand van zijn bril naar zijn collega in de vensterbank. 'Oversekst dus...'

Jeroen knikte nogmaals.

'Type twee...' Ravensburg viel stil en liet zijn ogen nogmaals over de tekst glijden.

'Ga door', spoorde Jeroen hem aan. 'Type twee is...'

'Een seksueel sadist.' Ravensburg kreunde zacht, duwde zijn bril recht op zijn neus en las verder. 'Een combinatie van beide types is mogelijk. De dader zal zijn kansen op succes blijven vergroten en zijn gedrag aanpassen indien nodig. Het verwonden door middel van snijden in lichaamsdelen is een ritueel aspect. Rituele aspecten komen weinig voor, maar vormen een belangrijk aanknopingspunt voor de opsporing. Het motief is seks, macht en frustraties. In uw specifieke zaak gaat het om een jongeman tussen de veertien en twintig jaar en niet wonende in de onmiddellijke nabijheid van de pd's. Gevaar op herhaling is in grote mate aanwezig. In het bijgeleverde rapport is een uitgebreide analyse opgenomen met betrekking tot het gedrag van de dader met daarin enkele aspecten die van belang kunnen zijn in de opsporing. Ik hoop u hiermee van dienst te zijn geweest. Hoogachtend, dr. K.J. Bond.'

Ravensburg liet de brief op zijn bureau zakken. 'Ook dat nog.' Hij smeet zijn bril op het bureau en wreef met beide handen door zijn gezicht. 'Een wandelende tijdbom. Dat hebben wij weer. Waarom krijg ik altijd van dit soort ingewikkelde zaken? Waarom geen simpele inbraak of voor mijn part een drugsdeal? Maar nee, wij hebben een overspannen puber die zijn roerstaaf niet in zijn broek kan houden. Nog nooit...'

De klaagzang van Ravensburg werd onderbroken door de telefoon. Hij staarde naar het apparaat zonder tot actie over te gaan.

Jeroen kwam uit de vensterbank omhoog en pakte de hoorn van het toestel. 'Jeroen Sondag, recherche...' Hij viel even stil, humde wat en liet toen de beller weten dat ze eraan kwamen. Bij het woordje 'we' haalde Ravensburg zijn wenkbrauwen op. 'Er staat beneden iemand aan de balie die ons wil spreken.'

Jammerend liet Ravensburg zijn hoofd in zijn handen vallen. 'Waarover wil hij ons spreken?' vroeg hij wrevelig.

Jeroen herhaalde letterlijk de boodschap. 'Hij heeft vertrouwelijke informatie over de aanrandingszaken die hij alleen aan de leidinggevende van het onderzoek wil toevertrouwen.'

Ravensburg grijnsde moeilijk. 'Ga met Cees die man maar horen. Ik heb daar geen tijd voor.' Hij maakte een weids gebaar over de chaos op zijn bureau. 'Werk genoeg...'

'Dat wordt wat moeilijk. Cees is naar de tandarts.' Nu toverde Sondag een grijns op zijn gezicht. 'Hij krijgt vandaag een wortelkanaalbehandeling. Hij loopt al dagen met kiespijn rond.'

'Ga dan met Sera of Nancy het verhoor in. Waar zijn die vrouwen eigenlijk?'

'Die zijn naar een melding. Gisteravond rond tien uur heeft er een mevrouw uit Breda gebeld. Ze heeft de flyer gelezen en meent iemand op een van de foto's te kennen. Sera en Nancy zijn haar gaan horen.'

Met een afkeurend gegrom wapperde Ravensburg met zijn handen door de lucht. 'Dat was ik vergeten. Kijk of er een verhoorkamer vrij is, dan haal ik de man op.' Hij stond op, graaide zijn notitieblok van tafel en beende de kamer uit. Jeroen volgde hem de trappen af en sloeg aan het eind van de gang links af, naar de verhoorkamers.

Ravensburg duwde de deur naar de ontvangstruimte open en knikte de collega achter de balie gedag.

De vrouw wees met de achterkant van haar pen in de richting van een kerel die wat afwezig in een informatiefolder stond te bladeren. 'Meneer Grolle?' riep ze naar hem.

De man liet de folder zakken en kwam in beweging toen hij de rechercheur bij de balie zag staan. 'Ik heb informatie', sprak hij op gedempte toon terwijl hij zijn hand uitstak. 'Dat hebben wij begrepen. Zullen we even in een kamer apart gaan zitten?' stelde Ravensburg voor toen de knokige hand van de man in die van hem verdronk.

'Graag. Het is niet de bedoeling dat iedereen het hoort.' Hij seinde veelbetekenend naar de twee jongens in de wachtruimte.

De rechercheur knikte en hield de deur uitnodigend open. 'Einde van de gang rechts. Als het goed is, staat mijn collega ons daar op te wachten.'

De man liep met vaste tred voorop, zijn rug recht en de mouwen van zijn regenjas tot de ellebogen opgestroopt.

Hij hield even zijn pas in toen hij Jeroen zag staan, maar liep toen de verhoorkamer binnen en nam plaats achter het bureau.

'Misschien dat u aan de andere kant wilt plaatsnemen?' Jeroen wees hem de stoel. 'Ik heb de computer nodig...' De man excuseerde zich en veranderde van plek.

Met een glimlach nam Ravensburg tegenover hem plaats. 'Wilt u misschien iets drinken? Kopje koffie, thee of een beker water?'

'Nee, dank u. Daar is geen tijd voor.' De man zat op het puntje van zijn stoel en had zijn handen op tafel neergelegd. Jeroen drukte de computer aan en vulde zijn wachtwoord in terwijl Ravensburg zijn eerste vraag stelde.

'U wilt iets kwijt over de aanrandingzaak in Breda en Rotterdam. Laten we eerst bij het begin beginnen. Wat is uw naam?' Ravensburg sloeg zijn notitieblok open en keek de man afwachtend aan.

'Adriaan Theunis Grolle is mijn naam. Ik ben drieënveertig jaar en woonachtig te Brakel. Ik woon sinds juli 2008 alleen. Mijn moeder is in juli overleden aan een hartstilstand.' Hij trok met zijn mond terwijl de rechercheur de gegevens noteerde. 'Ik heb spijt dat ik zo lang gewacht heb, maar het is niet gemakkelijk...' Langzaam schudde hij zijn hoofd. 'Het valt verrekt niet mee om naar de politie te stappen en...' Hij zocht naar de juiste woorden. 'Ik doe het voor de slachtoffers en voor hen die mogelijk nog gevaar zullen lopen. Want u begrijpt dat er meer zijn en meer zullen volgen.' De handen van Jeroen lagen even stil op het toetsenbord.

Een snelle blik naar zijn collega leverde weinig informatie op. Ravensburg gaf geen krimp. Hij nam de man kritisch in zich op.

Grolle wreef met zijn handen door zijn weinige haar en vervolgde zijn relaas. 'Het is een beest dat tot leven komt. Vanuit de struiken bespiedt hij weerloze jonge vrouwen en als ze even niet opletten...' De man sloeg met zijn vlakke hand op tafel om zijn woorden kracht bij te zetten. 'Dan bespringt hij ze, trekt ze de bosjes in en doet dan verschrikkelijke dingen met die vrouwen. Hij heeft een scherp mes en draagt donkere kleding en een bivakmuts. Volgende week maandag maakt hij een nieuw slachtoffer. Het Westbroekpark in Den Haag staat op de planning. U moet hem tegenhouden. U moet...' Zijn stem sloeg over.

Het geknik van de rechercheur deed de man ietwat kalmeren. 'Hoe weet u dat hij volgende week weer toeslaat?' Gespannen wachtte Ravensburg op het antwoord.

'Dat heeft hij mij gisteravond verteld. Ik probeer niet te

luisteren en ik verzet mij uit alle macht. Maar het lukt niet. Het is sterker dan mij. Hij hoort achter de tralies, voorgoed.' 'En wie is die hij?' Het was een paar minuten stil. De man had zijn ogen gesloten en begon wat onduidelijk te mompelen. Het leek alsof hij zichzelf moed insprak.

Jeroen schoof onrustig op zijn stoel. Misschien was dit de vader of een oom van het joch dat ze zochten. Dan hadden ze een onderzoek opgelost. Zijn eerste grote zaak... De cursor op het computerscherm flikkerde aan en uit en wachtte op een commando. Maar Jeroen had geen oog meer voor de computer. Hij hing aan Grolles lippen.

'Die hij... dat ben ik', sprak de man uiteindelijk met zachte stem. 'Ik ben het beest.'

De mond van Jeroen zakte open. 'Wat is dit voor een...'

Met een handgebaar legde zijn chef hem het zwijgen op. 'Dus u hebt het gedaan?' herhaalde Ravensburg zijn woorden.

De man begon geluidloos te huilen en knikte. 'Er zit een stem in mijn hoofd die mij gemene dingen laat doen. Het is niet mijn idee, maar van hem...' Hij wees naar zijn hoofd. 'Was Breda uw eerste aanranding?'

De man schudde van nee. 'Mijn tiende of misschien wel de twaalfde. Ik ben de tel kwijtgeraakt. Het meisje in Breda was nog jong. Ik zat in de struiken toen ze voorbijfietste. Ik heb haar gegrepen en de bosjes in gesleurd.' Hij haalde luidruchtig zijn neus op terwijl de woorden uit zijn mond stroomden. 'Ze stribbelde tegen en toen heb ik haar geslagen. Niet erg hard natuurlijk', liet hij er snel op volgen. 'Het was nog een kind. Daarna heb ik haar vastgebonden en verkracht.'

'Waar hebt u haar mee vastgebonden?'

Grolle keek de rechercheur nu donker aan. 'Wat doet dat er nou toe? Gewoon, met een stuk touw. Ze was heel bang.'

Ravensburg had zijn notitieblok dichtgeslagen en leunde achterover in zijn stoel. 'Hoe zag ze eruit?'

'Wie?'

'Het slachtoffer in Breda.'

De man trok nerveus met zijn mond. 'Slank, niet al te groot en halflang haar. Of misschien had ze lang haar. Dat kon ik niet goed zien. Ze had de capuchon van haar jas opgezet.'

'Wat voor kleur rokje had ze aan?'

'Ik dacht blauw. Het was donker, dus echt zeker van de kleur ben ik niet.'

Ravensburg onderbrak de man. 'Meneer Grolle, we kunnen u niet naar huis sturen.'

De man keek opgelucht. 'Maar we gaan u niet opsluiten in een cel. Ik ga een dokter voor u bellen. U hebt hulp nodig.'

Verontwaardigd sprong de man op. 'Ja maar, ja maar... Het moet. Ik ben een beest. Luistert u wel wat ik vertel? Hoe weet ik anders de details? De bivakmuts, het mes, het park...'

'Uit de krant of van het internet', antwoordde Ravensburg nuchter.

'U bent niet goed wijs. Noemt u zich rechercheur? Ik heb tientallen meisjes verkracht en morgen doe ik het weer en... Ik wil dat u mij opsluit. Ik eis dat.' De man sloeg woest met zijn vuist op tafel. 'Ik wil niet terug naar huis.'

Jeroen had zijn stoel naar achteren geschoven en stond in de startblokken om de man te bespringen.

'Rustig, meneer Grolle', maande Ravensburg de man tot

kalmte. 'Wij willen u alleen maar helpen. U bent duidelijk in de war. Hebt u misschien kinderen, broers of zusters die we kunnen bellen?'

'Nee. Ik ben alleen, ik heb niemand. Ik heb u toch verteld van mijn moeder? Maar u luistert niet. U wilt niet luisteren. Ik eis dat u mij aanhoudt. Ik moet naar de gevangenis, het moet. Doe uw werk.' Zijn hand graaide onverwachts naar voren en greep het shirt van de rechercheur vast.

In een reflex kwam Ravensburg omhoog en torende boven de man uit. De stoel kletterde met veel kabaal op de grond. Grolle verloor zijn evenwicht en met veel geschreeuw maaide hij met zijn armen in het rond. Hij raakte Ravensburg in het gezicht en vol in de maag. Zijn vuisten wiekten een standaard met folders van de muur. Hij deed een stap in de richting van de computer, maar nog voordat hij het apparaat van het bureau kon trekken, lag de man gestrekt op de vloer.

Jeroen hield hem met een houdgreep onder controle, terwijl Ravensburg nog geen vin had verroerd. Die schudde alleen zuchtend zijn hoofd. 'Dat heb ik weer.'

'Welk nummer?' Sera Kuguksloe trok de sleutel uit het contactslot en liet haar ogen langs de galerij van het flatgebouw glijden.

'Honderdtwaalf', las Nancy Peeters in haar aantekeningen. 'We moeten het rechtse gebouw hebben.'

Ze duwde het portier open en mompelde een verwensing toen ze de wind aan het portier voelde rukken. De regen sloeg naar binnen en met tegenzin stapte ze uit.

'Rennen', spoorde Sera haar aan.

Ze spurtte naar de hoofdingang van de flat terwijl Nancy haar nakeek. Hoofdschuddend beende ze achter haar collega aan. Terwijl Sera de druppels uit haar lange haren schudde, liep Nancy naar de brievenbussen naast de toegangsdeur.

'Honderdtwaalf.' Haar vinger gleed langs de naambordjes naar beneden. 'Mevrouw Kraamwinkel. Die moeten we hebben.' Ze drukte op de bel en boog zich dichter naar de speaker toe.

Een hoop gekraak en uiteindelijk was daar een stem. 'Ja? Zegt u het maar.'

'Mevrouw Kraamwinkel', riep Nancy door de speaker toen het gekraak was gestopt. 'Wij hebben een telefonische afspraak met u gemaakt. Wij zijn van de politie...'

Er klonk gezoem en de toegangsdeur naar de lift sprong uit het slot.

'Dank u.'

Sera trok de liftdeur open en hield haar hand voor het chromen bedieningspaneel.

'Zesde etage', wist Nancy en ze stapte de lift in.

Mevrouw Kraamwinkel stond voor het keukenraam en hield de galerijdeur in het oog. Zodra de deurklink bewoog, schoot ze de gang in en opende haar voordeur.

'Hier moet u zijn...' Haar hand wapperde door de kier van de deur. 'Kom snel.'

De twee vrouwen versnelden hun pas en schoten haastig de gang in.

'Wat een verschrikkelijk weer', zei de bejaarde dame toen ze de deur sloot. 'Hangt u uw jassen maar aan de kapstok. Wilt u een kop warme thee? Komt u verder, kom...' Ze liep voor hen uit de woonkamer in en wees naar de bank. 'Gaat u maar zitten. Ik heb het theewater al opgezet.'

'Doet u geen moeite, mevrouw', bracht Sera in, maar de vrouw wuifde het commentaar weg. 'Niks geen moeite. Het is zo gedaan. Ga zitten. Ik kom zo bij u.'

Ze dribbelde naar de keuken, waar het gerammel van kopjes en schotels hoorbaar werd.

'Hebt u hulp nodig?' Nancy keek op haar horloge toen de vrouw voor haar gevoel wel erg lang wegbleef.

'Nee, ik red het wel', klonk het antwoord uit de keuken. Ze kwam met volle handen de woonkamer in geschuifeld. Voorzichtig zette ze de kopjes op tafel en liet zich toen met een brede glimlach in een leunstoel zakken.

'Zo.'

Uit de binnenkant van de stoel viste ze de flyer op en stak deze triomfantelijk in de lucht.

'Ik ben twee weken uit logeren geweest bij mijn nicht in Aalsmeer. Gistermiddag heb ik de post doorgenomen en daar zat uw folder tussen.' Ze verwisselde van bril. 'Er staat wel een grammaticale fout in, maar laat ik daar maar niet over uitweiden.' Ze tikte met haar vinger op de rechtse foto. 'Ik herkende hem direct. Het verbaast me dat hij zich niet heeft gemeld. Maar goed... mensen lezen tegenwoordig nauwelijks nog hun post.' Nancy en Sera veerden naar voren om de aangewezen foto te bekijken. 'U hebt de man met de hoed herkend?' vroeg Sera, zodat er zich geen spraakverwarring zou voordoen.

'Ja. Dat is Arnold Zeeman. Hij is jaren werkzaam geweest bij de Shell. Ik denk dat hij nu vijf of zes jaar met pensioen is. Een keurige heer. Hij is ongehuwd en hij is erg op zijn privacy gesteld.'

'U weet behoorlijk veel van deze meneer. Waar kent u hem van?' wilde Nancy weten terwijl ze in haar tas op zoek was naar een pen.

'Het is de buurman.' Haar vinger wees naar de grond. 'Hij woont beneden op de vijfde. Op nummer 96. We maken geregeld een praatje. Ik denk dat ik hem wel tien keer op de koffie heb gevraagd, maar hij bedankt telkens weer. Jammer...'

Ze haalde gelaten haar schouders op alsof ze wilde zeggen: 'Aan mij lag het niet.'

'Wilt u nog een kopje thee?'

De vrouwen stonden op. 'We hebben nog veel dingen te doen', legde Sera de vrouw uit. 'We lopen even bij meneer Zeeman langs voor een praatje en dan rijden we terug naar het bureau.'

'Dus u komt na uw bezoek aan Arnold niet even langs? Ik zou toch graag willen weten hoe hij heeft gereageerd. Er komt tenslotte niet elke dag politie aan de deur.'

'Dat kunt u beter zelf aan hem vragen. Misschien dat

hij u op de koffie vraagt', merkte Nancy fijntjes op.
De ogen van de vrouw lichtten op. 'Dat is een goed idee',
mijmerde ze.

12

Arnold Zeeman was een magere, gepensioneerde ingenieur
van negenenzestig jaar. Hij droeg een spijkerbroek, een
marineblauwe blazer met een zwartkleurig overhemd en
bijpassende stropdas. Aan zijn voeten droeg hij sandalen
zonder sokken.

Hij bestudeerde met een verbaasd gezicht de plastic identi-
teitskaart die de vrouw hem voorhield. 'Recherche?' las
hij hardop. Een arrogant trekje gleed over zijn gegroefde
gezicht. Zijn kin kwam uitdagend naar voren en hij keek de
twee vrouwen strak aan. 'Kan ik u helpen?'

'Wij zijn bezig met een aanrandingzaak in het Valkenbergpark en we zijn op zoek naar getuigen die ons misschien
verder kunnen helpen. Mogen we even binnenkomen?'

'Ik zie niet in waarom', antwoordde de man onvriendelijk.
'Ik kan heel kort zijn. Ik weet van geen aanrandingzaak.
Goedemiddag...'

Hij wilde de deur in het slot duwen, maar Nancy hield
hem tegen. 'Meneer Zeeman, u bent herkend op beelden
van camera's die bij het Valkenbergpark hangen. U was
rond het tijdstip van de aanranding in het park en daardoor
bent u voor ons een belangrijke getuige. Het kan zijn dat u
bruikbare informatie heeft. We kunnen twee kanten op: we
praten binnen de situatie even rustig door, of u krijgt een
oproep en mag zich op het bureau melden. Maar dat wij

een gesprek met u gaan houden, is een ding wat zeker is. Zegt u het maar... Het mag wat mij betreft ook hier buiten bij de voordeur.'

Er viel een stilte. Hij trok cynisch zijn wenkbrauwen op en woog duidelijk zijn keuzes af.

Het gordijn bij de buren werd opzijgeschoven en dat gaf waarschijnlijk de doorslag.

Hij deed een stap opzij en gebaarde naar de woonkamer. 'Ik heb niets te verbergen', zei hij bars. 'Loopt u maar door.' Hij wierp een boze blik naar de buurman, die nieuwsgierig zijn neus bijna tegen het keukenraam had gedrukt om de bezoekers beter te kunnen zien.

De twee vrouwen bleven midden in de kamer staan en hij bood hun geen zitplaats aan.

Hij sloeg zijn armen over elkaar en keek de indringers afwachtend aan. Nancy stak hem de flyer toe en wees op de foto waarop hij stond afgebeeld. Vluchtig liet hij zijn blik over de flyer glijden en nam niet de moeite om het aan te pakken.

Hij knikte. 'Ja, dat ben ik.'

'Zeven weken geleden, op een zaterdag, is er een jong meisje in het park aangerand. De man heeft haar onder bedreiging van een mes de bosjes in getrokken. We hebben het idee dat het om deze jongeman gaat.' Nancy toonde hem een tweede foto. 'Hij is waarschijnlijk tussen de vijftien en twintig jaar. Donkere kleding, jas tot op de heup en hij sprak Engels.'

Zeeman leek nu wel geïnteresseerd. Hij boog zich over de foto en kneep zijn ogen samen. 'Engelssprekend? Zeven weken geleden... Dat is een eind terug, maar nu ik hem zo zie...' antwoordde hij nadenkend. 'Ik herken hem. Hij viel op omdat...' Zeeman woog zijn woorden zorgvuldig af. 'Omdat hij opvallend lang door het park slenterde. Alsof hij op iemand stond te wachten.'

Fronsend keek Sera hem aan. 'Hoe bedoelt u dat? Opvallend lang?'

'Zoals ik het zeg. Ik ben daar behoorlijk scherp op. Meestal als iemand wat rondhangt, dan heeft dat een bedoeling.'

'En dat is?' hield Sera hardnekkig vol. Zijn vage antwoorden werkten op haar zenuwen.

Een meewarige glimlach verscheen op zijn gezicht en hij zuchtte hoorbaar. 'Wat denkt u? Moet ik het voor u uittekenen? Ik wandel niet voor de gezelligheid door het park. Zeker niet als het regent.' De ironische klank was terug in zijn stem. 'Ik was op zoek naar eh... hoe zal ik het zeggen... warmte en genegenheid. Soms vind je in het park een gelijkgestemde, en soms ook niet.'

Nancy knikte begrijpend en zijn norse houding ebde langzaam weg.

'De jongeman viel op', vertelde de ingenieur verder. 'Hij was volgens mij rond de achttien, negentien jaar. Ik val niet zo op dat jonge spul. Het zijn meestal van die slungels met weinig vlees op het lijf en een brutale mond. Hoewel deze knul er redelijk stevig uitzag. Toen ik besloten had dat iets beter was dan niets en ik hem wilde aanspreken, was hij verdwenen. Ik heb ook niet meer naar hem gezocht, want hij was niet echt mijn type.'

'Niet uw type? Dan kunt u hem waarschijnlijk redelijk goed omschrijven?' merkte Nancy hoopvol op.

'Zoals ik net al zei: lengte ongeveer één meter zeventig, niet al te dun. Het was niet echt een knappe jongen. Hij had een wat grof gezicht met een flinke neus. Zijn haar zag er wat onverzorgd en piekerig uit en was donker van kleur. Hij had een legerkleurige rugtas bij zich.'

'U bedoelt een groenkleurige tas van stof? Een echte legertas?'

'Nee. Het was een tas met van die legervlekken en gemaakt van gladde parachutestof. Op de hoeken zaten beschermstukken van opvallend dik rubber.'

'U hebt ons geweldig geholpen', complimenteerde Nancy de man. 'Mogen we morgen een collega langs sturen die samen met u een compositietekening maakt?'

Zijn gezicht betrok. 'Moet dat? Ik ben een drukbezet man.'

'U kunt altijd aangeven wanneer het u schikt. Uw informatie is waardevol. Het zal de slachtoffers goeddoen als ze horen dat iemand de dader kan omschrijven. De vrouwen leven in angst zolang hij nog rondloopt.'

De man zweeg een moment en knikte toen.

De regen was gestopt en het wolkendek trok langzaam open. Aan de manier waarop Sera zich in de stoel liet vallen en het portier dichttrok, was te merken dat ze geïrriteerd was.

'Wat een ongelooflijke kwal', foeterde ze tegen haar collega toen deze was ingestapt. En met een kinderstemmetje: 'Moet ik het voor u uittekenen? Ik val niet op dat jonge spul.' Ze snoof door haar neus. 'Irritante nicht.' Met een ruk trok ze haar gordel uit en stak de chromen sluiting in de houder. 'Ik ben op zoek naar eh... genegenheid.'

Nancy schoot in de lach. 'Ik geloof dat je hem niet erg aardig vindt.'

'Dat is nog zacht uitgedrukt. De griezel.' Ze draaide de contactsleutel om en ramde de versnellingspook in zijn één. 'Ik begrijp niet dat jij zo rustig kunt blijven. Het liefst had ik hem een ram voor zijn verwaande kop willen geven.'

'Wat schiet je daar nou mee op? Al moet ik de kwal de hemel in prijzen, zolang ik maar krijg wat ik wil. En we hebben nu toch mooi een compositietekening. Jij weet ook hoe waardevol dat kan zijn?'

'Ja, dat wel.'

Nancy keek haar collega afkeurend aan toen de auto met hoge snelheid door de bocht scheurde. Haar vingers haakten zich vast in de zitting van de stoel. 'Vind je het erg als je iets rustiger rijdt? Ik wil vanavond nog graag heelhuids thuiskomen. Ik heb niemand die op mij wacht, maar toch...'

Sera haalde haar voet van het gaspedaal en de naald zakte terug. 'Sorry, maar ik krijg altijd de kriebels van dat soort lui. Wat denk jij... doet hij het met "jong spul"?'

'Als hij de kans krijgt wel. Hij wappert met geld en kijkt wie er toehapt. Heb je die foto's aan de rechterkant naast de bank gezien? Daar hing ook "jong spul" tussen in onderbroek. Jong of oud? Ik denk dat het voor hem weinig uitmaakt, maar hij gaat zijn voorkeur in ieder geval niet aan ons vertellen.' Ze viste haar mobiel uit haar tas. 'Ik bel Dragon Valetic van de technische even. Kijken of hij deze week tijd heeft om het smoelwerk van onze dader vast te leggen.'

Sera knikte. 'Laat hem ook een tekening van de rugtas maken.'

Ravensburg waste zijn handen terwijl hij in de spiegel de rode plek naast zijn linkerwenkbrauw bekeek. Hij kon het die gek van een Grolle niet echt kwalijk nemen. De man was de weg kwijt en zijn aanval was een schreeuw om aandacht. Ravensburg kon niet anders dan gelaten reageren. Wat moest hij dan? Hij was niet alleen twee koppen groter dan Grolle, maar woog op zijn minst ook nog eens zestig kilo meer. Daarnaast had hij meer dan twintig jaar de bokssport beoefend. De techniek was iets wat je niet snel verleert. Met één klap had hij Grolle kunnen uitschakelen. De man was geen partij. Hoe lang was het geleden dat hij tijdens verhoor werd geslagen? Hij dacht lang na. Het was twee keer voorgevallen. Acht, misschien tien jaar terug?

Het gepeins van de rechercheur werd onderbroken door de gsm die in zijn broekzak trillend tot leven kwam. Snel droogde hij zijn handen en graaide het apparaat naar boven. Hij liep met de telefoon aan zijn oor de wc-ruimte uit.

'Goedemiddag, meneer Ravensburg. Met Lea Totte van het Nederlands Forensisch Instituut. Hoe is het met u?'

'Met mij gaat het goed, maar met het onderzoek wat minder. Ik hoop dat jij ons blij gaat maken?'

'Dat denk ik wel. We hebben wat huidschilfers op het bindmateriaal gevonden en daar een DNA-profiel van gemaakt. Dit profiel is vergeleken met het profiel van de aanranding in Breda. Uw vermoedens kloppen. De profielen komen overeen. Daarnaast hebben we drie prachtige vingerafdrukken op de portemonnee van het slachtoffer aangetroffen en ook die zijn vergeleken met de afdruk op de bibliotheekpas. En dat heeft nogmaals een match opgeleverd. Ik moet de uitkomst nog in een rapport verwerken, maar ik dacht dat u een telefoontje over de stand van zaken wel zou waarderen.'

'Lea, je bent echt top. Je hebt ons geweldig geholpen.'

'Graag gedaan. Als u nog hulp nodig hebt, kunt u mij gerust bellen.'

Ravensburg had zijn jas al in zijn handen toen zijn gsm overging. Hij keek op zijn horloge. Hij had nog een kwartier om de bus van halfzeven te halen. Stel dat het iemand was met een vraag en hij iets moest opzoeken in zijn chaotische administratie. Dan ging hij het niet redden. Hij besloot om het irritante melodietje te negeren en trok de deur van zijn werkkamer dicht.

Ravensburg bevond zich in het trappenhuis toen Nancy hem riep. 'Koen, wacht even...' Haar hoofd verscheen in het trapgat. 'Waarom neem je de telefoon niet op?'

'Omdat ik naar huis wil en de bus moet halen', riep Ravensburg geërgerd terug. Hij kwam weer in beweging.

'Je vrouw probeert je te bellen. Ze staat beneden met de auto op je te wachten.'

Hij hield zijn pas in en keek omhoog. 'Is het echt?'

Nancy reageerde gemaakt verontwaardigd. 'Alsof ik je ooit in de maling neem!'

'Je doet niet anders.'

'Aansteller!'

Ravensburg schoot in de lach terwijl hij gehaast het trappenhuis uit beende.

Bianca Ravensburg drukte haar telefoon uit toen ze Koen voor de schuifdeuren van de hoofdingang zag staan. Hij keek zoekend rond en op zijn gezicht verscheen een glimlach van oor tot oor toen hij de auto van zijn vrouw ontdekte.

Hij stapte op haar af en trok het portier open. 'Hallo schoonheid, wat een verrassing.' Hij liet zich in de stoel vallen en boog zich naar haar toe om een kus op haar getuite lippen te drukken.

Haar wenkbrauwen fronsten toen ze de vlekken op zijn broek zag. 'Wat zie je eruit? Heb je gevochten met het koffieapparaat?'

'Ongelukje.'

'En je gezicht?'

Hij maakte een wegwerpgebaar. 'Het is niks.'

Afkeurend schudde ze haar hoofd. 'Ik rij wel eerst even langs huis zodat je iets schoons kunt aantrekken.'

'Hoezo? Gaan we ergens heen?' Hij klonk niet erg enthousiast.

'Ik wist dat je het zou vergeten, en daarom kom ik je ophalen.' Ze startte de auto en draaide het terrein af. Met een mysterieus lachje keek ze hem aan. 'Die paar romantische momenten die we samen hebben, laat ik mij niet afpakken. Ik neem je mee uit eten. Om het te vieren...'

De raderen in Ravensburgs hoofd draaiden op volle toeren. Hadden ze iets te vieren? Ze waren twaalf jaar geleden getrouwd. Dat was in de zomer en ze hadden het gevierd met een reis naar Curaçao. Dat kon het niet zijn. Hij had geen verjaardag overgeslagen. Niet van haar en niet van de kinderen. Was het een of andere rare feestdag? Valentijn? Nee, ook niet.

'Ik heb geboekt bij Het Genoegen in Beneden-Leeuwen', gaf ze als hint.

Toen ze zag dat hij er nog steeds niet uit kwam, besloot ze om het mysterie voor hem op te lossen. 'Het is precies

veertien jaar geleden dat we onze eerste date hadden. Bij
Het Genoegen, weet je nog?'
'Natuurlijk weet ik dat nog', loog hij. 'Ik wist alleen niet
dat zoiets elk jaar gevierd moest worden.'
'Ik vind van wel.'
'Voor een etentje met mijn meisje ben ik altijd te porren.
Maar een schone broek is niet nodig. Die paar vlekjes ziet
niemand.'
'Je kleed je netjes om, meneer Ravensburg', zei ze nu
streng. Hij zuchtte. 'Vooruit dan... Je hebt geluk dat ik in
een goede bui ben.'

De muziek stond zachtjes aan. De klanken van Chopin
gleden de eetzaal in en werden gemixt met het geroezemoes
van de gasten. Het merendeel van de tafels in het restaurant
was bezet. De rechercheur en zijn vrouw zaten bij het raam
en hadden een prachtig uitzicht over de verlichte rozentuin
aan de achterzijde van het pand.
'Vordert het onderzoek een beetje?' Met een bezorgd gezicht
observeerde Bianca haar man. Het was duidelijk dat hij
zich zorgen maakte. Hij tuurde al tien minuten afwezig in
zijn glas wijn en had nog geen woord gezegd.
Zijn hoofd schoot omhoog en met een schuldige blik
maakte hij zijn excuus. 'Het is soms zo frustrerend als je
niet bij de dader kunt komen terwijl je weet...'
Hij maakte zijn zin niet af. Hij schudde met zijn hoofd
terwijl hij van onderwerp veranderde.
'Heb jij nog iets leuks gedaan vandaag?'
'Nee, niet echt. Ik was vrij en ik heb wat boodschappen
gedaan en ben naar de kapper geweest.'

Ravensburg grijnsde wat sullig. 'Ik hoef nou niet meer te zeggen dat je haar leuk zit?'

Ze maakte een wegwerpgebaar en lachte. 'Vertel eens wat meer over je onderzoek? Ik ben toch benieuwd naar wat jou zo in beslag neemt.'

De rechercheur nam een slok van zijn wijn en overwoog haar voorstel. Moest hij zijn vrouw belasten met zijn onderzoekpraat? Hij maakte lange dagen. Had ze geen recht om te weten wat hem van huis hield? En daarnaast... Soms kan een buitenstaander met iets heel onverwachts komen. Iets wat het team over het hoofd ziet en wat zo voor de hand ligt.

Hij besloot zijn verhaal te doen en zij luisterde aandachtig zonder hem te onderbreken. Bloedige details liet hij weg en hij eindigde zijn relaas met de valse aangifte van Adriaan Grolle. Ondertussen waren ze bij het nagerecht aangekomen.

'Dat is best heftig', zei ze. 'Ik begrijp dat je je zorgen maakt. Zolang hij rondloopt, kan hij nog meer slachtoffers maken. En dat gedoe met dat mes...' Afkeurend schudde ze haar hoofd. 'Is hij tijdens een controle op een feest of op school nooit aangehouden voor wapenbezit? Ik bedoel... Zo iemand loopt misschien wel dag en nacht met een mes op zak.'

Ravensburg liet zijn lepel zakken en leunde achterover in zijn stoel. Ze hadden niet gezocht in de politiesystemen naar wapenbezit onder jeugdigen. Hij trok zijn aanteken-boekje uit zijn binnenzak en zette haar suggestie op papier. 'Dat was een scherpe opmerking', mompelde hij.

Met glimmende ogen nam ze zijn compliment in ontvangst. 'En hebben jullie het eerste slachtoffer gevraagd naar het mes? Heeft zij het merk niet gelezen? Een merk kan voor het onderzoek belangrijk zijn. Het kan een Duits merk zoals Wüsthof zijn, of een Engels merk. Misschien wel een merk dat niet in Nederland te koop is.'

De pen van de rechercheur schoot over het papier. Hij was duidelijk onder de indruk van haar inbreng.

'Je kunt beter bij de politie gaan werken', merkte hij op. Ze wuifde zijn opmerking weg. 'Ik blijf liever tolk. Elke dag in dit soort ellende zou mij alleen maar depressief maken. Ik help wel vanaf de zijlijn.' Het aantekenboekje verdween weer in zijn jaszak en hij seinde naar de ober. 'Wat denk jij, Sherlock Holmes. Zullen we nog een kop koffie bestellen?'

'Dat hebben we wel verdiend,' vond zij.

13

'Weer niets.' Teleurgesteld wrijf ik met beide handen over mijn gezicht. Hoewel er al wekenlang niets over mij wordt gezegd, bekijk ik nog elke dag het tv-journaal, zoek ik steeds de Nederlandse krantensites op. Men is me blijkbaar al lang vergeten. Ik druk op de knop van de afstandsbediening en als gordijntjes die gesloten worden schuift het tv-scherm dicht. Ik blijf nog even naar het zwarte scherm kijken. 'Het wordt tijd dat ik ze wakker maak', mompel ik nijdig. Het kan toch niet dat men mijn verkrachtingen al helemaal vergeten is? Alsof die nooit gebeurd zijn. Ik mis de aandacht voor mijn persoontje.

Niet dat ik naar Breda of Rotterdam reed om beroemd te worden, nee, dat was echt voor de seks en de kick, maar achteraf vond ik het toch bijzonder om over mezelf te kunnen lezen.

Niemand zou weten dat ik degene ben die ze zoeken, alleen ik. Ik vind het opwindend dat momenteel misschien honderden politiemensen naar me uitkijken, maar niet eens weten waar ze moeten beginnen, niet eens weten waar ik opnieuw zal toeslaan.

Volgende week is er de herfstvakantie. Ideaal om op pad te gaan.

Vanavond ga ik met Google Earth naar een interessante plek zoeken, neem ik me voor. En ik wrijf mijn handpalmen over elkaar en maak met mijn tong mijn mondhoeken vochtig. De voorbereiding is bijna zo leuk en spannend als het uitvoeren zelf. Tegenwoordig masturbeer ik meestal met

Breda of Rotterdam in mijn hoofd. Dan zie ik mijn prooien met ontbloot onderlijf machteloos in het gras liggen en lijkt het alsof ik mijn vingers weer op hun borsten voel. Natuurlijk fantaseer ik dan allerlei standjes met hen, want dan zijn zij mijn weerloze slavinnen, ben ik hun meester. Ik kick op de geile straffen die ik voor hen bedenk. Soms ligt Fien voor me in het park, soms zelfs Pascale. Al die beelden hebben zelfs mijn filmpjes verdrongen als ik me afruk. Ik knipper met mijn ogen alsof ik wakker moet worden. 'Ruud en Laurens zullen vloeken', denk ik hardop en weer neem ik me voor om voortaan niet meer 's morgens naar het journaal te kijken. Maar het is sterker dan mezelf. Zonder nieuwe verkrachtingen komt er niets meer in de media, besef ik. Hoog tijd dat er nog iets gebeurt.

Vanaf de achterdeur loopt een smal kiezelpaadje naar het tuinhuisje waar mijn fiets slaapt. Soms zet ik de fiets in de hal, maar dat heeft ma niet graag. Dan wordt de doorgang te smal en het staat ook zo slordig als er iemand op bezoek komt.

Een miezerige grijze regen valt op me als ik de achterdeur open en ik zet de kraag van mijn jack op. Ons tuintje is heel klein. Een lapje gras dat omzoomd wordt door siersparren om de omheining van betonnen platen te verdoezelen. Zeker nu de lucht grauw is, lijken we echt somber en benepen te wonen. Ik loop over het kiezelpad naar het tuinhuisje en automatisch kijk ik naar de plek waar het mes en de muts begraven zijn. Zelfs als je het weet, valt het niet eens meer op. De regen en de wind hebben het losgewoelde zand egaal gemaakt met de omgeving.

'Volgende week', zeg ik zacht alsof het mes en de muts me kunnen horen. 'Volgende week heb ik jullie weer nodig.' Het deurtje van het tuinhuisje klemt weer. Wellicht is het deurtje een beetje uit zijn hengsels gezakt en sleept het daarom. Ma zeurt al weken aan mijn hoofd dat ik het moet herstellen, maar ik stel dat karweitje steeds weer uit. 'Net zoals je vader', heeft ma me eergisteren nog gezegd. 'Die duwde ook de klusjes steeds voor zich uit. Ik zal het zelf wel doen.'

Morgen, neem ik me voor, terwijl ik al weet dat ik achter mijn laptop zal zitten.

De deur rammelt en schudt als ik hem met een forse ruk opentrek. Ik duw mijn fiets naar buiten en met mijn hak schop ik de deur dicht.

Ik rijd met mijn fiets over het voetpad terwijl ik wacht tot een aankomende auto me passeert en ik naar de overkant van de straat kan sturen.

Ruud en Laurens zullen al behoorlijk pissig zijn, denk ik. Als ze nog op me wachten...

Opeens rijdt een auto met een blauw zwaailicht de straat in, meteen gevolgd door een tweede politieauto.

Fuck, flitst het door mijn hoofd, ze hebben me ontdekt.

Mijn hart slaat op hol en toch voel ik een grote moedeloosheid. Aan een waanzinnige snelheid zoeven allerlei beelden door mijn hoofd. Een kale cel, ma achter mijn rug in de rechtszaal, dat aidswijf dat met een vuile blik haar wijsvinger op me richt, Fien die geschokt haar hoofd schudt...

Ik knijp in mijn remmen, want in paniek denk ik dat ze me zelfs kunnen arresteren omdat ik op het voetpad rijd.

Alsof ze dan met twee politieauto's en zwaailichten komen, idioot, besef ik.

Even heb ik de reflex om mijn fiets te keren en te vluchten. Gelukkig zie ik meteen in dat het wel het stomste is wat ik kan doen. Ontsnappen is niet mogelijk en dan maak ik me pas echt verdacht. Als versteend kijk ik toe hoe de auto's naderen. Mijn handen klemmen om de handvatten van mijn stuurstang tot mijn knokkels wit worden.

De politieauto's rijden me voorbij. Een flik kijkt me onge-interesseerd aan en het dringt maar heel traag tot me door dat ze niet naar mij op zoek zijn.

Ik kan bijna janken van opluchting. Mijn vingers ontspannen zich, maar ik merk nu pas dat mijn benen trillen. Een honderdtal meter verderop stoppen de auto's. Vier flikken springen uit de wagens en haasten zich naar een huisdeur. 'Natuurlijk', mompel ik. 'Steve.'

Steve is enkele jaren ouder dan ik. Hij moet al rond de twintig zijn. Zijn getunede Golf met de grote, dubbele uitlaatpijp staat aan de overkant van zijn huis geparkeerd. Het koetswerk is bespoten met helgekleurde, grote vlammen en op de motorkap kijkt een Sioux-indiaan je dreigend aan. Met die auto scheurt hij als een gek door de wijk en iedereen heeft een hekel aan hem en is ook bang voor hem. Ik ook, en toch kijk ik naar hem op. Men zegt dat hij drugs dealt. Ik weet het niet of het waar is, maar het zou me niet verbazen. Vroeger heeft hij me vaak gepest toen we in de wijk speelden. Nu ben ik waarschijnlijk niet eens interessant genoeg om gepest te worden.

Hij moest eens weten dat ik vrouwen verkracht, denk ik, dan zou hij vast respect voor me hebben. Een beetje voel ik me al de gelijke van Steve, en dat geeft me een lekker gevoel.

Achter in de straat stopt een derde politiewagen. Twee flikken lopen achter het huizenblok om de achterdeur in de gaten te houden, begrijp ik meteen. Zo gaat het op tv ook altijd.

Een politieman belt aan. Het is Steves moeder die de deur opent. Ze heeft haar kamerjas nog aan en haar rosse haar piekt alle kanten uit alsof ze uit haar bed werd gebeld.

Bijna meteen deinst ze achteruit en de twee politiemannen gaan naar binnen. Het duurt maar enkele minuten, dan zie ik Steve. Ik kan niet zien of zijn handen geboeid zijn. Twee flikken begeleiden hem naar de auto. Een van hen trekt het achterportier open en houdt zijn hand boven Steves hoofd als die in de auto kruipt. Even later zijn de auto's verdwenen.

Nu verschijnen er mensen op straat. Eigenlijk zou ik willen horen wat zij te vertellen hebben, misschien weten zij meer. Maar ik ben al veel te laat voor de school.

Natuurlijk weten de flikken niet wie er in Nederland vrouwen verkracht, maak ik me vrolijk. Mijn systeem is waterdicht.

14

'Binnen!' De stem van meneer Doesberg dringt door de deur.
Ik wrijf nog eens door mijn haar om een seconde te winnen
en duw dan de deur open.
De stilte valt in het klaslokaal. Veertig ogen staren me aan.
Wellicht zijn ze benieuwd welke uitvlucht ik bedacht heb.
Meneer Doesberg kijkt veelbetekenend naar zijn polshorloge.
'De les begint om halfnegen, Chris. Niet om tien over
negen.'
Wat een stomme opmerking. Alsof ik dat niet weet. Ik zet
mijn rugzak naast mijn tafeltje op de vloer en laat mijn
ogen rollen. Als meneer Doesberg denkt dat ik het nu in
mijn broek doe, dan heeft hij het mis, zeker nu ik het mid-
delpunt van de aandacht ben. Ik laat me op de stoel vallen,
kijk hem even aan en laat dan mijn blik door de klas gaan.
Laurens haalt zijn schouders op alsof hij wil zeggen dat hij
niet eeuwig op me kon wachten. Ruud is vast met Fien naar
school gekomen. Hij zit voor me en heeft zijn bovenlijf
gedraaid. Zijn gezicht is een groot vraagteken.
'En?' vraagt meneer Doesberg bars.
Ik draai mijn gezicht terug naar de leerkracht. 'En?' herhaal
ik hoewel ik heel goed weet wat hij bedoelt, maar ik ga me
voor al de kids niet belachelijk maken.
'Heb je een reden waarom je zo laat bent?' Zijn adamsappel
gaat snel op en neer, en ik zie dat hij zich moet bedwingen
om niet boos te worden. Met hem heb ik vroeger nog
akkefietjes gehad. Ik lachte me te pletter toen ik een ei in

zijn tas had gesmokkeld. Wie me toen verklikt heeft, weet ik nog steeds niet, maar sindsdien zijn meneer Doesberg en ik niet echt goede vrienden meer.

Mijn handen liggen op mijn tafeltje en ik bestudeer mijn vingernagels. Ik doe alsof ik hem niet hoor. Een harde klap met zijn vuist op zijn bureau doet de klas opschrikken. Er hangt een dreigend sfeertje in de lucht.

Nog even, denk ik, nog even laten sudderen.

'Wat zei u, meneer?' vraag ik onschuldig. 'Ik had de vraag niet begrepen.'

Zijn handen worden vuisten en ik zie dat hij zich moet beheersen.

'Waarom ben je zo laat, Chris? Ik hoop dat je een goede reden hebt, of je mag het bij de directeur uitleggen.'

'Goh, was is een goede reden?'

Ik jen hem nog even, maar als hij diep door zijn neus inademt en zijn gezicht rood aanloopt, vind ik het welletjes. 'Ik was heus op tijd vertrokken, maar toen kwam de politie. Met loeiende sirene', zeg ik om wat meer indruk te maken. Ik voel dat ik de klas mee heb, zelfs meneer Doesberg lijkt geboeid. Hij toont in elk geval meer ontspannen.

'De twee politieauto's raasden de straat in.' Mijn hand zoeft voor me uit om duidelijk te maken hoe snel de auto's reden. Het is muisstil en ik geniet van de aandacht. 'Een flik sprong uit de auto en holde naar me toe. Ik woon in een wijk waar alle huizen op elkaar lijken, meneer. De flik vroeg me of iemand langs de achterkant van zijn huis kon ontsnappen, en ik heb hem een paadje laten zien dat naar de achtertuintjes leidt. Toen hebben ze Steve opgepakt. Het was net zoals in een politiefilm. Natuurlijk bleef ik kijken tot de flikken met Steve wegreden. Dat zou u toch ook doen, meneer?'

'Natuurlijk zou u dat ook doen, meneer', springt Laurens me meteen bij. 'Iedereen zou toch blijven. Zoiets zie je niet elke dag.'

'Mmm, mooi verhaaltje, Chris.' Meneer Doesberg knippert met de ogen en ik voel hem twijfelen.

'Heus waar, meneer.' Ik klink echt verontwaardigd, alsof ik niet kan geloven dat aan mijn woorden wordt getwijfeld.

'Bel naar de politie als je me niet gelooft.' Ik reken erop dat hij dat niet zal doen. Bovendien is Steve echt aangehouden. Weet die flik aan de telefoon veel of een van zijn collega's iets aan mij heeft gevraagd.

'Ja...' Meneer Doesberg kijkt in mijn ogen alsof hij daar de leugen kan ontdekken.

Maar ik ben geoefend in dit spelletje en mijn ogen knipperen amper. Dan neemt hij zijn boek van het bureau. Het boek valt als vanzelf open op de bladzijde die hij zocht. Zijn ogen gaan snel over de tekst en dan kijkt hij rond. Zijn blik ontwijkt me.

'Goed, dan gaan we verder met de neanderthalers.'

Er gaat een zucht door het klaslokaal en ik weet zeker dat iedereen liever mijn verhaal had gehoord. Ruud leunt achterover en laat zijn stoel op twee poten balanceren. Zijn hoofd hangt ondersteboven naar me toe.

'Is dat echt waar?' vormen zijn lippen. 'Is Steve gearresteerd?'

'Ik heb het zelf gezien, Ruud.'

Zijn gezicht vraagt om meer uitleg, maar ik merk dat meneer Doesberg ons in de gaten houdt. Met mijn ogen waarschuw ik Ruud dat er op hem gelet wordt.

'Straks vertel ik meer', beloof ik terwijl hij zijn stoel laat neerzakken.

Zodra de zoemer het einde van de les aankondigt, komt iedereen overeind. Alsof er bomalarm is, dringt iedereen naar buiten. Straks moeten we naar het scheikundelokaal, dus neem ik mijn rugzak en hang hem over mijn schouder. In de hal komen Ruud en Laurens naast me lopen. Ze zijn natuurlijk razend nieuwsgierig.
'Het verbaast me niets... Steve, bedoel ik', zegt Ruud.
'Iedereen weet dat hij dealt', vult Laurens aan.
Ze kennen Steve ook. Tenslotte wonen ze in dezelfde buurt en daar weet iedereen dat Steve een crimineeltje is. Wellicht heeft hij niet eens de helft uitgericht van wat men denkt, maar ik loop hem toch liever niet voor de voeten. Met de indianentatoeages op zijn armen, zijn haar dat vettig op zijn schouders valt, zijn broek die bijna van zijn kont valt, en een gezicht dat altijd op vechten lijkt te staan.
Op een drafje komt Fien aangehold. Haar gezicht is rood van opwinding om Ruud te zien. Het maakt haar nog mooier. Ik kan het niet laten om naar haar te kijken, en weer vind ik het jammer dat het najaar is. Ruud spreidt zijn armen open, en alsof ze in een boom klimt, springt ze op hem en slaat haar benen rond zijn dijen. Ik kijk weg, ik voel de jaloezie als een piranha in mijn borst vreten.
Dan laat ze zich weer op de aarde zakken en zonder zijn hand los te laten richt ze zich tot mij en zegt: 'Hallo, Chris.' Ze klinkt vriendelijk, anders dan gewoonlijk. Dit keer niet omdat ik Ruuds vriend ben, maar gewoon vriendelijk. Of zou ik me dat inbeelden?

'Chris heeft gezien dat de politie Steve heeft gearresteerd.'

'Steve?' Haar gezicht verraadt dat ze in haar geheugen zoekt.

'Een drugdealer die in onze buurt woont.'

'Echt?'

Ik herhaal mijn verhaal en omdat Fien luistert, dik ik mijn inbreng nog wat aan. Ook beschrijf ik Steve alsof hij al tien moorden, twintig gewapende roofovervallen en dertig verkrachtingen op zijn geweten heeft.

Dertig verkrachtingen? Gelukkig kan Fien niet in mijn hoofd kijken.

'En die woont in jullie buurt?' vraagt Carola, die als een schaduw aan Fien hangt.

Ze staat naast Laurens en soms raken ze elkaar schijnbaar toevallig met een arm of een dij. Hun ogen treffen elkaar en vluchten meteen weer weg.

'Verdomme, Laurens, pak haar vast en kus haar zo stevig dat haar oren flapperen.' Het is grappig om te zien dat Carola een kleur krijgt en Laurens' mond opeens openvalt.

Ze loeren snel om zich heen om te zien wie het allemaal gehoord heeft. Ik had verwacht dat mijn advies hen bij elkaar zou brengen, maar ze drijven juist een eindje uit elkaar. Alsof ze nu pas beseffen dat ze zo dicht bij elkaar stonden dat ze zich aan elkaar zouden verbranden.

Ruud schatert het uit en Fien geeft Carola een plagerige stomp tegen haar schouder. Ook zij lacht hard.

'Het is niet wat je denkt', krijgt Laurens moeilijk over zijn lippen. Hij wikt zijn woorden en kijkt snel naar Carola alsof hij zich afvraagt hoe ze zal reageren. 'We kennen elkaar nog niet zo lang.'

'Niet zo lang?' lacht Ruud. 'Jullie zitten al een eeuwigheid op dezelfde school.'

Carola springt hem bij. 'Laurens bedoelt elkaar kennen op
een andere manier. Het moet nog groeien.'
In zijn broek wellicht niet, wil ik zeggen, maar Laurens
heeft het al moeilijk genoeg. Tenslotte is hij mijn vriend.
'God, jongens', zegt Fien. 'Wat doen jullie kinderachtig.
Zelfs een blinde ziet dat jullie gek zijn op elkaar.'
Laurens en Carola knikken gelijktijdig even het hoofd
en kijken elkaar weer aan. Nu glimlachen ze allebei. De
schoolbel verlost hen van ons gejen.
'We moeten naar het scheikundelokaal', zegt Ruud en hij
neem zijn schoudertas van de vloer. 'Ik zie je straks, toch?'
'Wat dacht je?' Fien kust hem op de lippen en in een beweging duwt ze stiekem haar hand tegen zijn kruis.
Laurens kijkt Carola aarzelend aan. Dan drukt hij snel
een zoen op haar mond. Alsof hij haar handtas heeft gejat,
vlucht hij meteen weg.
En ik? Niemand kust me.

'Een hele dag is ma in de winkel en dan vergeet ze aardappelen mee te nemen', mompel ik nijdig. 'Stom wijf.'
De zak aardappelen wiebelt op mijn bagagedrager en ik
fiets me het pleuris in de wind. Voor het avondeten wil
ik mijn schooltaak afwerken, dan heb ik de hele avond tijd
om filmpjes te zoeken en ik voel dat ik aan masturberen toe
ben. Op YouPorn heb ik een nepverkrachting gezien die me
inspiratie bezorgt. Volgende week krijgt in Hulst een meisje
de hoofdrol in mijn film. En dit keer mag het niet mislukken,
dit keer wil ik een kut voelen.
Ik draai de hoek om. Halverwege de straat komt een vrouw
naar buiten. Ze heeft een zwarte labrador aan de leiband. Ik

herken hen meteen, ook al is ze nu een stuk blonder. Raar, meestal let ik niet op die dingen. Ook de labrador lijkt me nog te kennen, want hij kijkt me met verlangende hondenogen aan. Denk ik tenminste. Zijn blik maakt me week, ik kan het niet laten om hem eens te aaien. Met een wipje trek ik mijn fiets over de goot en rijd het voetpad op. Ik spring van mijn fiets en gooi die tegen de muur. De zak aardappelen schuift onder de snelbinder weg en hangt tegen het achterwiel aan.

De vrouw kijkt hoe ik de zak weer op de bagagedrager trek en ze zoekt in haar geheugen. Ik herinner me de bruine ogen, die ook nu lijken te lachen. De hond is al bij me. Hij snuffelt aan mijn been en zijn staart kwispelt als bezeten.

'Jij bent het.' Haar glimlach vertelt dat ze me herkent.

'Zarko, toch?' zeg ik terwijl ik gehurkt mijn handen over zijn kop laat gaan.

'Je kent zijn naam nog', zegt ze verrast. 'Het is duidelijk dat Zarko je ook herkent. Hij is zo'n loebas. Als je hem wat aandacht geeft, laat hij je niet met rust.'

Alsof Zarko denkt dat ik vier handen heb om hem te strelen, duwt hij zijn hele lijf tegen me aan. Ik wiebel op de neuzen van mijn schoenen om mijn evenwicht te bewaren, maar de hond is te uitgelaten.

'Hei!' roep ik als ik achteroverval. Omdat ik de schuiver voelde aankomen, had ik al een hand op de plaveien geplaatst.

'Zarko!' zegt ze streng en ze trekt aan de leiband.

'Nee, laat hem maar. Ik vind het best leuk.'

Hij plaatst zijn voorpoten op mijn borst en drukt zijn neus tegen mijn mond. Het kittelt en ik proest het uit. Mijn

vingers klauwen achter zijn oren en ik we voelen ons wellicht allebei gelukkig.

'Hoi, tante!'

Een meisjesstem klinkt vlakbij. Ik herken die stem. Fien,
weet ik zonder haar te zien.

Ik draai mijn hoofd opzij en mijn handen blijven stil. Haar
fiets leunt tussen haar benen terwijl ze vlak bij me staat. Er
hangt een tas aan haar stuurstang.

'Chris?' zegt ze verbaasd.

Haar ogen kijken me aan omdat ze wellicht niet begrijpt
waarom ik op mijn rug lig met een hond op mijn borst. Nou
ja, het zal ook wel een idioot gezicht zijn.

Ik duw Zarko van me af en krabbel overeind. Het gebeurt
zelden dat ik sprakeloos ben, maar nu... Slungelig hangen
mijn handen doelloos langs mijn dijen. Ik voel me zo belachelijk dat mijn blik wegvlucht. Ik durf zelfs niet eens naar
haar borsten kijken.

Zarko duwt nog even tegen mijn benen, maar als ik niet
reageer loopt hij naar Fien. De verrader.

'Dag, Zarko', zegt ze en ze buigt zich voorover om hem te
aaien.

Tante! Het dringt opeens tot me door.

'Is zij jouw tante?' vraag ik beduusd.

Fien kijkt op en ik merk nu een glimlach die ik ook bij de
vrouw zag. 'Is het zo raar dat ik een tante heb?'

'Nee', zeg ik stuntelig. 'Maar het is een vreemd toeval.'

'Zarko mag je graag', zegt Fien als de hond haar in de steek
laat omdat hij blijkbaar mijn handen fijner vindt.

'Ik hou van honden', zeg ik gemeend.

'Heb je zelf ook een hond?' vraagt de vrouw.

'Nee.' Ik kan het niet helpen dat ik een beetje zielig klink.

'Ma wil het niet. Ze vindt een dier maar een hoop last en vuil.'

'Tja', zegt ze. 'Je moet heel wat in een hond investeren, maar je krijgt veel vriendschap in ruil.'

'Ik weet het', zeg ik met een zucht. 'Ik heb met ma al heel wat ruzies gehad over een hond. Maar ik loop telkens tegen een muur als ik daarover begin.'

'Ma heeft tiramisu gemaakt met het recept dat je haar gemaild hebt', zegt Fien en ze kijkt naar haar tante. De vrouw knikt. 'Met chocolade en sinaasappel.' 'Ze heeft me een stuk meegegeven zodat je het resultaat kunt proeven.' Fien haalt een broodtrommel uit haar tas. 'Tja, ik ging net met Zarko een eindje wandelen. Hij zal niet gelukkig zijn als hij al meteen naar binnen moet.' Ze kijkt besluiteloos naar de labrador. 'Weet je wat, je oom is thuis. Zeg hem dat hij de tiramisu in de koelkast legt. Of nee, we nemen meteen een stukje. Dan loop ik straks met Zarko een eindje om, hij moet maar even wachten.' Ze trekt de hond naar zich toe. 'Terug naar huis, Zarko.'

Alsof hij het allemaal niet goed begrijpt, kijkt hij haar stom aan.

'Tot ziens, Chris', zegt ze terwijl ze haar huissleutel pakt. Fien zet haar fiets onder het raam op de standaard en hangt het cijferslot om. 'Tot morgen op school', zegt ze terwijl ze haar tante naar binnen volgt. En ik krijg een glimlach die me doet smelten.

FIEN

Jammer dat Ruud moet trainen, denk ik terwijl ik naar
tante fiets. Ze woont in zijn buurt en we hadden elkaar toch
even kunnen ontmoeten. Hij zegt dat ik het belangrijkste
voor hem ben, maar toch gaat voetbal even voor.
Nou ja, ik ben niet jaloers op een bal, maar ik blijf het raar
vinden. Ik zou alles laten vallen om hem vijf minuten te zien
of een snelle zoen van hem te krijgen.
Als ik nu eens bij tante blijf, denk ik opeens. Dan wacht ik
tot de training voorbij is, en fiets ik naar het voetbalveld.
Een verrassing! Ik verkneukel me nu al om zijn verbaasde
gezicht.

Zarko valt iemand aan, is mijn eerste reactie wanneer ik
zie dat hij met zijn voorpoten op de borst van iemand staat.
Ik schrik, ook al omdat Zarko zo'n lieve hond is. Ik had
nooit verwacht dat hij iemand zou aanvallen. Maar dan
merk ik dat tante er lachend bij staat en ik besef dat het
niet erg is. Toch trap ik harder om te zien wat er nou aan
de hand is.
'Chris?' mompel ik als ik de jongen herken die op zijn rug
op het voetpad ligt. Zowel Zarko als hij lijkt het spelletje
best leuk te vinden. Hij schrikt als hij me hoort, en komt
meteen overeind. Zijn hoofd kleurt en hij staat er slungelig
bij. Ik vind het grappig. Het laat de andere Chris zien.
Iemand die zo van dieren houdt, kan niet slecht zijn.
Hij kan het blijkbaar moeilijk geloven dat hij met de hond
van mijn tante dolt. Zarko komt naar mij. Het is een
ongelooflijk vriendelijk dier, gek op aandacht en knuffels.

Telkens als ik bij tante ben, spelen we met zijn bal. Een kapotgebeten tennisbal die hij bewaakt alsof hij van goud is. Ik moet dan telkens de bal weggooien, zodat hij hem kan ophalen. Zarko kan uren met die bal bezig zijn, ik niet. Daarom verbaast het me niet dat Zarko naar me toe komt om geaaid te worden. Toch twijfelt hij tussen mij en Chris. Ik ben niet jaloers als hij naar Chris terugloopt, maar wel valt het me een beetje tegen. Ik dacht dat we beste maatjes waren. Chris heeft blijkbaar iets wat ik niet heb. Een tik-keltje beschaamd moet ik toegeven dat Chris meer in zich heeft dan ik dacht.

Het is echt sneu voor Chris dat hij geen hond mag hebben. Je ziet zo dat hij gek is op dieren. Hij zou vast een goed baasje zijn, die veel met zijn hond speelt en wandelt.

Ik neem de tiramisu uit de zak. Mama was zo trots dat hij goed gelukt was dat tante móést proeven. Ze leek wel een tikkeltje verbaasd omdat ik spontaan voorstelde om de tiramisu weg te brengen. Weet zij veel dat ik Ruud wil ver-rassen. Ik heb haar gezegd dat ik een tijdje bij tante blijf. Dat gebeurt wel meer.

Eigenlijk zou Chris een vriendin moeten hebben, denk ik opeens. Ik weet niet waarom dat in mijn hoofd opduikt. Dan hoeft hij niet meer op zo'n vreemde manier naar meis-jes te gluren. Ik bijt op mijn lip omdat ik me schaam voor die gedachte. Alsof hij in mijn hoofd kan kijken, zet ik vlug de fiets op de standaard en ik herstel mijn vroegere afkeer door naar hem te glimlachen.

De tiramisu is inderdaad heel lekker. Met het topje van mijn wijsvinger duw ik een kruimel uit mijn mondhoed weg.

'O ja', herinner ik me. 'Ma heeft me een cakerecept meegegeven.' Ik haal uit mijn jaszak een opgevouwen papiertje en
geef het haar.
Tante vouwt het papier open en haar arm lijkt te kort als
ze het recept probeert te lezen. Ze heeft een bril, maar ik
weet dat ze die uit ijdelheid alleen gebruikt als het echt niet
anders kan.
Alsof Zarko verwacht dat er weer gewandeld wordt, komt
hij overeind en duwt opgetogen tegen mijn benen.
'Nee, Zarko. We hebben al met de bal gespeeld, maar nu
moet ik ervandoor.'
'Ga je al?' vraagt tante. 'Je bent er pas. Ik dacht dat je wel
een uurtje zou blijven.'
Ik leg een vinger op mijn lippen om duidelijk te maken dat
ik een geheim wil delen. 'Ik zie Ruud nog.'
Ze weet al een hele tijd dat ik met Ruud ben. Aan tante kan
ik alles kwijt en ze zal vast niet naar haar mobieltje grijpen
om het aan ma te vertellen. Tante weet meer over mij dan
ma, minder dan Carola.
Als ze de leiband pakt wordt Zarko gek. Hij springt tegen
tante op en het lijkt alsof ze allebei lachen.

Het is al donker als ik naar het voetbalveld fiets. Om vijf
uur is de training voorbij en het is halfzes. Maar een halfuurtje met Ruud moet nog kunnen. Ma denkt dat ik bij tante
ben, en als het met Ruud uitloopt, kan ik nog een sms'je
sturen.
Onder het licht van de straatlampen fiets ik stevig door. Het
is een heel stille straat.
'Stel nu voor dat er iemand opeens opduikt, me in de

struiken sleept en me dan verkracht', mompel ik opeens.
Het lijkt me echt een buurt waar dat zou kunnen. Veel groen,
weinig mensen op straat, weinig verkeer... Ik ga op de trap-
pers staan. Mijn lichaam voelt warm aan en ik hijg. Nog
even en de armen van Ruud doen me de vermoeidheid en
de schrik vergeten. Misschien fietst hij wel met me terug, denk ik. Dat zou pas
zalig zijn. Veilig naast Ruud fietsen, zijn hand in mijn hand.
De straat waar het voetbalveld ligt, is ook zo'n eenzame
straat. Het stadion, een atletiekbaan, enkele huizen, een
wandelpark voor honden en een speeltuin. Ik rijd de straat
in en aan de overkant komt een fietsster mijn richting uit.
Ik let er amper op, want mijn hoofd is bij Ruud. De fietsster
is nu vlakbij en ik kijk haar vluchtig aan. Ze werpt me ook
een blik toe als ze me kruist. Het is alsof ik een stomp tussen
mijn ogen krijg. Ik kijk haar na, maar ik zie alleen nog
haar rug.
Julie? Was dat echt Julie? Opeens ben ik niet meer zeker.
Een incamuts bedekte een deel van haar gezicht. Ik kijk nog
eens om, maar kan niet meer dan een silhouet zien.
In mijn hoofd duikt het gezicht steeds weer op. Een seconde
weet ik beslist dat ik Julie zag, een volgende seconde niet
meer. Wat zou zij zoeken in deze straat, waar bijna alleen
maar voetbalvelden te vinden zijn? Ruud natuurlijk!
Ik vraag het hem, denk ik. Maar als hij ontkent? Ik ben
bang voor de leugen in zijn ogen. Ik kan beter niets vragen
en wachten tot hij zegt dat Julie hem kwam opzoeken, maar
dat ze moest oprotten.
Toch nestelt de argwaan zich in mijn binnenste. Hij zal toch
weer niet...

*De voetbalvelden baden in een onnatuurlijk wit licht. Op
alle velden lopen jongens in zwarte trainingspakken en
felgroene hesjes rond kegels, of ze tikken in groepjes een
bal naar elkaar.*

*Hij zal toch nog niet naar huis zijn? Opeens maakt mijn
hart een sprongetje van opluchting. Als hij weer met die
bitch zou zijn, dan zou hij toch met haar meerijden!
De jaloezie ontsnapt uit mijn borst als lucht uit een lekke
band.*

*Ook achter de ramen van de kantine branden lichten. Toch
voel ik me nerveus als een kleuter op zijn eerste schooldag
als ik mijn fiets tegen de muur zet. Ik voel me onwennig,
het is tenslotte pas de tweede keer dat ik hier kom, en nu
ben ik helemaal alleen. Ik durf niet zomaar naar binnen te
lopen. Stel je voor dat Ruud er niet is. Ik zie het al voor me,
tientallen ogen die me aanstaren en ik die met een rode kop
uit de kantine wegvlucht.*

*Ik kijk door het raam naar binnen. Mijn ogen schieten door
de ruimte. Net als vorige keer zitten er jongeren en ouderen
aan de tafeltjes. Dan zie ik mijn Ruud. Hij staat in een
kringetje bij de bar en heeft een Fanta in zijn hand.*

*Iemand kijkt toevallig naar het raam en heft verrast zijn
hoofd op. Zijn lippen vormen 'Ruud' en opeens kijkt iedereen me aan.*

*Ik glimlach verontschuldigend en wijs met mijn vinger
Ruud aan. Ik wil naar de deur lopen, maar dan merk ik dat
Ruud zich uit het kringetje losmaakt en naar de uitgang
loopt. Eindelijk.*

*Het licht van de kantine valt naar buiten als hij de deur
opent.*

'Jij?'

Klinkt hij nu verrast of verschrikt? Ik weet het niet en ik kan het niet helpen dat Julie weer voor mijn ogen opduikt. Dan bloeien zijn lippen open tot een glimlach. Hij komt naar me toe en trekt me weg van het raam voordat hij zijn armen om mijn middel legt.

Mogen zijn vrienden niet zien dat we elkaar omhelzen, denk ik. Op school is dat voor hem helemaal geen probleem. Het is toch geen geheim dat we verliefd zijn. Of zou hij daarnet ook die heks omhelsd hebben?

'Ik had je helemaal niet verwacht', zegt hij. 'Dat is echt wel een verrassing.'

Ik hoor dat zijn stem hapert, alsof hij moeite doet om enthousiast te zijn. Anders zoeken zijn handen altijd als vanzelf onder mijn kleren om ergens mijn huid te voelen en laten ze me rillen van opwinding, maar nu gaan ze plicht-matig over me heen.

'Het lijkt alsof je het niet leuk vindt dat ik bij je wil zijn.'
Ik kan de argwaan niet verbergen. 'Ik begrijp niet wat er mooier kan zijn dan wij tweeën bij elkaar.'

'Natuurlijk ben ik blij', zegt hij. 'Maar gewoonlijk drink ik met de jongens iets, praten en dollen we nog wat... gewoon gezellig. Jongens onder elkaar. Je kent dat wel.'

'Alleen jongens?' kan ik niet nalaten te vragen.

Hij kijkt me verrast aan, en toch heb ik het gevoel dat zijn ogen van me wegvluchten. 'Wat bedoel je?'

'Heb je Julie gezien?'

'Wat een stomme vraag. Natuurlijk niet. Wat zou die hier uitrichten?'

Zijn verontwaardiging lucht me op.

*'Sorry', zeg ik. 'Maar ik dacht daarnet dat ik Julie zag
en...' Opeens schaam ik me. Wat doe ik, denk ik. 'Nou ja, ik
dacht dat jij...'*

*Ruud schudt zijn hoofd alsof hij niet begrijpt dat ik zoiets
kan denken.*

*'Engeltje, wat een idioot idee.' Hij buigt zijn hoofd naar
me en ik probeer alles te vergeten in onze kus, maar het
lukt me niet echt. Anders verdwijnt de wereld in onze kus,
maar ik kan het niet verhelpen dat Julie tussen onze lippen
schuift.*

*Langzaam, alsof hij me niet durft loslaten, trekt hij zijn
hoofd weg.*

*'Mijn vrienden wachten op me', zegt hij. Hij lijkt beschaamd
omdat zijn vrienden nu voorgaan, maar ik hoor ongeduld.
Zijn wijsvinger glijdt langs mijn hals als afscheid.*

'Ga maar', zeg ik. 'Doe hen de groeten.'

*'Zal ik doen.' Hij kust me haastig en laat me dan los.
Teleurgesteld draai ik mijn fiets en ik vecht tegen de tranen
achter mijn ogen. Zijn hand wuift me na als ik over mijn
schouder kijk. Al na vijftig meter is hij verdwenen. Ik haal
diep adem.*

*Ergens begrijp ik wel dat hij bij zijn vrienden wil zijn, dat
is hij vast al jaren gewend. Of is Julie toch terug? De
twijfels tuimelen en springen in mijn hoofd. Ik steek mijn
hand in de zak van mijn jack. Het lijkt veel kouder.*

De bus rijdt aanmerkelijk langzamer als we de grens met
Nederland passeren. Zelfs als je niet weet dat we over de
grens zijn, zie je meteen dat je in Nederland bent, denk ik.
Andere huizen, andere wegen, andere verkeersborden, het
lijken wel andere mensen....

Het is goed dat ik de bus genomen heb, denk ik. De camera in het station van Rotterdam heeft me doen nadenken. Wellicht hingen er dan ook camera's in het station van Breda. Dus kon men me in beide stations zien op de dag dat er een verkrachting werd gepleegd. Er passeren natuurlijk elke dag duizenden mensen langs de camera's. De ene wellicht al waziger dan de andere. Het lijkt me bijna onmogelijk dat iemand me ontdekt. Tenslotte, wie weet dat ik met de trein kom?

Over het aidswijf heb ik niets gelezen op het internet. Misschien ging ze niet naar de politie? Of misschien toch, maar wil de politie dat geheimhouden? Ik weet het niet. Soms krijg ik het warm als ik daarover pieker. Maar dit keer plaats ik hen dan wel voor een raadsel. Ik heb in Antwerpen de tram naar Linkeroever genomen en daar de bus naar Hulst. De volgende weken mogen ze alle mogelijke bewakingstapes bekijken, ze zullen me nergens vinden. Knap bedacht, al zeg ik het zelf. Natuurlijk heb ik ook mijn mobieltje niet bij me. Dat zou pas ontzettend stom zijn.

De vestingwallen van de stad zien er nog steeds uit zoals ik ze herinner uit mijn kinderjaren. Misschien minder reusachtig dan in mijn herinnering, maar toch indrukwekkend. Straks maak ik een wandeling op de wallen. Op Google Earth heb ik een paar interessante plaatsen gevonden die ik wil bekijken.

De bus stop aan het marktplein. Het regent een beetje. Prachtig, alsof ik de regen besteld heb. Het is frisjes. Maar ja... herfstvakantie, al november. De adrenaline stoomt al door mijn lijf, maar straks zal die echt bruisen. Meisjes, vrouwen fietsen en lopen voorbij en instinctief keur ik hen. Wie komt in aanmerking voor de hoofdrol in mijn film? Het is wachten tot het donker wordt, maar in november komt de duisternis vlug. Zou ik nog ergens een cola drinken? Nee, ik kan beter over de wallen wandelen tot ik de ideale plek vind om toe te slaan. Ik trek de riemen van mijn rugzak vaster over mijn schouders.

Ik heb een geschikte plaats gevonden. Niet dat ik er lang bleef ronddwalen. Iemand zou me kunnen zien. Maar er is een parking in het bolwerk, aan de andere kant van de wal liggen velden. Er zal toch wel een vrouw zijn die haar auto hier parkeert, een vrouw die de moeite waard is. Het liefst zou ik iemand uit de stad kiezen, maar ik heb geen idee hoe ik haar naar het bolwerk moet dwingen. Met een mes in de rug lijkt me nogal idioot met zo veel mensen op straat.
Tot het donker wordt, kies ik ervoor om nog in het centrum rond te lopen. Niet opvallend rondhangen, maar zoals een schooljongen die ergens heen moet. Het regent nog steeds. En opeens krijg ik een idee. Waarom niet in de auto? Hoewel, als ik erover nadenk lijkt het me nogal moeilijk. Zo weinig ruimte... We zien wel.
Er fietsen schoolmeisjes door de stad en voor de lol selecteer ik kandidaten. Toch zal ik tevreden moeten zijn met wie toevallig in of uit haar auto stapt.
Drie meisjes rijden naast elkaar in de richting van de markt. Ook nu laat ik mijn ogen als toevallig over hen lopen. Dan verstijf ik. Fien! Nee, toch niet, maar het middelste meisje lijkt sprekend op haar. Ik kan het niet laten om hen na te kijken tot ze om de hoek verdwijnen. Shit! Het zou te gek

zijn als dat meisje straks toevallig langs het bolwerk passeert.

Het is schemerig en het regent nog steeds. Niet hevig, maar toch is mijn jack doorweekt. Ik heb nu een winterjack aan, donkerblauw met een rits. Ma had die gekocht en we hadden weer ruzie omdat ik de jas klote vond. 'Hij is warm in de winter', zei ma. Een onopvallende kleur, de jas van een gepensioneerde ambtenaar. Ma heeft de smaak van een muis. Daarom heeft Pascale pa helemaal anders aangekleed, bedenk ik terwijl ik de auto's op de parking onder me in de gaten houd. Ik sta boven op de wal achter een boom. Mijn hoofd zit verborgen onder de capuchon van mijn jas. Met de regen valt dat vast niet op.
Achter deze boom ziet niemand me staan. In mijn rug, aan de overkant van het water, zijn velden en akkers in het duister verborgen. Het bloed suist door mijn hoofd. Wachten, fantaseren, rondkijken... De spanning houdt mijn zenuwen strak. Ik leun zo dicht tegen de boom dat we bijna één zijn. Soms beweeg ik mijn schouders om de verkramptheid los te maken. Met mijn wijsvinger en duim draai ik mijn ring heen en weer.
Langs de straten is er verlichting, maar die dringt hier niet door. Tijdens het halfuur wachten reed een moeder met drie kinderen weg, liet een man zijn autosleutels vallen en bleef een koppel heel lang achter beslagen ruiten in de auto zitten alvorens weg te rijden. Ik moest op mijn tanden bijten om niet naar beneden te sluipen en hen te begluren, maar ik mag geen risico's nemen.
Druppels lopen als riviertjes over mijn jack en druipen

voor mijn voeten. Het is gewoon een grijze dag, grijs als mijn moeder.

Nog een kwartier en dan is het volslagen donker. Als het meisje dat op Fien leek nu zou passeren... fantaseer ik, hoewel ik weet dat het een kans van één op een miljard is.

Boven op de wallen loopt een aarden pad dat ideaal is om een wandeling rond de stad te maken. Of om te joggen, denk ik als in de verte een gedaante tamelijk snel mijn richting uitkomt. Een alarmsignaal gilt in mijn hoofd. Straks komt die jogger langs me! Niet dat ik iets verkeerd doe, maar ik heb toch liever dat niemand me ziet. De trap die naar de parkeerplaats leidt, is vlakbij en ik loop al langzaam die kant uit. Dan slenter ik even langs de auto's en als de jogger uit het zicht is, keer ik terug.

Het is een vrouw, denk ik opeens. Echt zeker ben ik niet. Maar toen ze de bocht nam om rond het bolwerk te lopen, heb ik duidelijk gezien dat haar haar samengebonden in haar nek danst. Er zijn natuurlijk ook mannen met lang haar...

Ik aarzel. Een man? Een vrouw? Wie zegt dat er vanavond nog iemand passeert? Het is donker, het regent...

Ik grijp mijn muts en trek die onder de capuchon over mijn hoofd. Als het een man is, kan ik mijn hoofd wegdraaien zodat hij niet ziet dat ik een muts met ooggaten draag. Joggers staan toch nooit stil, hij zal het niet merken. Mijn mes en het plastic bandje verdwijnen in de zakken van mijn jack. We lopen elkaar tegemoet, mijn hoofd een beetje afgewend zoals een wandelaar die de wind in zijn gezicht mijdt. Toch houd ik de gedaante vanuit een ooghoek scherp in de gaten. Ondanks de regen en de wind voel ik me zweten. Adrenaline gutst nu door mijn lijf.

Het is een vrouw! Onwillekeurig laat ik de punt van mijn tong over mijn lippen glijden.

'Kom, schatje, kom', mompel ik om mezelf op te jutten. Wellicht woont ze in de buurt of staat haar auto ergens geparkeerd, want ze ziet er helemaal nog niet doorweekt uit. Ze houdt haar ogen op het pad gericht terwijl haar armen als een automaat naar voren en achteren bewegen. We lopen op elkaar toe en hoewel ik tintel van de zenuwen, voel ik euforie. Het is een raar gevoel, ze loopt gewoon naar me toe, als een konijn naar een lichtbak. Ze vraagt om verkracht te worden en ik voel dat er onder mijn muts zelfs een nerveuze glimlach op mijn gezicht komt.

Ze ziet er knap uit, gaat het door mijn hoofd als ik het mes uit mijn zak trek en het langs mijn been houd. Ze heeft blond haar dat glimt van het nat.

Pas als ik zelfs het kleine Nike-embleem op haar shirt zie, kijkt ze op. Niet bang, gewoon alsof ik een hindernis ben die ze moet ontwijken. Dan ziet ze mijn muts en even komt er een onbegrijpende grimas op haar gezicht, alsof haar hersenen niet met haar ogen akkoord gaan, en ze loopt nog een seconde naar me toe. Met drie sprongen ben ik bij haar. Ze stopt en nu zie ik onrust in haar ogen. Er ligt een laagje regen op haar gezicht en ze is zelfs mooier dan ik gehoopt had.

Zonder aarzelen druk ik het mes tegen haar keel en grijp de paardenstaart vast.

Ze gilt.

'Shut up!' Ik mag geen medelijden hebben, het risico is te groot. Ik druk met de mespunt een kuiltje in haar wang, zodat ze beseft dat het menens is.

Haar adem gaat snel en als mijn hand haar hals raakt voelt die warm aan.

'Hands on your back.'

Omdat ze weet dat ze met gebonden handen volledig weerloos is, zoeken haar ogen een uitweg. Ik ruk aan haar paardenstaart en duw het mes nog dieper. Ze kreunt en legt haar handen op haar rug. Nu wordt het link omdat ik met mijn beide handen het riempje rond haar polsen moet sluiten. Ik kijk naar beneden. Ver onder ons verlaat een auto de parkeerplaats. Zijn lichten zoeken de weg af. Hij heeft ons niet gezien, want hij rijdt rustig de straat op en verdwijnt. Ik speur het lege pad op de wallen af. Ik duw haar naar de rand van de wal. Beneden ons glinstert het water dat rond de vesting loopt. Een tweede wandelpad onder aan de helling scheidt de wal van het water. Het is veel steiler dan ik dacht.

'Go.'

Ze kijkt me in de ogen. De angst die ik zie, windt me op. Nog even...

'Dat gaat niet met de handen op mijn rug.' Het dringt blijkbaar niet tot haar door dat ik Engels praat.

'Shut up!' Ik word giftig. Geen discussie, ze moet doen wat ik wil.

Tape, denk ik. Stom. Waarom heb ik die bij me?

Met mijn hand ga ik in de opening van mijn rugzak en vind op de tast de rol. Om niet te knoeien had ik het eind van de tape omgedraaid. De vrouw draait haar hoofd weg als ik de tape op haar mond wil plakken en ik sla met de rol in haar gezicht. Weer gilt ze, maar toch laat ze gewillig haar mond dichtplakken. Onze monden zijn heel dicht bij elkaar als ik met mijn tanden de tape afscheur. Het windt me op.

'Go!' zeg ik nog eens en terwijl ik haar armen op haar rug houd, glijden en lopen we naar beneden. Ze plant telkens haar hielen van haar loopschoenen in het gras om niet uit te glijden. Het moet vast heel moeilijk zijn om zonder steun van de handen naar beneden te gaan.

Ik hoor een verstikte kreet achter de tape als haar schoen wegglibbert en ze een eind op haar rug naar beneden glijdt. Ze drukt haar armen tegen zich aan. Ik denk dat ze een arm heeft verwond, want ik hoorde iets gesmoords achter de tape. Toch probeert ze met slangbewegingen verder te komen. Haar joggingpak is besmeurd. Er hangt een flauw licht over de wallen, toch zie ik niet eens de overkant van het water.

'Stay!' Het wandelpad ligt enkele meters onder ons. Ik druk haar op de rug. Ze spartelt met haar benen als ik de jogging-broek naar beneden trek, en ik prik weer in haar keel, zodat ze stilligt.

'Don't mess with me or I will kill you.' Ik laat het mes langzaam voor haar ogen glijden om te tonen hoe ik haar keel zal doorsnijden.

Dan pel ik haar zwarte broekje naar beneden. Ze ligt nu stil. Ze beseft wellicht ook dat het niet anders is. Onder haar ogen en op haar slapen mengen tranen zich met het nat op haar gezicht.

Mijn erectie klopt en ik barst zowat van spanning. Dit keer wil ik niet te vroeg klaarkomen. Dit keer niet. Eerst houdt ze nog paniekerig haar benen tegen elkaar gedrukt, maar een klets met mijn hand in haar gezicht doet haar gewillig zijn. Snel knoop ik mijn broek los. Ik wil nog haar borsten kneden, maar ik voel dat ik me niet lang kan beheersen.

Ik zou eerst nog met een vinger in haar kut willen voelen,
maar het moet snel gaan. Met mijn hand breng ik mijn
erectie in haar kut en mijn bekken gaat heen en weer. Terwijl
mijn hand haar borst zoekt, voel ik dat het niet lang meer
kan duren.

Nog niet, denk ik wanhopig. Nog niet, maar ik kan me niet
bedwingen. Ik kreun en leg mijn hoofd even op haar wang.
Ik heb zin om op haar te blijven liggen, maar ik verman
me. Ik kom overeind en kijk op haar neer. Het geeft me
het gevoel dat ik macht over haar heb, dat ik met haar kan
doen wat ik wil, dat ik helemaal geen loser ben. En ik weet
dat ik dit beeld nog dikwijls voor mijn ogen zal zien. Haar
ogen gesloten, de lippen op elkaar geperst, het besmeurde
joggingpak, haar schaamhaar, de naakte benen die tegen
elkaar klemmen. Ze krimpt ineen als ik mijn handen over
haar laat gaan, terwijl ik alleen maar naar een mobieltje en
geld zoek. Niets, zoals ik verwachtte van een jogster.

Mijn merkteken, denk ik opeens. Ik kniel naast haar en nu
zie ik paniek op haar gezicht als ze mijn mes naar haar buik
ziet gaan. Terwijl ik met een knie haar benen in bedwang
houd, kras ik met de mespunt onder haar navel. Twee rode
lijntjes vormen een kruis. Het doet vast geen pijn, maar
toch kreunt ze.

Ik kijk rond. Het is nog steeds rustig. Ik neem weer de tape
en plak een stuk over haar ogen. In mijn rugzak zitten een
zwarte broek en een oranje K-Way. Ik trap mijn schoenen
uit. Het natte gras dringt in mijn kousen, maar dat voel ik
amper. In een oogwenk heb ik mijn vuile jeans vervangen.
Ik wrijf het mes door het natte gras om het beetje bloed
aan de punt weg te vegen. Dan rol ik het mes tussen mijn

jack en ik prop de bundel samen met de muts en mijn vuile broek in de rugzak. Ik lijk iemand anders met deze kleren. De buschauffeur zal niet kunnen zeggen dat hij iemand met een broek vol modder en grasplekken heeft gezien.

Tijdens de heenreis zag ik dat er buiten de stad een bushalte is. Het lijkt me veiliger om daar de bus te nemen.

'Slecht weer', zeg ik als de buschauffeur me aankijkt. Ik ben natuurlijk nat, maar er zijn nog mensen met natte kleren. Er komt een grom uit zijn keel die me gelijk geeft. De deur sluit achter me. Gezichten kijken me ongeïnteresseerd aan terwijl ik verderloop. De autobus komt in beweging en ik laat me op de voorlaatste stoel ploffen.

Dat ging lekker, denk ik terwijl ik naar buiten kijk. Ik geloof nooit dat iemand ons kon zien. Voordat ik wegging, heb ik ook haar enkels met een riempje samengebonden. Het risico is te groot om haar benen vrij te laten. Wie weet kon ze iemand waarschuwen en hoefde de politie me maar van de bus te plukken.

Iemand vindt haar morgen wel, tenzij ze huppelend in de stad kan komen. Ik lach in mijn binnenste omdat ik haar in gedachten met geboeide handen en benen de hoge wal op zie kruipen.

Nee, zelfs als dat lukt, ben ik al lang veilig in Antwerpen.

Haar ogen dwalen ongelovig over me en ma schudt haar hoofd alsof ze haar ogen niet vertrouwt.

'Wat heb je met je schoenen gedaan? Het lijkt wel alsof je in de modder hebt gelopen. Waar kom je eigenlijk vandaan?'

'Ik heb in de regen gestaan. Ruud had avondtraining en ik ben gaan kijken. Ik heb ook even tegen een balletje getrapt.' Mijn rugzak heb ik in de hal gelaten. Die moet ik straks naar mijn kamer smokkelen.

'Je had me wel mogen laten weten dat je zo lang zou wegblijven.' Ze kijkt naar het bord met aardappelpuree met wortelen en worst. 'Ik heb geprobeerd om je op te bellen, maar je nam niet op.'

Ik sla mijn hand tegen mijn voorhoofd alsof ik echt iets stoms gedaan heb. 'Mijn mobieltje ligt nog op mijn kamer.'

'O ja?' Haar verbazing is echt.

'Trek maar vlug andere schoenen aan. Dan stop ik je bord in de magnetron.'

Opgelucht pik ik mijn rugzak op en verdwijn in mijn kamer. Ik trek mijn schoenen uit en overdenk nog maar eens waar het eventueel fout kon gaan. De buschauffeur, de reizigers... Zou iemand op mijn schoenen gelet hebben? Met dit weer hebben zo veel mensen een natte jas en besmeurde schoenen. Mijn broek en mijn jack hang ik in de kast. Morgen, als ma weg is, zal ik met zeep de vuilste vlekken wegwassen.

De jogster verschijnt op mijn netvlies en ik voel weer hoe ik in haar gleed. Het gaf echt wel een ongelooflijk gevoel. Dit smaakt naar meer. Spijtig dat ik zo snel klaarkwam. Ik had vanochtend toch gemasturbeerd. Waarom heb ik niet geprobeerd om haar een tweede keer te nemen? Het was er veilig, ik had tijd. Ik heb zelfs amper haar borsten gevoeld. Ze was echt de moeite om nog eens geneukt te worden. Maar telkens als ze voor de spiegel staat, zal ze mijn merk-teken zien, aan mij denken en rillen. Ik voel een erectie. Zou ik me nog aftrekken voordat ik ga eten?

Shit, denk ik de volgende ochtend. Ik sla met mijn vlakke hand op mijn bureau, zodat het kletst. Geen woord over mijn merkteken. Klotekrant. Of zou de politie die informatie bewust verzwijgen?

Er duikt twijfel in mijn hoofd op. Blijkbaar verschijnt niet alles in de krant. Zou de politie al meer weten dan ik denk? 'Verdomme!' grom ik terwijl ik het artikel van het scherm verwijder.

Maar nee, dit keer hebben ze zelfs geen beschrijving. En het was een fantastisch idee om een andere broek en mijn K-way aan te trekken.

Ik zucht opgelucht. Het was donker, het regende. De vrouw heeft me amper aangekeken. Hoe langer ik erover nadenk, hoe meer ik ervan overtuigd ben dat er niets is om me druk over te maken. Ze weten niets.

Opgelucht neem ik mijn rugzak, want Laurens en Ruud zullen vast al ongeduldig zijn.

15

Agnes van Eck drukte het kussen stevig tegen zich aan en frunnikte met haar vingers aan de stof. Haar ogen gleden over de man die tegenover haar aan de eetkamertafel had plaatsgenomen. Een kleine zilverkleurige bril balanceerde op het puntje van zijn neus en een notitieblok lag opengeslagen op tafel.

Ravensburg gluurde over de rand van zijn bril en knikte haar bemoedigend toe.

De vrouwelijke rechercheur aan zijn rechterkant had Agnes eerder in het ziekenhuis ontmoet. Ze heette Sera, maar haar achternaam was ze vergeten. De rechercheurs hadden vanmorgen naar haar huis gebeld en gevraagd of ze haar nogmaals over de aanranding mochten horen. Zonder overleg met haar dochter was mevrouw Van Eck akkoord gegaan en had ze Agnes voor school afgemeld.

Agnes had het hele gebeuren liever laten rusten, maar haar moeder dacht daar anders over. 'De man mag zijn straf niet ontlopen', had mevrouw Van Eck strijdlustig geroepen. 'We mogen nu niet zwijgen.'

Agnes dacht bitter: we? Zij moest alles straks weer oprakelen. Al weken had ze nachtmerries, en de slaaptabletten van de huisarts hielpen maar weinig. En dan was er nog de psycholoog, naar wie haar moeder haar twee keer per week sleepte. Ze wilde met rust gelaten worden. In haar hoofd was het een rommeltje. Er was angst. Angst zodra ze in de buurt van struiken kwam. Ze voelde zich opgelaten door de vervelende vragen die door nieuwsgierigen gesteld werden. Door de ogen die haar volgden bij elke stap die ze in de school zette. De beelden van het park bleven door haar hoofd spoken. Ze voelde elke avond zijn handen in haar borsten knijpen en zijn adem over haar gezicht glijden. 's Ochtends loerde ze door een kier van het gordijn de straat door, bang dat hij haar zou opwachten. Hij had haar adres in haar handtas gevonden. Had hij niet gezegd dat ze haar mond moest houden?

Nu zaten er twee rechercheurs tegenover haar. Wat als hij erachter kwam dat ze had gepraat? Wie ging haar dan beschermen? Haar moeder of de politie? Alsof zij vierentwintig uur per dag naast haar liepen. Straks kwam hij terug om wraak te nemen, en dan stond ze er alleen voor. Het enige wat Agnes wilde, was haar normale leventje terug.

'Hoe gaat het met je?' vroeg de rechercheur.

'Goed', had Agnes zo onverschillig mogelijk geantwoord.

'Ze slaapt al weken slecht.'

Agnes wierp haar moeder een boze blik toe. Waar bemoeide ze zich mee?

'Dat kan ik me heel goed voorstellen', zei Sera, waarop Agnes gefixeerd enkele onzichtbare pluisjes van haar broek plukte.

'En ik kan me ook heel goed voorstellen dat je het niet leuk vindt dat we weer met vragen komen.' Er kwam geen reactie. 'Zullen we het proberen? En als het niet gaat, dan stoppen we gewoon.'

Het meisje keek op en knikte met tegenzin.

'Je hebt ons verteld dat de man een mes bij zich had. Kun je iets meer vertellen over het mes? Hoe zag het eruit?'

'Gewoon... met van die kartels.' Agnes ontspande iets. Gelukkig ging het niet over de man of over de verkrachting. 'Het zilverkleurige gedeelte was iets langer dan een pen en het had een houten handvat.' Ze wendde zich tot haar moeder. 'Net zo een als oma heeft. Waar ze het brood altijd mee snijdt.'

'Ik weet welke je bedoelt', zei mevrouw Van Eck. 'Moet ik hem even halen?' Ze keek de rechercheur vragend aan. 'Mijn moeder woont hiernaast.'

'Graag, dan gaan wij ondertussen verder met het verhoor.' Mevrouw Van Eck stond op en verliet de kamer, terwijl Ravensburg op zijn vragenlijst spiekte.

'Viel er iets op aan het mes?'

Agnes schudde haar hoofd. 'Nee, het was een gewoon mes.'

'Letters misschien?' lichtte Sera de vraag toe.

'Ja! Zwarte letters', schoot het Agnes nu te binnen. 'Het stond op de zijkant van het mes. Op het zilver.'

'Zo'n mes valt natuurlijk wel op als je door een park loopt. Had hij iets bij zich waar hij het mes in kon verstoppen? Een krant of een doek of een tas?'

'Dat kan ik me niet herinneren. Hij stond daar ineens en volgens mij had hij het mes toen al in zijn hand.'

'Hoe oud denk je dat hij was?'

Ze haalde haar schouders op. 'Misschien wel dertig of veertig jaar. Ik weet het niet.'

'We hebben wat foto's van mensen die in en uit het park zijn gelopen. Vind je het eng als ik jou die foto's laat zien?

Misschien dat jij de man daarop herkent.'

'Ik heb zijn gezicht niet gezien', sputterde ze tegen. 'Hij had een muts over zijn gezicht.'

'Maar je hebt zijn kleding gezien, en zijn lengte. Wil je het proberen of liever niet?'

'Wat proberen?' Mevrouw Van Eck kwam met het mes in haar hand de kamer binnen. 'Deze bedoel je toch?' Ze stak het keukenmes in de lucht.

'Ja, dat is hem. En daar stond de naam.' Agnes wees op het lemmet. 'Het mes was iets kleiner en de punt was meer gebogen.'

'Mogen we het mes een dagje lenen? Dan maken we er een paar foto's van', legde Ravensburg uit.

Mevrouw Van Eck knikte. 'Dat zal geen probleem zijn.'

'Zullen we de foto's maar overslaan?' Sera had het mes van de moeder overgenomen en in haar tas gestopt.

'Nee, hoor. Ik wil ze eigenlijk wel bekijken', reageerde Agnes stoer.

'Weet je het wel zeker?' Ravensburg trok een streng gezicht. 'Je mag weigeren. We nemen je niets kwalijk.'

Het meisje stak haar hand uit. 'Laat maar zien.' Ravensburg knikte en Sera haalde een stapel foto's uit een envelop tevoorschijn. 'Neem rustig de tijd.'

Agnes bekeek de foto's en legde ze een voor een op tafel neer. Mevrouw Van Eck was achter haar gaan staan en keek over haar schouders mee.

De foto van de jongen met rugtas kwam voorbij. Er was even een weifeling en dat was de rechercheurs niet ontgaan. Toch legde ze zijn foto op de stapel en met een onbewogen gezicht ging ze verder.

Bij de laatste foto schudde ze spijtig haar hoofd. 'Volgens mij zit hij er niet bij.'

Ze hield haar adem even in toen de rechercheur haar opmerking in zijn notitieboekje schreef. Dat had ze mooi opgelost, vond ze zelf. Haar moeder was tevreden, want ze had meegewerkt aan het onderzoek. En de man op de foto? Hij zou haar met rust laten. Ze had hem tenslotte niet verraden.

'Dit is wel de slechtste compositietekening die ik ooit heb gezien', mompelde Cees. 'De verhoudingen kloppen van geen kant. Kijk dan toch...' Zijn vinger volgde de omlijning van de kaakpartij. 'Veel te massief voor een jonge knul.'

'Hij lijkt inderdaad meer op een vijftiger dan op een puber', meesmuilde Ravensburg. 'Zit die Zeeman soms aan de drugs?'

'Het probleem kan ook bij Dragon Valetic van de technische liggen. Heeft hij niet te diep in het glaasje gekeken?' Sera schudde afkeurend haar hoofd. 'Eén troost. De rugtas is aardig gelukt.'

'Dat denken wij, maar misschien is dit de tekening van de jongen en die daar van de tas?' grapte Nancy. 'Dat zou ook nog kunnen.'

Er werd gelachen.

De compositietekeningen hingen aan de wand, tussen de foto's van de plaats delict en de slachtoffers. Het team bekeek het resultaat aan de muur terwijl ze de details doorspraken.

'Wat gaan we vandaag doen?' dacht Ravensburg hardop.

'Sera en Nancy gaan bij mevrouw Dijken in Rotterdam

langs en tonen haar de compositietekening van de tas en de foto van de jongen met rugtas. Als de tekening van de tas niet klopt, dan kan zij dit aangeven. De schouderriemen kunnen anders zijn, de kleur, de hoekrubbers... Misschien dat ze de knaap herkent op de foto. Niet de compositietekening van de jongen laten zien. Dat geeft alleen maar onnodig stress. Zijn gezicht heeft ze toch niet gezien en op de foto is deze te onduidelijk. Cees, heb jij nog contact gehad met het tv-programma *Opsporing verzocht?*'

'Ze willen er een onderwerp van maken met een reconstructie van een paar minuten. Maar dan moeten we zelf voor de acteurs zorgen.'

'Jeroen kan als dader doorgaan, Nancy als mevrouw Dijken, en het jongste slachtoffer... heb jij geen nichtje die we daarvoor kunnen gebruiken?' Ravensburg keek Nancy aan.

'Mijn zus heeft een dochter van zeventien. Ik wil haar wel vragen of zij voor slachtoffer wil spelen.'

'Prima! Voor de opnames hebben we een gelijksoortige tas en muts nodig. Jeroen, jij struint de winkels af. Het mes van oma Van Eck kunnen we gebruiken en...'

Ravensburg viel stil toen de recherchechef in de deuropening verscheen.

'Kan ik je zo even spreken?' Zijn gezicht stond ernstig.

Adri Koekkoek had als recherchechef een vaste kamer op de rechercheafdeling van het politiebureau te Breda. De overige rechercheurs moesten elke ochtend met mobiele ladeblokken op zoek gaan naar lege werkruimtes. Wie vroeg kwam, had de beste kamer. Achter in de gang lagen de beste kamers, die voor speciale onderzoeken waren gereserveerd. Bij zware misdrijven, zoals moord, ontvoering en drugshandel, werd er een tijdelijk rechercheteam opgestart, TGO geheten, Team Grootschalig Opsporing, en dit claimde de gereserveerde werkruimtes. De rechercheurs die zich op de kamers hadden verschanst, konden hun spullen inpakken en op zoek gaan naar een plek elders in het gebouw.

Het feit dat Ravensburg naar de kamer van zijn recherchechef werd geroepen, was geen goed teken.

'Waarover wilde je mij spreken?' De stem van Ravensburg klonk nors.

'We hebben een TGO', legde Koekkoek uit en hij schoof een map in de richting van de rechercheur. 'Overval op een taxichauffeur. De man ligt in kritieke toestand in het ziekenhuis.'

Ravensburg slaakte een diepe zucht. 'We moeten verkassen? Dat wordt niet makkelijk met vier personen. Ik heb mijn team graag in de buurt. Als ze verspreid zitten, dan...' Hij fronste zijn wenkbrauwen toen Koekkoek zijn lippen samenkneep.

'Jouw onderzoek wordt stilgelegd. De officier van justitie vond...'

'Hier word ik zo moe van', zuchtte Ravensburg. Hij wreef met zijn hand over zijn gezicht en keek zijn recherchechef afwachtend aan. 'Wat vond de officier?' viel hij toen geïrriteerd uit. 'Ik ben heel benieuwd wat hij in al zijn wijsheid heeft besloten?'

'Door dit TGO kunnen we niet anders dan zaken bevriezen. We moeten ergens mensen vandaan halen, en jouw onderzoek...' Zorgvuldig zocht Koekkoek naar de juiste woorden.

'Er is al ontzettend veel tijd en geld in gestoken en we hebben het gevoel dat er weinig vordering is. Onze capaciteiten zijn beperkt en we hebben het hier over een simpele aanranding. We leggen het dossier-Zuiderpark op de plank en zodra er ruimte is dan...'

'Een simpele aanranding...' Ravensburg herhaalde langzaam de woorden van zijn chef en het sarcasme droop ervan af. 'Ik denk dat de slachtoffers daar anders over denken. Ik denk dat de ouders van Agnes van Eck het niet met de officier eens zijn.'

'Je weet drommels goed wat ik bedoel. De overval krijgt niet voor niets de status van TGO. Het is een ernstig misdrijf en dat is een aanranding niet. We moeten prioriteiten stellen.'

'Of meer personeel aannemen. Dit is toch te zot voor woorden? Eerst moet ik met te weinig mensen een onderzoek starten. We werken ons uit de naad en na een paar weken wordt ons team simpelweg opgeheven. Het zou prettig zijn als je wat meer vertrouwen had in ons kunnen. We zijn nog niet klaar met rechercheren, er zijn nog kanten die we kunnen belichten. Opsporing verzocht is daar een van...'

'Het onderzoek wordt niet opgeheven, maar opgeschoven', zei Koekkoek nu resoluut. 'Jij, Jeroen en Sera gaan morgen in het TGO assisteren. Cees en Nancy worden in een ander team geplaatst.'

Ravensburgs gezicht stond op onweer en langzaam kwam hij uit zijn stoel omhoog. 'Jullie maken een grove fout. Er loopt een tijdbom rond en die kan elk moment ontploffen. Ik ben benieuwd hoe jullie dit aan het volgend slachtoffer gaan uitleggen.'

TGO 'De overval' was opgetuigd met twaalf rechercheurs die uit diverse korpsen waren weggeplukt. Egbert Andijk, een man met ruim dertig jaar recherche-ervaring, had de leiding over het onderzoek. Hij was een gedreven rechercheur die met strakke hand zijn onderzoek leidde. Ravensburg deed in ervaring niet onder voor Andijk, maar twee kapiteins op een schip werkt niet. Daarnaast stond Ravensburg erom bekend dat hij zijn mening over de leiding niet onder stoelen of banken stak, en dat had in de loop der jaren kwaad bloed gezet. Van kritiek waren de hoge heren niet gediend. Het was voor Ravensburg dan volstrekt geen verrassing dat hij als administratief coördinator werd aangewezen toen de taken van de TGO-leden werden verdeeld. Hij liet zijn ergernis over deze represaille niet merken en deed onverstoorbaar zijn werk, hoewel hij een broertje dood had aan de administratieve rompslomp die een onderzoek met zich meebracht.

Natuurlijk had Andijk Ravensburg in een andere functie kunnen plaatsen toen hij eenmaal de leiding had over het team. Maar de karakters van de twee heren botsten nogal en in het verleden waren er de nodige aanvaringen geweest. Andijk als jaknikker en Ravensburg die corrigerende tikken her en der uitdeelde. Andijk genoot in stilte. Ravensburg concentreerde zich op zijn dossiers en probeerde zich zo min mogelijk met de voortgang van het onderzoek te bemoeien, wat overigens een moeilijke opgave voor hem was. Hij verzamelde de verbalen van collega's en schreef de nodige verzoeken aan het Openbaar Ministerie. Hij zorgde dat de tapaanvragen op tijd de deur uitgingen, zodat op tijd de telefoons konden worden afgeluisterd en overlegde met de officier van justitie over bevelen.

Het was de zesde dag van het TGO. Ravensburg was met hoofdpijn de dag begonnen. Tegen elven begon hij zijn bureaulades uit te ruimen om te zien of hij tussen de rotzooi nog wat pijnstillers kon vinden. In de onderste la, onder een stapel cd's, lag een verkreukeld doosje paracetamol. Werkeloos staarde hij naar het glas water waarin twee tabletten langzaam oplosten, toen hij werd opgeschrikt door Nancy die zijn kamer binnenstormde.

'Hij heeft weer toegeslagen', liet ze hem weten.

Ravensburg gaapte haar aan. Zijn hoofdpijn was op slag verdwenen.

'Alleen nu anders... erger...'

16

Halverwege de trap heeft hij haar beet. De vrouw schreeuwt.
Ze is echt mooi, ze lijkt een beetje op Angelina Jolie. Dezelfde volle lippen, hetzelfde lange zwarte haar. De kerel
met de spinnentattoo in zijn hals grijpt haar enkel en ze
klemt zich met twee handen aan de trapleuning vast om
niet te vallen.

Met opengesperde ogen zie ik hoe de kerel haar met een
knie tegen de treden drukt. Hij grijpt naar haar voorkant en
het geluid van haar scheurende japon doet mijn hand nog
sneller rukken. Hij trekt haar broekje naar haar enkels en
maakt zijn broek open.

Ik kreun terwijl hij van achteren in haar ramt en mijn
sperma schiet op de handdoek die op mijn schoot ligt.

'Chris!'

Alsof een stroomstoot mijn hart raakt, schrik ik op. De stem
van ma is gevaarlijk nabij.

Shit! Was zij niet in de keuken bezig? De deurklink rammelt.

'Ja, ma?' Ik gooi de laptop dicht, veer overeind en gooi
de handdoek onder mijn bed. Mijn piemel is nog een pink
groot als ik mijn slip en mijn broek optrek.

'Chris! Waarom is de deur gesloten? Met wat ben je bezig?'

'Ik lig gewoon op bed te niksen. Mag dat niet?'

Mijn ogen schieten door de kamer. Alles lijkt in orde. Ik
kan de sleutel omdraaien.

Meteen gaat de deur open.

'Waarmee was je bezig?' vraagt ma nog eens terwijl haar
blik argwanend door de kamer dwaalt.

'Niets.' Ik probeer mijn stem onder controle te houden, maar ik vrees dat mijn lichaamstaal me verraadt. Haar ogen kijken me aan en dan glijden ze naar mijn broek. Shit! Zouden er vlekken op mijn jeans zijn, vraag ik me af, maar ik durf niet naar beneden kijken. Ik voel dat ze raadt dat ik zat te masturberen.

Haar ogen gaan naar de laptop, maar ze klapt hem niet open. 'Ik kom het overhemd halen dat je vorige week droeg. Dan kan het nog in de wasmachine.'

Ik trek de kleerkast open en pik het groene shirt op, dat ik op de vloer gedropt had.

'Ik heb al zo dikwijls gezegd dat je vuile kleren in de wasmand moet gooien.'

Je bent al net als je vader, komt er nu, denk ik, maar ik heb het mis. Omdat ik nog wat beduusd blijf staan, pakt ze het overhemd uit mijn hand.

'Over een kwartiertje eten we.'

Als toevallig gaan haar ogen nog eens over mijn broek. 'Je bent al net als je vader.'

Ze trekt de deur achter zich dicht, ruwer dan ze gewend is.

Ik sta nog verdwaasd te kijken. Ik heb er nooit bij stilgestaan, maar ik had altijd gedacht dat ik de enige ter wereld was die me aftrok. Stom natuurlijk. Maar pa?

Natuurlijk omdat je altijd hoofdpijn had, kan ik niet laten.

Bij Pascale zal hij vast beter aan zijn trekken komen. Ergens ben ik jaloers op hem.

Gewoonlijk ben ik dol op wat ma van de afhaalchinees meebrengt, maar nu stop ik voor de vorm af en toe een hap bami met kip in mijn mond. Nu ze me betrapt heeft, voel ik me maar klein. Voortaan doe ik het alleen maar als ze niet thuis is, neem ik me voor. En mijn grootste geheim kan ze toch niet raden.

De radio vult de stilte en is weer een alibi om niets te zeggen.

'Ma-aaa', zeg ik. De a is langgerekt. Onbewust doe ik dat altijd als ik iets nodig heb, ik denk dat het op die manier vriendelijker klinkt.

Haar hoofd blijft lichtjes over haar bord gebogen, maar ik weet dat ze zich afvraagt wat er gaat komen.

'Ik zou een BlackBerry willen.' Ik zeg het op een toon alsof ik een pakje chips vraag.

'Een BlackBerry? Zo'n zakcomputer? Waarvoor heb je die nodig?'

'Iedereen heeft er een', zeg ik ontwijkend.

Het lijkt me wel bijzonder om overal naar mijn filmpjes te kunnen kijken. Zelfs op het toilet van de school. En het staat ook cool om nonchalant met zo'n BlackBerry te bellen.

'Iedereen? Dat zal wel.' Ze schuift nog wat van het bakje bami op haar bord.

'En?'

'Hoeveel kost zo'n ding?'

Ik frons verrast mijn voorhoofd omdat ik niet meteen een 'zet het maar uit je kop' krijg. Zou ze dan toch?

'Voor vierhonderd euro heb ik al een heel degelijk toestel.'

Een reclamespot voor Opel zweeft tussen ons in. Ze knabbelt lang op het stukje kip en slikt het moeizaam weg.

'Dan moet ik meer dan een week werken voor jouw Black-Berry. Ik heb het al zo moeilijk om de eindjes aan elkaar te knopen. Je weet vast niet wat het betekent om met een

klein inkomen te moeten rondkomen. Met het alimentatie-
geld van je vader...' Ze haalt moedeloos haar schouders op
om duidelijk te maken hoe weinig dat betekent. 'En dan
nog... ik vind zo'n BlackBerry gewoon overbodig. Je hebt
al een laptop. Zet het maar uit je kop.'
Eigenlijk had ik niets anders verwacht, maar ik wilde haar
de eerste kans geven. 'Dan vraag ik het aan pa.'
Ik weet dat ik een mes in een open wond steek.
Haar vork duwt de bami heen en weer. 'Dat had ik wel
verwacht.' Ze zucht omdat ze tegen de portefeuille van pa
kansloos is. Steeds weer moet ze voelen dat ze tegen hem
verliest.
Ma staart nadenkend naar de radio alsof die haar advies zal
geven. 'Maar moet je dan nog telkens voor je internetver-
binding betalen? Hoe ga je dat doen? Je denkt toch niet dat
ik dat allemaal betaal?' Haar toon is een waarschuwing.
'Pa', zeg ik genadeloos.
'Pa! Natuurlijk!' Ze is een bokser die knock-out in de tou-
wen ligt. 'Ga dan naar pa!' Ze gooit haar vork in het bord.
Het lawaai van het metaal ketst door de keuken. Er spat
wat rijst op de tafel. 'Waarom ga je niet bij hem wonen?
Dat zou voor mij een stuk gemakkelijker zijn.'
Ik zwijg, want we kennen allebei het antwoord.
'Je weet ook dat je niet welkom bent, dat zijn Pascale niet
op jou zit te wachten. Je zou ze maar in de weg lopen in
hun prille geluk.' Haar stem druipt van cynisme en spijt.
Ik weet ook dat pa's hulp voor mij niet verder gaat dan zijn
bankrekening. Een uurtje koffiedrinken of eens samen naar
de film, graag zelfs, maar dan houdt het ook op. Hij heeft
het nooit gezegd, maar niemand voelt dat zo goed aan als ik.

'En stop de handdoek die op je kamer ligt ook maar in de wasmand', zegt ma.

De laatste ronde wint zij.

Lady Gaga dreunt in mijn oor. Sigarettenrook hangt rond de lampen die aan een kettinkje boven de bar hangen. Op een zaterdagavond is De Robijn afgeladen vol met jongeren die als ze iets tegen elkaar willen zeggen, moeten schreeuwen om boven de muziek uit te komen. Mijn ogen gaan rond, zoeken kandidaten voor de film in mijn hoofd, maar komen dan weer bij Laurens en Ruud. We zitten op krukjes voor de bar.

'Het is net als vroeger', zeg ik terwijl ik mijn pilsje neem.

'Wij met zijn drieën, zonder meisjes.'

'Ja', zegt Laurens.

Toch voel ik dat het anders is. Laurens kijkt soms dromerig voor zich uit omdat hij met zijn gedachten bij Carola is. Ruud is druk bezig met zijn mobieltje. Hij nipt van zijn cola. Ruud drinkt zelden alcohol, want hij moet later bij Ajax of Anderlecht spelen.

'Sms'jes naar Fien, Ruud?' vraag ik.

Hij kijkt me van onder zijn wimpers aan. Zijn blik verrast me. Er klopt iets niet.

'Fien is met Carola naar de film', zegt Ruud. 'Het is jongensavond, heb ik haar gezegd.'

'Zo is het', zegt Laurens.

Ik kan het verkeerd hebben, maar ze lijken allebei niet enthousiast. Ze missen vast hun liefjes.

'Nog een rondje?' vraag ik.

Ze knikken.

Het valt me op dat Ruud steeds weer naar de deur kijkt.
We hebben zijn voetbalwedstrijd geanalyseerd en ook de
voorbije schoolweek doorgenomen. De inspiratie is op en
we kijken zomaar wat rond.

'Steve is weer vrij', zegt Laurens opeens. 'Ik zag hem gisteren in de wijk.'

Ruud en ik kijken allebei verrast op.

'Nu al?' vraag ik. Het valt me een beetje tegen van Steve.
Alsof hij maar een paar akkefietjes heeft uitgehaald. Hij
lijkt helemaal geen held meer.

'De gevangenissen zitten vol', gokt Ruud. 'Daarom mogen
de kleine garnalen naar huis.'

Ik draai mijn glas tussen mijn vingers over het bierviltje.
Op de bar is het nat van het bier dat over de glazen is
geschuimd.

'Al thuis', herhaal ik nog eens.

De deur gaat open en verbaasd ga ik rechtop zitten. Haar
haar zit onder een rode muts verstopt, en toch herken ik
haar meteen. 'Julie', mompel ik. Ik heb haar nog nooit in
De Robijn gezien.

Dan besef ik dat het geen toeval is. Ruud glijdt meteen
van zijn kruk en dringt tussen de cafébezoekers door naar
de deur.

'Wist jij dat?' vraag ik aan Laurens, die net als ik met
wijdopen ogen naar het meisje staart. Hij reageert alsof hij
nog steeds niet kan geloven wat hij ziet.

Ruud zoent haar op de mond en ze lacht als hij haar muts
afneemt. Ze ritst haar jack open. Ruud legt een hand op haar
rug en gidst haar naar ons.

'Julie', zeg ik en wellicht is de verbazing te horen want ze
lacht geheimzinnig.

Ze buigt zich naar me toe en drukt een kus op mijn wang.

Ook Laurens krijgt een kus.

'Ik wist niet dat jullie...' Mijn wijs- en middelvinger zijn op hen beiden gericht.

'We wilden het nog stilhouden tot we zeker zijn', zegt Ruud.

'Fien weet het ook nog niet.'

'Vast niet', zegt Laurens.

Anders had Carola hem al ingelicht.

'Wanneer...' vraag ik.

'Vanavond zal ze het sowieso wel merken. Na de film komt ze hierheen.'

Ik moet naar adem happen. 'Blijven jullie hier als ze komt?'

Ruud grijnst moeilijk. 'Nee, Julie en ik gaan ergens anders heen. Fien merkt het wel.' Zijn hand streelt onafgebroken haar rug.

'We kunnen ook blijven, toch', zegt Julie gevaarlijk lief.

'Liever niet.' Ruud kijkt ongemakkelijk naar de barman, die een pilsje tapt.

Ze doet een stapje vooruit zodat haar borsten tegen hem drukken.

'Stuur haar dan toch een sms'je', zeg ik. 'Dan hoeft Fien het niet van ons te horen.'

Ruud kijkt Julie vragend aan.

'Chris heeft gelijk. Het is aan jou om haar te vertellen dat je nu met mij bent. Met een sms'je is het toch niet moeilijk om haar te dumpen', zegt ze om hem een duwtje in de rug te geven.

Ruud bijt op zijn onderlip. Dan pakt hij zijn mobieltje, denkt even na en zijn duim glijdt over de toetsen. Hij laat de tekst door Julie lezen. Ze knikt en drukt haar hoofd tegen zijn wang. Omdat Ruud lijkt te aarzelen, drukt ze met haar wijsvinger op de verzendtoets en de vreselijke boodschap vliegt onzichtbaar het café uit op zoek naar Fiens mobieltje.

'Het zal pijnlijk zijn voor Fien', zegt Laurens. 'Tja', zegt Ruud. 'Maar als het nu eenmaal over is...' Hij haalt zijn schouders nonchalant op om aan Julie te laten zien dat het hem niets doet, maar ik denk dat hij toch een beetje bloedt, zo goed ken ik Ruud wel. Tenslotte was hij gek op haar totdat Julie voor zijn ogen opdook.

Het schuim is van mijn bier verdwenen als ik weer een slok neem. Fien is weer vrij, denk ik. En ik ruik weer een kans. Maar dan zie ik mijn spiegelbeeld in het glas achter de bar en ik besef dat Fien te mooi is voor mij. Ik moet een paar keer slikken als ik het glas in mijn mond leegkieper. Met de rug van mijn hand veeg ik het nat van mijn lippen.

Hoewel, de laatste tijd bekijkt Fien me niet meer als een lastig aanhangsel van Ruud. Met Zarko heb ik goede punten gescoord. En ze zeggen toch dat het uiterlijk niet het belangrijkst is... Ik heb daar mijn twijfels over. Ik zie nooit een knappe stoot hand in hand op straat met een lelijke donder. Maar toch, Fien... wie weet...

Het is gênant om te zien hoe Ruud Julie opvrijt. Je kunt zelfs zien hoe hun tongen tegen elkaar schuren. Zijn handen surfen onder haar trui en hij schuift onbeschaamd zijn piemel tegen haar onderbuik. Zelfs een gecastreerde kater zou nog een erectie krijgen. Ik heb het gevoel dat heel het café naar hen kijkt. Voor de eerste keer in mijn leven voel ik me beschaamd dat ik zijn vriend ben.

Laurens heeft vast een kriebel tegen zijn dij gevoeld, want hij sleept met een paar vingers het mobieltje uit zijn broekzak. 'Carola komt hierheen', zegt hij nadat hij het bericht heeft gelezen. 'Met Fien.' Zijn ogen rollen terwijl hij Ruud aankijkt. 'Dat wordt gezellig.'

Ruud grijnst wat ongemakkelijk en om Julies mond speelt een fijne glimlach.

Ze wil Fien de ogen uitsteken, raad ik. Ze zal Ruud aflebberen terwijl Fien moet toekijken, zodat de situatie meteen duidelijk is.

'Ik denk dat het beter is dat jullie weggaan', zegt Laurens.

'O ja?' vraagt Julie. 'Ik zou niet weten waarom.'

Ruud draait ongemakkelijk met zijn schouders. Hij vindt het duidelijk geen prettig vooruitzicht om Fien te zien.

'Zouden we niet...' probeert hij voorzichtig.

'Een café is toch voor iedereen?' zegt Julie. Ze zoekt met haar ogen de man achter de bar om nog iets te bestellen.

'Als jullie niet gaan, dan ga ik weg', zegt Laurens nijdig. Hij geeft Ruud een duw alsof hij hem naar de deur wil dwingen. 'Ik wil echt niet zien hoe jullie straks gaan ruziën.'

Het is de eerste keer dat ik Laurens zo boos zie. Meestal is hij de rustigste van ons drieën. Zelfs Ruud is onder de indruk.

'We gaan ergens anders heen, Julie', zegt hij. Zijn stem is zowel angstig als smekend. Hij neemt het rode mutsje dat op de barkruk ligt en geeft het aan Julie. Ze heeft een pruilmondje, maar ze trekt de muts over haar hoofd. 'Ik heb echt geen zin in ruzie', zegt hij verontschuldigend. Alsof hij niet vlug genoeg naar buiten kan, schuift hij als een sneeuwruimer de jongeren uit elkaar terwijl Julie in zijn spoor volgt.

Omdat ik voel dat ik genoeg bier in mijn lijf heb, bestel ik een cola. Als Fien er is wil ik me onder controle hebben. Geen fout maken zoals toen.

Laurens en ik zitten zwijgend op onze barkruk naast elkaar. Waarschijnlijk weten we het allebei niet meer. De muziek dreunt nog steeds, maar ik hoor het amper. Ik ben zo afwezig dat ik verrast ben als Carola naast me opduikt. Fien is bij haar en gelukkig huilt ze niet. Toch beven haar lippen en haar vingers strijken meer door haar haar dan anders.

'Hoi', zegt Carola en ze geeft Laurens een zoen op zijn mond. Ze duwt zijn benen open en nestelt zich met haar rug tegen zijn dij. De liefde tussen hen lijkt intussen behoorlijk opgebloeid.

'Ruud is hier geweest?' vraagt Fien.

'Ja, hij is pakweg een kwartiertje weg.' Ik probeer zo neutraal mogelijk te klinken.

'Met die heks?' Het klinkt zelfs niet als een vraag.

'Ja.'

Ze snuift door haar neus, maar ze heeft zich duidelijk voorgenomen om hard te zijn. 'Hoe was het met hen?'

'Dat wil je niet weten.' Ik wil haar echt besparen hoe ze elkaar opgeilden. 'Het is de tweede keer dat hij met die Julie is. Ruud kun je gewoon niet vertrouwen. Dat zal die Julie ook nog wel ondervinden.'

'Zeker weten', zegt Fien om zichzelf te troosten. 'Maar dit keer hoeft hij niet meer met hangende pootjes terug te keren.' Ze speelt overtuigend de harde tante, maar er ligt veel verdriet op haar gezicht.

Mijn handen schuiven rusteloos over mijn knieën. Het doet me pijn om haar gekwetst te zien. Ik zou haar willen vastpakken om haar te troosten, alleen om haar te steunen. Maar ik heb mijn lesje geleerd. Toch kan ik het niet laten om snel naar de welving onder haar trui te kijken als ze haar jas openknoopt omdat er een broeierige warmte in het café hangt. Ze trekt haar jas uit en daardoor komt een strook huid onder haar navel bloot. In een flits zie ik haar naakt, heb ik zin om haar trui omhoog te trekken, maar ik drink vlug aan mijn cola om het geil in mijn ogen te verdrijven. Ze legt haar jas op de kruk waarop Ruud heeft gezeten.

'Ruud is toch echt niet te vertrouwen', zeg ik nogmaals. 'Ik schaam me dat hij mijn vriend is.' Ik houd het colaglas in mijn handen om te beletten dat ik toch mijn arm op haar schouder zal leggen. Nu ze zo breekbaar lijkt, krijg ik echt zin in haar.

'Wat nu?' vraagt Carola.

'Ik weet het niet', zegt Fien. 'Het was zo mooi.' Ze lijkt fragiel, maar dan zegt ze overtuigd: 'Ik hoef niemand meer.' Ze schudt haar hoofd zo hevig alsof ze alles van zich af wil slingeren. 'Hebben ze hier ook mojito's?'

'Natuurlijk', zeg ik.

Zou ze zich bezatten, vraag ik me af en ik herinner me dat ze vlug dronken is. Wie weet... als ik haar later naar huis kan vergezellen... Natuurlijk haar nog niet neuken, want als ze weer nuchter is, zou ze zich herinneren dat ik haar genomen heb. Maar misschien laat ze zich zo gaan dat we elkaar zoenen, en kan ik mijn handen onder haar trui laten gaan. Een erectie duwt ongemakkelijk in mijn broek als ik fantaseer hoe mijn handen onder haar beha zoeken. Ik drink vlug mijn glas leeg.

Ik tast naar de lichtschakelaar in de hal.

'Ben je daar?' hoor ik vanuit ma's slaapkamer.

'Ja!'

Ik haast me de trap op en ik probeer geen geluid te maken. Onder de deur van haar kamer is een streepje licht.

'Het is bijna vier uur. Hadden we niet twee uur afgesproken?'

'Het was echt gezellig. De tijd vloog voorbij zonder dat ik het besefte.'

Ik hoor de schakelaar klikken en de lichtstreep verdwijnt. Hoewel ik heel voorzichtig ben, piept de deur van mijn kamer. Ik kleed me snel uit en schuif onder de deken. Ik lig op mijn rug en kijk in het duister naar het plafond. Daarnet heb ik Laurens en Carola vervloekt omdat ze ook de tram namen. Carola vond niet dat ze haar vriendin in de steek kon laten. De trut! Met zijn drieën hebben we Fien tot aan de deur gebracht. Ze leek niet meer verdrietig. Vier mojito's hadden van Ruud een klootzak gemaakt die ze zo snel mogelijk wilde vergeten. Zelfs de reactie van haar ouders omdat ze zo laat thuis was, maakte niets meer uit. Net zoals Laurens kreeg ik een brave kus op de wang voordat ze met de sleutel de deur opende. Ik glimlachte bemoedigend.

Mijn hand schuift in mijn slip en streelt mijn penis. In mijn gedachten zie ik hoe het geweest kon zijn als ik met Fien alleen was geweest. Ik wens Laurens en Carola een flinke ruzie toe.

17

JONGE VROUW SLACHT-OFFER VAN BRUTE VER-KRACHTING

HULST – Op donderdag 5 november tussen 17.00 en 17.30 uur werd een 27-jarige jogster op de stadswallen ter hoogte van het Bellinghof overmeesterd door een man met een bivakmuts. Onder bedreiging van een mes werd het slachtoffer meegenomen naar de lagergelegen gracht, waar zij op gewelddadige wijze werd verkracht. Na de daad werd de vrouw mishandeld, gekneveld en in verwarde toestand achtergelaten. Het slachtoffer werd ruim vier uur later door een voorbijganger ontdekt, die de politie alarmeerde. Met onderkoelingsverschijnselen en in shock werd de vrouw naar het ziekenhuis vervoerd. Gezien de ernst van het delict heeft de politie een onderzoeksteam van acht rechercheurs op de zaak gezet. De dader was een Engels-sprekende man in donkere kleding en in het bezit van een rugtas. Eventuele getuigen worden verzocht contact op te nemen met de politie in hun woonplaats.

Ravensburg liet de krant zakken en staarde minutenlang door het raam naar buiten. De informatie in het persbericht was bewust summier gehouden om te voorkomen dat meer mensen zoals 'Grolle' zich op het bureau zouden melden als dader. Daarnaast was de modus operandi een handelsmerk van de dader, en die werd als troef tijdens het verhoor door de recherche uitgespeeld.

Er was nu een derde slachtoffer en het leed geen twijfel dat het hier om dezelfde dader ging. De verklaring van de vrouw was door de politie in Hulst opgenomen en doorgestuurd naar Ravensburg. De werkwijzen kwamen overeen: Engelssprekende man, mes, bivakmuts, rugtas, en het bizarre merkteken dat in de onderbuik werd gekerfd.

Het was duidelijk dat de jongen zijn daad probeerde te perfectioneren. De ogen werden afgeplakt, de enkels vastgebonden. Hij dacht zijn acties zorgvuldig uit en dat gaf hem ongetwijfeld zelfvertrouwen en kracht. De knaap werd steeds brutaler. Maar het groeiende zelfvertrouwen maakte hem ook roekeloos.

Het team had enkele weken geleden een aandachtsvestiging in het politieblad *RI-Online* laten plaatsen met daarin een duidelijke omschrijving van de werkwijze van de dader en de foto's in het park. Het politieblad werd onder de collega's in het hele land verspreid en dankzij een oplettende politieagent in Hulst werd de link met Rotterdam en Breda gelegd. De man alarmeerde zijn leidinggevende, die op zijn beurt naar de telefoon greep.

Binnen een paar uur lag de zaak bij de korpsleiding op het bureau en was de chaos compleet. Er werd driftig rond gebeld en met orders gestrooid. Er werd gewikt en gewogen, en uiteindelijk kreeg Koekkoek de opdracht om Ravensburg thuis te bellen met de mededeling dat hij zich met spoed op het bureau moest melden. Het was 21.20 uur toen Ravensburg met een lang gezicht het bureau in Breda Noord binnenstapte, mokkend omdat hij zijn favoriete programma *Hell's Kitchen* had moeten onderbreken voor een dienstopdracht. Het was de zoveelste keer deze maand. De deuren van de werkkamers waren gesloten en alleen die van zijn recherchechef stond wijd open. Een bundel licht scheen vanuit de deuropening in de gang, als een gapende mond in het donker.

'Ravensburg, fijn dat je zo snel kon komen', riep Koekkoek gemaakt enthousiast toen de rechercheur kwam binnenstormen. Hij legde de hoorn op het toestel en gebaarde uitnodigend naar de lege stoel. 'Ik had net de korpsleiding aan de lijn. Goed nieuws. We hebben groen licht gekregen voor het onderzoek-Valkenbergpark. Beter nog, het heeft een TGO-status gekregen.'

De rechercheur keek Koekkoek strak aan. Er kwam van zijn kant geen reactie.

Ongemakkelijk veerde Koekkoek achterover in zijn stoel en legde quasi nonchalant zijn arm over de rugleuning. 'Je krijgt er zelfs twee rechercheurs bij. Zeeland levert twee man.'

'Ik krijg er twee man bij?' herhaalde Ravensburg spottend. 'Hoezo ik? Ik ben aangewezen als administratief coördinator in het onderzoek-Overval. Mijn administratieve kennis is onmisbaar voor dat onderzoek. Anders hadden de hoge heren wel iemand anders voor de opdracht gezocht? Het Valkenbergparkonderzoek werd er zelfs voor opgeheven.

Het was toch maar een simpele aanranding? Nee, het kan toch niet de bedoeling zijn dat ik...'
'Ja, hou nou maar op met die onzin', viel Koekkoek geërgerd uit. 'Het onderzoek wordt weer opgepakt. Jij kent alle ins en outs van de zaak, en dan is het logisch dat jij de coördinatie op je neemt. Er is nu geen tijd om te discussiëren. We moeten ingrijpen voordat het stevig uit de hand loopt.'
'Wat een plotselinge wijsheid! Is dit uit bezorgdheid voor de slachtoffers of is men bang dat als de blunder bekend wordt, er koppen gaan rollen in de hoge gelederen?'
'Niet te bijdehand, Ravensburg. Denk niet dat je alles ongestraft kunt zeggen. Ik ben nog altijd je meerdere.'
Hij schoof zijn stoel met een korte ruk naar het bureau en duwde het dossier naar voren.
Een pijnlijke stilte hing tussen de twee kemphanen in.
'Ik kan je dit zeggen', zei Ravensburg terwijl hij onbewogen zijn chef aankeek. 'Als deze zaak weer wordt afgeblazen omdat er elders iets "belangrijkers" speelt, dan dien ik per direct mijn ontslag in. Ook ik heb een grens en jullie staan met de tenen over de lijn.' Hij stond op. 'Ik wil Nancy, Sera, Cees en Jeroen terug in mijn team. En ik wil de twee achterste kamers. Laat Andijk maar verkassen.'
En met deze laatste woorden beende hij het kantoor uit, zijn recherchechef verbluft achterlatend.

De volgende ochtend was Andijk met zijn team verhuisd naar een nieuwe werkplek op de tweede etage. De dossiers van team-Valkenbergpark stonden keurig in de kasten, de belangrijkste aantekeningen lagen op het bureau, naast het

persbericht en de nieuwe aangifte uit Hulst. Het
artikel was met een markeerstift omlijnd. Met een grijns
had Ravensburg de kamer geïnspecteerd. Hij was gisteravond behoorlijk uit zijn slof geschoten en het was waarschijnlijk niet bevorderlijk voor zijn carrière, maar ach...
de illusie om hogerop te komen had hij jaren geleden al
opgegeven. Hoofdzaak was dat het onderzoek weer werd
voortgezet en dat de hoge heren het voorlopig wel uit hun
hoofd lieten om het nogmaals op te heffen.

Rechercheur Ravensburg stond met de krant in zijn hand
voor het raam terwijl zijn teamleden de kamer binnendrup-
pelden voor de ochtendbriefing.

'Ravensburg, heb je ons gemist?' Cees Afman kwam met
twee bekers koffie de kamer binnen en duwde er een in
Koens handen.

'Je verwent hem te veel', was de mening van Nancy, die
hem met haar handen vol mappen volgde.

Sera zette twee bekers thee op het bureau en schudde
lachend haar hoofd. 'Een team vol idioten.'

'Daar hoor jij ook bij', waarschuwde Jeroen. Hij plofte op
de vensterbank en strekte zijn lange benen voor zich uit.

'Krijgen we nog iets bij de koffie? Is dat niet jouw taak?'
Hij keek Nancy uitdagend aan.

'Volgens mij is dat de taak van de jongste bediende en
aangezien jij net droog achter je oren bent...' kaatste Nancy
terug.

'Is dit het TGO-Hulst?' Twee mannen stonden afwachtend
in de ingang van de kamer.

'TGO-Hulst, TGO-Valkenbergpark... Whatever. Als het
maar een naam heeft. Jullie zijn van regio Zeeland?'

Ravensburg kwam met uitgestoken hand naar voren. 'Ik ben Ravensburg en ik coördineer dit team vol idioten.' 'Bobby Keijzer, bureau Maelstedeweg, Hulst.' De lange man met de donkere krullenbos schudde de uitgestoken hand. 'Dit is mijn collega Dick van Dijk.' Dick, een kale, gezette man met sik, deed een stap naar voren. 'Een waar genoegen', sprak hij met een opvallend dialect. 'We hebben nog wat extra informatie meegenomen.' Een stapel mappen kwam uit zijn tas tevoorschijn. 'Informatie over het slachtoffer, foto's van de plaats delict, gegevens over het buurtonderzoek en het rapport van onze technische man.' 'Neem eerst wat koffie. Het was ongetwijfeld een lange rit hiernaartoe.' Ravensburg nam de stapel aan. 'Eén uur en vijfenveertig minuten', antwoordde Keijzer met een grimas.
'Dan lijkt het mij het best om vanaf vandaag de ochtend-briefing naar tien uur te verschuiven', besliste Ravensburg. 'Dan kunnen jullie op een schappelijke tijd vanuit Hulst vertrekken.'
Er werd goedkeurend geknikt.

De foto's van de plaatsen delict hingen aan de rechterkant van het planbord. Links boven de foto's van de slachtoffers. Het laatste slachtoffer heette Caroline Markus. Ze was zevenentwintig jaar oud en was moeder van twee peuters, wist Keijzer te vertellen. Ze werkte als verkoopster bij een kledingwinkel in het centrum van Hulst. Onder aan het bord stond met stift een opsomming van de modus operandi geschreven, met daarnaast de compositiefoto's van de dader en zijn tas.

'Wat weten we tot nu toe over de dader?' Ravensburg checkte zijn aantekeningen. 'Het is een knaap tussen de vijftien en twintig jaar. Op regenachtige dagen en laat in de middag slaat hij toe. Hij vervoert zijn materiaal in een rugtas. Spreekt Engels, maar niet meer dan wat korte commando's. Hij heeft duidelijk geen voorkeur wat betreft vrouwen, wat afwijkend is bij een serieverkrachter. Niet op uiterlijk en niet op leeftijd. Het eerste slachtoffer is vijftien jaar, halflang donkerbruin haar, het tweede is vijfentwintig jaar, halflang donker haar. En het derde slachtoffer is een zevenentwintigjarige vrouw met blond haar. Zijn eerste twee pogingen waren aanrandingen. Maar bij de laatste is het goed raak en reken maar dat de hufter de smaak te pakken heeft.' Ravensburg viel even stil.

'Hij reist per bus of per trein', vulde Cees aan. 'Zijn jachtgebied is groot.'

Er werd geknikt. 'We concentreren ons op het openbaar vervoer', besloot Ravensburg. 'Nancy brengt de bushaltes in Hulst en omstreken in kaart. Ik wil een lijst met chauffeurs die op de dag en rond het tijdstip van de verkrachting een dienst hebben gedraaid. Die gaan we zo snel mogelijk verhoren. Informeer bij de gemeente of er camera's bij de parking hangen. Sera, maak een overzicht van de pinautomaten. Het slachtoffer had geen geld bij zich en misschien dat de dader daar wel op had gerekend. Stel dat hij is gaan pinnen. Bij de meeste pinautomaten hangen camera's. Vraag de beelden op. Jeroen maakt een internationaal opsporingsbericht, zodat onze knaap in het buitenland ge-

signaleerd staat. Hij is Engelssprekend, je weet nooit waar
hij nog meer heeft huisgehouden.'

De hand van Bobby kwam iets omhoog. 'Onze technische
man heeft wat muntgeld, een strip met kauwgom en een
buskaartje op de plaats delict gevonden. Het zit in een plastic
hoes ergens in een map. We weten niet of de dader het spul
heeft verloren, maar de stempeldatum op de buskaart is van
de dag van de verkrachting. 14.06 uur om precies te zijn.
Lijn 19.'

Ravensburg richtte zich tot Cees. 'Breng de spullen met
spoed naar het NFI in Den Haag. Er zullen ongetwijfeld
vingerafdrukken op de buskaart of de kauwgomstrip staan.
Hij heeft al eerder een paar prachtige afdrukken achtergelaten, dus die kunnen worden vergeleken. Onze vriend gaat
fouten maken. Daar moeten we het van hebben. Waar gaat
lijn 19 heen?'

Keijzer en Van Dijk trokken bijna tegelijkertijd hun
schouders op.

'Nancy...'

Ze knikte dat ze de opdracht begreep.

'Morgenochtend gaan we richting Hulst. Ik wil de pd persoonlijk bekijken. Sera en Cees gaan bij Caroline Markus
langs voor een diepteverhoor. Dat scheelt jullie een rit',
zei de rechercheur tegen de twee nieuwelingen in het team.
'Jullie mogen ons rondleiden op de wallen. Voor nu...' –
Ravensburg wees naar de dossiers in de kast – '...kunnen
jullie je inlezen in de zaak.'

Rechercheur Ravensburg trok de dossierbinder los en
haalde de plastic hoes met de gevonden spullen op de plaats

delict uit de map. Het buskaartje plakte tegen de binnenkant van het plastic, waardoor de stempelinkt voor een deel
was uitgelopen. Hij vloekte. Dat men daar niet zorgvuldiger
mee was omgesprongen!

Peinzend bestudeerde Ravensburg het papier. De verkrachting had tussen 17.00 en 17.30 uur plaatsgevonden, wat
betekent dat de dader vroeg van huis was vertrokken. 14.06
uur, zo las hij op de buskaart. Had de jongen uren in Hulst
rondgelopen of was de reisafstand zo groot geweest? Naast
de datum stonden letters van de opstapplaats vermeld, maar
die was door het vocht veranderd in een donkerblauwe vlek.
Enkele reis – kostte vijf euro. Ravensburg draaide de hoes
tussen zijn vingers rond. Waar kwam je terecht voor vijf
euro? Welke plaats lag er centraal tussen Breda, Rotterdam
en Hulst?

Eén, twee, drie, vier... Ravensburg telde de kauwgumstuk-
jes die nog in de strip zaten. De muntstukken gleden van
links naar rechts in de hoes. Twee muntstukken van tien
eurocent, één van vijftig eurocent en drie van één eurocent.
Dat was apart. De prijzen werden in de winkels afgerond.
Muntstukken van één eurocent werden toch niet meer
gebruikt?

Hij stond op en liep naar de landkaart die op de muur was
gepind. In zijn hoofd zette hij nogmaals de feiten op een
rijtje. Wat zag hij over het hoofd?

'Hebben we iets bruikbaars gevonden?' Ravensburg kwam
met een dienblad binnen en trok met zijn voet een stoel
naar voren. Hij schoof het dienblad bij Nancy op het bureau
en liet zich op de stoel zakken.

'Ik heb contact gehad met de busmaatschappij in Hulst, Veolia', vertelde Nancy. Ze stak Ravensburg een wandelkaart van Hulst toe. 'Er zijn zeven haltes rond het Bellinghof. Halte lijn 19 is hier...' Ze kwam uit haar stoel en wees het op de kaart aan. 'En de bus gaat van de Koolstraat naar...' Haar vinger gleed langs de route, in de richting van de grens. 'Ik heb bij Veolia geïnformeerd of er camera's in de bussen of bij de bushalte hangen, maar helaas. Morgen kunnen we een dienstlijst ophalen. Wat wel een voordeel is...' – Nancy pakte een beker met thee van het dienblad – '...lijn 19 rijdt om het uur. Als hij inderdaad de bus van 14.06 uur heeft genomen, dan was hij om 15.09 of 16.09 uur in Hulst. De verkrachting was na 17.00 uur. Vanaf het Bellinghof naar de halte is het negen minuten lopen. De bus van 17.12 uur heeft hij nooit kunnen halen. Waarschijnlijk heeft hij de volgende gepakt. Of hij heeft een taxi genomen...'

'Dat betwijfel ik. Hij heeft de kleding van het slachtoffer doorzocht op geld, dus veel kan hij niet bij zich hebben gehad. Hij heeft de bus genomen, maar waar is hij uitgestapt?'

Cees Afman draaide de snelweg af in de richting van de Haagse Vinex-locatie Ypenburg. Het laboratorium van het NFI lag langs de snelweg en door de grote ramen hadden de passerende automobilisten zicht op de medewerkers, die in witte jassen druk bezig waren met hun werk. De dienstauto werd op het parkeerterrein geparkeerd en Cees liep met een doos onder zijn arm naar de hoofdingang.

'Ik heb een afspraak met Lea Totte', liet hij de portier achter de ruit weten.

De man knikte en hij zocht het nummer van de medewerkster in zijn adressenlijst op. 'Wacht u maar even in de
centrale hal', klonk de stem van de portier door de speaker.
'Ze komt u zo halen.' Hij pakte de hoorn van het telefoon-
toestel en drukte een nummer in.

Een paar minuten later verscheen er een lange, slanke
vrouw in de hal. Ze was gekleed in een lange, witte jas en
haar mondkapje bungelde onder aan haar kin. Ze had een
handschoen uitgetrokken en die hand stak ze in zijn richting.
'Meneer Afman...' Met een glimlach stapte Lea Totte op de
rechercheur af en ze schudde zijn hand. 'Wat hebt u voor
spannends meegenomen?' De brunette knikte naar de doos.
'Misschien wel antwoorden op veel vragen', was zijn
reactie.

'Dat hoop ik ook. Volgt u mij maar naar het lab.' Met een
plastic toegangspas opende Totte verschillende deuren en
uiteindelijk kwamen ze in een kleedruimte uit. 'Als u even
wat beschermende kleding wilt aantrekken? Zonder komt
u het laboratorium niet in.' Ze overhandigde hem een witte
jas, een haarnet, een mondkap en een paar latex handschoenen, en wachtte geduldig totdat Cees zich had ingepakt.
Het laboratorium was een grote ruimte met werkbanken,
waar allerlei apparatuur op stond uitgestald.

Bij een leeg werkblad pakte Lea de doos uit en knikte tevreden toen ze het resultaat bekeek. Ze trok het toetsenbord
van de computer naar zich toe. 'Wat is het procesnummer
van de zaak?'

Cees haalde de gegevens uit zijn binnenzak en de vingers
van Lea vlogen over de toetsen. De gegevens van de aanranding in Rotterdam en Breda verschenen op het scherm.

Met een tang haalde ze de grijze tape waarmee het slachtoffer in Hulst was vastgebonden uit de verpakking. 'Nou, daar hoef je geen expert voor te zijn. Je kunt de bijtsporen zo al zien. Tape is een waardevolle sporendrager', legde ze de rechercheur uit. 'Het onderzoek vergt alleen wat tijd omdat verschillende specialisten zich erover moeten buigen. Speeksel, vezels, scheursporen, contactsporen. Alles kleeft eraan vast. Maar laten we eerst eens kijken of het om dezelfde dader gaat. Dan kunnen jullie door met het onderzoek.'

De tape werd met chemicaliën bespoten, waardoor de aanwezige vingerafdrukken langzaam zichtbaar werden. De buskaart en de kauwgomstrip werden behandeld. Gelukkig heeft regen geen effect op vingerafdrukken, en ook op de buskaart en strip werden afdrukken aangetroffen. Er werden foto's van de afdrukken gemaakt en vergeleken met de sporen die in Rotterdam en Breda waren veiliggesteld. De lijnenpatronen kwamen overeen. Ze jaagden nog steeds achter dezelfde knul aan.

Tevreden reisde Cees met het resultaat af naar het bureau in Breda. Er waren nieuwe feiten boven water gekomen en hij stond te popelen om in actie te komen.

18

Ze waren om acht uur 's morgens naar Zeeland vertrokken. De donkerblauwe Volkswagen met de drie mannelijke rechercheurs reed voorop, gevolgd door een tweede auto met Sera en Nancy. Ravensburg had met zijn papierwerk de hele achterbank in beslag genomen. Terwijl Cees over de A27 jakkerde, nam hij de gegevens nog even snel door. Er waren zo veel dingen waaraan hij moest denken. Door het afbreken en opnieuw starten van een zaak konden kostbare gegevens verloren gaan. Dat wilde hij koste wat het kost voorkomen. Hij controleerde zijn oude aantekeningen keer op keer, bang dat hij iets over het hoofd zag.

Ze hadden om tien uur met Keijzer en Van Dijk in café 't Raedthuys op de Grote Markt afgesproken en als de files uitbleven, zouden ze dat ruimschoots redden. Maar helaas sloten ze ter hoogte van Roosendaal achter in de file aan. Pas bij Bergen op Zoom werd het verkeer minder druk en kon Cees weer vaart maken.

Rond halfelf arriveerde het vijftal in 't Raedthuys, waar koffie met warm appelgebak voor hen klaarstond. Dat maakte een hoop goed. De irritatie over de vertraging ontdooide bij elke hap die ze van hun traktatie namen. Op deze ongewone locatie werd de ochtendbriefing gehouden. Ravensburg gaf de nodige instructies. Om drie uur zouden ze weer verzamelen in 't Raedthuys om de zaken door te spreken. Na een tweede kop koffie splitste het team zich op en trok Hulst binnen.

Onbewust staarde Cees Afman naar het dichtgeslagen oog, dat ondertussen was verkleurd en een vreemde, donkerblauwe tint had gekregen. Een rode streep van acht centimeter breed liep van de ooghoek door tot aan haar rechteroor. De wang werd ontsierd door een diepe kras die vuurrood afstak tegen haar witte huid. Haar linkerarm zat in het gips.

Met veel moeite probeerde Caroline Markus haar pijn te verbergen voor haar kinderen, die zich aan haar benen hadden vastgeklampt toen de twee rechercheurs aan de eethoektafel waren aangeschoven. 'Ik heb ze liever niet in huis als ik mijn verhaal doe', zei ze met een scheve glimlach tegen de rechercheurs. 'De buurvrouw neemt ze even mee.'

De vrouw op de zitbank kwam overeind. 'Doe het rustig aan, jullie hebben de tijd. De kinderen zijn in goede handen', zei ze, en tegen de peuters: 'Neem jullie kleurstiften maar mee. We gaan een tafellaken kleuren voor de verjaardag van ome Nico.'

Joelend schoten de kinderen de kamer uit, de trap omhoog. 'Sterkte, lieverd', prevelde de buurvrouw terwijl ze een zoen op de ongeschonden wang drukte. 'Zijn jullie klaar?'

Ze liep de gang in en wachtte bij de buitendeur op de kinderen, die met een schoenendoos kwamen aanhollen. 'Ze is van goud', merkte Caroline over haar buurvrouw op. Kuguksloe knikte. 'Gelukkig bestaan er nog buren die om elkaar geven.'

Met een zucht nam Caroline tegenover Kuguksloe plaats en depte met een tissue het vocht uit haar ooghoek.

'U zult wel veel pijn hebben?' merkte Cees op.

Het antwoord was een grimas. 'Ik heb nog geluk gehad. Voor hetzelfde geld sloeg hij het licht uit mijn oog.' Gehaast kwam ze overeind. 'Wilt u wat drinken? Koffie of limonade of...'

'Nee, blijft u maar zitten. We hebben koffiegedronken op de Grote Markt. Moet ik voor u wat inschenken? Misschien wat water?' vroeg Sera.

Maar de vrouw schudde haar hoofd. 'Laten we maar beginnen.'

Caroline vertelde over haar passie: joggen. Drie keer per week rende ze langs de wallen. Al twee jaar lang, telkens dezelfde route. Het was nog nooit fout gegaan, tot op die avond dat ze hem tegenkwam. Hij stond ongeveer een meter van haar vandaan toen het tot haar doordrong dat hij een bivakmuts droeg. Ze had eerst aan een studentengrap gedacht. Wie verwacht nou zoiets? In Hulst?

Toen ze het mes zag, wist ze dat het fout zat. Ze had om hulp willen roepen maar ze kreeg geen geluid uit haar keel. Het was dichtgeknepen door de angst. Alle functies in haar lijf leken bevroren. Toen hij haar vastgreep en de wal af wilde duwen, durfde ze eindelijk te reageren. Maar dat kwam haar duur te staan.

Ze wees ter verduidelijking naar haar oog. 'Hij gaf me een zet en ik rolde het talud af. Met mijn mond afgeplakt en met mijn handen op de rug gebonden was ik weerloos. Hij heeft mijn broek naar beneden getrokken en...' Ze laste een pauze in toen ze de tissue op haar oog legde. 'Binnen een paar seconden kwam hij in mij klaar. Het ging... snel', zei ze hoofdschuddend. 'Daarna graaide en trok hij aan mijn broek en ik dacht dat hij voor de tweede keer... maar hij doorzocht mijn broekzakken. Ik denk dat hij naar geld zocht of zo... Mijn zakken waren leeg, hij begon te vloeken en toen haalde hij zijn mes weer tevoorschijn. Ik dacht echt dat hij mijn keel zou doorsnijden. Ik voelde de punt van het mes in mijn onderbuik.'

Er gleed een traan uit haar gezonde oog.

'Hij keek mij strak aan terwijl hij in mijn buik sneed. Daarna plakte hij mijn ogen dicht. Ik plaste in mijn broek van ellende. Ik ben nog nooit zo bang geweest. Hij ging niet meteen weg. Ik hoorde hem naast me bewegen. Mopperend en vloekend, "fuck" en "seut" en "klote". Hij was duidelijk geïrriteerd en ik dacht: hij maakt me af. Ik kon alleen nog maar aan mijn kinderen denken en ik deed een schietgebedje. Ik voelde hem aan mijn voeten trekken en toen zaten ze vast. Voor mijn gevoel lag ik daar uren. En de pijn in mijn arm, mijn gezicht, de kou en de angst...'

De tissue zoog de tranen op die langs haar wangen rolden. Na een korte stilte zei ze: 'De kop van de elleboog is gebroken.' Er kwam een zucht die ergens diep van binnen leek te komen.

Sera had een glas met water uit de keuken gehaald en voor Caroline op de tafel gezet.

De vrouw knikte dankbaar en nipte aan het koude vocht.

'We willen je nog wat vragen stellen, zodat we een duidelijk beeld krijgen van het hele gebeuren. Ben je daar nog toe in staat of...' Caroline wreef met haar hand langs haar voorhoofd. 'Het gaat... Wat willen jullie weten?'

'Er zijn wat spullen op de plaats delict gevonden, waaronder een buskaart die op 5 november is afgestempeld. Kan het

zijn dat de dader de spullen uit uw zak heeft getrokken?'
'Ik had niets bij me en ik reis trouwens nooit met de bus.
Ik neem meestal de fiets of de auto.'
'Hoe oud denkt u dat de dader was?'
Caroline haalde haar schouders op. 'Dat weet ik niet. Zijn
stem klonk jong, maar dat zegt nog niets.'
'Maar er is een verschil tussen vijftien of vijfendertig of
vijfenvijftig...' meende Cees.
'Ik denk dat hij zo rond de vijfendertig was.'
'Kunt u zijn kleding omschrijven?'
'Donkere broek, een halflange donkerkleurige jas. Zo'n
vormloze jas zonder opdruk, elastiek of capuchon. Donker-
kleurige gympen en geen handschoenen. Een donkere
bivakmuts van wol.'
'De man kwam aanlopen? Geen fiets gezien?'
De vrouw schudde haar hoofd. 'Er stond ook geen fiets
tegen een boom. Ik wilde langs hem joggen en keek of ik
hem in de berm kon passeren.'
'In uw verklaring had u het over een rugtas', las Sera in
haar aantekeningen. 'Hoe wist u dat hij een tas bij zich had?'
'Toen ik onderaan bij de gracht lag, zag ik dat hij de tas
op de grond gooide. Het was een klein formaat rugtas. Een
vlekkerig ding.'
'En het mes? Kunt u dat omschrijven?'
'Een lang lemmet met kartels. Ik weet het niet precies.'
'De dader heeft een paar weken terug al eerder toegeslagen. We hebben een foto van hem. Niet echt een duidelijk
kiekje, maar toch... Misschien dat u zijn omvang herkent.'
Sera trok de foto tussen haar aantekeningen vandaan. 'Wilt
u hem zien?'

De vrouw knikte en boog zich over de foto. 'Ja, dat is hem. Een stevig postuur, handen in zijn zak, gebogen rug. Ja, ik weet het zeker. Alleen de jas is anders. Deze is korter.'

'U hebt ons geweldig goed geholpen', meende Sera. 'Ik heb geen vragen meer. 'Jij nog iets, Cees?'

'Ja, eigenlijk wel. De man heeft u in het Engels aangesproken.' Caroline knikte. 'Op een gegeven moment plakt hij uw ogen af en is ergens mee bezig. Misschien wel met zijn rugtas of iets anders. Het is donker, modderig en glad en overduidelijk gaat er iets mis want hij vloekt. U kon hem duidelijk horen?'

'Ja. Hij stond hooguit een halve meter van me af.'

'En hij zei "fuck", "seut" en "klote". Dat weet u zeker?'

'Ja, heel zeker. Tussendoor was er nog wat onduidelijk gemompel. Maar de vloeken waren goed te verstaan.'

'Dat is interessant', meende Cees. '"Seut" en "klote" zijn geen Engelse woorden. Hij speelt dus een act en waarschijnlijk is hij gewoon een Nederlander. "Klote" begrijp ik, maar "seut"? Wat is dat voor een raar woord? Wie gebruikt er nou "seut" als scheldwoord?'

'Hij heeft het echt geroepen', beweerde de vrouw stellig. 'Ik weet het voor honderd procent zeker.'

De stadswallen stamden uit de Tachtigjarige Oorlog en waren omgeven door een gracht die zich als een meterslange slang om Hulst had gekronkeld. Ravensburg schatte de wallen acht tot negen meter hoog. Aan zijn rechterkant keek hij op een parkeerplaats neer, met een stenen trap die daarnaartoe leidde. Keijzer wees hem de plek waar de vrouw naar beneden was gegleden. Haar schoenen hadden twee duidelijke sporen in het gras getrokken.

Ravensburg keek omlaag langs beide sporen, die enkele meters voor de gracht stopten. 'We gaan beneden even een kijkje nemen', opperde hij. Hij wees naar een lagergelegen wal, waar de afdaling minder steil was.

Houterig glibberde hij met zijn zware lijf de helling af, gevolgd door Keijzer en Van Dijk. Hij vloekte toen hij zijn evenwicht verloor en zich aan een miezerig boompje moest vastklampen. Het boompje boog door en Ravensburgs schoenen zonken weg in de modder. Hij voelde zijn sokken langzaam nat worden. 'Dat heb ik weer.' Geërgerd trok hij zich omhoog en klopte tevergeefs de modder van zijn broek. Hij glibberde verder naar beneden en haalde opgelucht adem toen hij uiteindelijk weer vaste grond onder zijn voeten voelde.

Hij keek tegen de wal omhoog en kon zich voorstellen dat dit in het donker een ideale plek was voor een verkrachting. Het onderliggende pad langs de gracht werd niet verlicht en niemand zou het in zijn hoofd halen om hier een avond-wandeling te maken. Maar je moest het wel weten. De dader was ofwel bekend met Hulst, ofwel had ruimschoots de tijd gehad om de stad te verkennen. Maar zou hij naar een stad afreizen waarvan hij niet zeker wist of er een geschikte locatie was voor zijn plan? Hulst was niet een stad die zomaar in je opkwam. Het had een relatief kleine kern en er was geen treinstation in de buurt. Er reed alleen een bus. Ravensburg hurkte naast het spoor en bekeek de kapotge-trapte aarde, die door de regen in een modderige brij was veranderd. 'Het kleingeld en de buskaart lagen daar...' Van Dijk wees iets naar rechts. 'En de kauwgom...' – zijn vinger schoof iets naar links – '...lag daar. De technische man heeft foto's van de plek gemaakt.' Hij viste de kiekjes uit zijn binnenzak en stak ze Ravensburg toe.

Met een frons bekeek Ravensburg de foto's. 'Misschien is zijn rugtas omgevallen. Waar heeft hij de vrouw achtergelaten?'

'Een halve meter verderop.' Van Dijk kwam overeind en knikte naar de plek. 'Tegen tienen is ze gevonden door een wandelaar met een hond. De man liep bovenaan op de wal toen zijn hond nerveus begon te piepen. Hij vertrouwde het niet en heeft toen geroepen. Het slachtoffer heeft daarop gereageerd, maar door de tape werd haar geschreeuw gesmoord. Toch is de man gaan kijken, en dat is haar geluk geweest.'

'De dader is aan deze kant weer omhooggekropen.'

Keijzer stond naast het spoor, dat enkele meters verderop naar boven liep.

Ravensburg knikte. 'Hij is direct naar de bushalte gelopen. Na zo'n daad wil je zo snel mogelijk naar huis. Dan blijf je niet in de stad hangen. We lopen dezelfde route naar de bushalte van lijn 19. Wijs maar de weg...' Hij keek op zijn horloge en noteerde de tijd in zijn aantekenboekje.

Er was een wind opgestoken en de eerste druppels vielen uit de lucht toen Nancy Peeters en Jeroen Sondag 't Raedthuys binnenstapten. Het was tien voor drie en er was nog niemand van het team aanwezig. Ze zochten een tafel achter in de hoek van de zaal en bestelden de soep van de dag. Nancy haalde de dienstlijst van de busmaatschappij uit haar tas tevoorschijn en liet haar ogen langs de namen van de medewerkers glijden. Met een pen markeerde ze de datum van de verkrachting.

'Zijn het er veel?' wilde Jeroen weten.

'Ik weet niet of Koen alle buslijnen die door Hulst rijden wil aanpakken of...' Haar hand zwaaide door de lucht. 'We zitten hier', riep ze naar Sera en Cees, die aan de bar wilden plaatsnemen.

Sera en Cees draaiden zich om en graaiden hun jassen van de stoel.

'Wat hebben jullie besteld?' wilde Cees weten terwijl hij naar de tafel beende.

'Soep', antwoordde Nancy. Ze schoof de lijsten van zich af en keek geamuseerd toe hoe Cees met een servet de regendruppels van zijn kale hoofd depte.

'Geen rode soep?' Sera plofte naast Nancy op een stoel en gooide een doosje sigaretten op tafel neer.

'Kippensoep. En dat mag jij niet, want dat vlees is niet ritueel geslacht.'

Nancy grijnsde, maar Sera haalde laconiek haar schouders op. 'Ik neem een tosti zonder ham en een sigaret. Dan ben ik gelukkig.'

'Roken is slecht. Dat staat met grote letters op het pakje.'

'Echt? Mijn Nederlands is niet zo goed.'

De vrouwen lachten.

'Loop je even gezellig mee naar buiten? Ik mag binnen niet roken.'

'Nee, natuurlijk niet. Roken is slecht, dat zei ik toch. Trouwens, het regent buiten', riep Nancy verontwaardigd.

'Loop nou maar mee.' Sera stond op en trok Nancy van haar stoel. 'Je wordt met de dag luier.'

'Waar gaan we heen?' Koen versperde wijdbeens de ingang en keek de twee vrouwen vragend aan.

'Roken', liet Nancy hem afkeurend weten en ze hoopte op bijval.

'Dan loop ik met jullie mee. Ik snak naar een sigaret.'

'Sinds wanneer rook jij weer?' Nancy was oprecht verbaasd.

'Sinds ik dit onderzoek coördineer.'

Het eten werd geserveerd en de resultaten van de dag kwamen op tafel. Sera en Cees vertelden over hun bezoek aan het slachtoffer: Caroline Markus. Het was teleurstellend dat de vrouw zich zo weinig details kon herinneren. Een nieuw gegeven was het vloeken. 'In het Nederlands.' Cees las het voor: '"Fuck". Dat is Engels, maar ook in Nederland een veelgebruikte vloek. Hij gebruikte "klote" en het woord "seut". "Seut" is voor mij iets nieuws, maar je weet nooit met jongeren. De ene keer is het woord "cool" populair, en dan weer "wreed". Misschien is dit zo'n modewoord.'

'"Seut"! Dat is Vlaams', beweerde Van Dijk. 'Mijn broer is met een Belgische getrouwd en ze hebben drie kinderen. En die oudste gebruikt te pas en te onpas het woord "seut". Dat is een typisch Vlaams scheldwoord.'

Ravensburg veerde achterover in zijn stoel. 'Dat zou een logische verklaring kunnen zijn waarom onze vriend Hulst heeft uitgekozen. Het ligt tegen de grens van België.'

'Dertig kilometer van Antwerpen.' Van Dijk knikte. 'Lijn 19 gaat van Hulst naar Antwerpen.'

Nancy viel de beiden mannen in de rede. 'Dat weten we snel genoeg. Jeroen en ik hebben gesproken met de directeur van busmaatschappij Veolia. Op de buskaart staat een datum, drie letters van de opstapplaats en een nummer van het stempelautomaat. De letters van de opstapplaats zijn onleesbaar, maar de code niet. De directeur belt morgen de nummers van de stempelautomaten op lijn 19 door.'

'Geweldig. Heb je een lijst van de chauffeurs?'

Jeroen overhandigde hem een vel papier.

'We horen voorlopig alleen de chauffeurs van lijn 19. Dat scheelt ons tijd.' Ravensburg onderstreepte enkele namen op de lijst. 'Wij zijn bij de bushalte in de Koolstraat wezen kijken. Daar stopt lijn 19, negen à tien minuten van de plaats delict. Morgen gaan we daar een buurtonderzoek doen. Misschien dat een omwonende de knaap heeft zien staan. De bus rijdt om het uur, dat is een behoorlijke wachttijd. Met wat geluk... Misschien dat flyers ons nog wat extra informatie opleveren. Hij heeft een lange tijd door Hulst gezwalkt voordat hij zijn slachtoffer heeft gemaakt. In deze tijd van het jaar komen er weinig toeristen naar dit gat. Iemand moet hem toch gespot hebben?'

19

Ravensburg bekeek de vermoeide gezichten en vroeg zich
af hoe hij er zelf uitzag. Dit was hun tweede dag in Hulst
en er lag in deze stad nog voor dagen onderzoekswerk in
het verschiet. Op een gegeven moment zou het op en neer
reizen en de lange uren hun tol eisen. Vooral voor hem. Hij
was op leeftijd. Hij was drieënvijftig en zijn veerkracht en
flexibiliteit waren met de jaren verminderd. Er mocht
nu niemand afhaken. Hij had iedereen hard nodig om deze
nachtmerrie tot een goed eind te brengen. Er zat een door-
braak aan te komen. Hij voelde het. Het was een stukje
ervaring die hij in zijn lange loopbaan had opgedaan. Maar
hoe lang hielden ze dit kat-en-muisspel nog vol? Hoe lang
hield hij het vol? Hij snakte naar een avondje thuis op de
bank. Met de benen op tafel, tv aan en een groot glas bier.
Geen rompslomp, even zijn hoofd leeg.
Hij sloot zijn ogen en sprak zichzelf vermanend toe. Er was,
geen plaats voor negatieve gedachten. Hij had een team
te leiden. Zodra de zaak was afgerond, nam hij een paar
dagen vrij, zo beloofde hij zichzelf.
'Wil er iemand appelgebak bij zijn koffie? Ik trakteer.'
Ravensburg was uit zijn stoel omhooggekomen en keek de
kring rond. 'Joost,' riep hij en hij wendde zich tot de uitba-
ter van 't Raedthuys, 'vijf appelgebak!'
Veel tijd voor een briefing was er niet. Er was kostbare

tijd verloren gegaan aan het reizen. In rap tempo werden de belangrijkste punten besproken en deelde Ravensburg de opdrachten uit: Sera en Jeroen gingen de buschauffeurs ondervragen, Nancy en Cees hielden zich bezig met een buurtonderzoek rond de Koolstraat, en Van Dijk en Keijzer deden in de stadskern navraag naar de onbekende jongeman. Zelf ging hij naar het dichtstbijzijnde politiebureau, zodat hij van daaruit zijn team kon sturen. Hij had een computer tot zijn beschikking en kon ongestoord zijn administratie bijhouden.

Het was iets over elven. Gewapend met de foto en de compositietekening gingen zijn mensen op pad.

Arie Watlon zat aan de keukentafel en had verbaasd gereageerd op het telefoontje van de rechercheur. Ze wilden hem zo snel mogelijk spreken en dat kon niet telefonisch. Wat hem betreft konden ze direct komen. Hij was net uit zijn bed en had verder niets omhanden. Zijn eerste dienst reed hij pas om acht uur vanavond.

Ze kwamen met z'n tweeën: een buitenlandse dame en een jonge knaap van rond de vierentwintig. Zijn vrouw Toos had nog even snel drie vriendinnen op de hoogte gebracht van het vreemde bezoek en haar man op het hart gedrukt dat hij niet mocht beginnen voordat ze de koffie op tafel had staan. Er gebeurde weinig spannends in hun leven en dit hoogtepunt wilde ze zeker niet missen. Ze had zich nieuwsgierig naast Arie aan tafel genesteld en was niet van plan om van zijn zijde te wijken.

Arie Watlon was vijfenzestig jaar oud en werkte al dertig jaar voor transportmaatschappij Veolia, waarvan twaalf jaar op lijn 19. Er hadden zich tijdens zijn dienst nooit serieuze problemen voorgedaan. 'Geen vechtpartijen of ander rottigheid', beweerde de man. 'Ja, wel eens zo'n snotjoch met een grote bek, maar die knikkerde ik zonder pardon mijn bus uit. Ik ben de baas en als het ze niet bevalt, dan gaan ze maar lopen.'

Hij haalde hoorbaar zijn neus op, waarop zijn vrouw hem een berispende stomp op zijn arm gaf.

'Een van de haltes is de Koolstraat in Hulst', merkte Jeroen op.

De man slurpte hoorbaar zijn koffie naar binnen terwijl hij knikte.

'Donderdag 5 november is er in Hulst een vrouw verkracht.'

De ogen van Truus werden groot. 'Dat heb ik gelezen. Op de wallen...' Ze wendde zich tot haar man. 'Ik heb het je nog voorgelezen.'

Arie negeerde zijn vrouw en richtte zich met een frons naar de rechercheur. 'U denkt toch niet dat ik die vrouw...'

'Nee, natuurlijk niet', zei Sera snel om de verkeerde suggestie te corrigeren. 'De dader heeft gebruikgemaakt van de bus. Die van u, lijn 19. We hopen dat u zich misschien iets kunt herinneren. De dader is om 15.09 of 16.09 uur in Hulst aangekomen en hij is na 17.00 uur weer vertrokken. U had volgens onze informatie de dienst van 18.12 uur.'

'Dat hebt u goed. Koolstraat, zei u?' Arie kneep zijn rechteroog dicht en dacht na.

'Of een andere halte die dicht bij het Bellinghof ligt', zei Jeroen. 'Wij dachten zelf dat de Koolstraat een logische optie was.'

Arie knikte en kauwde op de binnenkant van zijn wang.

'In de middag is het redelijk druk op de lijn,' mijmerde hij, 'maar tijdens en na etenstijd is het rustig. Donderdagavond... Koolstraat...' Hij knikte langzaam met zijn hoofd. 'Mevrouw Kraayenhof is ingestapt, en een blond ding. Die zie ik geregeld op mijn lijn, ze werken in het centrum. Ik kan me nog een joch herinneren. Ik had hem nooit eerder op de bus gehad en geloof me, na twaalf jaar heb je zo'n beetje heel Hulst vervoerd. Hij kocht een enkeltje naar...' Arie sloot nu beide ogen en probeerde de gegevens in zijn geheugen op te diepen. 'Volgens mij naar Antwerpen. Ja... dat kaartje was voor hem. Hij was nog jong, maar of hij degene is die jullie moeten hebben...'

De compositietekening kwam op tafel en schoof zijn richting op.

'Leek hij hierop?'

'Toos!' Zijn vrouw had zich als een hongerige wolf op de tekening gestort. 'Meneer vroeg het aan mij.' Geïrriteerd graaide hij de tekening uit haar hand. 'Maak je liever nuttig. Schenk nog een koffie in.'

Hij negeerde de verontwaardigde klaagzang van Toos en boog zich met een frons over het papier. 'Daar haal ik hem niet uit. Ik heb hem natuurlijk ook maar een paar minuten gezien. Volgens mij was zijn haar iets langer en zijn gezicht minder rond.'

'We hebben ook een foto. Misschien hebt u daar meer aan', zei Sera terwijl ze hem de foto overhandigde.

'Tja, wat zal ik zeggen... Het zou hem kunnen zijn.'

'Had hij een tas bij zich?' Er werd langzaam geknikt. 'Een rugtas. Hij haalde een portemonnee uit het zijvak van zijn rugtas. Hij heeft betaald en is toen achter in de bus gaan zitten.'

'Hebt u hem ook zien uitstappen?'

Het hoofd schudde traag heen en weer. 'Dat kan ik me niet echt herinneren, maar volgens mij is hij tot het eindpunt meegereden. De bus was op de terugweg in ieder geval leeg.'

'Was er niets opvallends aan de jongen te zien? Overdreven vuil of nat? Zenuwachtig?'

'Nee. Het was een gewone knul. Denken jullie dat hij het was?'

'We vermoeden het wel', concludeerde Jeroen. 'Hebt u nog vragen?'

'Wat gaan jullie nu doen?' vroeg Toos nieuwsgierig.

'Wij moeten nog twee chauffeurs als getuigen horen en dan verslag doen aan de coördinator van het onderzoek. Hij bepaalt in welke richting we gaan zoeken.'

'U hebt een spannend beroep', vond Toos. 'Als ik jonger was geweest...'

'Wat dan?' Arie schudde afkeurend met zijn hoofd. 'Had je bij de politie willen gaan werken? Ze zien je aankomen. Je bent elke morgen mijn werkschoenen kwijt.' Hij lachte luid. 'Geef mij maar een kop koffie met een snee brood, dan laat ik meneer en mevrouw even uit.'

Sera viste haar telefoon uit haar handtas en toetste het nummer van Ravensburg in. 'Koen, we hebben een positieve getuige: Arie Watlon, een van de buschauffeurs op lijn 19. Hij heeft de jongen om 18.12 uur in de Koolstraat opgepikt.' Ravensburg zuchtte dankbaar toen hij haar verhaal had aangehoord. 'Goed werk. Ik zoek het een en ander hier wel uit.' Hij verbrak de verbinding en liep de kamer uit, op zoek naar een collega die voor hem wat gegevens uit de computer kon halen. Twee kamers verderop trof hij een collega in uniform aan.

'Hallo, ik ben Koen Ravensburg van politie Midden- en West-Brabant. Wij zijn bezig met een TGO en ik ben te gast op dit bureau. Ik heb een klein probleempje en misschien kunt u mij even helpen?'

De man keek op van zijn werk. 'Natuurlijk. Ik ben Eddy Tolmans.' Hij kwam uit zijn stoel en schudde de hand van de rechercheur. 'Wat kan ik voor u doen?'

'Ik zoek wat gegevens over een zekere mevrouw Kraayenhof. Ze kan een belangrijke getuige zijn in ons onderzoek. Kunt u haar naam door het politiesysteem halen om te kijken of ze voorkomt? Ik kan met mijn autorisatie niet in de computergegevens van Zeeland kijken.'

'Kraayenhof, zei u...' De vingers van Eddy dreunden op het toetsenbord. 'Ik heb vier meldingen met ene Kraayenhof. Een Ron Kraayenhof van 1956, een Ada Kraayenhof van 1973, Sarra Kraayenhof van 1961 en Pauline Kraayenhof van 1946.'

Ravensburg keek over zijn schouder mee. 'Open de mutatie van Ada Kraayenhof maar eerst. Augustus 2006: vermissing van een paspoort. En Sarra van 1961?'

De diender in uniform deed wat hem gevraagd werd. De zandloper verdween op het scherm en de tekst kwam in beeld. 'April 2008: aangifte van winkeldiefstal. Mevrouw is werkzaam in een dierenwinkel in het centrum van Hulst.'

'Dat is ze. Volgens de buschauffeur werkte ze in Hulst.' Ravensburg drukte zijn pen in en noteerde het adres en telefoonnummer die rechtsboven in de tekst stonden vermeld. 'Mag ik uw telefoon even lenen?'

Met een uitnodigend gebaar duwde de man de telefoon over zijn bureau richting de rechercheur. 'Ga uw gang.'
Ravensburg zocht het nummer in zijn aantekenboekje op en toetste het in. De telefoon ging talloze keren over voordat er eindelijk werd opgenomen.
'Dick van Dijk', gromde de stem.
'Met Ravensburg. Zijn jullie nog in het centrum bezig?'
'Ja, en tot dusver hebben we nog niets.'
'Dat zou wel eens kunnen veranderen. Jullie moeten even langs de dierenwinkel De Krabpaal in de Dorpsstraat. Daar werkt Sarra Kraayenhof en volgens nieuwe informatie heeft zij samen met de dader op de bus staan wachten. Probeer vandaag nog een verklaring van haar op papier te krijgen. Misschien heeft ze iets interessants te melden. Er was nog een tweede getuige, maar ik heb geen naam. Informeer of zij de naam weet van deze blonde vrouw. Succes. Ik zie jullie om drie uur in 't Raedthuys voor een korte briefing.'

Cees Afman had een verdeling gemaakt. Nancy nam de oneven nummers voor haar rekening en hij de even nummers. Het tweetal had een simpele maar tijdrovende opdracht gekregen.
Nancy drukte op de deurbel en wachtte totdat er geluiden achter de deur tot leven zouden komen. Het bleef stil. Na een tweede belpoging duwde ze een informatiefolder door de brievenbus en liep naar de aangrenzende woning. Ze maakte een aantekening op haar lijst en belde aan. Honden-geblaf verbrak de stilte en na een paar seconden bewoog het gordijn achter het matglas raam van de voordeur. Nagels gleden over het glas en Nancy deinsde verschrikt achteruit.

'Titus!' klonk een verwijtende stem, gevolgd door getik van naaldhakken op een stenen vloer. 'Kom hier!'

Een schim bewoog langs het matglas en even later kierde de deur open.

Een streep gezicht gluurde naar buiten. 'Kan ik iets voor u doen?'

Gelegenheid om te antwoorden was er niet. Het gezicht dook omlaag en probeerde de hond tot de orde te roepen. 'Titus!'

De hond wrong zijn bek door de opening van de deur en gromde gevaarlijk.

'Hou je koest. Af!' Geërgerd wendde de vrouw zich weer tot de deur. 'Wat wilt u eigenlijk?'

'Goedemiddag, mevrouw. Ik ben van de politie en we zijn bezig met een onderzoek van een geweldsmisdrijf.' Nancy stak haar politiebadge naar voren. 'Misschien kunt ons helpen aan informatie.'

De hond gaf als eerste antwoord.

'Titus, af! Wat voor onderzoek?' vroeg de vrouw en ze probeerde boven het gekef van de hond uit te komen.

'Kunt u de hond niet voor een paar minuten apart zetten? Dat praat wellicht wat gemakkelijker?'

De vrouw woog de mogelijkheid af en haar nieuwsgierigheid won. 'Een momentje alstublieft...'

De deur sloeg in het slot en na een paar seconden verstomde het gejank van de hond. De naaldhakken kwamen weer richting de deur en zwaaide open.

De vrouw verscheen volledig in de deuropening. 'Vraagt u maar.'

'De recherche is bezig met een onderzoek naar de

verkrachting van een jonge vrouw op de wal van het Bellinghof. We vermoeden dat de dader met bus 19 Hulst is binnengekomen en ook weer op dezelfde manier is vertrokken. Uw woning is schuin tegenover de bushalte en het kan zo zijn dat u iets opmerkelijks hebt gezien of gehoord. Misschien dat u de dader op donderdag 5 november heeft zien lopen. Een onbekend persoon in uw buurt valt wellicht op.'

'Ja, er wordt al dagen over niets anders gesproken. Vreselijk voor de vrouw. Donderdag, zei u? Dat was van dat pokkenweer. Ik heb rond zessen met Titus een rondje gelopen en we zijn Piet Holst, de slager, nog tegengekomen. Hij toeterde toen hij langsreed met zijn bestelauto. Carla van nummer 32 heb ik gezien, en de zoon van Ton en Diana Noordeloos. Hij was op de fiets. Titus en ik zijn richting de Van der Maelstedeweg gelopen, maar er was niet veel volk buiten. Er was wel een jongen. Volgens mij woont hij niet hier in de buurt, want ik heb hem nooit eerder gezien. Hij leek haast te hebben en liep dicht langs de gevel van de huizen. Dat weet ik nog goed, want Titus trok bijna mijn arm uit de kom om bij de jongen te komen. De jongen was wel wat schichtig, maar gaf Titus toch een aai over zijn kop. Hij mompelde iets onverstaanbaars en liep toen met grote passen om ons heen.'

'Kunt u hem beschrijven?'

'Ongeveer mijn lengte, één meter vijfenzeventig. Donkerblond haar en een wat grof gezicht. Een halflange jas en een tas op zijn rug. Ik denk dat hij rond de zeventien jaar was.'

'En de tas? Hebt u die goed kunnen zien?'

'Nee, niet echt. Die zat behoorlijk volgepropt, want hij bungelde als een grote bult op zijn rug.'

'Weet u welke richting hij op liep?'

'De Koolstraat, richting de halte.' Terwijl ze het zei, schoten haar wenkbrauwen omhoog. 'Dat zou hem kunnen zijn. Toch?'

Nancy knikte en trok een foto tussen haar aantekeningen vandaan. 'Was dit de jongenman?'

'Hebt u geen betere foto? Je kunt hierop nauwelijks zijn gezicht zien.'

'We hebben een compositietekening, maar we geloven niet dat deze erg goed is gelukt.'

Ze overhandigde de vrouw de tekening. 'Nou... Zo slecht is het niet. Het gezicht is iets te breed en de neus mag hier wel iets meer hebben, maar voor de rest... Het is hem.'

'U weet het zeker?'

'Heel zeker.'

'Mogen wij een collega langs sturen die op uw aanwijzingen een nieuwe compositietekening maakt?'

'Natuurlijk, maar dan wel het liefst op vrijdag. Op vrijdag ben ik altijd vrij.'

Het was kwart over drie toen Nancy en Cees als laatste teamleden het eetcafé op de Grote Markt binnenstapten. Nadat hun bestelling was geserveerd, kon de briefing beginnen.

Ravensburg wreef genoegzaam in zijn handen, nu bleek dat ze de dader op de hielen zaten. De verzamelde gegevens wezen een duidelijke richting aan: België. De medewerkster van de dierenwinkel kon zich de jongen nog goed herinneren. Ze had naast hem in het bushokje gestaan en ze had een opmerking over het weer gemaakt. Hij had een scheve glimlach op zijn gezicht getoverd, maar aan de wilde blik in zijn ogen had ze gemerkt dat er iets niet klopte. Zijn jas en zijn schoenen zaten onder de modder. Vooral de ellebogen waren opvallend vuil. Zijn handen waren smoezelig en hij wipte onrustig van zijn ene been op het andere. De rugtas die hij bij zich had, was van het merk Adidas Sport. Bij het zien van de compositietekening had ze instemmend geknikt en ze kon zelfs wat verbeterpunten aangeven. Zelfs de kleur van zijn ogen kon ze zich herinneren. Zestien tot zeventien jaar, schatte ze zijn leeftijd in. Vier haltes voor Antwerpen was mevrouw Kraayenhof uitgestapt en ze wist zeker dat hij was blijven zitten. Een belangrijk detail: hij droeg een goudkleurige ring met een zwarte steen. Een ouderwets ogend sieraad.

Ravensburg vond dat het tijd werd dat een aangepast signalement met de feiten naar de Vlaamse recherche werd verstuurd. Er moest een samenwerkingsverband komen, wilde het Nederlandse team het onderzoek op Belgische bodem voortzetten. Ravensburg had een berekening gemaakt wat het team kwijt was aan reistijd en kosten, en had Adri Koekkoek het voorstel gedaan om voor een paar dagen een hotel te boeken. Het zou wat meer rust geven. Nancy had hardop gelachen toen Ravensburg hen op de hoogte bracht van zijn idee. 'Dat gaat je nooit lukken.'

20

Nog eens naar Hulst gaan lijkt me dom. Stel je voor dat ik toevallig die vrouw op straat ontmoet. Ik droeg wel mijn muts, maar misschien herkent ze me aan mijn figuur, aan mijn ogen. Als ik de fiets neem, kan ik die ergens in een straat achterlaten. Op het internet vind ik niets meer over de verkrachtingen. Het stelt me gerust, maar toch vind ik het jammer omdat ik meer wil weten. Ik kan me niet inbeelden dat de politie intussen niets doet. Of hebben ze misschien het onderzoek opgegeven? Dat aidswijf heeft misschien gezwegen, want over haar heb ik niets op het internet gevonden. Blijven er alleen dat meisje in Breda en die jogster in Hulst. Wellicht twee verschillende zaken voor de politie. Ik weet het niet, maar ze vinden me niet. Is Antwerpen een goede keuze voor mijn volgende doelwit? Of juist niet? Ze denken vast dat ik een Nederlander ben die nu in Antwerpen heeft toegeslagen, veronderstel ik. Of een Engelsman.

Het wordt donker en ik heb mijn handschoenen aangetrokken omdat het bijna vriest. Ma zeurde toen ik vorige week zei dat ik mijn muts ergens was kwijtgeraakt, maar ze heeft me toch geld gegeven om een nieuwe te kopen. Mijn mobieltje ligt veilig op mijn kamer. Ik fiets door de straten in de richting van Borgerhout.

Mijn fiets staat op slot tegen de gevel van een huis. Het zou natuurlijk brute pech zijn als hij gejat wordt. Nou ja... het

is een klein risico, dan neem ik maar de tram om naar huis
te rijden.

Ik weet niet wat ik moet doen. Ik vind mezelf heel stom.
Op dit uur loopt een meisje niet meer alleen op straat.
En dan nog iemand die op Fien lijkt. Of op Pascale. Er is
een park in de buurt en ik vraag me af hoe ik ongemerkt
iemand daarheen kan dwingen.

'God ja, als het niets wordt, dan fiets ik naar huis en probeer
ik het later nog eens', mompel ik.

Mijn voeten hebben het koud. Volgende keer moet ik het
anders aanpakken.

Het is donker in de straat. Zelfs de straatverlichting kan het
grauwe niet uit de omgeving halen. Tussen de lantaarnpalen
hangt het duister.

Echt een decor voor een gangsterfilm, denk ik.

Soms schuiven autolichten over het gehavende asfalt.

Ineengedoken in zijn duffel rijdt een fietser voorbij.

Zijn muts zit diep over zijn oren. Maar op dit uur blijven
vrouwen binnen. Te donker en te koud, denk ik. Mijn adem
vormt wolkjes en ik blaas als een roker de damp voor me
uit. Zonder erbij na te denken loop ik terug in de richting
van mijn fiets.

Het wordt niets, denk ik. Shit! En ik had me al een paar
dagen opgegeild. Vorige week had ik zelfs het park ver-
kend, want toeslaan in mijn eigen buurt is te riskant.

Aan de overkant van de straat verschijnt opeens licht achter
een smal raampje dat boven een deur steekt. Seconden later
gaat de deur open.

Ik aarzel. Doorlopen? Of achter een geparkeerde bestelwa-
gen blijven staan? Ik kies het laatste. Zelfs nu er niets gaat

gebeuren, heb ik liever dat zo weinig mogelijk mensen me
zien. Wellicht keer ik een van de volgende dagen terug.
Omdat het vandaag niets wordt, hoeft het een andere keer
nog niet automatisch verkeerd te lopen!
Een man komt naar buiten, op de voet gevolgd door een
jonge vrouw met lang donker haar. Ze blijft op de drempel
staan. Haar figuur steekt duidelijk af in het licht van de hal.
Ik bijt door de handschoen op mijn vuist. Ze lijkt op Fien,
alleen is ze ouder. Omdat het koud is, heeft haar armen om
zich heen geslagen.
De man heeft alleen een rode trui aan en hij draagt een map
onder zijn arm. Hij kust haar vluchtig op de mond en hij
haast zich naar de auto.
'Het is toch te koud zonder jas!' zegt ze bezorgd.
Zelfs haar stem lijkt op die van Fien, denk ik, maar misschien is dat wishfull thinking.
'In de auto is het warm', zegt hij terwijl hij het portier
opent. 'Het zal laat worden.' Hij gooit de map op de
passagiersstoel.
'Ik weet niet of ik wakker blijf tot je er bent. Ik ga tv
kijken, maar er is kans dat ik op de bank in slaap val. Of
misschien bel ik Ellen om me gezelschap te houden.'
'Doe maar. Tot straks.' Zijn lippen vormen een kus en hij
klapt het portier dicht.
Ze wuift hem na tot de autolichten wegzwiepen en hij tussen
de geparkeerde auto's uit het zicht verdwijnt. Dan gaat ze
naar binnen.
Ze is alleen, denk ik, want ze zou Ellen bellen als ze
gezelschap wil. Ellen bellen... het rijmt. Er speelt even een
glimlach om mijn mond, maar het is niet alleen om dat
rijmpje.

Ik aarzel. In huis? Dat heb ik nog niet gedaan. Het is dit, of naar huis gaan, besef ik. Zomaar weggaan... Het zou als een nederlaag aanvoelen. En de gordijnen zijn gesloten, ik hoef niet bang te zijn dat iemand me ziet. Met mijn handschoen wrijf ik over mijn gezicht terwijl ik naar het huis kijk. Ik mag niet aarzelen. Ze mag de kans niet krijgen om naar Ellen te bellen. Ellen bellen! Weer voel ik een glimlach. Ik haal mijn muts uit mijn rugzak, mijn mes verdwijnt in mijn jas. Ik steek de straat over, die leeg is.

De klank van de bel lijkt door het huis te galmen. Mijn erectie klopt als ik in een flits zie hoe ik haar zal nemen, en ze zal helemaal naakt zijn. Als ze Ellen niet heeft gebeld, hebben we tijd om te spelen.

Ik zie licht achter het gelige matglas aanfloepen. Er naderen voetstappen. Ik trek mijn muts over mijn hoofd en pak mijn mes.

Ik heb haar lippen kapot moeten slaan. Nou, dat was haar eigen fout. Ze wilde me niet pijpen. Het was echt fantastisch. We hadden tijd, we hadden zelfs een tapijt.

'Did you ring Ellen?' vroeg ik meteen met de punt van het mes op haar keel.

'Nee', reageerde ze overdonderd omdat ik de naam van haar vriendin kende.

Ik merkte dat ze meteen spijt had van haar reactie.

Het werd echt zoals ik in mijn stoutste dromen nog niet had meegemaakt. Ik had me zelfs helemaal uitgekleed, alleen mijn muts had ik opgehouden, zo stom ben ik ook niet.

Het was kicken toen ze op het tapijt lag. Naakt, haar

handen op haar rug gebonden en tape op haar mond. Met mijn mes had ik haar beha en haar broekje kapotgesneden. Jammer dat ik geen tien handen had om haar te betasten.

Ik voelde me zo veilig en zo opgewonden dat ik zelfs twee keer in haar klaarkwam.

Dit smaakt echt naar meer. Gedaan met een nerveus vluggertje in een park. Ik moet een systeem bedenken, zodat ik eenzame vrouwen in huis gezelschap kan houden.

Ik heb haar op het tapijt achtergelaten. Natuurlijk met mijn kenmerk onder haar navel. Het gaf me een fantastisch gevoel om haar ogen te zien toen mijn mes treiterend langzaam naar haar buik ging. Ze dacht natuurlijk dat ik haar zou vermoorden.

Toen had ze me vast willen pijpen, bedenk ik nu. Te laat.

Mijn muts en mijn mes zitten in mijn rugzak als ik de deur op een kier open. Ik luister of ik voetstappen hoor. Een auto rijdt voorbij en dan is het stil. Alsof ik elke dag dit huis verlaat kijk ik onopvallend rond. Niemand, het is echt mijn dagje.

Ik trek de deur achter me dicht en wandel naar de straat waar mijn fiets staat. Het is koud, maar ik voel me warm. Met een zalig gevoel herhaal ik alles voor mijn ogen. Ze leek niet echt op Fien, maar toch... Deze avond zal ik niet vlug vergeten.

'Fuck!' Met een ruk sta ik stil. Mijn handschoenen! Ik vergat verdomme mijn handschoenen!

In een opwelling wil ik teruglopen en dan besef ik dat ik voor een gesloten deur zal staan.

Ik wist niet dat je van angst kon hijgen. Besluiteloos staar ik in de richting van het huis terwijl mijn hersenen als gek draaien.

'Rustig...' Ik probeer weer normaal te denken.

Opeens zie ik mijn handschoenen op tafel liggen. Ik had ze daar gelegd omdat ik de vrouw écht wilde voelen.

'Stom rund!' foeter ik op mezelf.

Dan lukt het me om kalm te worden en alles te overwegen. Niet alleen op de handschoenen, maar ook op dat wijf zullen ze DNA vinden. Ik probeer het in mijn hoofd te verwerken. 'So what?' Op mijn DNA kunnen ze geen naam plakken. Het is geen ramp. Veel wijzer zullen ze door die handschoenen niet worden. Toch mag ik dat soort fouten niet meer maken.

ANTWERPEN: BEEST-ACHTIGE VERKRACH-TING IN WONING

Gisteren werd een zesentwintigjarige vrouw het slachtoffer van een brutale verkrachting. De vrouw was alleen thuis toen er rond 19.30 uur werd aangebeld. Nietsvermoedend opende ze de deur. Een gemaskerde man bedreigde haar met een mes en dwong haar naar de woonkamer. Daar bond hij haar handen op haar rug en verkrachtte haar op een gewelddadige manier.

Haar man vond haar toen hij rond middernacht thuiskwam. Ze lag met gebonden handen en enkels op het tapijt. Ook omdat ze harde klappen kreeg, werd de vrouw naar het ziekenhuis gebracht. Na de

verkrachting heeft hij haar verwond met
een mes.

De vrouw herkende de dader niet, toch
sluit ze niet uit dat hij geen onbekende is.

Ik doorzoek alle mogelijke krantensites, maar meer nieuws
vind ik niet.

Zou ik het tv-journaal halen? De radio moet kunnen, toch?
Of zouden ze dat niet belangrijk vinden? Misschien moet
ik daarvoor eerst een moord plegen. Toch moet ik kijken
als ma er niet is. Ze zou het raar vinden als ik me plotseling
voor het tv-journaal interesseer. Of ik kan haar wijsmaken
dat het voor een schoolopdracht is.

Ik sla kletsend mijn vuist in mijn hand. Dat is het! We
moeten iets met media doen op school. Dan kan ik een paar
kranten kopen, die ma nog zal betalen ook!

De vrieslucht prikt op mijn wangen. Maar de zon schijnt
en er is geen vleugje wind. Goed ingepakt loopt een massa
mensen in het park rond. Het is ideaal wandelweer. Een
kleuter met een roze muts diep over zijn oren getrokken
loopt in het gras. Hij bukt zich om afgevallen bladeren op te
rapen en draagt zijn buit trots tegen zich aangedrukt naar
zijn mama. Er wandelen ook mensen met honden en onwillekeurig zoek ik de vrouw met Zarko.

Natuurlijk niet, denk ik. Ze woont minstens drie kilometer
hiervandaan. Toch voel ik me een tikkeltje teleurgesteld,
want het was vast leuk geweest om met Zarko tussen de
afgevallen bladeren te dollen.

'Misschien kan ik haar eens vragen of ik af en toe Zarko

mag uitlaten', mompel ik. En het beeld dat ik met de hond in het park wandel, maakt me vrolijk.

Mijn fiets staat op de standaard en ik buk me om hem met het kettingslot vast te leggen. Ik fluit zachtjes een liedje van Anouk, want ik voel me prima. Straks heb ik geld om een BlackBerry te kopen.

Intussen vind ik al blindelings de bel.

Buiten is het koud, maar in de flat draagt Pascale een korte rok en een bloes die mijn ogen als een magneet aantrekken. Telkens als ze zich vooroverbuigt, kan ik het niet laten om te gluren. Ik denk aan ma, het verschil is enorm. Ergens begrijp ik pa, maar toch vind ik het gemeen dat hij ons in de steek liet. Zoals gewoonlijk zit pa op de bank. Ik denk dat hij een nieuwe broek en een nieuw overhemd heeft.

Pascale zit naast hem en ze leunt dicht tegen hem aan. Ze knipt zelfs een onzichtbaar pluisje van zijn broekspijp weg. Op het salontafeltje ligt een krant. 'ANTWERPEN: BEESTACHTIGE VERKRACHTING IN WONING', lees ik in grote letters op de voorpagina. Ik popel van ongeduld om de krant te pakken en het artikel nog eens te lezen, maar ik doe het niet. Ik mag niet laten blijken dat ik geboeid ben door de krant. Tenslotte weet ik wat er geschreven staat. Toch kan ik het niet laten om snel naar Pascale te kijken. Ze zal het vast gelezen hebben, vrouwen lezen zoiets. Ik schrik even als ik merk dat ze mijn ogen naar de krant volgt.

Zou ze denken dat ik... Nee, dat kan niet. Opeens denk ik dat ze het misschien wel fijn zou vinden om verkracht te worden. In sommige filmpjes spartelen ze dikwijls eerst

tegen, maar dan vinden ze het geweldig. Misschien fanta-
seert Pascale dat ook wel eens. Ik zou haar kunnen helpen,
denk ik.

'Waarom moet je glimlachen?' vraagt pa.

'Het is niets bijzonders', zeg ik. 'Ik moest denken aan iets
dat op school gebeurd is, maar als je er niet bij was, is het
niet grappig.' Ik probeer de fantasie met de geknevelde
Pascale op het tapijt te verdrijven, maar het lukt steeds
maar even.

'Aan de telefoon zei je dat je een BlackBerry wilt', zegt pa.
Zijn toon doet mijn wenkbrauwen fronsen. Toen ik hem
woensdag belde pruttelde hij wel even tegen, maar ik kon
hem gemakkelijk overhalen.

'Ja. Iedereen heeft een BlackBerry.'

'Iedereen?' vraagt Pascale.

'Bijna iedereen', corrigeer ik. 'Het is tenslotte niet mijn
fout dat ma die BlackBerry niet kan betalen.'

Pa schuift ongemakkelijk over de bank, en om zich een
houding te geven wrijft hij met duim en wijsvinger over zijn
neus. Hij heeft niet graag dat ik over ma en haar magere
bankrekening vertel. Hij voelt zich dan schuldig. Het is zijn
zwakke plek, die ik heel goed ken.

'Ik wil me er niet mee bemoeien', zegt Pascale rustig.

'Toch...' Ze lijkt haar woorden af te wegen.

Maar je bemoeit je er wel mee, denk ik giftig omdat ik voel
dat ik mijn BlackBerry kan vergeten. Het ene moment zou
ik op haar willen kruipen, het andere haat ik haar.

'Toch vinden we dat je niet altijd alles moet krijgen wat er
in je hoofd opkomt. Is het niet, lieverd?'

Haar blik doet pa beschaamd knikken. Zijn adamsappel
danst nerveus op en neer als hij slikt.

Ze heeft vast met een seksstop gedreigd als hij de Black-Berry betaalt, denk ik nijdig. Anders zou hij zich niet zo willoos op zijn kop laten zitten.

'Je komt ook alleen op bezoek als je geld nodig hebt', hakt ze verder.

Pa kruipt meer en meer in elkaar. Als hij zou durven, dan kroop hij onder de bank.

'Je liegt, Pascale', zeg ik fel. 'Ik kom ook zonder iets te vragen.'

'Je pa geeft je altijd wat. Je weet dat je hand gevuld is als je weggaat.'

Ik keer me naar pa. Pascale kan ik niet kraken, maar pa wel.

'Als je niet zoiets eenvoudigs als een BlackBerry voor mij wilt kopen...' – ik wacht even om hem de genadeslag te geven – '...waarom zou ik dan nog op bezoek komen? Om koffie te drinken en gebakjes te eten?'

Zijn ogen zoeken wanhopig een oplossing op de muur. De lafbek durft zowel mij als Pascale niet meer aan te kijken. Zijn handen schuiven rusteloos over elkaar en hij draait aan een gouden ring die ik niet eerder heb gezien. Nu merk ik dat Pascale ook zo'n ring heeft.

'Ringen kun je blijkbaar wel kopen', merk ik ongenadig op.

'Laten we eerst je schoolcijfers eens afwachten en dan...' zegt hij zwakjes.

Zijn hoofd draait naar Pascale en ze knikt bemoedigend. Het serpent heeft gewonnen.

Ik sta op, gris mijn jack van de stoelleuning en been naar de deur.

Zou zijn stem me stoppen? Zou ik op de valreep de Black-Berry toch krijgen?

Het blijft stil. De knal van de deur galmt door het flatgebouw als ik de deur achter me dichtgooi.

FIEN

Ruud, denk ik als ik de trilling van mijn mobieltje in mijn hand voel. Carola haalt haar ogen van het scherm weg als ze merkt dat de display in het donker oplicht. 'Een sms 'je?' prevelt ze verwonderd. 'Het was toch jongensavond? Vóór middernacht geen meisjes toegelaten.'
Het is vast een lief sms 'je, denk ik als ik het bericht open. 'Ik ga vanavond met Julie uit. Je begrijpt vast wel wat dat betekent.'
Even begrijpen mijn hersenen niet wat mijn ogen zien. Dan knijpt een onzichtbare hand mijn keel dicht. Het lijkt alsof ik braaksel moet doorslikken. Mijn mobieltje glijdt uit mijn hand op mijn schoot. Ik sluit mijn ogen. Daarnet vond ik het geluid in de bioscoop te lawaaierig, nu merk ik amper dat er iets gezegd wordt.
Nog steeds kan ik het niet geloven. Ik weet dat het pijn zal doen, maar ik pak mijn mobieltje en lees het bericht een tweede keer. Het staat er echt. Ik wis het sms 'je, zodat ik het zelfs niet meer toevallig kan openen. Er kruipt een knagend gevoel in mijn maag. Het voelt alsof ik nooit meer honger zal hebben.
'Ik wist het', mompel ik terwijl mijn ogen zonder te zien naar een lange kus op het scherm kijken. Weer zie ik Julie die avond op de fiets. 'Ik wist het.'
En toch hebben we daarna nog gevrijd. Ik sluit mijn ogen en probeer de beelden op zijn kamer te verdringen, maar

als onkruid komen ze steeds terug. Wilde hij me pas dumpen
als hij zeker was dat ze met hem wilde vrijen? Of neukte hij
de ene dag Julie, en mij de volgende dag?
Ik voel Carola's elleboog tegen me aan.
'Wat is er?' fluistert ze. 'Je ziet er niet uit.'
Ook in het duister zie ik dat ze me bezorgd aankijkt. Ik heb
geen zin om iets te zeggen, maar ze zal aandringen.
'Ruud is met Julie gaan stappe̗mmompel ik omdat ik bang
ben dat andere mensen het ook zullen horen.
O, vormen haar lippen. Ze lijkt net als ik overdonderd.
Haar gezicht keert zich weer naar het scherm omdat ze het
ook moet laten bezinken.
Lieve Carola, denk ik, want ik weet dat ze medelijden heeft.
Ze buigt zich naar me toe. 'Zullen we weggaan? Je hebt
vast geen zin meer in de film.'
'Ja', zeg ik. 'We gaan naar De Robijn.'
Haar hoofd krijgt een schokje en haar ogen staren me aan
alsof ik gloei van koorts.
'Zou je dat wel doen?' vraagt ze bezorgd.
'Ik wil Ruud zeggen hoe ik over hem denk. Daarna zal
ik me wel beter voelen. Als hij denkt dat hij me met een
sms'je...'
Ik zwijg als ik merk dat een paar hoofden me geïnteresseerd
aankijken. Ik doe of ik hen niet zie. Ik pak mijn jas, die op
de leuning tussen mij en Carola ligt, en sta op.
Carola pakt ook haar jas. In het licht van het scherm lopen
we voorzichtig de brede trap af die naar de uitgang van de
zaal leidt.
In gedachten bedenk ik alles wat ik Ruud in het gezicht zal
gooien. Een zwak gevoel van euforie dat me pijn doet.

'Ben je zeker dat je naar De Robijn wilt?' vraagt Carola
nog eens als we op straat staan.
De bushalte is maar honderd meter ver en toch lijkt het een
eeuwigheid te duren voordat we er zijn.

Een nevel van sigarettenrook hangt in De Robijn en beweegt
in sluiers als ik de deur open. Hoofden draaien zich om
als ik naar binnen ga. Er zijn bekende gezichten bij. Ik zie
hun verrassing, hun peilen naar mijn verdriet. Ze hebben
natuurlijk gezien dat Ruud met Julie is. Tim, die me al jaren
wil, trakteert me op een veelzeggend knipoogje. Ik doe
alsof ik het niet zie.
Ruud is er niet, dat weet ik al. In de bus had Carola een
sms'je naar Laurens gestuurd. Toch wil ik laten zien dat
Ruud me niet klein heeft gekregen. Dat ik niet bang ben om
me in De Robijn te vertonen. Voor Ruud heb ik één keer in
mijn kussen gehuild, een tweede keer gun ik hem niet.
Laurens rekt zich uit op zijn barkruk en ik dring mezelf
door het volle café in zijn richting. Naast hem zit Chris op
een barkruk. Hij heeft een wazige blik en hij lijkt verbaasd
als we opeens naast hem staan.
Het doet deugd dat hij Ruud ongelijk geeft. Tenslotte is
Ruud zijn beste vriend. Het is een troost als hij zegt dat
Ruud later ook Julie zal dumpen.
Het is ontzettend warm in het café en ik trek mijn jas uit.
Chris denkt dat ik niet zag hoe zijn ogen naar mijn navel
gingen. Nou ja, ik begrijp het wel. Hij heeft nog nooit een
meisje gehad. Tenslotte pleegt hij ook geen misdaad als hij
naar mijn buik kijkt.

Ik leg mijn jas op een lege kruk en ik zie hoe Laurens bijna onzichtbaar zijn hoofd schudt.

Ik begrijp zijn reactie bijna meteen. 'Zat Ruud hier?' Ik haal onmiddellijk mijn jas weg als hij knikt. Soms voel ik me zo sterk, en een seconde later zo triest dat ik zou kunnen janken. Ik heb zin om me te bezatten, om Ruud te vergeten, om terug vrolijk te zijn.

'Hebben ze hier ook mojito's?'

Chris lijkt op een vreemde manier opgewonden als hij zijn arm opsteekt om de barman te wenken. Waarschijnlijk heeft hij al te veel pilsjes gedronken.

'Ik ga naar huis.' Op mijn mobieltje zie ik dat het 3.37 uur is. Ik durf mijn mobieltje bijna niet meer nemen omdat ik bang ben voor een pest-sms'je van Ruud of Julie.

Het verwondert me niet dat Carola met me meegaat, maar het ontroert me dat Chris me ook naar huis wil vergezellen. Misschien komt het ook door de vier mojito's dat ik ontroerd ben. Maar het maakt niets uit. In het café kon ik zelfs lachen. Maar ik heb ook gehuild, heel hard zelfs, zodat iedereen opkeek, maar het kon me niets schelen. Het heeft me echt opgelucht. De huilbui wierp alle woede en verdriet van me af.

Chris keek vreemd, maar ook gelukkig toen ik met een wangkus afscheid van hem nam. Ik heb meer medelijden met hem dan met mezelf.

Ik sluip de trap op, maar de deur van ma's slaapkamer gaat open. 'Het is laat', zegt ze in haar nachtjapon. Haar haar piekt alle kanten uit. Ze heeft vast in haar bed gewoeld.

'Ja', zeg ik alleen maar.

Haar ogen tasten mijn gezicht af. 'Heb je gedronken?'

'Ja.' Het kan me niet schelen wat er nu komt, ik weet alleen dat ik er geen zin in heb.

'Ga maar vlug slapen', zegt ze. Haar stem klinkt onverwacht mild.

Ik glip in mijn kamer en knip het licht aan. Een foto van Ruud leunt tegen mijn klokradio op het nachtkastje. Ik neem de foto en kijk lang naar Ruud met zijn vrolijke glimlach. Ik vecht tegen de tranen, maar ze prikken in mijn ogen. Ik druk een kus op zijn mond en langzaam verscheur ik de foto in snippers. Ik voel me rot.

'Wil je eens wat weten?' vraagt tante in mijn mobieltje.
'Chris is met Zarko op wandel', zegt ze zonder op mijn antwoord te wachten.

'Chris? Met Zarko?' Mijn verbazing galmt door het mobieltje. Gisteren heeft Chris me niet verteld dat hij van plan was om met Zarko te gaan wandelen. Nu ja... misschien kwam het pas vandaag in zijn hoofd op.

'Hij belde aan en toen vroeg hij of hij Zarko mocht uitlaten. Nu, Zarko zou zelfs met een nijlpaard meegaan, als hij maar naar buiten kan. Ze zijn naar het parkje om de hoek. Die Chris is echt wel een goede jongen.'

'Ja.' Ik geef haar zonder na te denken gelijk. 'Tot gauw.'

Ik druk het gesprek weg. Het mobieltje blijft zelfs nog wat tussen mijn vingers hangen. Ik kijk door het raam. Het is lekker winterweer. De zon schijnt. Ruud duikt nog dikwijls in mijn hoofd op, maar het lukt steeds beter om afstand van hem te nemen.

Toch wil ik weten hoe het met hem en Julie is. Chris weet vast meer en ik ben mijn schoolboeken even moe.

Chris grijpt Zarko's hoofd en wijst naar zijn gespreide benen. Natuurlijk begrijpt de hond niet dat van hem verwacht wordt dat hij spontaan tussen Chris' benen door loopt.

Ik lach omdat Zarko Chris verbaasd aankijkt, alsof hij wel begrijpt wat hij moet doen, maar er het nut niet van inziet.

Ik stuur mijn fiets naar de twee. Zarko heeft me gezien en hij sprint naar me toe.

'Zarko!' roept Chris verschrikt met de leiband in zijn hand. Dan herkent hij me en spert zijn ogen wijd open, alsof hij niet kan geloven dat ik het ben.

Als Zarko tegen mijn benen op springt, stap ik vlug van de fiets. Ik krab achter zijn oren en ga naar Chris terwijl ik de fiets aan de hand leid. Zarko danst achter me aan.

'Fien?' zegt Chris alsof hij het nog steeds niet kan geloven. Ik zie een brede glimlach en even vraag ik me af of ik hem een verkeerd signaal geef door hem op te zoeken.

'Tante vertelde me dat je hier bent.'

Opeens lijkt hij verlegen, want hij durft me amper nog aan te kijken.

'Ik heb al enkele uren gestudeerd', zeg ik. 'Ik wilde gewoon een frisse neus halen.'

'Ik duik straks in mijn boeken', zegt hij.

Ik weet van Ruud dat Chris ook zonder moeite mooie cijfers haalt. De bofkont.

'Hoe is het met Ruud?' Ik kan me niet bedwingen.

'Hij is nog steeds met Julie, als je dat bedoelt.'

Ik had niet anders verwacht, maar toch voelt het als een zweepslag. Ik klem mijn tanden op elkaar en ik zucht.

'Je vroeg het zelf', verontschuldigt hij zich omdat hij merkt dat het me pijn doet.

'Het is wel goed, Chris.'

Hij legt zijn hand op mijn hand en ik draai de stuurstang weg, zodat zijn hand valt. Hij kijkt teleurgesteld en ik heb er spijt van dat ik zo dicht naast hem sta. Chris ziet dat vast verkeerd.

'Het was niet mijn bedoeling dat je zou denken dat jij en ik... Je bent wel een goede vriend.'

Chris knikt, maar ik zie dat hij anders denkt.

21

Ongeduldig drukte hij zijn gsm tegen zijn oor en luisterde naar de beltoon die herhaaldelijk overging. Er werd niet opgenomen en met een vloek drukte Marc de Sterck zijn telefoon uit. Zijn ogen gingen automatisch naar de klok boven de deur. Vijf over twee. Ze had al lang thuis kunnen zijn. Ze ging om halfelf boodschappen doen. Zo veel tijd nam dat toch niet in beslag? Hij kon natuurlijk naar haar moeder bellen en vragen of ze daar was. Maar dat kwam waarschijnlijk vreemd over, alsof hij zijn vrouw aan het controleren was. In feite was dat natuurlijk zo, maar Marc vond dat hij in zijn recht stond. Ze waren 32 jaar getrouwd en in de loop van de tijd was het huwelijk wat vastgeroest. Zelf had hij daar niet echt problemen mee. Hij zag het als normaal, maar zij had haar ongenoegen meerdere malen geuit. Hij had zijn schouders opgehaald en haar opmerking weggehoond. Wat had ze dan verwacht na 32 jaar? Dat ze nog steeds als twee verliefde tieners hand in hand door het leven gingen? Haar humeur werd er met de jaren niet beter op en toen was er plotseling een metamorfose. Twee keer per week ging ze met haar vriendin naar de sportschool. Haar kledingstijl, haar kapsel en zelfs haar humor veranderden. Ze straalde en liep zingend door het huis.

Marc vond het best. Alles beter dan een chagrijnige vrouw thuis op de bank. Totdat zijn broer een rake opmerking

maakte. Het was als grap bedoeld, maar bij Marc gingen
de alarmbellen rinkelen. 'Misschien heeft ze een ander en
krijg je straks te horen dat je kunt gaan.' De woorden bleven
nagonzen in zijn hoofd en de argwaan verspreidde zich als
gif door zijn lijf. Hij kon aan niets anders denken. Het was
niet alleen de jaloezie die hem wakker hield, maar ook het
idee dat ze het lef had om hem te bedriegen. Het werd een
obsessie.

Hij checkte nogmaals zijn horloge. Halfdrie. Hij kon
natuurlijk een smoes verzinnen en even langs huis rijden
om te kijken of ze alleen was. Zijn vingers trommelden
op de stapel post die hij nog moest doornemen. Het heen
en weer rijden zou hooguit een uurtje kosten en als hij een
dienstwagen zou nemen...

'Marc?' Een collega kwam de kamer binnen. 'Wie heeft die
verkrachtingszaak in Borgerhout behandeld?'

Marc haalde zijn schouders op. 'Ik zou het niet weten. Heb
je op de lijst gekeken wie er die dag dienst had?'

'Nee, dat niet. Ik wil weten naar welk ziekenhuis het
slachtoffer is gebracht. Ik vraag verder...'

Besluiteloos staarde Marc naar het poststuk boven op de
stapel. 'Bilaterale politiesamenwerking Nederland-België.
Team Grootschalig Onderzoek Hulst.' De tekst drong niet
tot hem door. Hij trok zijn lade open en schoof de stapel
met post erin. Er waren nu andere prioriteiten. Hij stond op,
trok zijn jas aan en zette zijn politiepet op zijn hoofd. De
drang was te groot. Hij moest naar huis.

'Mevrouw Tijsmans ligt op de tweede etage, in kamer 219.'
De verpleegster keek op van haar aantekeningen en onder-

wierp de twee mannen met haar ogen aan een onderzoek. 'Maar het bezoekuur is pas om 14.00 uur. U zult in de kantine moeten wachten.' 'We komen niet op bezoek', antwoordde de man met het blonde stekelhaar. Hij liet zijn politiebadge zien. 'We zijn van de Antwerpse recherche. Mevrouw Tijsmans is twee dagen geleden binnengebracht met diverse verwondingen en was niet in staat om een duidelijke verklaring af te leggen. Volgens de behandelende arts is mevrouw vandaag aanspreekbaar en mochten we langskomen voor een kort verhoor.' 'Is dat zo? Die informatie vind ik niet terug in het dossier. Hebt u een momentje?' De verpleegster stond op. 'Ik loop wel even langs dokter Bauritius om te informeren of dat klopt.' Ze beende de gang in en liet de twee rechercheurs in de receptie achter.

Paul Rutten keek zijn collega met een zucht aan. 'Ik hoop dat we niet voor niets zijn gekomen. Hoe langer we wachten met ons verhoor, hoe meer informatie er verloren gaat.'

Na een halfuur kwam de verpleegster met een brede glimlach op haar gezicht terug. 'De dokter heeft toestemming gegeven. Uw bezoek mag niet langer dan een uur in beslag nemen, anders wordt het te veel voor mevrouw. We hebben haar naar de vergaderruimte gereden, zodat u ongestoord met haar kunt praten. Dat is kamer 235. Aan het einde van de gang rechts is een lift. Succes, heren.'

De mannen bedankten de vrouw en liepen naar de lift.

'Volgens mij zag ze wel iets in je', zei Rutten terwijl hij snel nog even achteromkeek naar de jonge verpleegster achter de balie. 'Ik zou het wel weten als ik nog vrijgezel was.'

'Maar dat ben je niet', merkte Cost droogjes op.

Carmen Tijsmans zat rechtop in bed en knikte toen de twee rechercheurs in de deuropening verschenen. Een deel van de rechterkant van haar gezicht was afgedekt met gaasverband en wit tape. Haar lip was opgezwollen en aan de bovenkant gescheurd.

'Mevrouw Tijsmans, mijn naam is Paul Rutten en dit is mijn collega Dino Cost.'

De rechercheurs toonden hun politiebadge en schoven elk een stoel naast het bed.

'Voordat u naar het ziekenhuis werd vervoerd, hebt u een korte verklaring bij een van onze collega's afgelegd. Er zijn nog wat onduidelijkheden.'

'Dat begrijp ik', zei de vrouw. Ze sprak moeizaam. 'Ik was toen behoorlijk van de kaart en kon de situatie niet in woorden uitdrukken.'

'Bent u nu wel in staat om uw verhaal te doen? U bent niet onder invloed van medicijnen?'

'Ik heb vanmorgen wat pijnstillers gekregen, maar of dat invloed heeft op mijn geheugen, betwijfel ik.'

'Vertelt u maar rustig uw verhaal. Als wij vragen hebben, dan onderbreken we u wel.'

'Ik was die avond alleen. Mijn man had een overleg met zijn zakenpartner in Brussel en is rond zeven uur vertrokken. Ik heb hem nog bij de deur uit staan zwaaien. Ik was van plan om even snel een warme douche te nemen en daarna mijn vriendin Ellen te bellen. Ik stond in de badkamer toen er gebeld werd aan de voordeur. Omdat ik me nog niet had uitgekleed, besloot ik om open te doen. Voordat de deur goed en wel open was, werd ik opzij geduwd en stond er een man met een mes in de gang. Hij drukte het mes in mijn gezicht, sloot de deur en vroeg of ik Ellen had gebeld.'

'Hij noemde uw vriendin bij naam?' Paul Rutten trok zijn wenkbrauwen op.

'Ja, dat was inderdaad vreemd. De man sprak bovendien Engels.'

'Wat hebt u geantwoord?'

'Dat ik haar nog niet had gebeld. Ik was zo perplex... De hele situatie was bizar. Er stond een man in mijn gang met een mes te zwaaien. Ik kon niet meer helder denken. Hij haalde een rol tape uit zijn rugtas en schreeuwde dat ik mijn handen op mijn rug moest houden. Ik heb hem aangekeken alsof ik water zag branden. Hij ontvlamde en mepte de rol tape in mijn gezicht. Het werd zwart voor mijn ogen en volgens mij ben ik een paar minuten buiten westen geweest. Toen ik bijkwam, was ik ontkleed en lag ik in mijn lingerie op de grond in de woonkamer. Mijn voeten en armen zaten vast en ondertussen had hij zich ook uitgekleed. Spiernaakt torende hij boven mij uit. Alleen zijn gezicht was afgedekt met een soort van muts die hij naar onder had getrokken. Ik heb gehuild en gesmeekt in de hoop dat hij van zijn plan zou afzien, maar het leek hem niets te deren. Hij greep met één hand mijn gezicht vast en ik voelde het koude staal van het mes over mijn huid glijden. De bandjes van mijn beha knapten, en toen mijn string. Met een grijns stak hij het mes waaraan mijn string bungelde in de lucht. Vervolgens propte hij het broekje in mijn mond en begon hardhandig in mijn borsten te knijpen. Alsof ze van klei waren. Hij likte en beet in mijn tepels en in mijn buik. Zijn tandafdrukken staan nog in mijn vlees. Gestoord!'

Met het puntje van het laken wreef ze de tranen uit haar ogen.

'De eerste keer kwam hij vrij snel klaar en ik dacht of eigenlijk hoopte ik dat hij snel zou verdwijnen. Dat was niet het geval. Hij heeft een hele tijd naast me gelegen, met zijn arm rond mijn heup. Plotseling kwam hij omhoog, kneep met zijn duim en wijsvinger in mijn wangen, trok de string uit mijn mond en begon me ruw te zoenen. Zijn vingers verdwenen in mijn vagina en hij begon tegen mijn heup aan te rijden. Ik voelde dat hij weer een erectie kreeg. "Ik wil dat je me pijpt", zei hij toen. Hij kroop omhoog, greep mijn haren vast en duwde zijn penis in mijn gezicht.' Ze fluisterde bijna onhoorbaar.

'"Pijpen, kreng", snauwde hij. Toen ik weigerde, sloeg hij met zijn vuist voluit in mijn gezicht. Twee tot drie keer toe. Hij beukte in mijn maag, op mijn borsten en armen... En daarna verkrachtte hij mij voor de tweede keer.'

Haar schouders begonnen wild te schokken en ze barstte in snikken uit. Haar trillende hand ging naar het nachtkastje, waar een glas met water stond.

Rutten kwam uit zijn stoel en begeleidde de hand met het glas naar haar lippen.

Ze nipte aan het water en gaf toen met een kort knikje aan dat ze genoeg had.

'Gaat het?'

Het leek alsof ze over de vraag moest nadenken.

Rechercheur Cost ging onverstoorbaar door met het verhoor.

'Kunt u de leeftijd van de dader inschatten?'

'Tussen de twintig en tweeëntwintig jaar', zei ze terwijl ze nog nasnikte. 'Zijn lichaam zag er jong uit.' Ze haalde een paar keer diep adem en wist zich te vermannen. 'Hij had niet echt een atletisch figuur.'

'Hebt u geen tatoeages, littekens of iets dergelijks op zijn lichaam gezien?'

'Nee. Het was spierwit en praktisch vormloos. Geen borsthaar, niets.'

Cost wreef met zijn hand door het gezicht en liet het verhaal op zich inwerken.

'Wat gebeurde er nadat hij u voor de tweede keer verkrachtte?'

'Hij pakte zijn mes en duwde de punt in mijn buik terwijl hij mij strak bleef aankijken. Ik dacht dat hij zou steken, en ik heb gesmeekt dat hij mij zou sparen. Waarschijnlijk was hij daar toch gevoelig voor, want hij trok het mes terug. Ik heb twee diepe krassen in mijn onderbuik overgehouden.'

Automatisch gleden haar handen over de dekens naar de buikstreek en haar ogen vulden zich weer met tranen.

Ze ging moedig verder met haar relaas. 'Hij stond op een gegeven moment op, kleedde zich aan en vertrok zonder een woord te zeggen.'

Ze viel even stil toen ze een slok uit haar glas nam.

'Ik heb een hele tijd verdoofd op de grond gelegen. Ik was totaal in shock.'

Ze staarde een tijdlang in het niets.

'Denkt u dat u hem gaat vinden?' vroeg ze toen hoopvol.

Cost stelde haar gerust. 'Uw huis is grondig door onze mensen doorzocht en we hebben de nodige sporen gevonden. Zijn sperma is veiliggesteld en op het tape hebben we bruikbare vingerafdrukken aangetroffen. Er zijn huidschilfers, vezels van kleding en haren gevonden, en dit...' Hij haalde een plastic zak tevoorschijn en legde deze in haar schoot. 'Op tafel lagen een paar herenhandschoenen, die volgens uw man niet van hem zijn.'

De vrouw pakte de zak op en aarzelde geen moment. 'De handschoenen zijn van de dader. Waarschijnlijk is hij die in zijn haast vergeten.'

'Mooi.' De rechercheur nam het bewijsmateriaal weer van haar over.

'De aangetroffen sporen zijn voor onderzoek opgestuurd naar het forensisch team. We moeten afwachten welke resultaten dat gaat opleveren.'

De twee rechercheurs hadden zich na het verhoor teruggetrokken in de kantine van het ziekenhuis. Ze dronken daar hun eerste kop koffie van die dag en namen op fluistertoon het verhoor nog eens globaal door.

'Het kan een verspreking zijn', meende Paul Rutten, de rechercheur met de meeste dienstjaren. 'Het is toch verdacht dat de dader de naam Ellen liet vallen? Hoe kon hij weten dat Tijsmans haar vriendin ging bellen? Alleen haar man was op de hoogte, en wellicht Ellen zelf. Er zit een raar luchtje aan deze zaak. Let op mijn woorden. Ik kijk er niet raar van op als haar man deze actie in scène heeft gezet?'

'Met welk doel?' De theorie van zijn collega ging Cost duidelijk te ver. Rutten stond bekend als een persoon die snel met een scenario kwam. Vaak té snel. Cost fronste zijn wenkbrauwen. 'Wat is dan zijn gewin?'

'Er zijn verschillende scenario's te bedenken. De kick dat zijn vrouw wordt verkracht. Misschien was het niet de bedoeling dat ze het zou overleven? Mevrouw zei het zelf: hij wilde steken, maar bedacht zich. Uit medelijden of uit angst? Misschien heeft manlief de knaap ingehuurd en moest het op een uit de hand gelopen verkrachting lijken.

Stel dat hij een verhouding met een andere vrouw heeft en van Carmen Tijsmans af wil? Stel dat ze in gemeenschap van goederen zijn getrouwd en hij een deel van zijn vermogen na de scheiding aan haar moet afdragen? Haar dood zou hem beter uit kunnen komen. Hij heeft een prachtig alibi: een zakenbespreking buiten de stad. Misschien is zijn maîtresse wel Ellen en hebben ze samen dit plan bedacht. Of Ellen heeft de man op Carmen afgestuurd? Omdat ze haar liefje moet delen, of erger nog... hij is niet van plan zijn vrouw voor haar te verlaten. Wraak is een veelvoorkomend motief.'

'Of het is een verkrachting en bestaat er geen complottheorie', antwoordde Dino Cost nuchter.

'Ja, en de man heeft de naam gewoon geraden? Dat klinkt erg geloofwaardig', was de cynische reactie van Rutten. 'Ik stel voor om meneer Tijsmans en die Ellen eens grondig onder de loep te nemen. Is er sprake van een verhouding, wat zijn de huwelijkse voorwaarden, zijn er schulden?'

'Laten we maar eerst feiten verzamelen en van daaruit te werk gaan. Hoe laat verwacht de arts ons op zijn kantoor?'

Dokter Bauritius strengelde zijn vingers ineen. 'Naast blauwe plekken en kneuzingen heeft mevrouw Tijsmans een klaplong opgelopen. Ik heb een letselrapport opgesteld, dat in het politiedossier gevoegd kan worden. Het is voorzien van foto's en medische uitleg. Zoals het er nu uitziet, mag ze eind van deze week naar huis.'

'U hebt nog wat sporen op haar lichaam gevonden? Kunnen we die meenemen voor technisch onderzoek?' Rechercheur Cost keek de dokter afwachtend aan.

'Natuurlijk. Mijn assistent heeft het volgens de richtlijnen verpakt. U kunt het bij de receptie op de begane grond ophalen.'

Frank de Winter, recherchechef van de Antwerpse politie, had de complottheorie van Paul Rutten aangehoord. Het was misschien wat vergezocht, maar toch... Alle mogelijkheden moesten worden afgewogen en eventueel worden uitgesloten. Hij had een van zijn rechercheurs, Colette Anseeuw, opdracht gegeven om de wandelgangen van meneer Tijsmans na te trekken voordat ze de man gingen uithoren. Dat was beter dan niets. Helaas bleek de man brandschoon te zijn.

Het forensisch team had veel sporen kunnen analyseren, maar tot op heden was er nog geen dader in zicht. Waarschijnlijk had de man nog niets op zijn kerfstok, want zijn DNA en vingerafdrukken kwamen niet in het systeem voor. De sporen werden vervolgens automatisch naar de internationale databank gestuurd. De kans dat uit de internationale databank een treffer zou rollen, was klein. De Winter had het in ieder geval uitgesloten en hij was naarstig op zoek naar onderzoeksmogelijkheden. De verkrachting zorgde voor een hoop maatschappelijke onrust en hij had van zijn leidinggevenden opdracht gekregen deze zaak zo snel mogelijk op te lossen.

Dat was makkelijker gezegd dan gedaan. Niemand in de buurt van de plaats delict had een onbekende man gezien. Hij kon alleen maar hopen op een wonder, en dat kwam door de telefoon. Het was woensdag rond elf uur toen het telefoontje via de meldkamer met hem werd doorverbonden. Het onverwachte was gebeurd. Er was een DNA-match. Verbaasd had hij de rechercheur aangehoord en daarna voorgesteld om met spoed de koppen bijeen te steken.

'Wij willen niets liever', beweerde Ravensburg aan de andere kant van de telefoon. 'Hebt u ons samenwerkingsverzoek niet ontvangen? Het is enkele weken geleden naar uw bureau verzonden.'

22

Een zachte bries streelt mijn wangen. Mijn jack is opengeritst en de panden waaien lichtjes achter me aan. Voor een dag in het midden van december is het opmerkelijk warm. Te warm, volgens Van Beek, die tijdens elke biologieles dreigt dat al het poolijs zal smelten en we allemaal op een bergtop moeten wonen. Het wordt druk op de Mount Everest. Terwijl zijn wijsvinger waarschuwend in de lucht priemt, kijkt hij ons altijd zo aan alsof wij het kunnen verhelpen dat ijsberen gewone beren zullen worden. Nou, dan worden ze gewoon bruin in plaats van wit. Zo bijzonder is dat toch ook niet.

Waarom denk ik aan zoiets idioots terwijl ik naar Steve loop? Ik weet dat hij op zaterdagochtend altijd zijn auto wast, behalve als het regent. Raar eigenlijk, zo'n crimineel met tattoos die als elk burgermannetje op zaterdag zijn auto in het sop zet.

Sinds Laurens me verteld heeft dat Fien ook naar het oudejaarsfeest in De Robijn komt, wordt mijn denken beheerst door dé kans.

Hoe? Dat weet ik nog niet en ik ben ook gepantserd tegen een teleurstelling. Dat ze die avond alleen maar cola drinkt, of ze ziek is en niet komt. Of nog erger... met een nieuwe vriend komt opdraven. Zo'n jongen die haar geen seconde alleen laat. Ik weet dat ze nooit op mij zal vallen, maar toch wil ik er niet aan denken dat ze iemand anders zou hebben. Laurens zegt dat ze nog steeds niemand heeft. Hoe dan ook, ik wil klaar zijn. In mijn bed heb ik al heel wat filmpjes met Fien bedacht, wie weet wordt een van die filmpjes echt. Steve staat gebogen over de motorkap van zijn Golf en zijn spons gaat bijna liefkozend over de Sioux-kop. Twee plastic emmers staan op het voetpad. Al wandelend leest voze Luc de frontpagina en ik merk geboeid dat hij lijnrecht naar de emmers toeloopt.

Luc is een postbediende die elke zaterdagochtend zijn krant gaat kopen in het winkeltje wat verderop. De natuur heeft soms rare kronkels. Luc ziet er echt voos en sullig uit en het is niet te begrijpen dat hij zo'n bloedmooie dochter heeft, Marlies. Maar die bekijkt me zelfs niet, laat staan dat ze me ooit heeft aangesproken. Daarom heeft Marlies al een paar keer in mijn films voor slavin mogen spelen.

'Wedden dat hij er een omvertrapt?' zeg ik hardop tegen mezelf. Ik verkneukel me al in de confrontatie tussen Luc en Steve. Nog even. Ik loop een beetje sneller, want dit wil ik zeker niet missen.

Zijn schoenpunt raakt de blauwe emmer die wankelt, maar jammer genoeg overeind blijft staan. Toch spat er wat sop op Lucs broek. Hij schrikt op en de krant valt bijna uit zijn vingers.

'Godver!' vloekt hij ingehouden.

Ik zie dat hij een giftige opmerking wil maken, maar als Steve hem onder zijn oksel door aankijkt en een wenkbrauw optrekt, loopt hij zwijgend met een boogje om de emmers heen. Hij lijkt opeens haast te hebben en kijkt nog eens nijdig over zijn schouder. Meer durft hij niet, de loser. Zonder enige emotie op zijn gezicht buigt Steve zich weer over de motorkap.

Ik haat het om het aan Steve te vragen, maar ik heb geen

keuze. Ik zou het ook op het internet kunnen bestellen,
maar hoe kom ik aan een creditcard? Ma zou merken dat
ik haar kaart gebruikt heb, en met een gestolen kaart is me
toch te riskant. Ik moet me aan Steve overleveren. Daarna
heeft hij me in zijn macht, kan hij me chanteren. Maar ik
hoop dat het helpt dat we al ons hele leven buurjongens
zijn. En heeft een zware jongen als Steve niet een zwijg-
plicht als erecode? Of is dat alleen in maffiafilms?

'Hei, Steve!' Ik blijf veilig op twee meter afstand.

Vanuit een ooghoek kijkt hij me aan en recht zijn rug.

'Chris?' zegt hij verbaasd.

We zien elkaar geregeld, maar het moet al jaren geleden
zijn we elkaar gesproken hebben.

'De auto aan het poetsen?'

'Nee, een konijn aan het opereren', zegt hij met een grijns.
Die heb ik verdiend. Een stomme vraag natuurlijk.

'Dat je niet naar de carwash gaat!' Ik wil het gesprek een
beetje gemoedelijk houden. Dan knalt hij me straks misschien niet omver.

'Een auto was je zelf', zegt hij met nadruk. 'Iemand die
van auto's houdt doet het met spons en zeem.'

Ik geef hem meteen gelijk. 'Natuurlijk.'

Zijn hoofd gaat een beetje omhoog en er komt een rimpel
in zijn voorhoofd. 'Je komt me niet zomaar spreken. Heb je
me nodig?'

Ik slik spuug in mijn mond weg. 'Ik ben op zoek naar iets.'

'O ja?'

Ik moet nu wel uit mijn hol komen. 'GHB', fluister ik
hoewel er niemand in de buurt is.

'GHB?' Zijn gezicht verraadt niets, zijn stem klinkt alsof

hij niet weet waarover ik het heb. Hij krabt eens met
een vingernagel aan de tomahawktattoo die in zijn hals
geprikt is.

Wat voor een zielige drugsdealer ben jij, gaat het door mijn
hoofd.

'GHB. De partydrug', verduidelijk ik.

'De verkrachtingsdrug.'

Ik besef dat hij al meteen wist waarover ik het had, en hij
wint weer mijn respect. Eerst op de vlakte blijven tot de
klant zijn nek zo ver heeft uitgestoken dat hij niet meer
terug kan. Gelukkig vraagt hij niet voor wie of waar ik die
nodig heb.

'Kun jij me helpen?'

'Zoiets kun je toch op het internet kopen', houdt hij de boot
nog even af.

'Ik heb geen creditcard.'

Hij buigt zich terug over de motorkap. Zijn wijsvinger streelt
iets onzichtbaars weg. 'Wanneer?'

'Volgende week.'

'Dat kan.' Hij kijkt nog steeds naar Sioux-kop. 'Ga je met
een verkrachting Nieuwjaar vieren? Dat had ik niet van jou
verwacht.'

Ik reageer niet op zijn cynisme. 'Hoeveel kost zo'n flesje?'
Natuurlijk heb ik alles over GHB al op het internet opgezocht.

'Tachtig euro.'

Het is pure oplichting, maar wat moet ik anders? Hij heeft
me in zijn klauwen. Nu ja, ik pik het wel geleidelijk met
biljetten van tien euro uit ma's portefeuille.

'Deal', zeg ik.

Een vlekje op de voorruit is interessanter dan ik en ik draai me om.

Het is niet meer zoals vroeger. Ik zie Ruud nog graag voetbal spelen, maar ik zou niet meer voor hem op de vuist gaan. Ik neem het hem nog steeds kwalijk dat hij Fien dumpte. Ergens vind ik het oké dat hij geen seks meer met haar heeft, maar dat hij Fien minder aantrekkelijk vindt dan Julie, maakt me nijdig. Alsof ik geen goede smaak heb. Het is koud om naar de wedstrijd te kijken. Over mijn trainingspak draag ik mijn winterjas en ik heb een sjaal rond mijn hals geknoopt. Als een trouwe hond staat Laurens naast me. Zelfs dat is niet meer zoals vroeger. Toen zagen we samen elke dribbel, elke kopbal, elke sliding. Vloekten, lachten en juichten we samen. Nu staat Carola naast hem. Zijn arm ligt op haar schouder en hij drukt haar tegen zich aan als ze ook maar even rilt of haar neus snuit. Daarnet heeft hij zelfs een doelpunt van onze ploeg gemist omdat hij haar zo nodig moest zoenen. De sukkel. Zoenen kan hij altijd, maar zo'n parel van een doelpunt ziet hij maar zelden.

Tien meter verderop staat Julie te koukleumen. Ze wilde naar ons toe lopen, maar toen zag ze Carola en hield ze afstand. Ook zij is gekleed voor een voetbalwedstrijd in de winter. Alleen haar gezicht is bloot. Haar neus is rood, en toch ziet ze er als een godin uit. Bijna zo mooi als Fien, denk ik. Maar geen enkel meisje kan zich met Fien meten. Fien is uniek.

Vanochtend heb ik een flesje GHB van Steve gekocht. Het is een piepklein flesje, dat ik gemakkelijk in mijn zak kan

stoppen. Hij vroeg me nog twintig euro extra, de schoft.
Het was duurder dan hij dacht, zei hij. Ik heb maar betaald.
Steve wist natuurlijk dat ik geen keuze had. Ik mag al blij
zijn dat hij me later niet chanteert.

Mijn geld is bijna op. Als ik geld nodig had, ging ik altijd
op zondag naar pa en Pascale, maar nu... Misschien moet
ik toch maar een knieval doen. Binnenkort is het Kerstmis
en dat is toch een dag van verzoening, denk ik. Zeker als ik
geld nodig heb.

Ik heb het flesje bij mijn mes en mijn muts in de grond
gestopt. Daar blijft het tot het oudejaarsfeest in De Robijn.

Opeens kijkt Carola op haar mobieltje.

'Sms'je van Fien', zegt ze tegen Laurens. 'Ze is er zo meteen.'

Met zijn drieën kijken we snel naar Julie.

'Moet je Fien niet waarschuwen dat ze hier is?'

'Heb ik al gedaan. Net daarom komt ze.'

Dat noem ik lef hebben. Haar rivale jennen!

Telkens als Ruud aan de bal komt, gilt Julie alsof ze een
mirakel ziet. Ze weet net zo veel van voetbal als een
Koreaan met rode schoenen van biljarten. Tussen Julie en
mij staan twee oudere vrouwen. Ze lijken een beetje op
elkaar, ik denk dat ze zussen zijn. Zelden lelijker vrouwen
gezien. En ze zijn allesbehalve sexy, integendeel, ze zien
eruit alsof ze koopjes zijn.

'De soldensisters!' Ik grinnik tevreden over mijn vondst. Ik
heb hen nog nooit gezien. Waarschijnlijk zijn ze tantes van
de een of andere speler. Met een zuur gezicht volgen ze de
wedstrijd. Ik denk dat ze aan hun mond geopereerd zijn,
zodat ze niet kunnen lachen.

'Shit! De vijand heeft gescoord!'

Een soldensister steekt haar handen in de lucht en haar operatie is vast mislukt, want er verschijnt iets wat op een glimlach lijkt. De sister met de groene jas blijft emotieloos voor zich uit kijken. Even knipperen haar ogen. Misschien betekent dat een schaterlach.

'De knoeiers. Straks verliezen we nog!' gromt Laurens.

Maar Carola drukt zich tegen hem aan en hij vergeet zelfs onze ploeg. Zo diep is hij gevallen.

'Hoi, jongens', zegt een vrolijke stem.

Ik draai verrast mijn hoofd.

'Fien! Ik had je niet zien aankomen.'

Alsof ze beseft dat ze Laurens en Carola beter met rust kan laten, blijft ze naast me staan. Ik voel me opeens geweldig. Voor veel toeschouwers zal het lijken alsof ze mijn meisje is. Ook Julie heeft Fien opgemerkt. Hun blikken bestoken elkaar. De haat is bijna tastbaar, want zelfs de soldensisters kijken verwonderd van Fien naar Julie.

De bal rolt over de zijlijn en blijft tegen het Peugeotreclamebord liggen, voor de voeten van Fien. Ruud komt aangelopen om hem terug in het spel te werpen. Als hij Fien ziet, blijft hij als versteend staan. Zijn blik gaat in paniek naar Julie en hij lijkt echt de kluts kwijt te zijn.

'Verdomme, Ruud! Gooi die bal naar Sammy. Zo veel tijd hebben we niet meer om te scoren!' schreeuwt de trainer. Hij wijst zenuwachtig naar de bal en dan naar het doel van de vijand.

Maar Ruud doet alsof hij hem niet hoort. Hij draait zich snel om en gaat zich op de middenstip verbergen. Zijn ogen zijn op het doel vastgespijkerd, ver van ons.

'Godver! Wat heeft die Ruud nou?' vraagt de trainer aan niemand in het bijzonder. 'Sammy, gooi jij die bal, jongen!' Klungel Sammy graait de bal voor Fiens voeten weg en gooit hem natuurlijk naar Jamal, die tussen twee vijanden staat. Ruud durft nog steeds niet in onze richting kijken. 'Ruud weet het niet meer', zegt Laurens als Ruud de bal krijgt toegespeeld en hem meteen op een knullige manier verliest.

Vroeger zou Ruud met een bruggetje die vent belachelijk maken. Nu holt hij achter hem aan en probeert met een sliding zijn fout goed te maken. Het lukt hem niet om de bal terug te veroveren. Ruud bakt er echt niets meer van. 'Toen hij met mij was, speelde hij beter', zegt Fien luid, zodat Julie het ook hoort.

'Zo is dat!' Ik roep bijna. 'Sinds hij met Julie is, voetbalt hij als een vaatdoek!'

'Dat komt omdat hij bij mij beter aan zijn trekken komt. We deden het gisteren en hij is vast nog moe.' Julie draait haar hoofd uitdagend naar Fien. De woede staat op haar gezicht. 'Jij moet echt waardeloos vrijen!'

De soldensisters happen geschokt naar lucht. Vrijen is vast iets wat ze zich uit een ver verleden nog herinneren, of waarover ze ooit in een boek lazen.

'Bij mij kon hij zowel vrijen als voetballen', zegt Fien. Zelfs de trainer heeft zich omgedraaid en kijkt de meisjes beurtelings aan. 'Meidengedoe! Ook dat nog!' Zijn zucht komt ergens diep uit zijn binnenste. Het is duidelijk dat hij Fien en Julie ergens op de een of andere planeet wenst.

Ruud durft nog steeds niet onze kant uit te kijken en hij is duidelijk niet met zijn gedachten bij het spel. Hij knoeit nog erger dan klungel Sammy. Geen bal raakt hij nog behoorlijk.

'Daan, jij gaat Ruud vervangen', zegt de trainer.

Laurens en ik kijken elkaar onthutst aan. Ruud vervangen? Dat is nog nooit gebeurd. Daan trekt haastig zijn trainingsbroek over zijn schoenen. Het lukt niet best, zijn broekspijp blijft aan zijn noppen hangen. Hij is vast bloednerveus. Ruud vervangen? Er zijn gemakkelijker dingen in het leven. Met gebogen hoofd sloft Ruud naar de kant. Hij durft nog steeds niet opzij te kijken.

'Die zien we voorlopig niet uit de kleedkamer verschijnen', voorspelt Laurens.

'Ik kom vaker naar wedstrijden kijken', zegt Fien vrolijk. Haar ogen gaan triomfantelijk naar Julie, die gefaket koel voor zich uit blijft kijken.

Ik geniet bijna zoveel als Fien van haar overwinning. Ik heb zin om mijn arm op haar schouder te leggen en haar dicht tegen me aan te drukken, maar ik durf niet. De herinnering aan het feestje is nog te vers.

Maar als ik vanuit een ooghoek naar haar kijk, wil ik haar echt. God, wat is ze mooi. Ze is gekleed als een poolreiziger, maar toch fantaseer ik dat ze naakt is. En langs de koude zijlijn zie ik hoe mijn hand onder haar kleren op zoek gaat naar haar borst en hoe mijn vingers in haar broekje op verkenning gaan. Mijn erectie drukt in mijn trainingsbroek. Gelukkig zit die onder mijn jack verscholen. Het moet toch lukken om haar te neuken.

'Carola vertelde dat je naar het oudejaarsfeestje in De Robijn gaat?' vraag ik. Mijn stem klinkt vast schor van opwinding, maar gelukkig merkt ze het niet.

'Ik denk het wel.' Ze kijkt voor zich uit en dan draait ze haar gezicht naar me. 'Denk je dat Ruud ook komt?'
'Nee', zeg ik overtuigend. Ik weet het niet, maar als ik Ruud vertel dat ze komt, blijft hij vast weg. Desnoods bind ik hem aan een boom vast.
'Mooi', zegt ze en ze knippert even met haar ogen.

FIEN

De dagen na de examens zijn de leukste van het jaar. De boeken liggen aan de kant en er wachten twee weken vakantie. Ik zet de nummers van de nieuwste cd van Black Eyed Peas op mijn iPod en opeens verschijnt een sms'je op het scherm van mijn mobieltje.
'Carola!' mompel ik.
Ze is met Laurens naar de voetbalwedstrijd aan het kijken. Julie is er ook. Ze stuurt het zomaar, misschien om haar gratis sms'jes niet verloren te laten gaan. Ik ga verder met waar ik mee bezig ben, maar het sms'je laat me niet met rust. Ik wil geen banneling op mijn kamer worden. En Ruud? Die heeft me triest, maar ook boos gemaakt. Alsof ik een tussendoortje was, nu hij voor Julie heeft gekozen. Ik kan als een kneusje in een hoek zitten janken, maar ik kan ook... hem laten zien dat ze me niet gebroken hebben. Trouwens, waarom moet ik per se Ruud? Jongens zat die me zien zitten. Ruud moet niet denken dat hij de enige is. Maar waarom voel ik me dan niet gelukkig? Misschien zal ik me beter voelen als ik niet meer voor hem op de loop ga.

*Mijn hartslag loopt op als ik mijn fiets voorbij het hek van
het sportterrein op slot zet. Langs de zijlijn staan mensen
in groepjes en alleen naar de wedstrijd te kijken. Stilstaan
aan de rand van het voetbalveld, in een open vlakte... ik
ben er klaar voor. Dikke anorak, muts, sjaal, laarzen,
gewatteerde handschoenen.*

*Zoals vroeger zoeken mijn ogen Ruud tussen de spelers.
God, wat is hij toch knap, kan ik niet laten te denken.
Maar ik wil hem niet meer aangapen. Achter de ruggen
van de toeschouwers loop ik langs de zijlijn. Als ik Julie
zie, verkramp ik even. Ik wist dat ze er zou zijn en toch...
Drie meter verder staan twee oudere vrouwen, zussen, denk
ik. Ze lijken te wedijveren in somber kijken en ik vraag
me af waarom ze naar het voetbal komen als het hen niet
kan boeien. Misschien speelt een neefje mee en hebben ze
beloofd om hem aan te moedigen. Nou ja, aanmoedigen...
Zo kijken ze vast als hij begraven wordt. Maar gelukkig
vormen ze een buffer tussen Julie en mij als ik naast Chris
aan de omheining sta. Carola heeft het druk met Laurens,
ik wil haar niet storen.*

*Julie heeft me nu ook opgemerkt. Ze buigt haar hoofd wat
naar voren om langs de zussen naar me te kijken. Ik knipper
niet eens met mijn ogen. Ik gun haar niet dat ik als eerste
wegkijk.*

*Yes, denk ik als haar hoofd weer achter de zussen verdwijnt.
De bal rolt voor mijn voeten tegen de omheining. Ik schrik
als Ruud mijn richting uit loopt. Onze ogen raken elkaar
en hij blijft verschrikt staan. Ik zie dat hij naar Julie blikt
alsof hij haar vraagt wat hij moet doen. De lafbek!
De trainer zegt dat hij de bal moet pakken, maar hij loopt*

weg. Hij durft zowel Julie als mij niet meer aan te kijken.
'Zo heb ik Ruud nog nooit zien knoeien', zegt Chris.
Het doet me goed. Nu nog Julie op de hoogte brengen.
Ik zie dat de zussen me verschrikt aankijken als Julie roept
dat ik waardeloos vrij. Het verwijt komt aan, maar meteen
herinner ik me hoe zalig Ruud onze intieme uurtjes vond.
Julie kan de boom in. Ze is gewoon jaloers, misschien voelt
ze zich zelfs akelig als ze zich inbeeldt hoe Ruud vroeger in
mijn armen lag. Het geeft me een goed gevoel.
De trainer bekijkt me en ik zie aan alles dat hij ons liever
ziet gaan dan komen.
'Ruud wordt vervangen', zegt Chris. Aan zijn stem hoor
ik dat het een soort tsunami betekent. Dat zelfs een zond-
vloed maar onbetekenend is vergeleken met dit historische
moment.
Ruud loopt als een geslagen hond naar de kant. Het liefst
zou hij waarschijnlijk onder de grond kruipen. Ik heb zelfs
even medelijden met hem, heel even. Maar dan zie ik zijn
sms'je weer voor me en ik vind het prima dat hij nu ook
gekwetst wordt.
'Ik kom vaker naar wedstrijden kijken!' roep ik naar Julie,
maar die heks durft me niet eens meer aan te kijken.
Ze heeft verloren. Straks kunnen Ruud en zij bij elkaar
uithuilen. Toch smaakt de overwinning een beetje wrang.
Ik wil naar Carola kijken en merk dat Chris naar me loert.
Ik krijg het koud omdat hij even weer de oude Chris lijkt,
de Chris waar ik bang voor was. Maar dan besef ik weer
hoe ik hem vroeger verkeerd beoordeelde, en ik schaam me.
Of ik naar het oudejaarsfeestje kom? Ik ben het wel van
plan, ik voel me een beetje te oud om het nieuwe jaar met

vrolijke tantes en dronken ooms te vieren. Alleen Ruud
en Julie zitten me dwars. Ik wil niet toezien hoe ze elkaar
opvrijen. In mijn hoofd heb ik afscheid genomen van Ruud,
maar ik wil zijn kussen en strelingen niet zien die me ooit
deden duizelen.

'Ruud komt niet', zegt Chris. Hij klinkt overtuigd en ik
merk dat hij graag zou willen dat ik kom. Nu, waarom niet?

23

20.19 uur. De uren lijken slakken die bergopwaarts kruipen.
Als een mitrailleur slaat de slagregen tegen de ramen. Het
is pokkenweer. Degenen die op een witte nieuwjaarsdag
hoopten, zullen met kliedernatte wensen tevreden moeten
zijn. Meneer Van Beek zal tevreden zijn. Zijn theorie over
de opwarming van de aarde klopt weer.

Ik heb net mijn scampi op en sop met een stuk stokbrood
de kerriesaus op. Ik ben gek op scampi. Toch is het wat zielig. Ma en ik tegenover elkaar aan tafel. Veel familie heeft
ma niet en sinds de scheiding heeft ze hen uit schaamte ge-
meden. Ma's familie is erg gelovig en een scheiding kan nu
eenmaal niet. Ik begrijp niet waarom ze daar een probleem
mee hebben. Als God had gewild dat ma niet zou scheiden,
dan had hij Pascale ergens in Rusland laten rondbaggeren,
toch?

Omdat het toch een bijzondere avond is heeft ma de tafel in
de woonkamer gedekt. Wit tafellaken, zondags servies, en
ze heeft zelfs een fles rode wijn opengemaakt. Toch is het
een stil feestje. Pa en Pascale zitten nu vast in een duur restaurant met kreeft en kaviaar. Ik kan het verkeerd hebben,
maar soms denk ik dat ma gretiger naar haar polshorloge
kijkt dan ik op mijn mobieltje.

'Moet je nog weg?'

'Ja', zegt ze. 'Ik heb een afspraak met Walter. Je weet wel.'
Ik weet het niet, totdat ik me herinner dat ze ooit eens over
een collega heeft gesproken. Zou ze echt? Ik kan het bijna
niet geloven. Ze belt hem nooit en ik weet niet of ze hem

sms'jes stuurt. Maar ja, ze zien elkaar misschien elke dag. Zouden ze elkaar stiekem kussen? Zou hij met zijn handen in haar ondergoed zitten?

Nee, denk ik. Dat laat ma niet toe. Of zou ze toch? Ik wil het niet weten, laat staan eraan denken.

'Walter en ik gaan straks eten en daarna gaan we naar het vuurwerk in de stad kijken.'

'Nog eens eten?'

'Ik neem nu alleen het voorgerecht, maar ik zorg dat jij lekker kunt eten. Ik heb voor jou varkenshaasje in de oven staan, met champignons, en ik ga kroketten bakken.'

Ze komt overeind en ik heb het gevoel dat ze veel jonger beweegt dan anders. Zou ze zich dan toch door Walter laten pakken? Mijn ma? Nee, dat kan niet.

Om de tijd te verdrijven laat ik met twee vingers mijn mes heen en weer kantelen op tafel. Al dagenlang neem ik alle mogelijkheden door. Op de weg van De Robijn naar de bushalte is een bouwplaats zonder deur of vensters. Alleen stukken spaanplaat sluiten de ruwbouw af. Op een avond ben ik er eens binnen geweest. Het was er koud, maar ik kan niet altijd een warme kamer en een tapijt wensen. Maar nu zal ik Fien hebben en dat maakt het allemaal zo bijzonder. Met het licht van mijn mobieltje heb ik vodden gevonden. In de week tussen de feestdagen wordt er niet gewerkt, zodat mijn primitieve bed op het beton er nog zal liggen. Mijn mes heb ik onder de vodden verborgen, maar ik hoop dat ik het niet nodig heb, dat ze zo bedwelmd is dat ze niets beseft. Mijn muts laat ik thuis. Ik loop een enorm risico, maar Fien zou toch mijn kleren en mijn figuur herkennen. Ik moet er echt op rekenen dat het GHB doet wat ik hoop.

Het maakt de kick nog groter. Zelfs nu gaat mijn adem
sneller en voel ik mijn hart pompen.
Ik schrik op als ma uit de keuken komt met plakjes varkens-
haas op een bord. Het warme vlees rookt.
'De kroketten zijn zo klaar', zegt ma.
Ik heb geen trek, maar ik leg toch enkele plakjes op mijn
bord. Vooral gewoon doen.

Achter in het café zijn tafels en stoelen tegen de kant
geplaatst, zodat een kleine dansvloer uitgespaard is. Die
wordt gretig gebruikt, maar ik zit aan de bar. Op de kruk
naast me ligt Fiens tasje. Ik bewaak het als was het de
kroon van de koningin. In de hoek achter me staat een
grote kunstkerstboom met gekleurde ballen, en witte lichtjes floepen aan en uit. Tegen mijn gewoonte in ben ik heel
voorzichtig met pilsjes. Straks mag ik geen fouten maken.
'Pfff', zucht Fien als ze na een halfuur dansen naar me toe
komt. Ze pakt het tasje weg en hijst zich op de kruk. Ze
ziet er beangstigend mooi uit. Een korte zwarte rok laat de
helft van haar dijen zien en haar benen eindigen in zwarte
glimmende laarzen. Ze heeft een wit mouwloos topje dat
een groot deel van haar rug bloot laat en een halsuitsnijding
heeft die alle jongensogen als een magneet naar zich trekt.
Ik moet me dwingen om niet constant naar haar borsten
en haar dijen te staren. Ik snap niet hoe Ruud haar uit zijn
vingers liet ontsnappen, ook niet voor Julie.
'Een mojito', zegt ze tegen de barman. Met een korte ruk
van haar hoofd gooit ze haar haar naar achter. Haar gezicht
en haar huid glimmen van de inspanning en de warmte.
'Weer mojito', zeg ik. 'Je hebt je favoriete drank gevonden.'

Het is haar vierde en het is nog niet eens middernacht.

'Lekker', zegt ze terwijl ze aan het rietje zuigt.

Mijn hand glijdt ongemerkt over de grote zijzak van mijn broek. Het flesje GHB zit rechtop. Met een vingertop voel ik of de kurk nog veilig op het flesje zit.

'Echt gezellig', zegt Carola terwijl ze naast Fien komt staan. Laurens schuift achter haar en slaat zijn armen om haar middel terwijl hij zijn voorhoofd tegen haar kruin drukt. Zijn vingers trommelen heel lichtjes op haar buik. De top van zijn wijsvinger peutert plagerig in haar navel en Carola giechelt. 'Gezellig toch?' zegt ze nog eens.

Met Laurens zou ze het wellicht in een modderpoel met krokodillen nog gezellig vinden.

Ik kijk naar Fien en ik probeer me in te beelden hoe straks mijn handen over dat mooie lijf zullen gaan en hoe ik zal kreunen als ik me in haar verlies. Mijn DNA, mijn sperma... het kan me verraden, maar als het GHB zijn werk doet zal ze niet eens weten dat ik haar genomen heb.

'Is er iets, Chris?' vraagt Fien.

Ik kijk op en zie hoe Laurens, Carola en Fien me aanstaren. Ze hebben misschien iets gezegd of gevraagd, en ik was met Fien in de bouwplaats.

'Sorry, ik zat maar wat te dromen. Had je iets gevraagd?'

'Wat jouw voornemens zijn voor het nieuwe jaar', zegt Carola.

'Veel met Zarko wandelen', floep ik er zomaar uit. 'Zarko is een droom van een hond.'

Laurens en Carola kijken me vreemd aan, maar in de ogen van Fien zie ik iets teders, en bijna vind ik het erg dat ik haar straks zal verkrachten. Als alles loopt zoals ik hoop...

Op het tv-toestel dat hoog achter de bar staat, verschijnt een groot ouderwets horloge.

'Nog vijf minuten!' roept Carola uit en ze draait lachend haar hoofd naar Laurens. Ze is klaar om hem het nieuwe jaar in te kussen.

De grote wijzer draait verder. Opeens begint iemand af te tellen en meteen doet iedereen mee. 'Negen, acht, zeven...' Alle ogen zijn op het horloge gericht en het tellen klinkt steeds luider. 'Drie, twee, één!'

'Gelukkig Nieuwjaar, Fien.' Ik schuif van mijn kruk. Twee kussen op haar wangen en een kus op haar mond. Ik ruik haar parfum en ik sluit even mijn ogen. Ik verlang zo hevig naar haar dat ik lijk te duizelen.

'Gelukkig Nieuwjaar, Chris.' Dan draait ze zich naar Laurens en Carola. Hun zoen duurt oneindig lang en pas als Fien op Carola's schouder tikt, laten ze elkaar los.

Iedereen in het café lacht en iedereen zoent iedereen. In mijn hele leven heb ik nog nooit zo veel kussen en handdrukken gekregen.

Ik trakteer ons vieren op een drankje. Gelukkig neemt Fien mojito.

'Zeg, Chris, waarom dans je niet met ons mee?' Fiens gezicht is rood en warm. Ze heeft de dansvloer zowat kapotgetrapt. Carola heeft die arme Laurens op de dansvloer gesleept. Laurens danst als een dweil, maar hij beseft het niet.

'Ik ben niet zo'n danser', zeg ik. 'Ik kijk liever.'

Ze zuigt met het rietje haar glas leeg.

'Nog een?' vraag ik.

'Eigenlijk beter van niet. Ik heb vast al heel wat mojito's op, maar dansen maakt dorstig.'

Zeven, denk ik. Haar stem klinkt wat lallend en ik schuur met mijn tanden over elkaar. Het horloge boven de bar geeft halftwee aan. Het café is nog tjokvol. Dan knalt Kings of Leon uit de boxen.

'O, "Sex on fire"!' roept Fien en meteen verdwijnt ze tussen de dansers. De zeven glazen doen haar wilder dansen. Haar haar zwaait in het rond en ze beweegt als een losgeslagen Duracell-konijn.

'Een mojito en een pilsje', zegt de barman. Hij plaatst de drankjes op de bar. Ik leg een briefje van tien euro op het houten blad en laat het wisselgeld in mijn hand glijden.

'Dank je.' Ik doe alsof ik het in mijn zakken wil stoppen, maar laat een paar muntstukken vallen.

'Sorry', zeg de barman. Iemand roept hem en hij loopt naar de andere kant van de bar.

Ik glijd van mijn kruk en als toevallig heb ik de mojito in mijn hand. Ik zet het glas tussen de bar en mijn kruk op de grond. Nu wordt het spannend. Mijn handen beven een beetje en het zweet doet mijn shirt op mijn rug kleven. Er is niemand die op me let, zie ik.

Niet aarzelen. Gewoon doen, moedig ik mezelf aan. Verborgen tussen mijn been en de stenen van de bar haal ik het flesje uit de zijzak. Ik trek de kurk eraf en met het flesje onzichtbaar in mijn hand verstopt laat ik een paar druppels kleurloze vloeistof in het glas lopen. De handeling heb ik ontelbare keren op mijn kamer geoefend. Ik had zelfs een kurk gesneden die ik blindelings van het flesje kon halen. Het flesje en de kurk verdwijnen weer in de zijzak.

Gelukt, denk ik. Mijn hand trilt nog steeds als ik overeind kom en het glas op de bar zet. Het heeft maar een paar seconden geduurd en toch leek het een eeuwigheid. Een zucht ontsnapt en ik sluit even mijn ogen. Dan kijk ik zomaar om me heen. De cafébezoekers kletsen, lachen en flirten met elkaar of kijken naar de dansvloer. Er is niemand die me op een vreemde manier aankijkt. Met mijn vingers trommel ik het ritme van Kings of Leon op het houten blad van de bar.

Iemand tikt me op de schouder. Ik schrik me de pleuris. Met een ruk draai ik me om.

'Sorry', zegt een meisje als ze de ontzetting op mijn gezicht ziet. 'Er lag een muntstuk van vijftig eurocent onder je kruk. Ik denk dat het van jou is.' Met twee vingers reikt ze me het muntstuk aan.

'Bedankt.' Ik moet mijn reacties beter onder controle houden.

Mijn mond is droog van de spanning als Fien het glas mojito neemt en het tegen haar lippen houdt. Ze wankelt een beetje. Het dansen en zeven mojito's hebben haar zintuigen verdoofd. GHB smaakt zout, heeft het internet me verteld. En het klopt, want ik had gisteren een fractie van een druppel op mijn tong geproefd. Maar ik speculeer erop dat ze te veel heeft gedronken om dat te merken. Wellicht zou ze het niet eens proeven als ik azijn in haar glas had gegoten. Drink dan, denk ik, en ik probeer haar niet opvallend aan te kijken.

Ze neemt een slok, bekijkt dan met verwonderde ogen het glas en neemt weer een slok.

'Hé', lacht ze. 'Ik dacht dat de mojito daarnet anders smaakte.' Ze haalt haar schouders op. Dan probeert ze op de kruk te kruipen, maar als ze dreigt eraf te vallen grijp ik snel haar arm.

'Oeps!' zegt ze lacherig en ze laat zich gewillig helpen. Dan gooit ze het rietje op de vloer en drinkt het glas in één teug leeg. Alleen het ijs blijft achter.

'Nog een', zegt ze.

Het is nu wel duidelijk te horen dat ze dronken is. En binnen een halfuurtje zal ook het GHB zijn werk doen.

Ze knoeit als ze haar tasje openmaakt en geld pakt. Met een muntstuk tikt ze luid op het houten blad tot de barman opzij kijkt.

'Mojito en pils!' Ze klinkt echt bezopen.

'Zou je nog wel drinken?' vraag ik bezorgd, maar binnenin juicht het. Als het nu niet kan, dan lukt het nooit meer.

Bijna kwart over twee. Als een zombie kijkt Fien voor zich uit. Ze wauwelt onverstaanbare zinnen en soms sluit ze haar ogen alsof ze wil slapen. Ik moet haar grijpen als ze achterover neigt en bijna met haar kruk omkantelt.

De barman veegt met een doek het nat van het blad en kijkt haar met een frons tussen zijn ogen aan.

'Kan ze niet beter naar huis gaan?' vraagt hij aan mij omdat ze niet meer beseft waar ze is.

'Ik denk het wel. Ik zal haar naar de bushalte brengen.'

'Is ze een vriendin van jou? Weet je waar ze woont?'

Ik knik.

'Dan zou ik haar maar naar huis vergezellen. Volgens mij haalt ze in haar eentje niet eens de deur van het café.'

'Tja, te veel mojito's. Het is ook maar één keer Nieuwjaar.'
Carola en Laurens dansen alsof iemand hen ineengevlochten
heeft. Fien is wel heel ver in hun gedachten.
Ik help Fien van de kruk. Ze leunt zwaar tegen me aan en
bekijkt me mistig alsof ze me nog nooit heeft gezien.
'Ga je niet omkieperen als ik de jassen haal?' vraag ik,
maar als ik haar loslaat moet ik haar meteen weer grijpen,
omdat ze door haar benen dreigt te zakken. Ik zoek hulp en
zie twee meisjes die ons bezorgd aankijken.
'Willen jullie Fien even vasthouden? Dan pak ik onze
jassen.'
Voorzichtig nemen ze Fien onder de oksels.
Het is even zoeken tussen de overvolle jassenboom, maar
ik heb goed gelet waar Fien haar jas heeft gelaten. Haar muts
is op de grond gevallen.
Fien lijkt een levende voddenpop als de meisjes haar in haar
jack helpen.
'Bedankt', zeg ik. 'Gelukkig Nieuwjaar. En niet zo veel
drinken als zij.'
Ik heb een arm van Fien over mijn schouder gelegd en terwijl ze willoos tegen me aan leunt, help ik haar naar buiten.

Auto's rijden door de straat, maar geen enkele stopt of
vertraagt als ik met Fien over het voetpad zeul. Ze steunt
zwaar op me en lijkt slapend haar ene been voor het andere
te plaatsen. Ik hijg van de inspanning, maar ik voel de
adrenaline door mijn lijf gutsen. Eindelijk is het zover. Ik
kan bijna niet geloven dat ze straks willoos op de vodden
zal liggen, dat ik met haar mag doen wat ik zo dikwijls
gefantaseerd heb. De bouwplaats is vlakbij en toch lijkt het

uren te duren voor we er zijn. Ik bijt gejaagd met mijn snij-
tanden op mijn onderlip. Het zweet kleeft op mijn gezicht,
op mijn handen, maar ik weet niet of het van de inspanning
of van mijn geilheid komt.

Eindelijk, denk ik als we bij de bouwplaats zijn. Ik wacht
tot een auto voorbijrijdt en trek dan een spaanplaat opzij,
zodat we naar binnen kunnen. Mijn mobieltje haal ik snel
uit mijn zak en ik knip het lichtje aan. Ik kijk naar Fien
of ze reageert, maar met gesloten ogen laat ze zich verder
leiden. Ze zou niet eens merken dat ik haar naar de top van
de Eiffeltoren zou brengen.

Romantisch is het niet, vliegt het door mijn hoofd. Tegen
de gemetselde, ruwe stenen staan kisten en emmers met
allerlei materiaal. Op de koude betonnen vloer ligt het voddenbed. Voorzichtig leg ik haar neer, zie opgelucht dat ze
gewoon verderslaapt en verlaat de ruimte om de spaanplaat
terug te plaatsen, zodat niemand gaat denken dat er bezoekers zijn. Je weet maar nooit.

Ik leg mijn mobieltje op de grond, zodat het licht op haar
schijnt. Dan laat ik me op mijn knieën zakken, trek haar
rechtop en doe haar jack uit. Ze laat me willoos begaan.
Een tijdje blijf ik naar haar kijken alsof ik niet kan geloven
dat Fien nu van mij is. Ik buig me voorover en probeer haar
te kussen. Mijn tong drukt nutteloos tegen haar tanden en
haar tong. Ik stop het mobieltje in mijn mond, zodat ik haar
goed kan bekijken. Ik schuif de randjes van haar topje naar
beneden. Mijn ongeduld is te groot. Er breekt een bandje af.
'Shit!' Ik kijk wanhopig naar het bandje, dat los aan het
topje hangt. 'Shit! Shit!' vloek ik nog eens. Nu ja, niets aan
te doen.

Een zwarte beha met witte verticale streepjes draagt ze.
Mijn vingers duwen de beha weg en in het licht van
mijn mobieltje zie ik de borsten waarover ik zo dikwijls
droomde. Mijn fluwelen handen strelen eerst, maar even
later kneden ze hebberig haar malse borsten. Automatisch
sluit ik mijn ogen, maar ik open ze weer. Ik wil haar zien.
Ik kreun van opwinding als ik haar rokje omhoogschuif en
mijn hand in haar lichtgroene broekje haar schaamhaar
voelt. Ik wil nog even van dit moment genieten, maar ik kan
me niet meer bedwingen. Ik trek haar laarzen uit en het
kost me moeite om haar panty over haar benen te stropen.
Dan steek ik mijn vingers achter het elastiek van haar
broekje en trek het naar beneden. Ik spreid haar benen,
neem het mobieltje uit mijn mond en richt het op haar
kruis. Het lichtje bezoekt elk plekje van haar lichaam.
Mijn ogen zijn opengesperd. Dit beeld wil ik me altijd blijven herinneren. Mijn erectie klopt. Ik moet haar nu nemen
als ik niet in mijn broek wil klaarkomen.
'Sperma', mompel ik. Het sperma zal me later kunnen
verraden. Maar wellicht kleeft er al DNA in haar broekje,
kunnen ze me op die manier vinden. Het maakt me niets
meer uit. Ik wil haar helemaal. Nu. Later zie ik wel.
Ik knoop mijn broek los, duw me in haar. Met gestrekte
armen hang ik boven haar en zie haar borsten bewegen op
mijn ritme.
Nee, denk ik als ik mezelf voel ontploffen. Nog niet!
Hijgend blijf ik nog wat op haar liggen. Het mag toch nog
niet voorbij zijn? Mijn sperma en DNA zitten nu toch in
haar. Dan maakt het niet meer uit of ik haar nog eens neem.
Ik kus haar tepels, laat mijn vinger in haar spleetje heen en
weer glijden en voel weer een erectie komen.

Dit keer geniet ik echt en ik kan een schreeuw amper ver-
bijten. Ik voel me leeg als ik hijgend op haar neerkijk. God,
wat is ze mooi.

Een grote moedeloosheid overvalt me als ik bedenk dat dit
de laatste keer is dat ik Fien kan neuken. Ik zou zelfs willen janken. Teleurgesteld omdat het voorbij is, en toch voel
ik me ook fantastisch omdat ze even van mij was. Ik kom
overeind en knoop mijn broek dicht.

'Eigenlijk zou ik nu mijn kruisje moeten achterlaten', zeg ik.
Ik aarzel. Haar lichaam is te mooi om in te krassen. Maar
ik wil een herinnering achterlaten dat ze ooit van mij was.
Een klein kruisje, beslis ik. Elke keer als ze het littekentje
ziet, zal ze aan vannacht denken. Latere vriendjes zullen
vragen wat dat kruisje betekent, en ze zal zwijgen. Alleen
ik zal het weten.

Ik weet dat ik mezelf met mijn embleem aan het kruis
nagel. Over enkele uren zal ze misschien niet beseffen wat
er gebeurd is, maar als ze naar de badkamer gaat en in de
spiegel kijkt, zal ze mijn kruisje zien en het nooit vergeten.
Op de tast vind ik mijn mes.

'Je bent terug', zegt de barman als ik een pilsje bestel. 'Je
vriendin was er helemaal niet goed aan toe. Geen fraai
gezicht als een jong meisje zo bezopen is. Je zou bijna
denken dat ze een wedstrijdje comazuipen heeft verloren.'
Hij kijkt vluchtig door het café alsof hij bang is dat ergens
jongeren zich echt lazarus aan het drinken zijn.
Onze krukken zijn intussen bezet. De sfeer is nog steeds
hetzelfde in het café, nog steeds uitbundig, lawaaierig, nog
steeds dansen Laurens en Carola dicht tegen elkaar.

Nog dichterbij kan niet, denk ik.

'Haar ouders waren vast niet vrolijk', gokt de barman terwijl hij mijn biertje op de bar plaatst.

'Ik weet het niet', zeg ik. 'Ik heb haar maar tot aan de bushalte gebracht. Daar heb ik haar in het bushokje op het bankje gezet.'

'Het bushokje? Zo ver is dat toch niet weg?' Hij kijkt me verbaasd aan.

'We kwamen bijna niet vooruit en ik heb nog een tijdje met haar op de bus gewacht. Maar ze zei dat ik door haar mijn feest niet moest laten vergallen, en toen ben ik teruggekomen.'

Hij knikt en gaat glazen spoelen.

Tot nu toe klopt mijn plannetje. Ik heb Fien naar de bushalte gebracht en ben teruggekomen. Als iemand wat met haar heeft gedaan... ik weet niets. Straks ga ik haar uit de bouwplaats halen en breng haar naar huis. Haar verfomfaaide kleren kan ik verklaren omdat ze een paar keer is gevallen. Zelfs een keer in een plas. Ik hoop maar dat ze zich echt niets herinnert. Misschien was het verkeerd om een kruisje boven haar schaamhaar achter te laten. Het was een heel klein kruisje zodat haar lichaam goddelijk blijft, en toch zal ze nooit weten dat ik haar getekend heb, dat ze van mij was. Ze zal zich vragen stellen en nooit weten...

Carola en Laurens komen hand in hand naar me toe.

Carola's topje heeft donkere zweetvlekken en Laurens ziet eruit alsof hij net een marathon achter de rug heeft.

'Is Fien weg?' vraagt Carola. Ze blikt naar het horloge boven de bar. 'Halfvier? Nu al?'

'Ze had te veel gedronken. Ik heb haar naar de bushalte gebracht.'

'Ik dacht al dat de mojito's vlot naar binnen gingen', lacht Laurens.

'Ze zal toch veilig thuiskomen?' vraagt Carola zich bezorgd af. 'Wacht.' Ze neemt haar mobieltje.

Fuck! Daar had ik geen rekening mee gehouden. Ik knijp mijn vingers tegen elkaar. Ik hoop maar dat Fien nog stevig slaapt op haar voddenbed.

Carola blijft met haar mobieltje aan haar oor staan. 'Voice-mail', zegt ze uiteindelijk. 'Fien, stuur je een berichtje als je thuis bent?' spreekt ze in.

Carola drinkt van haar cola, die intussen lauw moet zijn. Haar gezicht is zorgelijk.

'Zouden we haar niet achternagaan, Laurens? Ik zal me pas gerust voelen als ik weet dat ze veilig is.' Ze kijkt me ver-wijtend aan. 'Je had haar nooit alleen mogen laten, Chris.' Dan keert ze zich naar Laurens. 'Zullen we?'

Spijt staat op Laurens' gezicht. 'Het is net zo leuk, schat. Als we over een uur of zo terugkomen is de sfeer weg. Met Fien is er vast niets aan de hand.'

Carola schudt langzaam het hoofd. Ze kan duidelijk niet kiezen.

'Weet je wat', zeg ik. 'Ik zal Fien achternagaan. Het zou me niet eens verbazen dat ze in het bushokje in slaap is ge-vallen. Ik lever haar veilig bij haar ouders af. Zorgen jullie maar voor een onvergetelijke nacht.'

Laurens trekt zijn ogen tot spleetjes.

'In het café, bedoel ik natuurlijk', grijns ik.

'Maar je hoeft dat helemaal niet...' protesteert Carola voor de vorm.

'Och, ik zit hier toch maar in mijn eentje. Trouwens, ik

voel me een beetje schuldig omdat ik haar in dat bushokje heb achtergelaten.'

Zowel Laurens als Carola knikt opgelucht. Ik heb mijn jack nog aan.

Weer neem ik de spaanplaat weg. In het licht van mijn mobieltje zie ik dat ze nog steeds slaapt, en ik verwonder me toch over de werking van het GHB. Het lijkt echt een wondermiddel. Ik zal het vaker gebruiken. Maar eerst moet ik dat flesje kwijt zien te raken. Ik druk op mijn zijzak en voel het daar zitten. Straks valt het bij het mes in de riolering. Of nee... de ingeving komt zomaar uit het niets. Misschien kan ik het flesje beter nog een tijdje bewaren. Ik laat het licht over Fien gaan. Toen ik daarnet wegging, had ik haar kleren weer gefatsoeneerd. Zelfs nu ze op vodden ligt, ziet ze er onweerstaanbaar mooi uit.

Ik rits haar jack open, zie haar blote schouders, de aanzet van haar borsten. Het rokje, dat bijna tot haar broekje opgeschoven zit. Ik hoef alleen maar haar panty en haar broekje uit te trekken. Het zou toch zonde zijn om niet...

'Nog een keer.'

En daarna spoel ik haar broekje in water. Misschien verdwijnen dan alle sporen. Ik hoop maar dat ze niet wakker wordt als ik haar het natte broekje weer aantrek. Straks laat ik haar in een plas zakken. Plassen genoeg met dit rotweer.

FIEN

Mijn hoofd bonkt en een zeurende pijn knaagt onder mijn schedel. Er zit een heel vieze smaak in mijn mond en ik heb

een ontzettende dorst. Ik zou liever nog slapen, maar ik
voel dat het me niet meer zal lukken. Door de gordijnen zie
ik dat het buiten volop licht is. Ik draai me op mijn zij en
reik naar mijn mobieltje, dat op het nachtkastje ligt.
Ik kan me niet herinneren dat ik het daar gelegd heb. Ik
loer onder mijn dekbed en merk dat ik mijn rode nachtpon
draag. Ook daar herinner ik me niets van.
'Ma zal me geholpen hebben', mompel ik.
Mijn mobieltje geeft 11.17 uur aan.
Ik heb vannacht een oproep gemist. Carola. Ik breng het
mobieltje naar mijn oor. 'Fien, stuur je een berichtje als
je thuis bent?' Haar stem klinkt bezorgd. Waarom moest ze
ongerust zijn?
Ik begrijp er niets van en ik probeer me te herinneren wat
er gebeurd is. Maar ik zie alleen de dansvloer, Chris op
een kruk aan de bar en veel mojito's. Wat is er later
gebeurd? Ik weet het niet. Ik ploeter in mijn geheugen,
maar ik zie niets.
'Goh, ik moet echt veel gedronken hebben.'
Opeens weet ik weer dat ik uit mijn bed ben gevlucht om
in de wc-pot te kotsen. Ik herinner me zelfs dat ik het toilet
niet haalde en dat ik op het parket voor de wc-deur mijn
maag leegde. Wie heeft het opgeruimd? Ik niet, dat weet ik
zeker.
'Ma zal woest zijn. Ik kan me maar beter op een woede-
uitval voorbereiden.'
Het lijkt me beter om op te staan, zelfs al heb ik helemaal
geen zin. Een douche en tandenpoetsen zal misschien een
beetje helpen om me frisser te voelen.
Het duizelt in mijn hoofd als ik met mijn voeten de dons-

deken wegduw en op de rand van het bed ga zitten. Met
beide handen druk ik op mijn slapen. Die ellendige hoofdpijn!

Toch mag ik straks niet zielig zijn, anders wordt ma vast nog
nijdiger.

Ik duw mezelf overeind. Mijn benen lijken heel wankel. Ik
slof naar de badkamer. Ik stink vast meters ver uit mijn bek.
Mijn spiegelbeeld is een verschrikking. Ik herken mezelf
bijna niet. Mijn haar is vuil alsof ik de vloer van De Robijn
met mijn kapsel geveegd heb. Donkere kringen rond fletse
ogen en een veeg op mijn wang. God, wat heb ik gisteren
toch uitgericht?

Mijn nachtpon valt op de vloer en ik geloof mijn ogen niet
als ik op mijn buik een paar vuurrode krasjes zie. Ze lijken
een kruisje te vormen.

'Hoe geraken die krasjes op mijn buik?' vraag ik me ongelovig af. 'Zou ik ergens tegen een spijker of zo geschuurd
hebben?'

Weer doorploeg ik mijn geheugen, maar ik herinner me
alleen De Robijn. Wat daarna gebeurd is... een enorm
zwart gat.

Terwijl ik mijn tanden poets, draai ik de waterkraan van
de douche open. Ik hoop dat ik fris zal zijn als ik uit de
douchecel kom, maar ik vrees ervoor. Zelfs tientallen liters
warm water kunnen zo'n ellendig gevoel niet oplossen.
Maar kan een spijker een kruisje vormen, bedenk ik opeens.

'Goeiemorgen!' Ik probeer vrolijk te klinken. 'Gelukkig
Nieuwjaar!'
Pa zit op de bank en hij legt het tijdschrift op zijn schoot.

Zijn gezicht is bezorgd. Ma zit aan tafel met haar hoofd in haar handen. Ze richt haar hoofd op en haar ogen staan droef. Ik begrijp het niet. Ik had verwijten verwacht, maar niet een begrafenisstemming.

'Ja, ik heb te veel gedronken', zeg ik. 'Maar dat kan gebeuren. Pa is toch ook al een paar keer dronken thuisgekomen, toch?'

Alsof het afgesproken is, knikken ze allebei. Ik voel me niet opgelucht omdat ik geen verwijten naar mijn kop krijg. Er klopt iets niet.

'Hoe laat was ik thuis?' vraag ik om de zwijgende monden tot leven te brengen.

'Rond halfvijf', zegt ma. 'Chris heeft je naar huis gebracht.'

'Chris?' vraag ik verbaasd. 'Daar herinner ik me niets van.'

'Hij had je naar het bushokje gebracht en was teruggegaan naar De Robijn. Maar daar besefte hij dat je niet in een toestand was om alleen naar huis te gaan en toen is hij teruggekeerd. Hij heeft je naar huis geholpen.'

'Geholpen?' Kan ik nog dieper vallen?

'Je kon niet meer op je benen staan. Zo dronken was je. Je bent ook een paar keer gevallen. Een keer in een plas water zelfs.'

'In een plas water?' mompel ik voor me uit. Jezus, ik durf Chris niet meer onder de ogen komen. Ik moet vast als een dronken del rondgezwalkt hebben. Ik heb me hopeloos belachelijk gemaakt. Ik vergeet zelfs de hoofdpijn en het ellendige gevoel in mijn maag.

Ik neem een stoel en ga tegenover ma zitten.

'Is er nog koffie?' vraag ik.

Ma kan het niet laten om met haar hand de dranklucht weg

te wuiven die uit mijn mond walmt. Ik hoop dat koffie mijn
ellende kan verlichten.

Ma komt overeind, loopt naar de keuken en pakt de thermos-
kan koffie en een reuzenmok. Dat heb ik echt nodig. Zwart!
Daarna zal ik me vast beter voelen.

'Er is nog iets', zegt ze terwijl ze de koffie in de mok giet.
Nu komt de kots die ze moest opruimen aan de beurt,
denk ik.

'Ja, dat weet ik nog', zeg ik stilletjes met gebogen hoofd.

'Je weet het?' Haar stem klinkt wanhopig, maar ook zit
er een beetje opluchting in alsof het haar gemakkelijker
maakt om erover te praten.

'Ik vind het heel erg dat je mijn kots moest opruimen. Dat
heb ik echt niet gewild.'

'O, dat', zegt ze alsof het iets onbelangrijks is. 'Nee, toen
ik je uitkleedde zag ik dat het bandje van je topje was afge-
broken. En je broekje was vuil.'

'Vuil?' Ik moet even nadenken. 'Maar ja, ik ben toch in het
water gevallen. Misschien was het wel modder.'

'Heb je soms met iemand seks gehad?' vraagt ma
voorzichtig.

'Ik? Helemaal niet. Wat denk je wel?' Ik snauw, maar ik
voel me heel onzeker. Wat is er toch gebeurd?

'Het kan toch?' zegt ma vergoelijkend. 'Je hebt gedronken,
je ontmoet iemand...'

'No way', zeg ik overtuigd.

'Ik hoop dat je gelijk hebt', zegt pa. Zijn toon brengt me in
de war.

Ik draai mijn hoofd naar hem. Zijn gezicht is nog steeds
somber. 'Wat bedoel je dan?'

'Je panty was achterstevoren aangetrokken.'
'Achterstevoren?' Opeens begrijp ik het. 'Bedoel je dat...'
De kamer lijkt opeens te tollen. Ik zie alles in een waas.
'Wat denk je? Zouden we een arts laten komen? Hij kan ons
uit die onzekerheid helpen.'

Verkracht! Mijn ogen zijn op een poster van Rihanna gericht, maar ik zie het niet. Er zijn geen tranen meer. Ik voel
me wanhopig en bang.
De arts had ons naar de eerste hulp van het ziekenhuis
gestuurd. Daar hadden ze een kit waarmee ze konden
onderzoeken of ik verkracht was, ook al had ik een douche
genomen. Ik voelde me vuil en bang toen de dokter tussen
mijn benen naar sporen zocht.
Verkracht! De rode letters op de poster lijken vuur. Hoe kan
dat nu? Shit, als ik me nu nog maar iets kon herinneren.
Ik wist niet dat alcohol zo'n put in mijn geheugen kon
graven.
Al wordt het broekje nog duizend keer gewassen, ik zal het
nooit meer aantrekken. Ook de kleren die ik droeg wil ik
nooit meer zien.
Raar, sinds ik het weet voel ik me bloednuchter. Mijn ziel
overhoop, dat wel, maar ik merk niets meer van de mojito's.
Wellicht omdat mijn lichaam aanvoelt dat die kater onbe-
langrijk is geworden.
Ma is al om de morning-afterpil geweest. Misschien hoeft
het niet, maar we willen geen enkel risico nemen.
Een korte tik op de deur en ma komt in mijn kamer. 'Hoe
gaat het, Fientje?'
'Het gaat.' Maar ik meen het niet.

'Ben je klaar om mee te gaan?'

Ik snik mijn ziel naar buiten. Ma komt naast me op de rand van het bed zitten en slaat haar armen om me heen. We huilen allebei.

'Zou Chris...' Ik weet hoe gretig hij altijd naar me keek.

'Waarom zou hij je dan naar huis brengen?' zegt ma. 'Het was fout om je alleen in dat bushokje te laten, maar hij kon toch ook niet weten dat...'

Haar stem hapert. Ze kan het vreselijke woord niet over haar lippen krijgen.

Ik knik, maar ik weet het niet. Ik weet het echt niet meer. Fuck, waarom moest ik me ook zo bezuipen? Maar is dronken zijn dan een vrijbrief om me te verkrachten?

Ik snik het uit en klauw wanhopig in ma's schouder.

'We zouden naar de politie rijden, toch?' zegt pa die onhoorbaar is binnengekomen.

Ik knik, want het lukt me zelfs niet om een ja over mijn lippen te krijgen.

24

Mijn mobieltje ligt stom op de tafel. Ik heb het uitgeschakeld. Carola had een sms'je gestuurd. Ze wilde weten hoe het met me ging, of ik geen kater had.

'Goed, een beetje hoofdpijn', heb ik teruggestuurd. Meer hoeft ze niet te weten.

Nooit hadden we geheimen voor elkaar. Ze weet meer details over mijn vroegere relatie met Ruud dan hij graag zou horen, en Laurens zou het haar nooit vergeven dat ik weet dat hij zo schattig met haar beha knoeide toen ze voor het eerst vrijden. Maar dit... nee, dat wil en kan ik aan niemand kwijt. Ik voel me te smerig en te beschaamd. Alsof het mijn fout is!

Ik wil haar niet vertellen over het gesprek met die politie- vrouw, over het vernederende onderzoek bij de dokter daarna. Bij elke vraag, elke goedbedoelde opmerking voelde ik me rotter.

'Wil je soms koffie? Iets anders?' vraagt ma. Ze is bezorgd, boos, triest... Net zoals ik.

Mijn vingers draaien rusteloos mijn ring om en om, de nepzilveren ring die ik van Carola voor mijn veertiende verjaardag kreeg.

Volgende week moet ik weer naar school, bedenk ik opeens. Kan ik blijven zwijgen? Ze zullen het vast aan me merken dat er iets gebeurd is. En vragen waarom ik me boos maak of zwijg of huil. En als ik het toch vertel, zullen ze meer en meer willen weten. Het liefst zou ik helemaal niet meer naar school gaan, me op mijn kamer opsluiten. Maar dat kan niet. Volgende maandag zal ik ongelooflijk bang zijn om door de schoolpoort te gaan.

Ik vecht tegen de tranen in mijn ogen. Steeds weer probeer ik de nacht in mijn hoofd te construeren. Ik móét me toch iets herinneren! Heb ik me verzet? Was ik te dronken en kon hij zomaar met mij doen wat hij wilde? Ik huiver als ik zie hoe harige handen me betasten terwijl ik bewusteloos lig. Hoe een man zonder gezicht met zijn lul in me pompt. En dat kruisje? Zou het iets betekenen? Een satanssymbool of zo? Wat voor een pervert heef me genomen? Ik voel de tranen over mijn wangen en snik terwijl ik mijn gezicht met mijn handen verberg.

'Het gaat wel voorbij', zegt pa. Hij komt hulpeloos naast me staan en legt zomaar zijn hand op mijn hoofd. Dat doet hij anders nooit, want hij vindt het moeilijk om te laten blijken dat hij van me houdt.

Ik weet dat het nooit voorbij zal gaan. Zeker als ik niet weet wie of hoe of waarom. Als ik het weet, kan ik de verkrachting misschien een plaats in mijn leven geven en afstand nemen.

De deurbel scheurt onverwacht door het huis en ik schrik alsof de verkrachter voor de deur staat.

'Wie zou er...' vraag ma. Ze kijkt pa verward aan.

'Misschien iemand van de politie met nog meer vragen', gokt pa. Hij loopt de woonkamer uit.

'Hebben ze nog niet genoeg gevraagd?' Ik kijk ma smekend aan alsof zij het kan verhelpen.

'Misschien weten ze al iets,' zegt ma om me te troosten,
'hebben ze de dader al.'
Maar ik zie dat ze het ook moeilijk heeft. Ook haar ogen
zijn rood en gezwollen van het huilen. Die lieve ma, ze heeft
vast in de keuken geweend, in haar eentje om het voor mij
niet nog erger te maken.

Het geluid van de bel dringt amper tot me door. Ik heb
lang geaarzeld of ik Fien wel zou opzoeken, maar ik moet
het weten. Het waren wakkere uren in bed. De adrenaline
gierde nog steeds door mijn lijf. De momenten dat ik genoot
omdat Fien willoos onder me lag, werden steeds overgoten
door de schrik dat ze zou ontdekken wat er gebeurd is.
Sperma en DNA kunnen me aan de galg brengen als ze
naar de politie gaat. Ik heb haar broekje wel uitgespoeld,
maar zou dat voldoende zijn? Als ze niets heeft gemerkt,
moet GHB fantastisch spul zijn. Slechts een paar druppel-
tjes en toch... Er zit nog heel wat in het flesje, dat zou ik
nog kunnen gebruiken. Voor Julie bijvoorbeeld. Die wil
ik ook wel. En dan neem ik meteen wraak om wat ze Fien
heeft aangedaan.
Fien wilde ik omdat ik verliefd op haar ben. Ik heb haar
teder genomen, maar Julie zal voelen dat ik ook brutaal kan
zijn.
Ma heeft niet thuis geslapen, maar dat is maar een detail in
mijn hoofd.
Haar vader opent de deur.
Zijn blik is vragend, wanhopig. Mijn hart mist een paar
kloppen. Ik hoop dat hij somber is omdat Fien straalbezo-
pen was. Dat ik naar binnen mag, is in elk geval een goed
teken.

'Chris?' zegt Fien verwonderd.

Ze had me blijkbaar niet verwacht. Maar ik voel een gewicht van mijn schouders vallen. Als ze wist wat er gebeurd was, zou haar pa vast de politie bellen of me eruit gooien. Ik zie dat ze heeft gehuild. Misschien omdat ze enorm op haar kop heeft gekregen? Omdat ze dronken was? In een plas is gevallen en zich belachelijk heeft ge-maakt?

'Wil je iets drinken, Chris?' vraagt haar ma.

'Nee, dank je. Ik blijf maar even. Ik wilde alleen weten of alles oké is met Fien. Tenslotte was het vannacht nogal wazig voor haar.'

'Ik ben nu echt wel nuchter, hoor', zegt Fien. 'Geen pro-bleem.'

Haar stem klinkt geforceerd. Zou ze liegen? Ik zou in haar ogen willen kijken om een leugen te ontdekken, maar ik durf niet. Ik kijk naar haar hals omdat ik toch ergens naar moet kijken.

'Dan is het goed', zeg ik. Toch voelt het alsof er spanning in de kamer hangt. Zou het echt zijn omdat Fien dronken thuiskwam?

'Chris', zegt haar ma stil. 'Toen je met Fien terug naar huis ging... is je dan niets bijzonders opgevallen?'

Duizend alarmbellen dreunen in mijn hoofd. Ik probeer haar zo argeloos mogelijk aan te kijken.

'Bijzonders? Nee. Wat bedoel je?' Er mag verbazing in mijn stem zijn, maar ik kan het niet helpen dat mijn ogen steeds wegvluchten. Misschien denken ze dat het komt doordat ik me schaam omdat ik hun dochter laveloos naar huis moest brengen.

'Zat Fien nog op de bank waar je haar achterliet?'

Ik moeten even over het antwoord nadenken.

'Nee', zeg ik. 'Ze lag op de bank. Omdat ze sliep, dacht ik. Toen ik haar achterliet, zat ze rechtop, met haar schouder tegen de wand van het hokje geleund.'

Haar ma wrijft vermoeid met haar hand over haar gezicht. Ze kijkt me twijfelend aan. Ik ben bang voor die blik. Shit! Zouden ze het dan toch ontdekt hebben?

'Waarom vraag je dat?' Mijn stem hapert.

'Zomaar.'

Haar ma en pa kijken elkaar aan terwijl Fien mistig voor zich uit staart alsof ze niet in de kamer is. Ik zou er heel wat voor geven om te weten wat er in hun hoofden omgaat.

'O ja', zeg ik alsof ik me iets herinner. 'Haar jas was open-geritst. Ik vond het vreemd omdat het toch tamelijk koud was. Maar ik heb er verder niet over nagedacht. Een mens doet soms rare dingen als hij te veel gedronken heeft.'

Het is beter dat ik wegga, voel ik aan. Ze willen me uithoren. Ik kom overeind.

'Ga je al?' vraagt haar pa.

'Ja. Ik heb mijn moeder nog niet gezien en ik moet ook nog mijn pa een gelukkig jaar wensen.' Het is niet eens gelogen, want ik kan wat geld gebruiken. 'Ik wilde maar even weten of alles goed is met Fien.'

Met een sms'je had dat ook gekund, denk ik. Maar dan had ik hun reacties, hun blikken niet kunnen zien. Nu weet ik het nog niet, maar ze spraken niet over een verkrachting, niet over het kruisje op haar buik. Dat lijk me een goed teken.

'Tot een volgende keer, Fien.'

Ze neemt afscheid met een blik waarin verdriet en twijfel liggen.

Haar pa gaat mee naar de deur en geeft me een hand als ik naar buiten ga. 'Nogmaals bedankt omdat je haar naar huis bracht', zegt hij voordat hij de deur achter me sluit.

Ik kijk even naar de gesloten deur en slaak een diepe zucht. Zijn laatste woorden stelden me een beetje gerust, maar echt zeker ben ik niet.

Ik moet Ruud bellen, denk ik opeens. Wat heeft hij die nacht gedaan?

FIEN

Pa komt weer binnen en schuift naast me op de bank. Hij ziet er moe en gelaten uit. Hoewel pa en ma er zijn, voel ik me eenzaam. En hoewel ik mezelf ellendig voel, heb ik medelijden met pa. Hij ziet er ongewoon machteloos uit. Zo ken ik hem niet.

Met twee vingers wrijft hij over zijn neusboog. Hij zucht en kijkt naar ma. 'Ik denk wel dat die jongen het goed meent. Natuurlijk voelt hij zich ook niet op zijn gemak omdat hij Fien alleen achterliet.'

'Misschien', zegt ma. Om iets omhanden te hebben gaat ze met een doek over de kast alsof die dringend afgestoft moet worden.

Ik zie de ogen van Chris, die me niet aankeken. Zou hij zich schuldig voelen omdat hij me steeds meer mojito's liet drinken? Ik weet het niet. Mijn jack was opengeritst. Heeft iemand me dan in het bushokje verkracht? Het is bijna niet te geloven. Hoewel, je leest wel meer rare dingen in de krant.

25

'Adri Koekkoek is overstag', liet Ravensburg zijn team weten.

Het team-Hulst had zich rond halfelf verzameld aan hun vaste tafel achter in 't Raedthuys. De barman was ondertussen gewend aan het vreemde ritueel dat elke ochtend in zijn café plaatsvond. Hij was er zelfs een beetje trots op dat zijn café werd gebruikt als uitvalsbasis om een ernstig misdrijf op te lossen. Zo nu en dan ving hij iets op van het onderzoek. Het was alsof hij meespeelde in een spannende film.

'Ik heb het beest getemd!' riep Ravensburg uitgelaten. Zijn gezicht straalde terwijl hij zijn kop koffie in de lucht stak als een teken van overwinning.

'Dát of de samenwerkingsovereenkomst met België heeft de doorslag gegeven', merkte Nancy droogjes op. 'Koekkoek had weinig keus. Hij voelt de hete adem van de korpsleiding al in zijn nek. Dit wordt een prestigezaak. Het Nederlandse politiekorps staat in de schijnwerpers en de hele wereld kijkt mee. Natuurlijk wil Koekkoek zich van zijn beste kant laten zien. Het komt niet echt professioneel over als je vier mensen ruim driehonderd kilometer per dag laat reizen.'

'Dan schrijft Adri eindelijk geschiedenis, maar dan als "de gierige Hollander".' Ravensburg lachte luid om zijn eigen grap.

'Een hotel lijkt mij fantastisch. Een luxekamer met een bubbelbad en roomservice.' Afman wreef genoegzaam in zijn handen. 'Breeduit op bed tv-kijken zonder dat je vrouw zich bemoeit met de zenderkeuze, en in de ochtend een heerlijk uitgebreid ontbijt. En dat allemaal op kosten van de baas. Waar ligt het hotel?'

'Hier in Hulst.'

'Van Hulst naar het bureau in Antwerpen is makkelijk te doen', wist Keijzer. 'Dat kost ons hooguit dertig minuten reistijd.'

'Het eerste wat ik vanavond doe, is een duik nemen in een warm bad', nam Nancy zich voor. 'Een goed boek erbij, glas cola en genieten maar.' Ze had nog steeds moeite om alleen thuis te komen. Het huis was zo kil en leeg zonder Anton.

Sera trok een somber gezicht. 'Ik ga mijn kinderen wel missen.'

'Stel je niet aan.' Nancy gaf haar een por. 'In het weekend zijn we weer thuis. Je man redt het heus wel zonder jou.'

'Denk je?'

'Natuurlijk. Heeft die man ook een paar dagen rust.' Uitdagend grijnsde Ravensburg zijn tanden bloot. 'Drink je koffie op. We gaan het team in Antwerpen opzoeken. Het schijnt dat onze vriend daar aardig heeft huisgehouden.' De rechercheur wendde zich tot Nancy. 'Heb je onze dossiers ingepakt?'

'Ze staan in de verhuisdoos, achter in de auto.' Nancy knikte naar het parkeerterrein, waar de dienstauto's geparkeerd stonden.

Frank de Winter keek nieuwsgierig naar de verhuisdoos die midden op de vergadertafel werd neergezet.

'We hebben onze onderzoeksresultaten meegenomen. Het betreft twee aanrandingen en twee verkrachtingen', meldde de kolossale man die zich als coördinator van het Hollandse team had voorgesteld. Onopvallend werden de Hollanders getaxeerd. Rutten gaf Cost een schop onder de tafel en seinde met zijn hoofd naar de brunette aan de andere kant van de tafel. Hij rolde veelbetekenend met zijn ogen en grijnsde. Cost probeerde zijn collega te negeren. 'Irritante rokkenjager', gromde Cost terwijl hij vluchtig naar Nancy Peeters keek. Natuurlijk was het een mooie vrouw, maar dan hoefde hij toch niet... Met moeite kon hij zijn ogen van haar afwenden. Ze was echt prachtig. Haar ogen en haar...

'En het DNA wijst dezelfde dader aan?' Paul Rutten klonk verbaasd. 'Onze dader?'

'Ja. Voor honderd procent.' Rechercheur Ravensburg opende de doos en haalde de foto's en de compositie-tekening tevoorschijn. 'Leeftijd van de dader ligt tussen de zestien en twintig jaar. Rond de één meter vijfenzeventig lang. Stevig postuur. Gewelddadig richting het slachtoffer en is gewapend met een broodmes. Zijn merkteken is een kruis in de onderbuik en...'

'Stop!' De Winter stak zijn hand omhoog. 'Een merkteken?'

'Ja. Hij kerft een kruis in de buik van het slachtoffer, net boven de schaamstreek. Een soort van handelsmerk. Had uw slachtoffer geen merkteken?'

'Jawel. Maar wij zagen het niet als zijn handelsmerk', bekende De Winter. 'We dachten eerder dat hij met het mes was uitgeschoten.'

'Nee, hij doet het bewust. Hij schijnt een sadistische inslag en een ontvlambaar karakter te hebben. Een gevaarlijke combinatie.'

'Opvallend dat zijn modus operandi steeds verschillend is', merkte Dino Cost op.

'Hij probeert van alles uit. Het is een leermoment voor hem. Hij is waarschijnlijk nog op zoek naar wat het beste bij hem past.' Ravensburg spreidde de foto's op de vergadertafel uit. 'Er zijn maar een paar dingen waar hij zich tot nu toe consequent aan vasthoudt: de muts, het mes, zijn Engels en het geweld.'

Het Belgische team had zich over de foto's gebogen. 'Die zot moeten we snel achter de tralies krijgen', snoof De Winter. 'Met jullie gegevens en die van ons moet het gaan lukken.'

'Nu we een signalement hebben, kunnen we in ons systeem gaan zoeken', zei Anseeuw. 'Misschien is hij eerder voor een gelijksoortig vergrijp aangehouden?'

De Winter knikte. 'Cost en Rutten gaan de winkels af en proberen te achterhalen waar de tape gekocht is.'

'Misschien dat een flyer uitkomst biedt.'

De Winter fronste zijn wenkbrauwen en keek Nancy afwachtend aan.

'Die kunnen we verspreiden op bijvoorbeeld scholen, in buurthuizen, cafés en feesttenten.'

'Als onze vriend zo jong is,' mijmerde Paul Rutten, 'dan zit hij waarschijnlijk nog op school. Hoeveel scholen zijn er in Antwerpen? We kunnen met een foto of de compositietekening langs de schooldirectie gaan. Het slokt veel van onze tijd op, maar het kan een herkenning opleveren.'

'Sera en Nancy kunnen de scholen van Antwerpen en omstreken in kaart brengen', opperde Ravensburg. 'Als we het team splitsen, is het volgens mij binnen een dag te doen.' 'Prima', zei De Winter. 'Maar laten we eerst een hapje gaan eten. Ik weet een goed restaurant.'

De samenwerking tussen Nederland en België verliep wat onwennig. Er waren wat praktische problemen waar ze tegen aanliepen. Daar was bijvoorbeeld de aansturing van het team. Twee kapiteins op een schip ging niet werken. Er waren andere wetten waar de Nederlanders rekening mee moesten houden. De procedures, de politiecultuur en de organisatie waren verschillend. Ravensburg had als coördinator een stapje terug gedaan. Hij was tenslotte te gast en wilde niemand voor het hoofd stoten. Beiden teams hadden hetzelfde doel voor ogen: de zaak oplossen.
Laat in de middag reden de vijf teamleden uit Brabant na een vermoeiende dag terug naar Hulst om daar te overnachten. De tassen werden uitgeladen en de steile trappen van het kleine hotel op gesjouwd. Nancy had de sleutels bij de receptie opgehaald en deze op de gang uitgedeeld. De teleurstelling was groot toen het vijftal de kamers inspecteerde. De inrichting was sober. Een eenpersoonsbed stond tegen de muur geschoven. Ruimte voor een kledingkast was er niet. Een dressoir met daarop een draagbare tv ter grootte van een postzegel was de enige luxe in de kamer. De wc was samen met een douchecabine in een smal vertrek gepropt.
Een hoop gevloek kwam tot leven. De woedende stem van Ravensburg klonk over de gang. 'De miezerige krent! De

gierige rat! Ik draai hem zijn nek om, de hufter.' De rechercheur beende witheet de kamer van Cees Afman binnen.

'Heb jij ook een poppenbedje? Ik pas er amper in. Ik ben één meter negentig lang en weeg bijna honderdvijftig kilo. De smerige hielenlikker zit breeduit voor zijn flatscreen-tv terwijl wij... Ik ga hem bellen en scheld hem helemaal stijf. De krenterige ploert!'

Hij graaide de gsm uit zijn broekzak, drukte zijn adressenbestand open en activeerde het nummer van Adri Koekkoek. De beltoon ging meerdere malen over, maar werd na een paar minuten afgebroken door een metalen vrouwenstem die aangaf dat Koekkoek niet bereikbaar was. 'U kunt uw bericht inspreken na de piep', liet de stem hem weten.

'Wat zijn dit voor praktijken?' brieste de rechercheur met een rood hoofd tegen zijn telefoon. 'Dit was waarschijnlijk de goedkoopste keet die je kon krijgen? Jij...'

De telefoon werd uit zijn handen geplukt. 'Straks ga je dingen roepen waar je spijt van krijgt.'

'Ik spijt van krijg?' Het speeksel vloog in het rond. 'Je zult die drol bedoelen. Geef die telefoon terug.'

'Ze heeft gelijk, Ravensburg.' Sera trok Nancy aan haar arm de kamer uit. 'Kalmeer eerst.'

'Ik ben kalm!' brulde hij de twee vrouwen na. 'Cees, leen mij je telefoon.'

'Ik dacht het niet.' Jeroen grinnikte.

Het was een rumoerige ochtend op het Antwerpse politiebureau. De rechercheurs druppelden langzaam de vergaderruimte binnen. Er werden handen geschud en men wenste
elkaar al het goeds wat het nieuwe jaar kon bieden. De
koffiekoeken en koffiekannen schoven over de tafels. Er
werd gelachen en de anekdotes uit het verleden werden
opgerakeld.

Frank de Winter had de leiding over de rechercheafdeling.
Hij werkte al sinds 1991 als recherchechef op het bureau
en had zijn sporen in de loop van de jaren wel verdiend.
Hij was tweeënzestig, was getrouwd en had vier volwassen
kinderen, die het huis al uit waren. Zijn pensioen kwam in
zicht en dat was iets wat Frank benauwde. Het liefst werkte
hij tot zijn tachtigste bij het korps. Het was zijn lust en zijn
leven.

Hij tikte met een theelepel op de tafel. 'Als iedereen wil
gaan zitten, dan kunnen we de binnengekomen zaken
bespreken. Ik heb om halftwaalf een vergadering op het
Openbaar Ministerie, dus graag wat voortmaken, alstublieft...'

Stoelpoten krasten over het zeil en de stemmen verstomden.
'Wat heeft de oudejaarsdag ons gebracht? Dino, wil jij
beginnen?'

'Twee aanrijdingen, waarbij één inzittende met zwaar
letsel naar het ziekenhuis is overgebracht', las Dino uit zijn
aantekeningen op. 'Beide bestuurders waren dronken. Het
is afgehandeld door onze collega's in uniform.'

De recherchechef krabbelde de melding op papier. 'Paul, wat heb jij ons te melden?'

'Een steekpartij in De Rode Kater, een burenruzie en wat klachten over een groep jongeren die zich in het centrum aan het vervelen waren. De zaken zijn afgehandeld.'

'Colette.' De Winter bladerde in zijn aantekenmap. 'Jij en Donald hebben het druk gehad. Vertel...'

'Op 1 januari hebben we twee bezorgde ouders aan de balie gehad. Ze hebben aangifte gedaan van een verkrachting. Hun dochter Fien Roossens is op oudejaarsdag met wat vrienden wezen stappen in De Robijn. Ze had aardig wat gedronken. Rond drie uur werd ze door een vriend bij de halte gedropt, zodat ze met de bus naar huis kon. De jongen is naar het feest teruggegaan. Op een gegeven moment vroegen haar vrienden zich toch af of dat wel een goede zet was geweest. Een van de jongens ging terug. In die tussentijd bleek het meisje verkracht te zijn. Ze kon zich niets herinneren. Ze heeft een black-out gehad. We hebben haar naar het ziekenhuis gebracht voor onderzoek. Ze was erg van streek en voelde zich beroerd. Misselijk, hoofdpijnen en trillende benen. Wij vermoeden dat ze gedrogeerd is geweest met GHB en hebben naast een inwendig onderzoek ook een bloedonderzoek laten doen. Er is sperma aangetroffen op het shirt van het slachtoffer. Het bloedonderzoek was negatief. GHB is zeer kort aantoonbaar. Na maximaal acht uur is het uit het bloed verdwenen en na twaalf uur uit de urine.'

'GHB?' echode Bart van Holsteijn, een van de nieuwkomers in het korps.

'GHB is een partydrug dat vroeger gebruikt werd als

inslaapmiddel bij operaties. Het valt nu onder de hard-drugs', legde Colette haar collega uit. 'Het is een stroperige vloeistof en is wat zout van smaak. Door het te mengen met een zoet drankje proef je het bijna niet. De dosering luistert nogal nauw en daar gaat het meestal mis. Bij een te hoge dosering kun je in een soort van coma raken of zelfs overlijden aan een overdosis.'

'Ongelooflijk', reageerde Bart geschrokken.

'Ja, dat is het inderdaad. De kleren van het slachtoffer zijn in beslag genomen en worden door het forensisch team onderzocht op meer sporen. Het meisje heeft verder geen verwondingen.'

'Dat is een tweede verkrachting in korte tijd', merkte De Winter op. 'Paul, zijn er overeenkomsten met jouw zaak of met die in Nederland?'

'We hebben de zaak van Fien bekeken,' antwoordde Paul Rutten, 'maar deze verkrachting kunnen we niet linken aan onze dader. De modus operandi is totaal anders. Onze dader gebruikt veel geweld en geniet van de macht die hij over vrouwen heeft. Hij gebruikt een mes, tapet de handen en voeten af en tijdens zijn daad kijkt hij het slachtoffer graag in de ogen. Fien is keurig uitgekleed en weer aange-kleed en is niet als oud vuil in de struiken achtergelaten.'

'Dat klopt. Ze is thuisgebracht', vervolgde Colette haar relaas. 'Het meisje is niet aanspreekbaar en kotst vervol-gens de gang onder. Haar kleding is behoorlijk vuil en nat, en haar moeder zet haar onder de warme douche. Allerlei alarmbellen gaan bij de ouders af. Ze besluiten om Fien naar bed te brengen en haar te vragen wat er gebeurd is zodra ze wakker is. Omdat Fien zich niets kan herinneren

doen ze aangifte. De vlekken in het slipje worden onderzocht, maar waarschijnlijk zijn het restjes sperma. We
gaan vanmiddag een verklaring van Fien en haar ouders
opnemen.'

'Goed werk. Anseeuw en Verschueren gaan deze zaak
verder afhandelen. Paul, kun jij iets meer vertellen over het
onderzoek en de samenwerking met de Hollanders?'

Paul Rutten knikte. 'Onze Nederlandse collega's zijn
vandaag niet van de partij. Ze zijn voor een vergadering in
Brabant gebleven. De Nederlanders werken iets anders dan
wij. Hebben soms een andere kijk op dingen en het is...'
Rutten wikte zijn woorden, 'leerzaam.'

26

'Hallo Fien. Mijn naam is Colette Anseeuw en dit is mijn collega Donald Verschueren.' Colette gebaarde naar de man naast haar. 'Je ouders hebben gistermiddag aangifte gedaan van verkrachting en onze collega's hebben jouw verklaring opgenomen. We hebben toch nog wat vragen. Komt het gelegen?'

Fien knikte. 'Ik kan me nog weinig van de avond herinneren', verontschuldigde ze zich. 'Ik weet niet eens hoe ik thuis ben gekomen.'

'Laten we bij het begin beginnen', stelde Verschueren voor. 'Met wie was je op het feest?'

'Ik ben met Carola, Laurens en Chris naar het oudejaarsfeest in De Robijn geweest.'

'Zijn dat jouw vaste vrienden?'

'Ja. We zitten op dezelfde school en kennen elkaar al jaren. Carola en Laurens zijn een stelletje.'

'En jij en Chris?'

Een trieste glimlach krulde rond Fiens lippen. 'Chris is gewoon een vriend. Ik heb niets met hem. Hij is mijn type niet. Mijn verkering is net uit en Chris heeft ook niemand, dus...'

'Dus?' Anseeuw keek Fien vragend aan. 'Daarom zijn we samen gegaan. Alleen is maar alleen.'

'Hoe laat kwamen jullie in De Robijn aan?'

'Dat was volgens mij rond halftien. We hebben de bus van kwart voor negen genomen.'

'Ben je nog bekenden in De Robijn tegengekomen?'

Fien dacht na. 'Peter de Lange en Dirk Dom van het voetballen en Sonja Kruishoek, het buurmeisje van nummer 26. Ik heb nog wat bekenden van school gezien: Theo, Paul en Saskia. Hoe later op de avond, hoe minder ik mij ervan kan herinneren. Ik heb geloof ik behoorlijk veel mojito's gedronken.'

Met een neutraal gezicht stelde Verschueren zijn volgende vraag. 'Drink je altijd zo veel?'

'Meestal maar twee of drie glazen, maar ik voelde me die avond rot. Ik moest de hele tijd aan...' Ze maakte haar zin niet af en beet op de binnenkant van haar wang.

'Vertel het maar', probeerde Colette Fien over te halen. 'We willen een compleet beeld van de avond krijgen en dan is alle informatie van belang. Wat moest je de hele tijd?'

'Ik moest de hele avond aan Ruud denken. Ik mis hem.'

'Ruud is je ex-vriendje?' Colette maakte een aantekening. 'Wat is zijn volledige naam?'

'Ruud Verbelen. Hij heeft me ingeruild voor die trut van een Julie.'

'En zijn adres?'

Fien dreunde zonder moeite het adres en zijn telefoonnummer op.

'Waren Ruud en Julie ook op het feestje aanwezig?'

'Nee. Ik heb ze niet gezien. Maar het idee dat zij samen het nieuwe jaar in gingen... Zoenend... De mojito's gaven mij een beetje troost. Het waren er op een gegeven moment gewoon te veel. Stom...' Ze trok een pruillip.

'Heb je ook drankjes van een onbekende aangenomen?'

'Nee, beslist niet.'

'Kan het zijn dat iemand iets in je drankje heeft gedaan zonder dat je het gemerkt hebt?'

'Dat zou kunnen. Ik heb gedanst, maar Chris is volgens mij hooguit twee keer van ons tafeltje weg geweest. Hij zou het dan toch gezien moeten hebben. Hij danst nooit, hij kijkt alleen maar.'

'Oké. Je had te veel mojito's op, en toen?' vroeg Colette.

'Toen? Toen werd ik wakker, in bed.'

'Je kunt je niets herinneren? Dat Chris je naar het bushokje heeft gebracht? Dat je daar een tijdje alleen hebt gezeten? Dat je gestruikeld bent en in een plas bent terechtgekomen?'

Fien schudde resoluut haar hoofd. 'Niets. Hoewel... Ik kan me vaag herinneren dat ik werd ondersteund en dat de regen in mijn gezicht prikte. Er was een stem die zei dat hij van mij hield. En ik lag op een bed van rozenblaadjes en werd door duizenden handen gestreeld. Dat was waarschijnlijk een droom.'

Verschueren nam het gesprek over. 'Je bent uitgekleed en weer aangekleed?'

'Mijn moeder zegt van wel. Ik snap echt niet hoe het kan dat ik niks heb gemerkt. Zo dronken kan ik toch niet zijn geweest?'

'Wij denken dat iemand een drug in je drankje heeft gedaan. Bewijs hebben we helaas niet. In het ziekenhuis hebben ze een bloedmonster genomen, maar de drug was al uit je lichaam verdwenen.'

'Wat voor drug? Heroïne of zo?' Fien trok een benauwd gezicht.

'Nee, geen heroïne. Men gebruikt daar vloeibare GHB voor. Ze noemen het ook wel de verkrachtingsdrug. En omdat ze spermasporen in je broekje hebben gevonden en jij je niets kunt herinneren, hebben wij een sterk vermoeden dat het zo is gegaan.'

Het gezicht van Fien trok wit weg. Ze werd misselijk van ellende.

'We gaan even met je ouders praten. Als je iets te binnen schiet, dan horen wij dat graag.'

'Dat is goed.' Fien stond op. 'Mag ik naar mijn kamer gaan? Ik wil even gaan liggen.'

'Natuurlijk.'

Voordat ze de kamer uitliep, draaide ze zich om. 'Moet ik mijn moeder roepen?'

'Graag. Gaat het?'

'Jawel.' Ze verdween en haar stem klonk door het huis. 'Mam, de politie wil met je praten.'

Mevrouw Roossens wreef haar handen droog aan een theedoek toen ze de kamer binnenkwam. 'U wilde mij spreken?'

'Ja. Kan het even?' Verschueren wees naar een lege stoel. 'We willen uw verklaring doornemen.'

'Dat is goed.' Ze liet zich tegenover de rechercheurs in de stoel zakken.

'Hoe laat is Fien op oudejaarsavond van huis vertrokken?'

'Laat me even denken...' Het was een paar seconden stil. 'Acht uur. Om acht uur heeft ze Carola thuis opgehaald en vandaar zijn ze met z'n vieren naar De Robijn vertrokken.'

'Hoe laat is ze thuisgebracht?'

'Halfvijf. Chris belde aan, want hij durfde haar sleutel niet te gebruiken.'

'Hoe was haar toestand op dat moment?'

'Ze hing als een lappenpop in zijn armen. Ze was totaal van de kaart. Haar hoofd klapte telkens achterover. Alsof het los zat en ze geen controle had over haar spieren. En dan die blik in haar ogen, ze leek zo ver weg. Ze heeft twee keer gekotst. Een keer bij de voordeur en een keer op de trap. Samen met Chris heb ik haar de trap op geholpen en daarna is Chris naar huis gegaan. Ik heb haar in de douche-ruimte uitgekleed en toen zag ik dat er iets niet klopte.' Mevrouw Roossens beet op haar lip en haar ogen vulden zich met tranen.

'Haar hele onderkant was nat. Haar panty zat achterstevoren en haar onderbroek binnenstebuiten. Er zat een plakkerige, witte substantie in haar broekje.' Ze sloeg haar hand voor haar mond, misschien om te voorkomen dat het woord over haar lippen kwam, maar het ontglipte haar. 'Sperma! Iemand heeft mijn kind...' Ze sloot haar ogen. 'Ze moeten hem tegen de muur zetten.'

'Haar kleren waren verkeerd aangetrokken?' Verschueren controleerde tevergeefs de aangifte. Er stond geen woord over de kleding in het proces-verbaal.

De vrouw knikte terwijl de tranen over haar wangen gleden. Ze deed niet de moeite om ze weg te vegen. 'De hielen van de panty zaten aan de voorkant. Fien zou nooit... Ze kan zich niets herinneren.'

'Zullen we langs de bushalte rijden?', stelde Donald Ver-schueren aan zijn collega voor. 'Dan lopen we vanaf de halte naar De Robijn.'

Colette keek op haar horloge. 'Dat is goed. Als De Robijn

open is, kunnen we daar een kopje koffie nemen en gelijk een praatje met het personeel houden.'

Verschueren draaide de sleutel in het contact om en de motor van de Opel kwam tot leven. Hij stuurde de dienstauto de woonwijk uit en reed naar de provinciale weg.

Colette zuchtte. Ze was zelf moeder van drie tieners en haar oudste dochter had dezelfde leeftijd als Fien. Ze kon het verdriet van de moeder goed begrijpen. Ze zou gek worden als het haar kind zou overkomen. Ze keek haar collega van opzij aan. Donald had geen kinderen. Wat waren zijn emoties in deze zaak? Ze wilde het hem vragen, maar bedacht zich op het laatste moment. Misschien was de vraag te persoonlijk. Ze werkte nog maar drie weken met hem samen. Over zijn privéleven wist ze weinig. Hij was erg gesloten. Geruchten gingen dat hij met een man samenwoonde, maar niemand durfde het hem te vragen. Hij stond bekend om zijn opvliegende karakter.

Ze draaide haar hoofd naar het raam en staarde naar buiten. Als hij privé gescheiden van het werk wilde houden, dan had ze dat maar te respecteren, zo sprak ze zich streng toe. Er werd de hele rit geen woord meer gesproken.

Na een halfuur parkeerde Verschueren de auto enkele meters voor de halte in de berm. Het bushokje lag langs de provinciale weg en de passerende automobilisten hadden een duidelijk zicht op de wachtende reizigers.

Verschueren liep om het bushokje heen en nam de omgeving in zich op. 'Dit is niet echt een ideale locatie om een meisje te verkrachten.' Hij zette zijn handen in zijn zij en draaide zoekend rond. 'Er zijn geen bandensporen in de berm aangetroffen. Geen sleepsporen van een lichaam in het natte gras. Het bushokje is door de technische recherche binnenstebuiten gekeerd. Ze hebben niets gevonden. Helemaal niets.' Hij kneep zijn ogen tot spleetjes toen hij in de verte het bouwterrein ontdekte.

'Erg veel verkeer zal er op 1 januari niet zijn langsgekomen.' Colette haalde haar aantekenboekje uit haar zak. 'Ik bel vanmiddag met de busmaatschappij en vraag het dienstrooster van 31 december en 1 januari op.'

Verschueren humde goedkeurend, stak zijn handen diep in zijn zakken en seinde met zijn kin naar het oosten. 'De Robijn ligt die kant op.'

Colette keek op haar horloge en volgde hem over het voetpad.

'Twintig minuten lopen', meldde ze toen ze bij het café waren aangekomen.

Verschueren gaf geen antwoord. Hij had zijn handen tegen het raam gezet en tuurde de ruimte in. 'Ze zijn gesloten.'

'Er staat een auto naast de uitgang geparkeerd', merkte Colette op. Ze liep naar de zijkant van het gebouw en drukte op de deurbel.

'De auto kan van een klant zijn!' riep hij haar na.

'Zou kunnen.' Ze drukte voor een tweede keer de knop in. Er klonk gestommel achter de deur en toen een stem: 'Je bent te laat, sukkel.' Een sleutel werd omgedraaid en de deur zwaaide open.

De man keek verbaasd toen hij de rechercheur zag staan. 'Neem me niet kwalijk. Ik verwachtte iemand anders.'

'Klaarblijkelijk', lachte de vrouw. 'Wij zijn van de Antwerpse politie en we zijn bezig met onderzoek. Wij willen u wat vragen stellen.' Ze haalde haar politiebadge uit haar tas en liet hem het plastic zien. Ze zag hem twijfelen.

'Wat voor onderzoek?' wilde hij weten.

'Verkrachting op oudejaarsdag', antwoordde Verschueren, die zich bij zijn collega had gevoegd.

'Op oudejaarsdag had ik bardienst. Kom erin.' Hij duwde de deur open en liep door het magazijn het café binnen. Hij drukte de lichten aan en verdween achter de bar. 'Lusten jullie een kop koffie?'

'Ja, graag.'

'U hebt geluk. Normaal ben ik niet voor vieren open. Mijn broer en ik zouden gaan klussen, maar hij zal zich wel weer verslapen hebben.' Lachend schudde hij zijn hoofd. 'Mijn naam is David Bosch en ik ben de eigenaar van deze tent.' Zijn gezicht stond nu ernstig. 'Waar is de verkrachting gebeurd? In De Robijn?' Hij schoof twee bekers met koffie over de toonbank.

'Bij de bushalte, hier iets verderop.'

De barman leek opgelucht. Dergelijke acties bezorgden zijn café een slechte naam.

'Het slachtoffer was Fien Roossens. Kent u haar?'

'Fien...' Langzaam herhaalde Bosch de naam in de hoop dat hij er een gezicht bij kon plaatsen. 'Niet van naam. Er komen hier zo veel mensen over de vloer. Ik zou echt niet...'

'Ik heb een foto van het slachtoffer.' Colette zocht in haar map naar het prentje die ze een uur geleden van mevrouw Roossens had gekregen.

Met een frons pakte Bosch de kleurenfoto aan en bekeek het lachende gezicht van het meisje. Hij knikte. 'Haar ken ik. Ze komt hier wel vaker iets drinken. Fien! Een knap meisje. Ze weet ze trouwens behoorlijk achterover te slaan.' Hij bracht een denkbeeldig glas naar zijn mond. 'Volgens mij dronk ze mojito's. Aan het eind van de avond was ze zo zat als een kanon. Er zat een knul naast haar en die heeft haar naar de bushalte gebracht. Hij zei dat hij een vriend van haar was.'

'Weet u hoe laat ze met die vriend is vertrokken?'

'Iets over tweeën. De sukkel had haar bij de bushalte gedumpt en zat rond halfvier weer hier aan de bar. Een beetje gentleman brengt een meisje naar huis. Ik vond het maar raar en maakte daar nog een opmerking over. Hij kwam met een zwak excuus dat hij nog even had zitten wachten op de bus en dat zij hem uiteindelijk terug naar het feest had gestuurd. Ze wilde zijn avond niet verpesten. Ik geloof daar weinig van. Hij heeft haar zowat het café uit moeten dragen, zo dronken was het kind. Ze was praktisch in coma en ik kan me niet voorstellen dat ze nog een woord heeft kunnen uitspreken. Laat staan dat ze de jongen terugstuurde omdat ze het zo rot voor hem vond.'

'In coma? Interessant dat u dat zo zegt', zei Verschueren tussen twee slokken koffie door. 'Wij denken namelijk dat het meisje is gedrogeerd. Misschien wat drugs in haar mojito?'

Davids wenkbrauwen schoten omhoog, hij was duidelijk geschokt. 'Dat zou best kunnen. Het is feest, men is dronken en dan let je niet constant op je drankje. Er hoeft maar een foute gast rond te lopen die iets in je glas kiepert, en je bent de pineut. Ik heb er pas nog over gelezen: partydrugs.' Hij steunde met zijn handen op de spoeltafel. 'Ik vind het triest dat zoiets in mijn tent heeft moeten gebeuren.'

'Hebt u alleen op oudejaarsnacht achter de bar gestaan?'
'Nee. Met mijn vrouw en mijn twee broers.'
'Mogen wij hun namen en adressen?'
'Natuurlijk.'
Hij keek alsof hij zich ineens realiseerde dat hij en zijn
broers verdacht werden. Zij konden gemakkelijk het GHB
in het drankje van het meisje hebben gegooid. Zij stonden
tenslotte achter de bar.

Het was gaan sneeuwen toen de beide rechercheurs het café
verlieten en naar de auto terugliepen.
Verschueren wierp een blik op zijn horloge. 'Het is bijna
halfvijf. Laten we maar naar het bureau rijden en onze
tassen ophalen. Ik wil naar huis. Morgen is er weer een dag.
Dan werken we de verklaringen uit en dan kunnen we kijken
wat we willen selecteren.'
'Dat is goed. Er is in ieder geval nog genoeg werk.'
'Dat is zeker.'
Ze liepen langs de bouwplaats en Verschueren hield zijn
pas in. Zijn ogen werden naar het hekwerk getrokken. Het
bouwterrein intrigeerde hem op een vreemde manier. Er
was een groot stuk terrein afgezet en het zag er verlaten
uit. Er was een fundering gestort en een groot gedeelte lag
bedekt onder de sneeuw. De opgestapelde stenen, de vele
containers en het houten onderkomen voor de werklieden
boden genoeg beschutting om... Hij keek over zijn schouder
naar het café, dat een paar honderd meter achter hem lag.
Het was eigenlijk de enige optie op deze kale vlakte.
De stem van Anseeuw onderbrak zijn gepeins. 'Het lijkt
mij wel verstandig als we morgen dat groepje vrienden
gaan horen.'

'Ja, dat is goed, en als er tijd over is, lopen we morgen even over het terrein.'

Ze volgde zijn blik en bleef staan. Terwijl ze de afstand tussen de drie locaties inschatte, knikte ze. 'Daar moeten we dan maar tijd voor maken', was haar antwoord.

'Laten we morgen beginnen bij die Chris.' Verschueren kwam weer in beweging. 'Heb je zijn adres?'

'Ja, dat heb ik genoteerd. Bellen we hem eerst op voor een afspraak?'

'Nee, we maken er een verrassing van. Dat praat een stuk makkelijker. Ik ben dol op verrassingen.'

Voor het eerst in weken zag ze een glimlach op zijn gezicht.

27

De volgende dag was de dienstauto door een dikke laag sneeuw bedekt. Alleen de antenne stak eigenwijs boven het witte sneeuwdek uit. Vanuit de ingang van het bureau observeerden de beide rechercheurs minutenlang de auto met mistroostige blik.

'Dat wordt uitgraven', gromde Verschueren. Hij trok de kraag van zijn jas omhoog en stapte met tegenzin de knisperende sneeuw in. 'Met ons tweeën is het zo gedaan.'

Anseeuw schuifelde achter hem aan en gaf een gilletje toen ze voelde dat haar voeten weggleden.

'Pas je op?' Hoofdschuddend keek Verschueren hoe zijn collega met haar armen zwaaiend op hem af kwam glibberen.

'Ik haat sneeuw', snauwde ze.

Hij opende het portier en pakte twee ijskrabbers uit het dashboardkastje. 'Alsjeblieft. Jij links van de auto en ik rechts.' Hij stak Colette de roodkleurige schrapper toe en ging met die van hem aan de slag.

Ze keken op van hun werk toen de twee dienstauto's van de 'Hollanders' het parkeerterrein op draaiden. Er werd getoeterd en Colette stak haar hand in de lucht.

'Ze zijn zo luidruchtig', fluisterde ze tegen Verschueren terwijl de glimlach op haar gezicht bleef plakken.

Verschueren antwoordde met een knik.

Het portier van de rode dienstauto zwaaide open en Afman stapte uit. 'Goedemorgen. Is het niet prachtig buiten met al die sneeuw?' Hij strekte zijn handen uit alsof hij de omgeving wilde omarmen.

Nancy Peeters en Sera Kuguksloe waren naar binnen gevlucht. Waarschijnlijk waren zij het niet met hun collega eens.

'Hé, kijk je uit, lange slungel!'

Een sneeuwbal vloog rakelings langs Afmans oor en een tweede spatte op zijn rug uiteen.

'Hier krijg je spijt van!' brulde Afman terwijl hij een hand vol sneeuw van de grond schepte.

Sondag had zijn aanval naar Ravensburg verplaatst, maar deze wist ongedeerd het pand te bereiken.

Joelend stortte Afman zich op zijn jongste collega en wreef hardhandig een hand sneeuw door zijn gezicht. 'Eet dit!'

Verschueren en Anseeuw hadden hun schoonmaakpoging gestaakt en bekeken veilig vanuit de auto het tafereel dat zich op het parkeerterrein afspeelde.

'De ramen zijn schoon. Ik stel voor om gewoon te gaan rijden voordat die twee zotten ons onder vuur nemen.'

Anseeuw knikte instemmend en drukte de vergrendeling van de portieren in het slot.

De blauwe Opel parkeerde aan de overkant van de straat. Chris had net zijn laptop opengeklapt en zag een man en een vrouw zijn tuin in lopen. De vrouw keek omhoog naar zijn slaapkamerraam en in een opwelling duwde Chris zijn bureaustoel achteruit. Hij schoot overeind en ging met zijn rug tegen de muur staan, zodat het tweetal hem niet kon zien, maar hij hen wel. Hoewel ze er gewoon uitzagen, voelde Chris instinctief aan dat het politiemensen waren. Natuurlijk zouden ze hem een keer opzoeken. Hij had als laatste contact gehad met Fien. Hij had de politie zelfs vroeger verwacht, niet op 3 januari.

De deurbel galmde door het huis en hij verstijfde. In eerste instantie wilde hij de deur niet opendoen, maar hij realiseerde zich dat ze dan op een ander tijdstip zouden terugkeren. Misschien als zijn moeder wél thuis was. Stel dat hij een leugen moest vertellen en zijn moeder was daarbij. Die ging zich natuurlijk met het gesprek bemoeien. Misschien was het wel beter zo. Hij moest zich er gewoon bij neerleggen. Hij kon zich niet eeuwig voor de politie verstoppen. Hij beet op zijn lip. Fien was dus toch naar de politie gegaan. Heimelijk hoopte hij dat Fien er nooit achter zou komen wat er die nacht was gebeurd. Dat alles verder zijn gewone gangetje zou gaan. School, Laurens en Carola, pilsje drinken, gore filmpjes kijken, de voetbalploeg aanmoedigen... Gewoon, alsof er niets bijzonders was gebeurd. Maar toen hij bij Fien was, merkte hij al dat er iets niet oké was. Sindsdien werd hij gek van de onrust die door zijn lichaam joeg. Hij wilde bij haar zijn, weten wat er ging gebeuren, maar aan de andere kant ook weer niet. Hij was bang dat hij zich zou verspreken. Had het GHB wel goed zijn werk gedaan? Ze kon zich toch niets herinneren? Keer op keer had zijn mobiel in zijn handen gelegen terwijl hij besluiteloos naar haar nummer op het scherm staarde. Vroeger belde hij haar nooit en nu had hij haar zelfs al thuis opgezocht. Was dat niet verdacht? Hij had ook al een paar keer naar Laurens gebeld in de hoop dat Carola meer wist en het hem had verteld. Maar Laurens deed telkens heel gewoon. Geen woord over een verkrachting.

Chris schrok. De deurbel klonk voor een tweede en derde keer door het huis. In vogelvlucht nam hij het scenario door dat hij in de vorige dagen had bedacht. Hij liep de trap af. Zijn hart was op hol geslagen en krampachtig probeerde hij zijn kalmte terug te winnen. Een beetje nervositeit kon geen kwaad, sprak hij zichzelf bemoedigend toe. Tenslotte stonden de smerissen niet elke dag voor de deur. Zijn hand lag op de klink. Hij ademde diep door zijn neus en trok de deur toen open.

'Goedendag. Wij zijn op zoek naar Chris van Daele. Ben jij Chris?' vroeg Verschueren terwijl hij zijn politiebadge liet zien.

De jongen knikte, keek naar de badge, maar nam er geen notitie van.

'Ik ben Donald Verschueren van de recherche. Dit is inspecteur Colette Anseeuw.' Met een hoofdknik wees hij naar zijn vrouwelijke collega, die ook haar badge toonde. 'We willen je graag een paar vragen stellen. Mogen we binnenkomen?'

'Waarover?' vroeg de jongen alsof hij het bezoek niet goed begreep.

'Fien Roossens is tijdens nieuwjaarsnacht verkracht. Wij hebben begrepen dat jij met haar die nacht in De Robijn hebt gezeten.'

'Verkracht? Fien?' Zijn ongeloof kwam overtuigend over.

'Kunnen we niet beter het gesprek binnen voortzetten?' herhaalde Verschueren zijn eerder gedane voorstel.

Houterig deed Chris een stapje opzij, zodat de twee rechercheurs naar binnen konden.

Hij loodste het stel naar de woonkamer en bleef daar wat onhandig staan.

'Ben je alleen thuis?'

'Ja. Mijn ouders zijn gescheiden en mijn ma is naar haar werk. Maar Fien...' Het lukte hem om een gekweld masker op te zetten.

'Mogen we?' vroeg de man terwijl hij de leuning van de stoel vastgreep.

Chris knikte beduusd alsof hij nog steeds in de war was.

De vrouw nam een notitieboekje en een pen uit haar tas, legde het op tafel en wachtte af.

'Ben je minderjarig?'

'Ik ben zeventien', antwoordde hij met een schorre stem.

'Omdat je minderjarig bent, mag er iemand bij het gesprek aanwezig zijn. We kunnen je moeder of je vader vragen.'

'Nee, dat hoeft niet.' Hij schudde met zijn hoofd om zijn woorden kracht bij te zetten. 'Ik heb hun handje niet nodig om vast te houden.'

Even schoof er een glimlach over het gezicht van de man.

'Het zijn wat simpele vragen. Met wie ben je die avond naar De Robijn gegaan?'

'Laurens, Carola en Fien.'

'Hoe zijn jullie daar gekomen?'

'Met de bus van halfnegen.' Chris ontspande enigszins.

Met dit soort vragen kon hij geen problemen krijgen.

'Heb jij gedronken?'

'Ja, natuurlijk. Het was oudejaarsavond. We hebben allemaal gedronken.'

'Fien ook?'

'Ja, die was halverwege de avond al dronken.' Chris toverde een onschuldige glimlach op zijn gezicht.

'Hoe was het humeur van Fien? Was ze vrolijk of juist verdrietig of agressief?'

'Ze was gewoon vrolijk. Ze heeft de hele avond gedanst en gezongen.'

'Heeft ze nog met vreemden gedanst of iets gedronken?'

'Nee, niet echt. Maar ik heb ook niet de hele avond naar Fien gekeken', liet Chris er snel op volgen. 'Ze heeft in ieder geval bij niemand aan een tafeltje gezeten.'

'Heeft ze het nog over Ruud gehad?' Chris vernauwde zijn ogen. 'Ruud?' herhaalde hij onnozel om tijd te winnen. Het idee kwam plotseling bij hem bovendrijven. Hij greep zijn kans.

'Ruud Verbelen. Dat is toch haar ex-vriendje?'

'Ja, dat klopt. Hij heeft haar laten zitten voor een ander grietje. Maar zo is Ruud. Die probeert elk grietje te versieren dat hij tegenkomt. Dat lukt hem meestal wel en iedereen krijgt het dan ook uitgebreid te horen. Hij is er nogal trots op. Hij heeft een rare kronkel in zijn hoofd wat betreft meisjes.'

De nieuwsgierigheid bij de twee politiemensen was gewekt. 'Hoe bedoel je dat?'

'Fien wilde te graag en daar knapte Ruud op af. Hij heeft liever een meisje waar hij moeite voor moet doen. Die hij moet... hoe zegt hij dat altijd... overwinnen. Meisjes die wat tegensputteren.'

'En was Ruud die avond ook aanwezig?'

'Nee, wij hebben hem niet gezien. Anders had hij wel bij ons tafeltje aangeschoven.'

'Ook als Fien bij jullie aan tafel zat?'

'Dan juist. Al was het alleen maar om haar te sarren. Maar

volgens mij heeft hij wel spijt dat hij Fien heeft gedumpt.
Hij liep altijd te pochen dat ze een lekker lichaam had.
Goede seks... Dat miste hij en...'

Chris slikte de woorden in. Waar was hij mee bezig? Dit
ging niet volgens plan en straks floepten er verkeerde dingen
uit zijn mond. Hij wilde Ruud verdacht maken, maar hij
moest het ook niet overdrijven. Hou het subtiel, waarschuwde een stemmetje achter in zijn hoofd.

'En wat?' viste Verschueren.

'En zijn nieuwe meisje had niet wat Fien wel had. Dat zegt
hij tenminste. Maar Fien heeft het er wel moeilijk mee',
veranderde Chris snel van onderwerp. 'Dat hij het heeft
uitgemaakt.'

'Fien is op een gegeven moment behoorlijk dronken. Hoe
erg dronken?'

Een namaaklach borrelde bij Chris omhoog. 'Behoorlijk.
Het was alleen maar lallen en over de tafel hangen.'

'We hebben begrepen dat jij Fien uiteindelijk naar het bushokje hebt gebracht. Hoe laat was dat?' Het gezicht van de
rechercheur stond neutraal en zijn stem klonk niet onvriendelijk.

Het bushokje! Chris kreeg het benauwd. Ze kwamen nu
gevaarlijk dichterbij. Zou hij de eerste zijn die ze ondervroegen? Oppassen, flitste het door zijn hoofd. Hij moest
zich op de vragen blijven concentreren. Nu geen fouten
maken. Sinds zijn bezoek aan Fien had hij zijn verhaal wel
honderden keren herhaald. Scherp blijven... Nadenken!

'Goh... Ik heb niet op mijn mobieltje gekeken. Ik denk
dat het ongeveer kwart over twee was.' De man knikte
goedkeurend terwijl de pen van de vrouw over het papier
schoot.

Natuurlijk hebben ze anderen gehoord. Maar wie waren die anderen? Fien? Laurens? Die twee meiden in de garderobe van De Robijn?

'Je vergezelde haar naar het bushokje en daarna?'

'We hebben een tijdje samen op de bus gewacht, maar toen zei Fien dat ik beter naar het feest terug kon gaan. Het zou haar wel lukken om thuis te komen.'

'Dat zei Fien? Met die woorden?'

Het hoofd van Chris bewoog wat onzeker. 'Ja... zoiets.'

'Wij hebben begrepen dat Fien behoorlijk dronken was. Dat ze niet eens op haar voeten kon staan.'

Chris slikte. Concentreren... Nou had hij toch nog een fout gemaakt. De raderen in zijn hoofd draaiden op volle toeren. 'Het was meer wauwelen wat ze deed. Maar op dat moment was ze nog niet helemaal van de plank.'

'Ze was nog aanspreekbaar?'

'Best wel.'

'Hoe lang ben je bij haar gebleven?'

Even dacht Chris aan de barman. Die had hem aangesproken en die wist misschien wel hoe laat hij terug was gekomen. Kon hij zich een leugen permitteren?

'Een halfuurtje, denk ik.'

'Een halfuurtje? En was er intussen geen bus gekomen?'

'Nee.' Chris deed een schietgebedje en hoopte dat zijn bewering zou kloppen. Zouden die smerissen dat controleren? 'Het duurde trouwens een hele tijd voor we bij de bushalte waren. Ik moest Fien zowat dragen.'

De wenkbrauwen van de commissaris schoten omhoog en Chris was direct alert. Had hij iets verkeerds gezegd? Tijd om daarover na te denken kreeg hij niet. De volgende vraag werd op hem afgevuurd.

'Hoe lang heb je samen met Fien zitten wachten?'

'Een minuut of tien, denk ik.'

'Later ben je toch weer terug naar Fien gegaan. Hoe laat was dat?'

'Ergens rond vieren.'

'Fien zat er nog?'

'Ja.'

'Zoals je haar had achtergelaten?'

'Nee, dat niet. Ze lag op de bank en haar jack was opengeritst.'

'Je vond dat niet raar?'

'Op dat moment niet, nee. Tenslotte was ze dronken en waarom zou ze haar jack dan niet opengeritst hebben? Dronken mensen doen wel meer onbegrijpelijke dingen.'

Hij keek de rechercheur geregeld aan, niet te lang en niet te vaak.

'Heb je niets verdachts gezien? Ben je niemand tegengekomen op weg naar de bushalte? Geen auto of fiets voorbij zien komen?'

'Nee.'

'Waren haar kleren toen nat of vuil?' Chris knipperde even met zijn ogen. Die vraag had hij niet zien aankomen. 'Daar heb ik niet op gelet. Hoezo?'

'Misschien dat de dader haar heeft meegenomen en ergens in de struiken, ergens waar ze niet in het zicht waren, heeft verkracht.'

'Misschien was de verkrachter met de auto. Heeft hij haar op de achterbank verkracht en haar terug naar het bushokje gevoerd', lepelde Chris zijn scenario op. Zijn zelfvertrouwen groeide iets. Eindelijk een vraag die op zijn lijstje voorkwam.

'Mmm', was de enige respons die Chris van de man kreeg. Zouden ze hem geloven?

'Je hebt haar met de bus naar huis gebracht. Toen ze aankwam, was ze door en door nat. Hoe is dat gebeurd?'

'De bushalte is tegenover het tankstation. Daar zijn we uitgestapt en toen was het nog zeker tien minuten lopen naar haar huis. Ik heb haar naar huis moeten sleuren. Honderd meter voor haar huis viel ze in een plas. Ik had haar arm over mijn schouder gelegd, maar ze gaf niet mee. Ze woog als lood en opeens ontglipte ze me. Net in een plas water. Nu ja, het had zo veel geregend, er lagen overal plassen. Het zou eerder een mirakel zijn als ze niet in het water was gevallen.'

Chris probeerde relaxed over te komen, maar zijn grap viel blijkbaar niet in de smaak. Verschueren reageerde met een vluchtige glimlach.

'We houden het hier voorlopig bij.'

Anseeuw klapte haar notitieboekje dicht en gelijktijdig kwamen ze overeind.

Bij de deur gaven ze hem een hand en met een strak gezicht liet hij zijn gasten uit.

Eindelijk. Opgelucht haalde Chris adem. Hij was verlost van het vragenvuur. Uitgeblust leunde hij met zijn rug tegen de deur.

Zijn hoofd was leeg en hij rilde over zijn hele lichaam, alsof hij koorts had. Ze waren weg en toch raasde de onrust nog door hem heen. Wat wisten ze? Had hij foute antwoorden gegeven? Hij hoopte vurig dat hij haar broekje voldoende had uitgespoeld.

28

Donald Verschueren en Colette Anseeuw waren in de Dikke
Mik neergestreken en bestelden een uitgebreide lunch.
Onder het eten werd op fluistertoon het verhoor van Chris
besproken en de vervolgstappen doorgenomen.

'Jij vindt die Ruud verdacht?' meende Verschueren uit haar
woorden op te maken.

'Ja. Hij heeft een duidelijk motief. Ben jij het daar niet mee
eens?'

Verschueren trok weifelend zijn schouders op. 'Ja en nee.
We kunnen hem niet aanhouden op grond van de verklaring
die Chris ons heeft gegeven. Het is veel te magertjes. Stel
dat hij de dader is en wij gaan hem lastige vragen stellen.
Stel dat hij zijn mond stijf dichthoudt... Dan gaat hij vrijuit
en krijgt hij alle tijd om een alibi in elkaar te knutselen. Het
is een risicovolle actie, dat weet je.'

'Hij krijgt toch snel genoeg te horen dat wij aan het rond-
vragen zijn, en dan kan hij ook de nodige maatregelen
nemen. We verhoren hem als getuige en mochten er feiten
boven water komen, dan kunnen we hem altijd nog aanhouden als verdachte. En als we hem vragen of we DNA
mogen afnemen? Misschien gaat hij zonder slag of stoot
akkoord. Gewoon op de bluf. Als hij weigert, maakt hij
zich verdacht en dan zorgen we dat er via een bevel DNA
wordt afgenomen. We kunnen het proberen. Ik haal wel een
DNA-set bij de technische rechercheur op.'

Verschueren woog haar voorstel af. 'Weet jij hoe je DNA moet afnemen?'

Ze knikte. 'Zo moeilijk is dat niet.'

'En dat wil je vandaag nog doen?'

'Hoe eerder wij zijn DNA hebben, hoe beter dat is voor het onderzoek. Ik denk dat hij de dader is.'

'Of niet.' Verschueren roerde in zijn koffie en zuchtte diep. 'En wat doen we met Chris?'

'Chris? Wat wil je met hem?'

'Ik vond zijn verklaring hier en daar wat rammelen. Misschien hadden we beter bij hem ook DNA moeten afnemen.'

'Waarom? Ik denk niet dat hij... De jongen is van slag. Dat is toch logisch. Hij voelt zich verantwoordelijk voor wat er met het meisje is gebeurd. Zou jij dat niet zijn?'

'Waarschijnlijk wel. Heb jij het adres van dat ex-vriendje?' Anseeuw zocht in haar aantekeningen. 'Hij woont hier twee straten vandaan.'

Verschueren haalde zijn gsm tevoorschijn. 'Ik bel naar het bureau zodat ze een DNA-set voor ons klaarleggen. Laten we eerst maar genieten van onze maaltijd.' Anseeuw nam een slok van haar mineraalwater en knikte tevreden. 'Ik denk dat wij vanmiddag de zaak hebben opgelost.'

De rechercheurs stonden voor de verfloze deur van het appartement en belden aan.

Een lange man opende de deur en keek zijn bezoekers vriendelijk aan. Zijn glimlach verdween van zijn gezicht toen het tweetal zich legitimeerde. 'D. Verschueren, inspecteur van politie', las meneer Verbelen hardop voor van de politiebadge. Hij perste zijn lippen op elkaar en

weifelde een paar seconden. 'Ruud is niet thuis', antwoordde hij toen. 'Maar ik kan hem even bellen. Hij is met een paar vrienden een balletje aan het trappen op het veld hierachter.'
'Graag. We zijn bezig met een onderzoek en we hebben wat vragen voor Ruud.'
'Hij heeft zichzelf toch niet in de nesten gewerkt?' wilde meneer Verbelen weten terwijl hij wenkte dat de twee politiemensen hem mochten volgen naar de woonkamer. Een poes draaide rond de benen van Verschueren en hij bukte zich om het dier te aaien.
'Zijn ex-vriendin Fien is tijdens de jaarwisseling verkracht. Wij willen graag wat meer weten over de relatie die ze eerder hadden', legde Verschueren uit. Hij kwam weer omhoog en zag de verbazing in de ogen van Verbelen.
De vader gaf geen commentaar. Hij toetste het nummer van zijn zoon in en hield afwachtend de hoorn aan zijn oor. Met een brede grijns liet hij taxerend zijn blik over de vrouwelijke rechercheur glijden. Er volgde een knipoog en Anseeuw beantwoordde zijn actie met een afkeurende frons.
Ze had een hekel aan dit soort mannen. Hij vond zichzelf waarschijnlijk onweerstaanbaar. Ze moest eerlijk toegeven dat hij er niet slecht uitzag. Het was duidelijk dat hij geregeld in de sportschool kwam. Zijn dikke haarbos was zorgvuldig in model gekamd en werd met gel op zijn plaats gehouden. De kaarsrechte en spierwitte tanden waren haar niet ontgaan. Beugeltje, schatte ze in.
De grijns verdween van zijn gezicht toen zijn oproep beantwoord werd door een jongensstem. 'Ruud...' Verbelen draaide zich om zodat de rechercheurs zijn gezicht niet

zagen. 'Er zijn hier twee mensen van de politie die jou willen spreken over Fien. Ja, Fien... Of je even naar huis wilt komen? Goed. Ik geef het door.' Hij legde de hoorn op het toestel. 'Gaat u maar vast zitten. Hij is binnen vijf minuten thuis.' Hij wees uitnodigend naar de bank. 'Kan ik u iets te drinken aanbieden?'

'Voor mij niet, dank u.' Anseeuw pakte haar notitieboekje uit haar tas en schoof een stoel aan de eethoektafel naar achteren.

Ook Verschueren wimpelde het aanbod af. 'Ik heb net koffie gehad. We storen u toch niet in uw werk?' Hij wees naar de laptop die opengeklapt op tafel stond.

'Nee hoor. Ik werk twee dagen in de week thuis.' Verbelen sloot het deksel van de computer en schoof het apparaat naar het midden van de tafel. 'Ik ben onlangs gescheiden en voor de jongen is het goed als ik een paar vaste dagen thuis ben.' Hij peilde de reactie van Anseeuw, maar die hield haar gezicht neutraal. 'Dat is het voordeel als je voor een verzekeringsmaatschappij werkt. Je kunt je werk gemakkelijk mee naar huis nemen.'

Verschueren knikte en Anseeuw bestudeerde met gemaakte interesse een schilderij aan de muur. Er viel een stilte, die al snel werd verstoord door het dichtslaan van de voordeur. 'Daar zul je hem hebben', antwoordde Verbelen wat overbodig.

Op Ruuds voorhoofd parelden wat zweetdruppels en hij hijgde nog na toen hij de kamer binnenkwam. Hij zocht vluchtig oogcontact met zijn vader terwijl hij de uitgestoken hand van Verschueren schudde. 'Ik schrok me rot van het telefoontje', liet hij het tweetal weten. 'Wat is er allemaal gebeurd?'

'Wij zijn van de recherche en we zijn bezig met een
onderzoek. Fien Roossens is op oudejaarsdag op weg naar
huis verkracht. Wij zijn informatie aan het verzamelen bij
vrienden, familie en getuigen. Daarom komen we nu bij
jou.' Verschueren wendde zich tot de vader. 'U mag wat
mij betreft erbij blijven zitten. Maar ik heb liever niet dat u
zich met de antwoorden bemoeit.'

Meneer Verbelen knikte begrijpend. Ruud nam tegenover
de rechercheur plaats en keek hem afwachtend aan.

'We hebben begrepen dat jij een korte relatie hebt gehad
met Fien?' begon Verschueren.

'Ja, dat klopt. We hebben een tijdje verkering gehad.'

'Waarom is het uitgegaan?' De handen van de politieman
lagen ineengevouwen op het tafelblad en een milde glimlach
gleed over zijn gezicht.

Ruud trok zijn schouders op. 'Ik vond haar wat tegenvallen.'

De geëpileerde wenkbrauwen van Anseeuw schoten omhoog. 'In welk opzicht?'

'Ze was erg kinderachtig en moest om de stomste dingen
giechelen. Dat ging irriteren. Op een gegeven moment
kwam ik een ander meisje tegen en dat klikte veel beter.'

'Hadden jullie seks?' Verschueren keek Ruud strak aan.

Een rode gloed trok vanuit de nek van de jongen omhoog.

'Ja. We hebben het twee keer gedaan.'

'Was ze nog maagd?'

'Ze zei van wel, dus het zal wel.'

'Hoe was de seks?'

De jongen verslikte zich en begon wat opgelaten over zijn
stoel te schuiven. 'Klote.' Hij rechtte zijn rug en perste
zijn lippen tot een zuinig mondje. 'U wilde toch een eerlijk

antwoord', zei hij om zijn grove uitspraak te verdedigen.
'Ik waardeer je eerlijkheid', zei Verschueren terwijl hij
goedkeurend knikte. 'Klote dus... Wat bedoel je daarmee?'
'Ze was nogal preuts.'
'Had dat niets te maken met haar ervaring wat betreft seks?'
De schouders kwamen weer omhoog. 'Het zal best. Maar
als ik iets voorstelde, dan wilde ze dat meestal niet.' Hij
keek vanuit zijn ooghoeken naar zijn vader, die met zijn
armen over elkaar op de bank zat te luisteren.
'En wat stelde je zoal voor?'
Ruud frunnikte nerveus aan zijn shirt terwijl hij de reactie
van de vrouwelijke rechercheur zo onopvallend mogelijk
observeerde. Met zijn vrienden kon hij makkelijk over dit
soort onderwerpen praten. Soms dikte hij zijn verhalen wat
aan. Ze gingen het toch niet controleren. Maar dit was de
politie. Het waren vreemden, en zijn vader zat op de bank.
In zo'n situatie zit je niet op je praatstoel. 'Is dat belangrijk
voor jullie onderzoek?' vroeg hij wat benauwd.
'Kan zijn. Dat kunnen we nu nog niet inschatten. Je kunt
het ons gerust vertellen. We zijn aardig wat gewend, ook
mijn collega...' Verschueren knikte naar Anseeuw, die zijn
opmerking met een glimlach bevestigde.
'Nou... pijpen of iets anders... Het heeft dagen geduurd
voordat ze uit de kleren durfde.'
'Jij wilde spelletjes doen en zij niet? Wat voor spelletjes?'
'Gewoon...'
'Dat is een vaag antwoord en daar kunnen we weinig mee.
Wat ik gewoon vind, is voor jou misschien ongewoon.
Bedoel je spelletjes als vastbinden of met een blinddoek of
slaan...'

De jongen schoot in de lach. 'Nee, dat soort spelletjes doe ik niet. Ik heb het over standjes. Gewoon wat uitproberen. Tegen de muur, op een stoel...' Zijn stem stierf langzaam weg en hij zuchtte vermoeid.

'Oké, ik begrijp het.' Verschueren sloot het onderwerp af. 'Waar was jij op oudejaarsdag?'

'Met Julie op het feest in het Rode Paard.'

'Tot hoe laat was je daar?'

'Nou moet ik even denken... Julie moest om drie uur thuis zijn', prevelde hij hardop. 'Zeg maar tot halfdrie. Ik heb haar op tijd thuis afgezet en ik ben toen naar Zomerzorg gefietst om te kijken of daar nog wat te beleven viel. Ik heb daar met Gwen en Pieter nog wat biertjes gedronken. Rond halfvijf ben ik naar De Robijn gefietst.'

'Je bent in De Robijn geweest? Ben je nog bekenden tegengekomen?'

'Ja. Ik heb met Fleur en Arjan Hol nog wat gedronken. Ron Vliesboom en zijn vriend waren er ook. Ik ken de naam van de vriend niet. Hij had blond stekelhaar.'

'Heb je Fien, Carola, Laurens of Chris nog gezien?'

'Nee. Geen van allen. Ik heb wel gehoord dat ze zijn geweest, maar toen ik er was waren ze al weg. Ik ben iets over zessen samen met Arjan naar huis gefietst.'

'Dat klopt. Hij kwam kwart voor zeven binnen.' Vader Verbelen bemoeide zich nu met het gesprek. 'En meneer was aardig dronken.'

Ruud lachte wat onhandig. 'Het was toch feest? Iedereen was zo goed als dronken.'

Verschueren keek wat moeilijk omdat hij werd onderbroken, en nam het gesprek weer over.

'Jij hebt Fien die dag dus niet gezien?'

'Nee. Daar had ik ook weinig behoefte aan. Ik was met Julie en ik had geen zin in rotopmerkingen van Fien. Ik wilde het gezellig houden.'

'Heb jij de telefoonnummers of adressen van Gwen en Pieter, Ron, Fleur en Arjan?'

'Hoezo? Alleen Arjan kent Fien, maar dan ook alleen van gezicht.'

'We gaan jouw verklaring controleren. Kijken of je geen onzinverhaal aan ons hebt verteld. Dat is een standaardprocedure bij de recherche.'

'Je mag het van mij controleren. Ik lieg niet. Waarom zou ik? Ik heb niets te verbergen.'

'Dan heb je ook niets te vrezen', antwoordde Verschueren. Ruud trok zijn gsm uit de broekzak en drukte het adressenbestand open. Hij las de gegevens op, die Anseeuw noteerde. 'We willen ook graag het nummer van Julie.'

'Ook nog?' Langzaam werd de irritatie in zijn stem hoorbaar. 'Als jullie maar niet denken dat ik het heb gedaan.'

'Je hebt wel een motief', zei de commissaris nuchter. 'Je hebt iets met haar gehad en...'

'Pardon?' De vader kwam uit de bank omhoog en keek Verschueren met een bezorgd gezicht aan. 'Is mijn zoon verdacht?'

'In principe is iedereen verdacht tot het tegendeel bewezen is.'

'Als verkering hebben een motief is...' snoof Ruud met een boos gezicht. 'Dan kan ik mijn lol op. Ik heb wel vaker verkering gehad en die meisjes heb ik nooit verkracht. Zo verknipt ben ik niet.'

'Op dit moment ben jij voor ons een getuige', zei Anseeuw sussend. 'We zijn nog informatie aan het verzamelen en als alles binnen is, gaan we de poppetjes bekijken. Dat is ons werk. Maar we kunnen het in een keer goed doen. Ik kan je DNA afnemen. Ik heb de spullen bij me en het is binnen een paar minuten gebeurd. Heb je daar bezwaar tegen?'

'DNA?' echode Ruud met een benauwd gezicht. 'Hoe wil je dat gaan doen? Met een naald of zo?'

'Nee, geen naald, je voelt er niets van. We nemen wat speeksel uit je mond en dat sturen we op naar het laboratorium. Het speeksel wordt vergeleken met het DNA van de dader.'

'Mij best. Doe maar. Ik ben hartstikke onschuldig!' riep Ruud opstandig.

'Hebt u bezwaar als wij DNA bij uw zoon afnemen?'

'Nee. Ik heb liever dat er zo snel mogelijk wordt aangetoond dat hij niets met deze zaak te maken heeft. Straks komen er praatjes...'

'Goed, het is zo gepiept.'

Anseeuw legde twee in steriel plastic verpakte staafjes op tafel en trok een paar latex handschoenen aan. Ze scheurde het plastic open en trok het staafje met aan het uiteinde een schrapertje naar buiten.

'Doe je mond maar open.'

Ze haalde het schrapertje langs de binnenkant van zijn wang en schoof vervolgens het staafje met speeksel in een plastic buisje.

Tegen het eind van de middag waren Anseeuw en Verschueren op weg naar het bureau. Ze waren in een opperbeste stemming. Het was nu afwachten of Anseeuw het bij het rechte eind had en er een match uit het speeksel kwam rollen.

'Als we snel een uitslag willen, dan moet een van ons het materiaal morgen persoonlijk bij het forensisch laboratorium langs brengen. Het probleem is dat we hier in België geen DNA-databank hebben. Nederland is voor ons het meest voor de hand liggend', meende Verschueren. 'Aan jou de eer. Ik rij morgenochtend naar het bureau en werk de verklaring uit. Dan ga jij naar het laboratorium.'

'Mam, waar liggen mijn gymspullen?' jengelde de stem
van Elma onder aan de trap.
'Je gymspullen heb ik al in je tas gestopt. Samen met je
brood en melk.' Colette tilde een volle wasmand van de
grond en liep de trap af. 'Benjamin, kleed je aan. Je komt te
laat op school. Nora, kom de badkamer uit en maak voort.'
Een snelle blik op de keukenklok deed haar pas versnellen
Ze had om halfelf een afspraak met Lea Totte van het
Nederlands Forensisch Instituut en het was minstens ander-
half uur rijden. Ze wilde opschieten.
'Benjamin,' brulde ze terwijl ze de knop op zestig graden
draaide, 'kom je bed uit!' Ze liep terug naar de keuken en
controleerde nogmaals de tijd.
'Ik ben er al een eeuw uit', mopperde de elfjarige knaap die
met een verwilderde haarbos in de deuropening verscheen.
'Kam je haar. Het lijkt alsof er vuurwerk in is ontploft.
Eet je boterham, dan breng ik je over een kwartiertje naar
school. Dat geldt ook voor jou, Nora.'
Colette liep langs de eettafel en nam snel een hap uit haar
boterham. 'Waar is de borstel?' mopperde ze.
Ze rende de trap op, raapte een paar vuile sokken van de
vloer en schoot de badkamer in. In de spiegel inspecteerde
ze haar make-up, trok een borstel door haar haren en liep
gewapend met de borstel de trap weer af.
'Ben je klaar?' Colette nam een tweede hap van haar
boterham.
Met een pijnlijk gezicht probeerde Benjamin onder de hand

van zijn moeder weg te duiken, die de borstel ruw door zijn haren trok.

De wijzer van de klok verschoof. 'Het is acht uur. We gaan.' Colette knalde de borstel op tafel. 'Trek jullie jassen aan.' Ze pakte haar jas van de kapstok, nam haar tas onder haar arm en bleef bij de voordeur op haar kroost wachten. 'We brengen eerst Benjamin naar school. Dat is korter.'

Nora liet een klaaglijke zucht horen en ging naast Elma in de auto zitten.

Halfnegen. Colette had haar kinderen op school afgezet en reed de snelweg op. Herhaaldelijk dwaalden haar ogen naar de tas naast haar op de passagiersstoel. Ze werkte al acht jaar bij de politie en dit soort momenten bleven spannend. Het oplossen van een zaak gaf enorm veel voldoening. Het was de kers op de taart.

De stem van de navigatie dirigeerde de rechercheur na een halfuur de snelweg af en bracht haar uiteindelijk op tijd op haar bestemming. Ze werd vriendelijk ontvangen door Lea Totte. Ze was zevenentwintig jaar, maar oogde niet ouder dan twintig.

Samen liepen de twee vrouwen door de steriele gangen van het gebouw. Met een pas opende Lea diverse deuren en bracht de rechercheur naar de werkruimte, waar de materialen voor het onderzoek al klaarstonden. De gegevens van de verkrachting waren op het computerscherm zichtbaar en de cursor stond te knipperen in afwachting van het volgende commando.

De laborante haalde het speeksel van de schraper om de DNA-kenmerken te analyseren. Geïnteresseerd volgde

Colette de handelingen en de gegevens op de computer. Nadat het DNA-profiel was vastgesteld, werd het vergeleken met de spermaresten die bij Fien waren aangetroffen. Terwijl de computer begon te zoeken, namen de twee vrouwen een koffiepauze in de kantine. Onbewust keek Anseeuw herhaaldelijk op haar horloge. De tien minuten tikten traag voorbij en leken er wel dertig te zijn geworden. Lea vertelde enthousiast over haar gezin, maar de helft kwam bij Anseeuw niet aan. Ze kon maar aan één ding denken: de uitslag.

Lea rolde haar stoel achter de computer en drukte de gegevens open. Allerlei schema's kwamen in beeld en vreemde tekens schoten voorbij. Voor Anseeuw was het Russisch. Hoopvol hield ze het gezicht van de ander in de gaten, maar daar was alleen een geconcentreerde frons op af te lezen. Ze mompelde iets binnensmonds en veranderde van beeldscherm. De bureaustoel rolde naar rechts en een tweede computer begon te flikkeren.

Weer wat onduidelijke woordjes. Haar vingers vlogen over het toetsenbord en uiteindelijk leunde ze met een tevreden grijns achterover in haar stoel. 'We hebben een match.' Anseeuw haalde diep adem en hield de lucht een paar seconden vast voordat ze weer uitademde. 'Ik wist het. Het is dus toch Ruud Verbelen.'

'Nee, het is niet die jongen van wie jullie wangslijm hebben afgenomen.'

'Maar je hebt een match?'

'We hebben een match van het sperma dat op het slachtoffer is aangetroffen met nog vier andere zaken.'

'Vier andere zaken?' herhaalde Anseeuw geschrokken.

'Twee aanrandingen, een verkrachting in Nederland en een verkrachting in België. Ik heb de zaaknummers voor je uitgedraaid, zodat je op het politiebureau kunt uitzoeken waar de onderzoeken worden gedaan. Volgens mij zijn de vier zaken al aan elkaar gekoppeld.'

Verdoofd staarde Anseeuw naar het vel papier dat in haar richting werd geschoven.

'Ik heb al een vermoeden waar ik moet zijn.'

Colette Anseeuw negeerde de maximumsnelheid en jakkerde met haar auto naar Antwerpen. De tellernaald kroop op naar de honderdveertig kilometer. Het risico dat het een bekeuring kon opleveren, nam ze op de koop toe. De uitslag was ingeslagen als een bom. Wie had dit verwacht? Het hele politiekorps was op het verkeerde been gezet, zowel in Nederland als in België. De onbekende man had nu twee aanrandingen en drie verkrachtingen op zijn naam. Zijn laatste daad was zelfs niet met de andere zaken in verband gebracht, terwijl de teams de dossiers van de Hollanders grondig hadden bekeken en besproken.

Colette probeerde de details in haar herinnering op te roepen. Er was in alle zaken sprake van geweld en machtsmisbruik. De man liet zelfs een bizar merkteken bij zijn slachtoffers achter. Waarom dan niet bij Fien? Waarom was hij zo voorzichtig met dit slachtoffer omgesprongen? Was zij anders dan de vrouwen die hij daarvóór had misbruikt? Hoe anders? Hij had haar uitgekleed en daarna de moeite genomen om haar weer aan te kleden. Verkeerd weliswaar, maar toch... Hoeveel mannen wisten het verschil tussen de voor- en achterkant van een panty? Hij had haar meegenomen en weer teruggebracht naar de bushalte. Alsof zijn daad ongemerkt moest blijven.

Het schoot Colette plotseling te binnen dat Fien wat kleine krasjes op haar buik had. Zou hij het dan toch geprobeerd hebben? Maar de krassen leken in de verste verte niet op de wonden die hij bij de anderen had achtergelaten. Was hij zijn mes vergeten of kon hij haar eenvoudigweg niet verwonden? Waarom had hij zijn muts ingeruild voor drugs? Het was zo verwarrend.

Ze draaide het terrein van het politiebureau op en nam niet de moeite om de dienstauto netjes in het vak te parkeren. Ze sprong uit de auto, rende het gebouw binnen en klom met twee treden tegelijk de trappen omhoog.

Ze trof Donald bij het koffieapparaat aan. 'Waar zijn de Hollanders?' Ze greep hem bij zijn vest en trok hem achter haar aan de gang door.

'Ze hebben bij Frank in de kamer een overleg. Wat is er aan de hand?'

'Het is dezelfde dader. Onze dader...' Ze wees naar de deur waarachter de briefing gaande was.

'Dezelfde? Heeft het DNA dat uitgewezen? Dat lieg je!'

Ze schudde driftig haar hoofd. 'Het is niet Ruud Verbelen. Er was een match met de Hollanders en de zaak in Borgerhout.'

Verschueren staarde haar een paar seconden sprakeloos aan. 'We moeten het melden', zei ze toen en hij knikte traag.

'Ja, laten we dat maar doen.'

Na een bescheiden klopje opende Anseeuw de deur. 'Mogen we even storen.'

De stemmen verstomden en De Winter gaf een goedkeurend knikje met zijn hoofd. 'Zeg het maar, Colette.'

Ze keken wat raar op toen ze samen met Verschueren plaatsnam achter de vergadertafel. 'Het goede nieuws is dat onze dader in de DNA-databank voorkomt', liet ze het team weten. 'Het slechte nieuws...' Ze bouwde een korte pauze in. 'Onze dader is ook jullie dader.'

'Wat?' Het ongeloof was groot en chaos brak uit. Er werd niet meer naar elkaar geluisterd en de meningen vlogen over en weer.

Frank de Winter sloeg met zijn vlakke hand op tafel en riep zijn team tot kalmte. 'Laat Colette haar verhaal doen', beval hij.

Colette nam het woord en Donald vulde aan. Ten slotte deelde ze haar overpeinzingen die in de auto op weg naar het bureau in haar waren opgekomen.

'De knaap heeft meerdere persoonlijkheden in zich zitten', meende Afman. 'Heb jij in al jouw dienstjaren zoiets mee-gemaakt?' vroeg hij aan Ravensburg.

'Nee, dit is voor mij ook nieuw.' Hij wees naar de muur met schema's, lijsten en foto's. 'Hij pakt het telkens anders aan. Je zou bijna denken dat hij superintelligent is, maar toch maakt hij domme fouten.'

'Of hij maakt ze bewust', merkte Cost op. 'Om de politie te tarten als een soort spel waarin hij onoverwinnelijk denkt te zijn.'

'Ik sluit me bij Dino aan', steunde Nancy Peeters zijn bewering. 'Ik denk ook dat dit het scenario is.' Cost glim-lachte en ze draaide snel haar hoofd weg omdat er een blos over haar wangen trok. Maar het was hem niet ontgaan.

Frank de Winter zuchtte. 'De muur raakt steeds voller. Er is bijna geen plaats meer voor een volgend slachtoffer.'

Het team volgde zijn blik naar de volgeplakte muur. Er hing een gelaten stilte in het vertrek.

Colette kwam langzaam uit haar stoel omhoog en staarde met grote ogen naar de kleurenfoto die slordig onder een schema bungelde.

'Maar dat is dat joch!' Ze stootte Verschueren aan. 'De jongen op de compositietekening lijkt op Chris van Daele.'

29

Frank de Winter had de compositietekening van de muur
getrokken en midden op de vergadertafel gelegd. 'Chris
van Daele.' De naam bleef enkele seconden dreigend in de
lucht hangen. 'Wat weten we van deze knul?'

'Dat hij nooit eerder met de politie in aanraking is geweest',
zei Rutten. 'Gescheiden ouders. Zeventien jaar, en hij zit
bij het laatste slachtoffer op school.'

Het team stond gebogen over de kleurentekening.

'Colette, lees jij zijn verklaring eens voor.'

Colette haalde het proces-verbaal uit het dossier en begon
te lezen. Er werd aandachtig geluisterd en er werden aantekeningen gemaakt.

'Ik voel er veel voor om de knaap vandaag nog op school
aan te houden.' De Winter keek de groep rond om hun
reactie te peilen. 'Het wordt tijd dat we hem eens stevig
aan de tand voelen. Heeft iemand een ander voorstel?'

'Ik ben het met je eens. Het lijkt mij wel verstandig om de
aanhouding tegelijk te doen met een huiszoeking', stelde
Ravensburg voor. 'Ouders willen soms rare streken uithalen
om hun kind te beschermen. Stel dat ze te horen krijgen
dat zoonlief is aangehouden en ze bewijsmateriaal gaan
vernietigen. We zijn nog op zoek naar het mes en de muts.'

'Dat is een prima plan. Ik regel het bevel.' De Winter
noteerde het voorstel.

'Op sommige scholen zijn er ook kluisjes waarin scholieren
hun materiaal in kunnen opbergen', wist Cost. 'Dat kan
ook een prima plek zijn om wat te verbergen.'

'Goed denkwerk. Zijn kluisje pakken we meteen mee.'
Frank de Winter controleerde zijn aantekeningen. 'Ik
stel voor dat Koen Ravensburg en Colette Anseeuw de
jongen van school ophalen en met hem het verhoor in gaan.
Verschueren en Afman doorzoeken zijn kluisje, en Peeters,
Keijzer, Cost en Kuk...' Hij struikelde over de naam.
'Kuguksloe...' vulde Sera voor hem in.
Er werd gelachen en De Winter trok hulpeloos zijn
schouders op. 'Ja, dat bedoel ik. Jullie doen de huiszoeking.
De rest blijft hier en zorgt voor ondersteuning vanuit het
bureau. Nog vragen?'
Cost en Peeters hadden even oogcontact, maar er kwam
verder geen reactie.
'Goed, dan wens ik jullie succes.'

Anseeuw manoeuvreerde de dienstauto door het drukke
verkeer van Antwerpen. Naast haar zat Ravensburg, die
ijverig allerlei krabbels in zijn aantekeningenboekje maakte.
Ze hadden afgesproken dat hij met het verhoor
zou beginnen. Het tweetal was niet op elkaar ingespeeld
en er was geen tijd meer om een verhoorplan te schrijven.
Anseeuw moest op de ervaring van Ravensburg vertrouwen.
Voor haar werd het straks onduidelijk welke richting de
vragen op gingen. Wat zijn tactiek was om de feiten boven
water te krijgen.
In de volgauto zaten Afman en Verschueren. De mond van
Afman stond de hele weg niet stil. De ene mop na de ander
lepelde hij op, tot grote ergernis van Verschueren.
Ondertussen had Frank de Winter het schoolhoofd laten
weten dat er vier rechercheurs zijn kant op kwamen. Dat er

een leerling zou worden gearresteerd en zijn kluisje werd doorzocht. Over het wie en waarom werd hij door een van de rechercheurs ter plekke ingelicht. Het schoolhoofd had geschokt laten weten dat hij zijn volledige medewerking zou verlenen.

Toen de twee dienstauto's de straat in reden stond het schoolhoofd hen voor het gebouw op te wachten. Handenwringend keek hij hoe de auto's op de stoep werden geparkeerd. Een bordje met 'Recherche' werd achter het raam geschoven, zodat een overijverige parkeerwacht niet direct zijn bonnenboekje zou trekken.

Het schoolhoofd liep op het viertal af en stelde zich voor als Johan Jagermeester. Jagermeester ging voorop en dirigeerde de rechercheurs het schoolplein over.

De ogen van Anseeuw zochten het schoolplein af en al snel had ze Fien gespot. 'Aan de rechterkant', hoorde ze Verschueren fluisteren en toen ze vanuit haar ooghoeken in de richting keek, zag ze Chris staan. Hij leek hen nu ook te zien en hij mompelde iets tegen Ruud.

'Meneer Van Kamp...' Jagermeester wapperde met zijn hand naar de conciërge. 'Wilt u de poort sluiten? Ik ben even niet bereikbaar voor vragen.' Hij bleef plotseling staan. 'Wilt u eerst wat drinken?'

'Voor mij even niets, dank u', antwoordde Ravensburg. 'Ik krijg wat last van mijn maag van al die koffie.'

'Ik lust wel een kop koffie', zei Verschueren.

Afman knikte om te laten blijken dat hij het daarmee eens was. 'Als jullie meneer Jagermeester op de hoogte brengen, dan drinken wij ondertussen een kop koffie', besliste hij. Ravensburg en Anseeuw volgden het schoolhoofd de steile trappen op, door de gangen met hun hoge plafonds naar het kantoor aan de andere kant van het gebouw. Het zweet brak Ravensburg uit. Hijgend en piepend kwam hij aan en hij was zich er pijnlijk van bewust dat zijn conditie ver beneden peil was.

De deur van het kantoor werd gesloten en omdat Ravensburg nog op adem moest komen, deed Anseeuw het woord.

Jagermeester keek even over zijn schouder naar de twee rechercheurs, die hem bemoedigend toeknikten. Hij haalde diep adem, opende de deur en stapte toen de klas binnen. 'Mag ik even storen?' Een zure grijns verscheen op zijn gezicht toen alle ogen op hem gericht waren. 'Ik kom Chris van Daele uit de klas halen.' Het schoolhoofd richtte zich nu tot Chris, die langzaam onderuitzakte in zijn stoel. Alsof hij probeerde op te lossen in het niets. 'Er zijn hier twee mensen die met je willen praten. Wil je even meekomen?' Zo nonchalant mogelijk kwam Chris overeind. Hij haalde zijn schouders op en trok een grimas. 'Alles beter dan les', antwoordde hij gemaakt bijdehand en achter in de klas werd gegniffeld.

Hij lachte mee, maar in zijn ogen was de angst te lezen. Vluchtig zocht hij oogcontact met Laurens en liep toen met stramme benen naar voren. Hij had het gevoel dat hij zou flauwvallen. Door het raam zag hij de twee politiemensen staan. Hij stopte bij de deur, maar Jagermeester duwde hem naar buiten.

'Chris van Daele...' Anseeuw stak haar politiebadge naar voren. 'Je bent aangehouden. We nemen je mee naar het bureau voor verhoor.'

Versteend staarde Chris de rechercheur aan. Een iele lach rolde over zijn lippen en de paniek sloeg toe. Hij draaide in het rond en haalde zijn hand door zijn haren. 'Waarom dan? Wat heb ik gedaan?'

'Dat leggen we op het bureau wel uit', antwoordde Anseeuw terwijl ze haar handboeien tevoorschijn haalde. Ze wilde niet het risico lopen dat hij in paniek op de vlucht sloeg. Hij was jong en waarschijnlijk een stuk sneller. Ze greep zijn arm en klikte de boeien rond zijn polsen dicht.

Chris was zich er pijnlijk van bewust dat ze vanuit het lokaal het hele tafereel konden volgen. 'Wat een onzin. Ik heb niets gedaan!' riep hij hard, zodat ze hem in de klas konden horen. 'Maak me los!'

Anseeuw had haar hand rond zijn arm geschroefd en woest probeerde hij zich los te rukken.

'Ik wil mijn vader bellen', brieste hij. 'Laat los, trut!'

Ravensburg nam de greep over. 'Gaan we moeilijk doen? Nee toch?' Zijn vingers knelden zich vaster in het vlees.

'Je doet me pijn', jammerde Chris en hij liet zijn opstandige gedrag varen.

'Als je je rustig kunt gedragen, is er niets aan de hand.' Hij kreeg een zet de gang in.

Met gebogen hoofd liep hij tussen de twee politiemensen in naar de auto. Hij voelde de ogen die zich achter de ramen hadden verzameld, in zijn rug prikken en hij onderdrukte een snik.

Chris zat alleen in de verhoorkamer en trachtte zijn over-spannen brein tot bedaren te brengen. De ruimte was gevuld met een bureau en drie stoelen. De luxaflex voor het raam was gesloten en de tl-verlichting wierp een fel licht in de kamer. Zijn been wiebelde nerveus op en neer. Hij wilde zich concentreren op de mogelijke vragen die zouden komen, maar hij kon alleen maar aan zijn moeder denken. Aan de woorden die ze met zo veel woede had uitgesproken: 'Die vent moet gecastreerd worden.' Zou ze het echt menen als ze wist dat hij... En Laurens en Ruud... Hoe gingen zij reageren? Pa en oma en... Hij had het gevoel dat hij boven de afgrond bungelde. Zijn hele leven was naar de knoppen als ze erachter kwamen dat hij de dader was. Er was maar één optie over: ze mochten er niet achter komen. Nooit!

Hij beet op zijn lip en proefde bloed. Hij maakte zich nog liever van kant dan dat hij zou bekennen.

Hij veerde geschrokken omhoog toen de deurklink bewoog. Ravensburg en Anseeuw kwamen de kamer binnen en namen tegenover hem plaats.

De corpulente rechercheur legde zijn notitieblok op tafel en leunde achterover in zijn stoel. Hij keek de jongen met een frons aan. 'Wil je wat drinken? Koffie, thee of frisdrank?'

'Nee, ik hoef niks.'

Ravensburg knikte. 'Je wordt verdacht van meerdere strafbare feiten. We gaan je daarover horen en je bent niet tot antwoorden verplicht.' Hij zag de jongen verbleken. 'Gaat het?' Het klonk gemeend.

'Ik snap het niet... Strafbare feiten? Hij schraapte zijn keel en vermande zich. 'Ik ben een beetje nerveus, maar dat is misschien iedereen die met de politie te maken heeft.'

Ravensburg negeerde de opmerking. 'Hoe gaat het op school? Lukt het een beetje?'

De jongen staarde hem verwonderd aan. Hij had andere

vragen verwacht. 'Prima. Ik kan goed leren. Mijn cijfers zijn altijd mooi, zonder te veel inspanning.' Zijn handen bewogen rusteloos over de tafel.

'Weet je al wat je later wil worden?'

Chris staarde hem aan.

'Van beroep', liet de rechercheur erop volgen omdat hij dacht dat de jongen hem niet begreep.

'Vrachtwagenchauffeur.' Het kwam er wat droog uit.

'Hou je van reizen?'

Chris haalde zijn schouders op. 'Ja, ik denk het wel.'

'Dat lijkt mij wel noodzakelijk. Een vrachtwagenchauffeur rijdt de hele dag rond. Reis je nu ook veel?'

'Nee. Niet zo vaak. Ik heb niet zo veel geld om te reizen.' Hij staarde naar de pen en het blanco papier dat op tafel lag. Er was nog geen woord genoteerd.

'Maar als je de kans krijgt, hoe reis je dan?'

'Meestal met de trein of met de bus.'

Ravensburg trok een moeilijk gezicht. 'Een paar weken terug moest ik met de bus naar mijn werk. Gedwongen, want mijn auto was stuk. Ik vond het een regelrechte ramp om met al die zwetende mensen in het gangpad te staan. Heb je een abonnement?'

'Nee, zo vaak reis ik niet met de trein.' Onbewust frunnikte hij aan de ring om zijn vinger. Het sieraad draaide rond en rond en rond. Het gouden kleinood met de zwarte steen was de rechercheur al opgevallen. Hoe had de vrouw het omschreven? 'Een ouderwets ogend sieraad'.

'Wanneer heb je voor het laatst met de trein gereisd?'

Chris knipperde even met zijn ogen en drukte automatisch zijn schouders stevig tegen de rugleuning aan. Hij had het

bijna niet zien aankomen. De trein, natuurlijk... Wat stom!
Die vent probeerde hem in de val te lokken. Hij moest zo
kort mogelijk antwoorden, zorgen dat hij niets verklapte.
Eén verkeerd woord en hij was erbij.

'God, dat weet ik niet meer.'

Er kwam een cynische grijns op het gezicht van de rechercheur. 'Zal ik je helpen? Wat dacht je van Breda?'

'Breda?' herhaalde Chris. Een opkomende paniek kneep
even zijn keel dicht. Breda! Hoe kon die vent weten dat
hij in Breda was geweest? Hadden ze bewijs of speelde de
dikke Hollander blufpoker. Hij mocht geen emoties tonen.
Dat zou hem kunnen verraden. De vrouwelijke rechercheur
zat hem de hele tijd aan te staren. 'Wat is er met Breda?'

'Ik stel de vragen!' De stem van de rechercheur klonk nu
nors. 'Niet jij!'

Zijn toon deed Chris steigeren. Misschien kon hij zelf beter
in de aanval gaan. Misschien liet de klootzak hem dan met
rust. Met welk recht mag zo'n klote-Hollander hem vragen
stellen en waarom hij niet?

De vuist van Chris deed de tafel trillen. 'Je kunt beter in je
eigen land moordenaars en terroristen lastig gaan vallen!'
beet hij de ander toe.

Ravensburg zweeg terwijl hij de jongen indringend bleef
aankijken. Het overwicht was voelbaar. Het duurde minuten voordat de rechercheur onbewogen de volgende vraag
stelde.

'Ben je ooit in Rotterdam geweest?'

'Wat zou ik in Rotterdam zoeken?'

'Weet ik niet? Ik vraag het aan jou.'

Chris slikte moeizaam. 'Daar ben ik nooit geweest. Nou ja,
toen ik klein was. Met mijn ouders...'

'Hulst?'

Hulst! De vragen tolden bij Chris door zijn hoofd. Wat moest hij antwoorden? De stilte duurde te lang. Hij zag het aan het gezicht van de vrouw. Hij moest sneller reageren. Zijn mond trilde en een rode vlek kroop vanuit zijn hals omhoog. 'Goh, ja. Daar ben ik wel eens geweest.' Zijn stem sloeg van de zenuwen over.

'Wanneer was dat?' Ongemakkelijk schoof Chris op zijn stoel.

'Dat weet ik niet precies meer.' De ring draaide rond. Sneller en sneller.

'Was dat een week of een maand geleden? Een jaar geleden?'

'Een jaar geleden', vulde Chris snel in.

'Was je toen alleen?'

'Ja. Mag dat niet?'

'Reis je vaker alleen?'

De toon werd steeds grimmiger. De vragen kwamen steeds sneller. Chris werd meegesleept door het tempo en het lukte hem niet meer om zijn antwoorden te overdenken. Het werd een rommeltje in zijn hoofd.

'Ja. Maar zo veel reis ik niet. Dat had ik al gezegd.' De irritatie was weer terug in zijn stem.

'Wat deed je in Hulst?'

'Seksshops kijken! Nou tevreden?' Hij snauwde het uit.

'Ben je geïnteresseerd in seksshops?'

'Welke jongen van zeventien is dat niet?'

'Heb je een meisje?'

Een grom ontsnapte aan zijn keel. Waar bemoeide hij zich mee? 'Nee!'

'Heb je al eens seks gehad?'

Chris wilde zijn stoel omvertrappen en weglopen uit deze waanzin. Hij wilde rust. Hij moest nadenken, alles op een rijtje zetten. Antwoord... Hij moest antwoord geven. Snel!

'Nee. Ik heb geen vast meisje, dat zei ik je toch.'

'Maar dan kun je toch nog seks hebben? Op een andere manier?'

'Ik zou niet weten hoe.'

Er viel een ongemakkelijke stilte.

'Ben je nog maagd?'

Wat was dat nou voor een vraag? Chris vroeg zich af of ze dat op de een of andere manier konden controleren.

'Ik help mezelf wel eens', bekende hij met tegenzin. Hij trok een mislukte glimlach op zijn gezicht.

De rechercheur glimlachte mee. 'Als ik nou zeg dat je zaterdag 19 september in Breda bent geweest?'

Ravensburg plantte zijn ellebogen op tafel en veerde naar voren. Hij keek de jongen strak aan en wachtte op diens antwoord. De glimlach plakte nog steeds op zijn gezicht.

Chris beet op de binnenkant van zijn wang.

'Dan lieg je', snauwde hij dapper en hij besefte dan hij hulpeloos aan het spartelen was. 'Ik zou nou eindelijk wel eens willen weten waarom ik ben meegenomen. In de boeien nog wel alsof ik de een of andere zware crimineel ben. Over welk strafbaar feit hebt u het?'

'Je hebt zelf geen idee?'

'Nee, natuurlijk niet. Anders vraag ik het toch niet?' Hij voelde zich wat zelfverzekerder worden. Ze hadden misschien een vermoeden, maar waarschijnlijk niet voldoende bewijs. Dan hadden ze dat toch al lang voor zijn voeten gegooid?

'Je wordt verdacht van diverse aanrandingen en verkrachtingen.'

Chris sprong op. 'Wat is dat voor onzin? Je roept maar
wat... Waar zijn de bewijzen?' Zijn verontwaardiging was
goed gespeeld. 'Ik heb niemand verkracht. En waar moet ik
dat gedaan hebben? In Rotterdam?' Hysterisch begon hij te
lachen. 'Jullie maken een grote fout. Ik was het niet.'

Zuchtend keek Ravensburg op zijn horloge. 'Laten we
maar een pauze inlassen. Dan kan je geheugen wat op gang
komen. Na het eten praten we verder.'

De rechercheur keek zijn collega van opzij aan en zij
knikte. 'Ik bel de arrestantenwacht wel even. Dan kunnen
ze hem naar zijn cel brengen.' Ze haalde haar gsm tevoorschijn en toetste het nummer in.

De cel? Chris voelde zijn weerstand als lucht uit een lekke
fietsband wegstromen. Hij boorde zijn nagels in zijn hand-
palm en hield zich groot.

30

De eerste schooldag van het jaar. Het lijkt nog nacht en
er dwarrelt volop sneeuw uit de lucht. De sneeuw heeft al
een dikke laag gevormd en het fietspad is niet meer van de
straat te onderscheiden. Het heeft iets bijzonders, het witte
stadsdecor dat schittert in de straatverlichting en de autolichten. Alleen jammer dat ik weer naar school moet. Een
gehaaste idioot met een Volvo haalt een rij auto's in die
voetje voor voetje voortschuift.

Straks zie ik Fien weer. Geen idee hoe ze zal reageren. Het
zal me een vreemd gevoel geven. Er is intussen geen politie
meer aan de deur geweest. Gelukkig maar. Natuurlijk heb
ik ma verteld wat er gebeurd is. Ik hield er rekening mee
dat ze het zou horen van de buren of dat de flikken nog
zouden langskomen. Vanzelfsprekend was ma ontzet toen
ik haar over Fien vertelde. Ze kent Fien niet, maar ze was
in alle staten.

'Die vent moet gecastreerd worden', was haar reactie.
Ik kreeg het toch benauwd toen ik dat hoorde. Ma mag
nooit weten wat ik gedaan heb. Niet om mijn castratie te
vermijden, tenslotte is dat maar een grapje. Nou ja, grapje?
Zo zag ze er niet uit.

Zoals gewoonlijk ben ik de laatste op onze straathoek.
Ruud en Laurens staan te koukleumen. Om het een beetje
warm te krijgen stampen ze als bezeten met hun voeten in
de sneeuw. Voorzichtig knijp ik in de remmen, maar toch
voel ik mijn achterwiel wegschuiven en ik zet vlug mijn
voet op de grond.

'Hei!' roep ik wanneer ze allebei een sneeuwbal achter hun rug vandaan toveren. Laurens treft me op mijn oor, Ruud probeert zijn sneeuwbal onder mijn sjaal te proppen. Ik laat mijn fiets vallen en kneed met beide handen een sneeuwbal. Ik raak Ruud op zijn rug terwijl hij probeert weg te duiken. Ik krimp in elkaar wanneer een bal van Laurens rakelings naast mijn hoofd vliegt. Het geeft Ruud de kans om een brok sneeuw in Laurens' kraag te duwen.

'Fuck!' Laurens buigt zich voorover en probeert de sneeuw uit zijn jack te schrapen. 'Koud!' rilt hij en met een gepijnigd gezicht strekt hij zijn lijf omdat er sneeuwwater over zijn rug loopt. 'Daarvoor zul je boeten, Ruud!'

'Ho ho, nu ben ik bang!' roept Ruud lacherig. Toch laat hij zijn heuptas vallen en hij vlucht om de hoek.

Zonder na te denken gaat Laurens hem achterna. Ik zie dat Ruud blijft lopen terwijl hij zich soms bukt om met een sneeuwbal Laurens op afstand te houden. Als een bloedhond achtervolgt Laurens hem. Het is duidelijk dat hij pas stopt als hij wraak heeft genomen.

Gniffelend kijk ik hen na. Na een paar minuten komen de twee broederlijk naast elkaar terug. Ook Ruud heeft een sneeuwbal in zijn kraag gekregen en dus zijn de hanen weer gesust.

'Ik ben benieuwd hoe Fien zal reageren als ze weer iedereen onder ogen moet komen', zegt Laurens.

'Verkracht in het bushokje', zegt Ruud. 'Dat is toch wel over the edge.'

'Over the edge? Wat bedoel je?'

'Nou ja, dat is toch behoorlijk over de grens wat er gebeurd is.'

Over de grens, denk ik cynisch. Je moest eens weten.

'Ik kan me inbeelden dat sommigen Fien willen versieren...' gaat Ruud hoofdschuddend verder. 'Maar een verkrachting is er toch echt heel ver over.'

'Hoe weet je dat Fien...' vraagt Laurens.

'Iedereen weet het intussen toch', zegt Ruud. 'De politie heeft zowat iedereen ondervraagd die in De Robijn was. Ook ik ben aan de beurt geweest. Ze hebben zelfs wangslijm genomen om mijn DNA te bepalen. Nou, ik heb haar niet verkracht en het DNA zal dat bewijzen. Zijn jullie nog niet verhoord?'

'Nee', zegt Laurens.

Het lijkt zelfs of hij het jammer vindt. Wellicht wil hij live meemaken wat hij in politiefilms heeft gezien.

'Ik ben wel al verhoord', zeg ik. 'Geen probleem, ik heb niets te verbergen. God, als ik nu had geweten wat er zou gebeuren, dan had ik Fien nooit alleen gelaten. Maar wie denkt daar nu aan?'

'Toch vreemd', meent Ruud. 'Net op het moment dat je weg bent.'

'Misschien heeft haar verkrachter jullie gezien en gewacht tot ze alleen was', doet Laurens een gok.

Ik neem mijn fiets. 'Het is een schande dat zo'n klootzak vrij kan rondlopen.' Ik herhaal ik de woorden van ma. 'Ze moesten hem castreren!'

'Gelijk heb je, Chris', zegt Ruud als hij de riem van zijn tas over zijn schouder zwaait.

De lucht is bezaaid met sneeuwballen die over het school-plein vliegen. Het lijkt alsof de eerste sneeuw het kind in iedereen naar boven haalt. Als toevallig spat een sneeuwbal op de rug van meneer Van Beek, maar als hij zich omdraait heeft niemand de bal gegooid.

In een hoek staan Fien en Carola. Fien heeft zich van het plein weggedraaid. Toch draaien heel wat hoofden in haar richting en ik zie dat iedereen op de hoogte is. Gezichten zijn vol medelijden en onbegrip. Monden vormen haar naam en een meisje wijst haar zelfs met een vinger aan omdat ze een vriendin wil laten zien wie Fien is.

Opeens kijken Ruud en ik gelijktijdig naar de schoolpoort. Twee mannen en twee vrouwen verschijnen op het plein en kijken zoekend om zich heen. Twee van hen herken ik meteen. Ik weet hun namen zelfs nog: Donald en Colette. De anderen heb ik nog nooit gezien. Wat komen zij hier doen? Mijn keel voelt droog aan en mijn adem hapert even. Ze overleggen en op dat moment loopt Jasper hun voorbij. Jasper zit achter me in de klas. Ik zie dat hij verwonderd opzij kijkt en dan naar ons loopt.

'Dat is raar', zegt hij. Hij blijft nog even naar het groepje kijken dat in de richting van directie loopt.

'Wat is raar?' vraag ik.

'Ik hoorde een man en een vrouw met een Hollands accent praten. Ik vraag me af wat zij hier doen.'

'Hollands accent?' Ik kan me net bedwingen om niet te schreeuwen. Het lijkt alsof de grond onder mijn voeten wegzakt. Gelukkig staren ze alle drie naar de smerissen, zodat ze mijn verkrampte gezicht niet zien. Colette, Donald en Hollandse flikken.

De kruisjes, besef ik. Ze hebben de vrouwen die ik had aan elkaar gelinkt. Ik besef dat het nu menens wordt, maar ik moet koel blijven. Ik weet tenminste wat ik kan verwachten.

FIEN

Alsof de zon recht in mijn gezicht schijnt, knipper ik met mijn ogen als ik op het speelplein kom. Als een magneet trek ik alle blikken naar me toe en het lukt me zelfs om het gigantische sneeuwballengevecht even te onderbreken.
Mijn ogen zijn op de vertrapte sneeuw gericht als ik langs de muur naar een lege hoek loop, ver van de ingang. Als toevallig keer ik mijn rug naar het schoolplein. Toch voel ik de ogen in mijn rug prikken.
Half glijdend, half lopend komt die ellendige bemoeial van een Maud naar me toe. Haar ogen schitteren van nieuwsgierigheid.
'Fien! Wat heb ik gehoord? God, meisje, erg toch? Dat moet akelig geweest zijn. Heb je met...' Haar stem smeekt om sensatie.
'Ach mens, rot op!' snauwt Carola in mijn plaats.
'Ik wil toch alleen...'
'Ga weg!' zeg ik amper hoorbaar, maar ijzig. Ik wil er niet over praten, en zeker niet met Maud.
Haar mond klapt dicht. Ze gooit haar hoofd naar achter en met een verongelijkt gezicht gaat ze naar een kringetje meisjes. Ze had hun vast beloofd dat ze mijn verhaal tot in alle mogelijke details kon vertellen.

Als Carola me niet zowat had meegesleept, had ik tegen ma gezegd dat ik te ziek was om naar school te gaan. Het zou me niet verbazen dat ma aan Carola heeft gevraagd om me mee te nemen. Ik was bang voor de vragen, het medelijden, de blikken en wie weet de smerige opmerkingen. Die lieve Carola, de hele rit naar school heeft ze niets gevraagd. Ik heb gezwegen, maar zij heeft de tijd volgepraat over alles en nog wat.

Nu Maud is opgehoepeld, laat iedereen me met rust. Toch tel ik af naar het moment dat het signaal ons naar het klaslokaal roept.

Ruud, Chris en Laurens verschijnen. Het geeft een vreemd gevoel om Chris en Ruud te zien. Chris? Op de een of andere manier voel ik dat hij meer moet weten. En Ruud? Het was een bijzondere tijd met hem. Het doet nog pijn als ik eraan denk hoe hij me voor die heks gedumpt heeft. Waar was hij eigenlijk die nacht? Vrijde hij met haar toen ze mij...

Carola wuift Laurens stiekem weg als hij in haar richting loopt.

Opeens krijg ik een schok. De politiemensen die me ondervroegen, verschijnen op het schoolplein. Samen met nog een paar onbekenden. Wat zouden ze met zijn vieren komen doen?

'Ken je hen?' vraagt Carola, die mijn reactie heeft gezien.

'Twee van hen wel. Ze onderzoeken mijn zaak. De anderen heb ik nog nooit gezien.'

Mijn ogen volgen hen. Ze kijken rond alsof ze iedereen op het schoolplein willen zien. Mijn benen trillen en even denk ik zelfs dat ik onwel zal worden. Moet ik alles opnieuw vertellen? Ik vrees dat ik het niet meer kan.

Wesley komt opgewonden in het klaslokaal gestormd. Vijf
minuten geleden had hij gevraagd of hij naar het toilet
mocht gaan.
'De smerissen nemen Chris mee! Ze hebben hem geboeid!
Ze lopen met hem over het schoolplein!'
Zonder ons iets van de docent aan te trekken springt ieder-
een op en we verdringen elkaar aan het raam.
Een metalen handboei houdt zijn polsen voor zijn buik
terwijl Chris met de politiemensen meeloopt. Zijn hoofd is
gebogen van schaamte en hij durft niet eens opzij te kijken.
Met opengesperde ogen volg ik hem tot ze door de poort
verdwijnen.

31

Mevrouw Van Daele zat lijkwit op de bank en keek met holle ogen toe hoe de onbekenden in haar kasten snuffelden. Het nieuws had haar verpletterd, lamgeslagen. Haar overspannen hersenen probeerden het nieuws te verwerken.

'Gaat het, mevrouw?' Peeters beroerde even haar trillende handen. 'Wilt u een glas water?'

Verdoofd schudde de vrouw haar hoofd. 'Weet u wel zeker dat mijn Chris...?' Haar wanhoop was voelbaar en Peeters had medelijden met de vrouw.

'Nancy, wil je even komen?' De stem kwam uit de slaapkamer van Chris.

Peeters stond op en liep de kamer uit. In de deuropening van de slaapkamer bleef ze staan. De kledingkast stond open en de inhoud lag op het bed. Cost zat op zijn hurken tussen de sportschoenen die om hem heen verspreid lagen. Hij keek haar breed grijnzend aan terwijl hij de gevlekte rugtas in de lucht stak. 'Volgens mij zochten we dit?'

Haar gezicht klaarde op. 'Ja, dat is hem. Zit er nog wat in?'

Cost schudde zijn hoofd. 'Nee, leeg. Je had zeker op het mes gehoopt?'

'Het mag ons ook wel een keer meezitten.'

'Dat is alleen in films', beweerde Cost. Hij pakte een label, noteerde de vindplaats en bond het kaartje aan de rugtas vast. Zijn hoofd verdween in de kast.

Peeters haalde een fotokopie van het spoor dat ze tussen de struiken in Breda hadden gevonden uit haar map en liet zich naast Cost op de grond zakken. Ze draaide de schoenen om en vergeleek het profiel met de foto. De zool van een van de sportschoenen leek verdacht veel op de afdruk. Peeters bekeek aandachtig de schoen van alle kanten en haar oog viel op een donker stuk stof dat achter in de neus van de schoen was gepropt. Ze trok het voorzichtig los. 'Nee maar...'

Cost keek op en het was alsof Peeters een goochelnummer presenteerde. Een muts kwam tevoorschijn, vouwde zich open en toonde twee slordige gaten in het midden. Ze grijnsden naar elkaar. 'En jij maar beweren dat het geluk niet aan jouw kant staat.'

'Ik heb me vergist', gaf Peeters toe. Cost hield een papieren zak open en de muts gleed naar binnen. Haar hand raakte die van hem vluchtig aan en zijn glimlach gleed van zijn gezicht. Hij hield haar blik vast toen zijn duim langs haar vingers streek en hij naar de juiste woorden zocht.

'Hoe gaat het hier?' Sera kwam de kamer binnen en geschrokken draaide Cost zich om. Hij vermande zich snel en stak de papieren zak omhoog. 'We hebben een muts met gaten.'

De zoektocht ging verder en het duurde ruim drie uur voordat de hele woning was doorzocht. De laptop, een zwarte jas en een klein flesje met een transparant drankje werden ingepakt. In de gangkast, achter een kist met gereedschap, vonden ze een rol tape. Het was grijs van kleur en aan de rand waren de bijtsporen nog zichtbaar. Er werd een label aan gehangen en samen met de rest van de spullen mee naar het bureau genomen.

Misschien komen de tranen vannacht. Nu ben ik nog te veel overstuur, te veel verbijsterd. Als een wassen beeld zit ik op een stoel aan de tafel, mijn handen als voor een gebed gevouwen in mijn schoot.

Eigenlijk geloof ik nog steeds niet wat er gebeurd is. Het lijkt een verschrikkelijke droom. In films is het na een huiszoeking een chaos, maar deze politiemensen hebben alles behoorlijk op zijn plaats gelegd. Het lijkt alsof er niets gebeurd is.

Maar mijn Chris een verkrachter? Dat kan toch niet. Hij is misschien geen doetje, maar zoiets zou hij nooit doen. Niet mijn zoon.

Mijn handen strijken vermoeid over mijn gezicht. Ik had nooit gedacht dat zoiets letterlijk pijn kon doen. Mijn maag knijpt samen en er drukt een gewicht op mijn borst.

De politiemannen waren beleefd, maar kordaat. Tijdens de huiszoeking moest ik op mijn stoel blijven zitten en ik mocht met niemand bellen.

Ik schaam me om het aan iemand te vertellen, maar toch moet ik het kwijt. Aan mijn zus niet, die zou het me zelfs verwijten wat Chris heeft gedaan, alsof het mijn fout is. En Walter? Net nu het zo goed klikt tussen ons. Het zou onze relatie geen goed doen. Walter heeft nogal strenge principes. Toch wil ik Walter voor geen geld kwijt, hij zorgt voor de gelukkige momenten in mijn leven.

Mathieu dan. Ik haat het om hem te bellen, maar tenslotte is hij de vader van Chris.

Als een oude vrouw kom ik overeind. Mijn mobieltje ligt op de kast. Vreemd dat zijn nummer nog steeds in het geheugen zit. Ik was al honderd keer van plan om het te verwijderen, maar iets weerhoudt me telkens. Alsof het laatste vezeltje van de draad die ons bij elkaar hield dan afknapt. Het signaal gaat vier keer over en ik ben bijna opgelucht omdat hij niet zal opnemen.

'Met Mathieu.'

Er gaat een rilling over mijn rug. Telkens als ik zijn stem hoor, lijkt het zo vreemd en tegelijk ook zo vertrouwd. Een samenzijn van bijna twintig jaar verdwijnt niet zomaar.

'Ik ben het.'

Even zweeft er een stilte tussen ons.

'Wat is er?' Zijn stem is opeens koel en ik voel dat hij op zijn hoede is.

Waarschijnlijk denkt hij dat ik meer geld wil.

'Chris... hij heeft vrouwen verkracht.' Het kost me gigantisch veel moeite om de woorden over mijn lippen te krijgen.

Zijn lach schatert tegen mijn oor. Ik houd het mobieltje een eindje van mijn hoofd en bekijk het alsof het defect is.

'Mathieu. Ik maak geen grapjes. De politie is hier geweest. Ze hebben het huis en de tuin doorzocht.'

De lach breekt meteen af en zijn ongeloof is bijna tastbaar.

'Je meent het niet', zegt hij in een laatste poging om de waarheid te ontvluchten.

'Toch wel. De politie gaat trouwens ook met jou praten.'

'Chris. Verdomme. Waarom doet hij nou zoiets?'

Ik schud mijn hoofd.

'Alsof ik dat zou weten, idioot!' Ik schreeuw het uit. De ontlading heeft me deugd gedaan, want ik voel me kalmer.

'Deze middag moest ik naar het kantoor van de manager komen. Daar stonden politiemensen op me te wachten, ook Nederlanders. Ze vertelden me dat Chris verdacht

wordt van zo veel verkrachtingen. Er kwam de ene vraag
na de andere. Ze vroegen me ook of me iets bijzonders aan
Chris was opgevallen.' Ik zwijg even. 'Heb jij soms iets
aan Chris gemerkt?' vraag ik omdat ik me een onbekwame
moeder vind die niet eens haar zoon kent.

Pascale is er ook, denk ik als ik hem met iemand hoor overleggen. Ook dat nog! Het is niet mooi om iemand te haten,
maar dat mens haat ik. Zij heeft Mathieu van me afgenomen.
'Pascale zegt dat Chris haar soms op een vreemde manier
aankeek. Alsof hij door haar kleren kon zien en zich daar
allerlei dingen bij voorstelde. Soms vond ze zijn blikken
zelfs beangstigend.'

'En dat zegt ze nu pas?' Mijn stem gilt schril door het mobieltje. 'Misschien had ze kunnen voorkomen dat...'

'Ja, zeg. Zo kan het wel', onderbreekt hij me. 'Alsof Pascale
ook maar kon denken dat Chris een serieverkrachter is. Een
jongen van zeventien kijkt wel eens naar borsten, maar dat
weet je vast niet.'

Tussen zijn woorden voel ik weer het verwijt dat hij me een
te koude vrouw vond om seks mee te hebben. Toch denkt
Walter daar anders over, wil ik hem in het gezicht gooien,
maar dat houd ik liever voor me. Zou het aan Mathieu gelegen hebben, of ben ik veranderd, gaat het door mijn hoofd.
Ik wil daar nu niet over nadenken.

'Een rechercheur liet me een huiszoekingsbevel zien', zeg
ik om van onderwerp te veranderen. 'Ik moest met hen
mee. Het was verschrikkelijk. Ik moest op een stoel blijven
zitten terwijl zij het hele huis doorzochten. Zelfs de tuin.'
Er komen tranen in mijn ogen. Nog nooit heb ik me zo
machteloos gevoeld, zelfs niet toen Mathieu wegging.

Ook Mathieu laat de vervelende herinneringen over ons vroeger leven rusten want hij luistert zonder me te onderbreken. 'Voorlopig blijft Chris vastzitten. Ik moest zijn ondergoed, kleren... alles in een reistas stoppen. Zelfs zijn tandenborstel. Zodra ik kan, ga ik hem bezoeken. En jij?'

De aarzeling duurt te lang.

'Het is jouw zoon. Jij gaat hem toch ook opzoeken?'

'Natuurlijk.'

Toch hoor ik twijfel. Pascale zal hem vast overhalen om met Chris te breken. Dat mens heeft mijn zoon nooit kunnen luchten.

'Ik ga een advocaat bellen', zegt hij eindelijk. 'Die weet wat ons te doen staat.'

Dan doet hij toch iets, denk ik.

'Goed.'

Ik druk het gesprek weg. Ik voel geen opluchting. Het is alsof het besef wat Chris gedaan heeft nu pas volledig op me valt. Ik laat me op een stoel zakken en het mobieltje glipt uit mijn handen. Ik merk dat een stuk afbreekt, maar het kan me niets schelen.

32

Minutenlang stond Chris met zijn voorhoofd tegen de muur geleund. Hij had zijn ogen gesloten en woog zijn kansen af. De cel was een ruimte van twee bij drie meter met groengeverfde muren en een met plastic overtrokken matras. Een roestvrijstalen wc-pot stond naast de deur. Er was geen drukknop om de ontlasting door te spoelen. Er was geen wc-bril en geen wc-rolhouder. Ze hadden hem een dienblad met eten gebracht, maar hij had niet de moeite genomen om te kijken wat het was. Hij kon geen hap door zijn keel krijgen.

Zijn handen gleden langs de muur, zijn hoofd bonkte op het koude steen. Wat voor bewijzen hadden ze? Werd hij straks voor jaren opgesloten? Hoeveel straf konden ze hem geven? Zou Fien het weten? Zou ze weten dat hij haar had geneukt? Misschien vond ze het niet erg. Ze kon zich er tenslotte niets van herinneren. Het was toch ook allemaal haar schuld. Ze zag hem gewoon niet staan. Niet een keer was ze geïnteresseerd in hem geweest. In haar ogen was hij een loser. De trut...

Een sleutel rammelde in het slot, een hendel werd overgehaald en de stalen deur zwaaide open. De arrestantenwacht gebaarde dat hij hem moest volgen, en hij gehoorzaamde. Hoe lang ging het verhoor dit keer duren? Wat voor vragen kon hij verwachten?

De twee rechercheurs zaten al klaar achter het bureau. Opgewekt en vrolijk. Zij wel!

'Hoe was het eten?' informeerde de Hollander.

Waarschijnlijk hadden ze hem onder het eten belachelijk gemaakt. Hadden ze de overwinning alvast gevierd. Maar zo gemakkelijk gaf hij zich niet gewonnen. 'Dat weet ik niet.'

'Heb je niets gegeten?' Er kwam geen antwoord.

'Zullen we maar met het verhoor verdergaan? Ik wou het vandaag nog afronden.'

Er kwam een envelop op tafel.

'We gaan het hebben over je reisje naar Breda. Vier maanden terug... Kijk!' Ravensburg haalde een foto uit de envelop en gooide die op tafel.

De foto was niet echt duidelijk, maar Chris' ogen werden groot. Hij herkende zichzelf op de foto. Met gebogen hoofd liep hij door het park. Hingen daar camera's? In een park? Hij moest zich eruit bluffen, het cool spelen. Het zweet brak hem uit en onder zijn oksels verschenen donkere plekken, voelde hij. 'Hij lijkt wel een beetje op mij maar ik ben het niet. Er zijn tientallen jongens die mijn postuur hebben. Ook alle Chinezen lijken op elkaar.'

'En Rotterdam? Daar ben je ook niet geweest?' De hand van Ravensburg lag al op de envelop terwijl hij de vraag afvuurde.

Chris woog zijn antwoord af. Waren er nog meer foto's? Hing heel Nederland vol met die klotecamera's? 'Ik ben een keer in Rotterdam geweest, maar dat was een hele tijd terug.'

'Vijftien oktober', vulde Ravensburg voor hem in. 'Op een regenachtige woensdagmiddag. Kan dat kloppen?'

'Zou kunnen. Is dat verboden?' Chris wiegde een beetje heen en weer op zijn stoel.

'Wat heb je daar gedaan?'

De jongen haalde zijn schouders op en speelde met de ring om zijn vinger. 'Dat weet ik niet meer.' Wat moest hij antwoorden? De smoezen waren opgedroogd.

'Nou, wij weten het wel. Ik kan me niet voorstellen dat je niet meer weet wat je daar hebt uitgespookt. Denk eens na...' beet de rechercheur hem toe. Zijn geduld begon duidelijk op te raken.

'Ik zeg toch, ik weet het niet. Jullie schijnbaar wel, dus vertel het me maar. Je weet het toch zo goed?'

Het gezicht van de rechercheur verhardde zich. 'Oké. Je hebt in Breda een jong meisje van haar fiets getrokken en aangerand. In Rotterdam heb je een jonge vrouw aange-vallen en afgetuigd. En in Hulst...' Hij staakte zijn relaas, kwam naar voren en siste de jongen in het oor: 'Kijk me aan als ik tegen je praat.'

Chris deinsde achteruit en keek geschrokken zijn kwel-geest aan. 'Wie zegt dat ik dat was?' stamelde hij zwakjes.

'Omdat ik toevallig ergens ben geweest. Iedereen komt wel eens in Rotterdam of Hulst en Borgerhout. Wat bewijst dat? Niets!'

Ravensburg veerde met een voldaan gezicht terug in zijn stoel. 'Bewijs hebben we genoeg. Dat is niet het probleem... Ik had het graag uit jouw mond gehoord en dat is zojuist gebeurd. Ik heb namelijk Borgerhout nooit genoemd.'

Chris slikte. Zijn ademhaling viel even stil. De ring draaide een slag in het rond, zijn tanden schoven knarsend over elkaar. 'Dat heb je wel. Ik weet het zeker.'

Ravensburg grijnsde en het liefst had Chris de grijns van diens gezicht getimmerd. De arrogante eikel!

'Ik ben hiernaartoe gekomen om over de rottigheid te praten die je in Nederland hebt uitgehaald. Mevrouw Anseeuw behandelt de zaken van België en zij heeft nog geen woord met je gesproken. Of wel? Borgerhout is nog niet genoemd, maar wat je zegt klopt wel. Natuurlijk klopt het, want ook daar heb je de beest uitgehangen.'

Chris likte nerveus zijn lippen af en schudde verward zijn hoofd. 'Jullie proberen mij een oor aan te naaien. Ik ben niet achterlijk. Ik zeg niets meer voordat ik mijn advocaat heb gesproken.' Dat riepen ze in films ook, dus waarom zou hij het niet proberen? Hij moest tijd winnen. Tijd om een aannemelijk verhaal in elkaar te draaien. Hier kon hij niet denken. Ze zaten hem constant op de huid.

Hij schrok toen de rechercheur met zijn vlakke hand op de tafel sloeg. Het geluid dreunde in zijn oren na.

'Ik ben jouw spelletjes meer dan zat', brieste de rechercheur. 'Breda: aanranding! Rotterdam: aanranding! Hulst: verkrachting! Borgerhout: verkrachting! Fien! Een meisje van je school nota bene. Een vriendin... Voor het leven beschadigd en waarom?'

'Fien.' Chris fluisterde haar naam.

'Je hebt haar verkracht', wierp Ravensburg de jongen in het gezicht. 'De vrouw in Hulst lag ruim een week in het ziekenhuis. Jouw schuld! Het slachtoffer in Borgerhout ligt in het ziekenhuis. Jouw schuld! Je hebt ze verkracht en het ziekenhuis in geslagen. Wat ben je voor een beest!'

Chris draaide zijn hoofd weg. Zijn lippen bewogen, maar er kwam geen geluid uit zijn mond. Hij kon de rechercheur niet langer aankijken. Zijn maag trok samen en een misselijk gevoel kwam omhoog.

'Als ze een beetje hadden meegewerkt...'

Het floepte eruit en hij schrok van zijn woorden. Het was te laat, hij kon ze niet meer inslikken. Hij bestudeerde de luxaflex en de tl-buis aan het plafond. Het was gedaan. Hij had de strijd verloren. Misschien was het ook maar beter zo...

'Na een paar dagen voelen ze er niets meer van', zei hij om de daad wat te verzachten. 'Ik heb niemand vermoord.'

'Maar het scheelde weinig.' De stem van Ravensburg veranderde van klank. Het werd zachter en milder.

'Het waren maar een paar krasjes. Er zijn ergere dingen in de wereld.' Chris haalde hoorbaar zijn neus op en schraapte zijn keel.

'Wat is dan erger?' wilde Ravensburg weten.

'Als je vader ervandoor gaat met een jong ding en je alleen bij je moeder achterlaat. Als je geen meisje kunt krijgen omdat je toevallig lelijk geboren bent. Terwijl mijn vader... Als niemand je ziet staan omdat ze je een loser vinden.'

De woorden stroomden uit zijn mond. Hij vertelde dingen die hij nog nooit eerder aan iemand had verteld. Hij voelde zich leeg en moe. Wanneer kreeg hij rust? Wanneer stopte deze nachtmerrie, deze waanzin? Hij had niemand pijn willen doen en het gebeurde vanzelf. Hij had er geen controle over.

Zijn ogen vulden zich met tranen, maar hij vocht om ze tegen te houden. Hij wilde niet huilen. Niet waar zij bij waren. Er liep snot uit zijn neus en hij veegde met zijn mouw de smurrie weg. Hij slikte zijn paniekerige gesnotter in, maar het hielp niet veel.

'Ik wilde seks. Ik wilde meer dan alleen maar die filmpjes op het internet. Zo raar is dat toch niet? Ik heb ook behoeftes... Alleen jongens als Ruud krijgen de mooiste meisjes. Ik had niemand. Niemand wilde mij. Mijn vader niet, mijn moeder niet, de meisjes niet... Weet je hoe het voelt om alleen te zijn?'

Plotseling brak hij in duizend stukjes. Hij beefde over zijn hele lichaam en er kwam een rauw geluid uit zijn keel. Het klonk alsof een dikke brij van emoties zich naar boven worstelde. Met zijn handen bedekte hij zijn gezicht en zijn schouders begonnen wild te schokken.

Een geladen stilte hing in de ruimte.

De Winter legde het papier op tafel en liet de verklaring van de jongen op zijn mensen inwerken. 'Wel...' Hij zocht naar woorden. 'Ik denk dat we binnenkort afscheid kunnen nemen van onze Hollandse collega's. Jullie zullen wel blij zijn om weer naar huis te mogen. Het was voor ons in ieder geval een aparte en leerzame ervaring.'

Cost perste zijn lippen op elkaar en keek wat bedenkelijk naar de rechercheur aan de andere kant van de tafel.

De Winter ging door met zijn relaas. 'De administratieve afwikkeling nemen wij voor onze rekening. We sturen een kopie van het dossier naar jullie op.'

Met de armen stijf over elkaar geslagen hing Rutten achterover in zijn stoel. Afkeurend keek hij zijn meerdere aan. De Hollanders ontsprongen de dans. Waarom? Ze konden best nog wat langer blijven om alles op papier te zetten. Wat maakte die paar extra dagen nog uit? Nu moesten zij alles doen en het was rotwerk.

'Ik denk dat ik namens ons team kan zeggen dat we fijn hebben samengewerkt', merkte Ravensburg op. 'En vat het niet verkeerd op, maar ik ben blij als ik weer achter de stamppot zit.'

'Ik had nooit gedacht dat ik het zou zeggen, maar ik mis mijn vrouw', grapte Afman en hij schaterde het uit.

Peeters boog haar hoofd en dacht aan haar thuissituatie.

'Koffie?' De Winter stond op en liep naar het koffieapparaat. Stoelpoten schoven over het zeil en de rechercheurs kwamen in beweging.

Cost kwam langzaam omhoog. Hij was moed aan het verzamelen. Dit was misschien zijn laatste kans. Hij moest nu in actie komen. Nu! Weifelend liep hij op haar af. 'Ik wil vragen of...' Hij glimlachte wat onzeker. 'Heb je zin om vanavond met mij samen iets te eten?'

Verrast keek Nancy Peeters hem aan. 'Ja, gezellig.'

33

FIEN

*Zarko sleurt als een bezetene aan de leiband en ik moet
me schrap zetten om hem in bedwang te houden. Een
agressief gegrom komt diep uit zijn keel. Aan de overkant
van de straat houdt een man moeizaam een rottweiler in
toom, want de beide honden willen blijkbaar graag elkaar
de strot doorbijten.*

*'Zarko!' roept tante, maar dit keer wil hij niet luisteren.
Wellicht heeft de rottweiler hem schunnige beledigingen
toegeblaft.*

*Met een hand trekt tante aan zijn halsband, maar Zarko
blijft uitdagend naar de overkant kijken. Het zweet glijdt
over mijn wangen als we Zarko uiteindelijk een eind verder
hebben gesleept, en opeens is hij weer de lieve labrador
die overal wil snuffelen. Nog één keer kijkt hij om, maar de
rottweiler is hem zelfs geen grom meer waard.*

*Het is warm, zelfs voor een junidag. We lopen naar Zarko's
favoriete plekje. Veel mensen laten er hun hond uit en
Zarko vindt het zalig om met zijn neus in het gras of tussen
de struiken te duiken op zoek naar bekende reuksporen.*

*Ik zou liever het park mijden omdat ik hier aan Chris her-
innerd word. Telkens zie ik hoe hij hopeloze pogingen deed
om Zarko tussen zijn benen te leiden. En meteen flitst Chris
met Zarko op zijn buik voor mijn ogen.*

*Een halfjaar geleden... Elke dag, elk uur denk ik aan die
nieuwjaarsnacht. De haat die ik voor hem voelde is er nog,*

maar die brandt niet meer. Soms vind ik me zelfs een stom rund omdat ik iets als medelijden met hem voel of omdat ik mezelf schuldig voel. Ontelbare keren heb ik geprobeerd om te denken wat er in zijn hoofd omging toen hij... Het lukt me niet. Hij was verliefd op mij, heeft die politievrouw eens gezegd. En die andere vrouwen dan? Nee, hij is vast ziek in zijn hoofd.

Op mijn buik staat een bleek littekentje, zodat ik elke dag aan Chris moet denken als ik voor de spiegel sta. Ik heb zelfs al aan plastische chirurgie gedacht. Op een dag laat ik het weghalen, zeker weten.

'Vorige week heeft Laurens hem nog een bezoek gebracht', zeg ik met mijn ogen op Zarko gericht.

Tante weet wie ik met 'hem' bedoel. Tante is mijn eiland van rust als ik wat kwijt wil. Ze laat me praten als ik zin heb om te praten, ze laat me zwijgen als ik geen zin heb.

'Hoe is het met hem?'

Ik hoor geen nieuwsgierige sensatie in haar stem. Gewoon een uitnodiging om te praten als ik dat wil.

'Hij heeft spijt, alleen weet ik niet of ik hem kan geloven. Maar ook spijt herstelt niet wat hij heeft gedaan.'

Samen kijken we naar Zarko, die blijkbaar iets heel boeiends heeft geroken, want hij blijft gefascineerd bij dezelfde zitbank dralen. Alsof tante en ik hetzelfde aanvoelen, gaan we tegelijk op de bank zitten, zodat Zarko zijn hart kan ophalen.

'Het zal vast niet meevallen om in een gesloten inrichting te verblijven. Tussen andere jongens die ook geen lieverdjes zijn. Akelige omgeving. Vroeg opstaan. Geen vrijheid.'

'Wat had je dan gewild?' Mijn tong is scherp. 'Dat hij gewoon verder zijn gang kon gaan?'

'Krijgt hij begeleiding? Wordt hij geholpen om later als
een gewone jonge vent weer onder de mensen te komen?'
'Dat wel. Maar Laurens heeft een tijdje geleden Chris'
moeder op straat ontmoet en die vertelde dat de jeugd-
rechter hem waarschijnlijk uit handen zal geven.'
'Dat hij als een meerderjarige gestraft zal worden? Nee,
toch?' Tante kijkt me verschrikt aan. 'Het moet erg zijn
voor die vrouw. Dat je zoiets met je zoon meemaakt. Het
blijft toch altijd je kind. En een door en door slechte jongen
kan hij toch niet zijn. Chris was zo goed voor Zarko.'
'Voor Zarko wel, maar zijn moeder vertelde dat men hem
als een psychopaat ziet. De maatschappelijke en psychia-
trische rapporten waren vernietigend. Hij heeft heel zware,
brute verkrachtingen gepleegd. Niet één, maar meerdere.'
'Uit handen geven', herhaalt tante voor zich uit. 'Dan komt
hij in de gevangenis met allerlei volwassen tuig. Is dat dan
beter?'
'Moet hij dan niet gestraft worden? Alsof er niets gebeurd
is?' roep ik zo luid dat zelfs Zarko verbaasd opkijkt.
Ze schudt het hoofd. 'Ik weet ook niet wat voor Chris een
goede straf zou zijn', bekent ze. 'Misschien heb je gelijk.
Ik hoop alleen dat hij daar door therapeuten wordt
geholpen.'
Het is even stil op de bank. Tante weet niet hoe een verkrachting aan je blijft kleven, denk ik, maar ik heb geen zin
meer om over Chris te bekvechten.
Een koppel gaat op een bankje verderop zitten. Het is zo
duidelijk dat ze heel erg verliefd zijn op elkaar. Ze heeft
haar been over zijn dij gelegd en soms onderbreken ze hun
praten om elkaar lang te kussen.

Ze kussen zoals je alleen in je dromen kunt kussen, denk ik een beetje jaloers.

Hij neemt een pakje sigaretten en een aansteker uit zijn zak. Ze haalt het pakje uit zijn hand en steekt een sigaret op. Plagerig houdt ze de sigaret een tijdje tussen haar vingers en hij probeert gemaakt wanhopig de sigaret uit haar hand te nemen. Ze houdt de sigaret nog even uit zijn buurt, tot ze het welletjes vindt. Als hij de sigaret krijgt, glimlachen ze allebei. Het is vast een speels ritueel dat zij alleen kennen.

Het is zo mooi tussen die twee dat ik met moeite mijn ogen van hen weghaal. Het doet me aan Ruud denken.

'Eergisteren zag ik Ruud met een nieuw meisje naar school rijden.'

'Weer een nieuw meisje?'

'Ja.' Ik kan een grijns niet verbergen. Met Julie heeft hij het drie maand volgehouden. Niet slecht voor Ruud. Een half jaar geleden was ik woest op hem, nu niet meer. Als ik zie hoe hij meer meisjes dan zakdoeken heeft. Toch kijk ik met een tikkeltje heimwee terug. Hij kon echt heel lief zijn.

Zoals zo dikwijls bestormen zo veel gedachten mijn hoofd. Er ontsnapt me een gedachte ik liever voor me hield. 'Soms vraag ik me af of ik ooit nog op een jongen verliefd kan worden.'

De hand van tante knijpt troostend in mijn knie. 'Natuurlijk zul je dat', zegt ze met een toon die geen twijfel toelaat.

'Zo'n knap, lief meisje als jij. Een jongen zou wel gek zijn om jou uit zijn vingers te laten glippen.'

'Maar dan moet ik vertellen wat er gebeurd is... ik weet niet of ik dat kan.'

Tante schudt haar hoofd alsof ze niet snapt waarom ik me zorgen maak. 'Als je echt belangrijk bent voor hem, dan zal hij begrijpen hoe je je voelt, wat je hebt doorstaan. En als hij niet... dan kun je hem beter loslaten, want dan is hij jou niet waard.'

Met twee vingers neemt ze mijn kin en draait mijn gezicht naar haar. Op haar mond blinkt een brede glimlach.

'Wedden dat je tegen het einde van het jaar een prins op een wit paard hebt ontmoet?'

Ik schater het uit. 'Of minstens een gekke ridder op een grijze boerenknol.'

Zarko is de omgeving van de bank beu en hij rukt aan de leiband om andere plaatsen te besnuffelen. We staan op.

Ik kijk nog eens naar de twee op het bankje, die elkaar nu knuffelen, en weer voel ik een steek in mijn binnenste. Een jongen komt met zijn fiets door het park gereden en even staat mijn hart stil. Hij heeft hetzelfde postuur als Chris, maar als hij dichterbij komt, zie ik dat ik hem niet ken. Hij rijdt ons voorbij en kijkt naar me, of liever naar mijn borst. Zijn ogen glinsteren gretig zoals Chris soms naar me keek. Een kille huivering glijdt over mijn rug.